译文纪实

MINDHUNTER
Inside the FBI's Elite Serial Crime Unit

John Douglas Mark Olshaker

[美] 约翰·道格拉斯 马克·奥尔谢克 著

阎卫平 王春生 译

心理神探

我与FBI心理画像术

上海译文出版社

我高中时的暑期都是在农场度过的，边上站着的是我早年的小伙伴。（杰克·道格拉斯拍摄）

初出茅庐的我在进入调查局工作后首次返家，佩戴着徽章，穿着父亲为我买的西服，头上留的也是 FBI 的标准发型。这可是为数不多的令人愉快的旅程。（杰克·道格拉斯拍摄）

在与旺托高中争夺索普杯的比赛中，我首次尝试使用前摄技术来对付对手。相片中的我像《沉默的羔羊》里的汉尼拔一样戴着面具。作为亨普斯特德高中橄榄球队的替补队员，我坐在长椅上，因为我的鼻梁在前一次比赛中给撞断了。（杰克·道格拉斯拍摄）

　1976 年 12 月 16 日，FBI 全国学院的第一〇七期培训结业典礼。从左至右依次为：我、帕姆、FBI 局长克拉伦斯·凯利、我的母亲多洛里丝以及我的父亲杰克。（FBI 资料图片）

　图为密尔沃基。这是一张用于特种武器攻击小队训练时的照片，照片中标示出德尔·坎波击毙劫持人质的雅各布·科恩时的各人所在方位。（FBI 培训图片）

1978 年 1 月，与行为科学科的元老们合影。我这时进入匡蒂科行为科学科刚满 7 个月，身边站着的都是些具有传奇色彩的人物。从左至右依次为：鲍勃·雷勒斯、汤姆·奥马利（教授社会学）、我、迪克·哈珀（教授社会学）、吉姆·里斯（局里两位拔尖的压力管理专家之一）、迪克·奥尔特和霍华德·特顿（开设了应用犯罪心理学课程，并启动了 FBI 画像计划）。（FBI 资料图片）

调查支援科的第二代成员，摄于 1995 年 6 月。从左至右依次为：史蒂夫·马迪金、彼得·斯默里克、克林特·范赞特、让娜·门罗、贾德·雷、我（蹲着）、吉姆·赖特、格雷格·库珀、格雷格·麦克拉里。此外，不在照片中的还有拉里·安克罗姆、史蒂夫·埃特、比尔·哈格梅尔和汤姆·萨尔帕。（马克·奥尔谢克拍摄）

我和特工约翰·康韦在圣拉斐尔对埃德·肯珀进行访谈。

1982 年,韦恩·威廉斯因亚特兰大残杀儿童案接受审判。地方检察官助理杰克·马拉德采纳了我建议的策略来盘诘威廉斯,使其在陪审团面前露出本来的面目。

罗伯特·汉森,一个阿拉斯加州安克雷奇市性情温和的面包师。他将若干名当地妓女诱拐至小木屋,然后开始了最危险的猎杀游戏。(阿拉斯加州骑警供图)

拉里·吉恩·贝尔,杀害南卡罗来纳州的莎丽·费伊·史密斯和黛布拉·梅·赫尔米克的凶手。当我在列克星敦县的治安官吉姆·梅茨的办公室里审问贝尔时,他眼含泪水,抬头望着我,说:"我只知道坐在这里的拉里·吉恩·贝尔不会干那样的事,但那个坏拉里·吉恩·贝尔可能会。"(南卡罗来纳州列克星敦县治安办公室供图)

这间房间里展示了罗伯特·汉森在大开杀戒之前的打猎战利品。(阿拉斯加州骑警供图)

17 岁的美丽少女莎丽·费伊·史密斯的遗嘱——这是我在 25 年执法生涯中见过的最伟大、最感人的一份遗嘱，它体现出这位少女非凡的人格力量和勇气。

一场典型的讨论会。格雷格·麦克拉里向行为科学科的同事介绍纽约州罗切斯特发生的一起令人困惑的谋杀妓女系列案的细节。麦克拉里提供的前摄措施帮助纽约州罗切斯特的警方顺利拘捕到阿瑟·肖克罗斯，他被指控谋杀了十数人。图中从左至右依次为吉姆·赖特、格雷格·麦克拉里、我和史蒂夫·埃特。（马克·奥尔谢克拍摄）

对行为科学科新人的培训是极为严格的,在培训过程中,我们得到了出类拔萃的法学界同仁的大力支持。图为贾德·雷和我正在向纽约警察局凶杀案调查组的唐纳德·斯蒂芬森赠送感谢铭牌,以感谢他在培训新人方面提供的帮助。(纽约警察局供图)

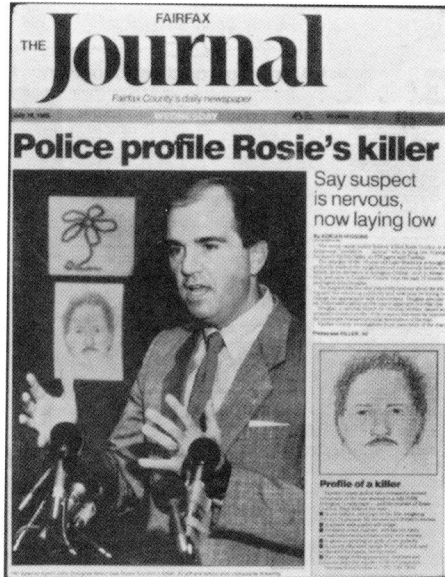

前摄技巧的运用实例。在某一案件中,当我们做完画像工作之后,常会通过当地媒体"公布"犯罪嫌疑人的特征,以希望有人能根据这些特征提供线索,从而推进案件进展。(图为《费尔法克斯报》)

推荐序

在我看到这本译著的前不久，2017 年的 6 月，在本书作者的国度——美国刚刚发生了一起中国年轻的女性访问学者在大学附近被人绑架的案件。被绑架的章莹颖——我们应该记住她的名字——是位品貌兼优的年轻学者，她在大学附近上了一辆黑色轿车后再无音讯。她的亲人、同事以及在美华人和祖国同胞一直锲而不舍地追查她的下落。尽管十几天后美国警方抓捕了一名名叫克里斯滕森的嫌犯并很快起诉了他，但章莹颖始终下落不明。美国警方披露了嫌犯克里斯滕森曾在绑架后两次洗车、在电话里谈及理想的绑架对象以及被绑架的章莹颖如何激烈的反抗等细节。根据未完全披露的信息判断，章莹颖可能已经遇害。

所有一直关注此案的人们在悲愤的同时也在质问：嫌犯究竟是一个什么样的人？现在逐渐披露的信息让我们知道：克里斯滕森此前毕业于威斯康星大学麦迪逊分校，学习物理学和数学双专业。2013 年他进入伊利诺伊大学物理系研究凝聚态物理，长期担任研究员和助教，而且多次被评选为优秀助教。2016 年，他退出物理学博士研究项目，但继续担任助教直到 2017 年 5 月拿到硕士学位后离开物理系。案发前，克里斯滕森处于已婚但无业的状态。曾经指导过他研究生学业的导师、伊利诺伊大学厄巴纳-尚佩恩分校物理系教授库珀表示，在克里斯滕森读书期间没听说有异常表现。曾与他关系密切的威斯康星大学物理系教授赫恩顿也表示，对曾指导过的这位学生涉嫌绑架很震惊，感觉他是个完全普通的学生，没有任何不平常之处。人们不禁要问：一个出生 28 年，生活正常、学业有成、已经结婚的男性知识分子为何在某一天突然成为绑架案犯甚至是杀手？是什么原因？他又出于什么样的心理？

对于警察来说，这类犯罪分子所做的案件通常侦查起来难度最大。因为一个看似完全正常的人，他们在熟人面前彬彬有礼、聪明好学、外向乐观，甚至友善助人，却在作案时冷酷、无情、残忍、变态。如果不是刑事技术将事实显现原形并戳穿其伪装，人们仅凭外貌观察及交往和接触印象，如何能够知道眼前或身边的某个彬彬有礼的人心怀叵测、杀心深重，是个变态系列杀手？犯罪心理学的研究告诉我们：这类杀手一旦启动作案，在没有被发现和逮捕的情况下，他们会一而再、再而三地作案。本案嫌犯克里斯滕森就被发现已经在物色第二个被害人。

大概 20 世纪 50 年代前后，美国的联邦调查局（FBI）就有一个推测：全美有几千起失踪与遇害的未破案件大概是由 35 名活跃的系列杀手所为。为此，联邦调查局专门成立了犯罪行为科学调查支援科（BSU），本书的作者道格拉斯就是这一部门中的一员。他们为了提高此类案件的侦破率，专门设立研究项目，深入监所访问已经抓捕并被判终身监禁的杀手，通过谈话了解他们的成长经历、作案动机、作案方式等内容，逐渐对这类杀手有了一个初步的心理画像描述。在此基础上他们开始以专家身份（被称作"心理画像师"）介入这类疑难案件的分析侦查，通过对这类作案人员的心理特点及行为表现分析进而描述出他们在生活中的形象，这一过程被称作"犯罪心理画像"（台湾地区译为"犯罪心理侧写"）。对未知嫌疑人分析后形成的言语描述如同一本历史小说，任何一位阅读者在其文字描述中都可形成每一历史人物的内心形象。同理，侦查人员听闻心理画像师的分析描述后也可在内心形成一个未知嫌疑人的心理形象，从而去社会上寻找这类貌似正常的变态杀手，缩小侦查范围。

《心理神探》的写作重点似乎不完全在于如何侦查分析，而是重点介绍了作者对已经破获并抓捕的杀手的访谈研究。通过书中对杀手的文字描述：成长经历、心理变化、作案时的心态等，已经足以让我们在内心形成这些系列变态杀手的心理形象。他们大多聪明但极端自私，看似友善但缺乏真正的情感，貌似绅士实则兽性十足，他们不乏对被害人的控制力但从不控制自身的欲望；他们因聪明而算计、因算计而自信、因自信而无耻，这类"怪胎"的养成大多源于他们有过一个异常的童年或成长经历，有一个看似正常却问题重重的家庭背景；他们的父母关系大多存在问题，亲子关系具有严重的间隙。要想认识哪些人危险，就要去了解危险的人是从哪种环境中滋生，又是如何被制造出来的。

《心理神探》让我们走进这类犯罪分子内心世界的同时，也让我们走近并看清他们成长中的阴影、他们内心的畸形与曾经的情感创伤。我们从中可以了解到：一个人的成长涉及由夫妻关系决定的家庭氛围，涉及母亲早年是否到位的情感抚养，涉及父母有意而为的性格培养，涉及早年爱语绵绵和谆谆教导形成的观念，甚至有时还涉及遗传基因问题。养大一个人很容易，但通过养育让一个人内心丰富、富有人性、懂得自我约束、能将自身的价值与对他人和社会的责任结合起来，这，有时真的不那么容易。

李玫瑾

2017 年 7 月于北京

献　给

以前和当前任职于弗吉尼亚州匡蒂科联邦调查局行为科学调查支援科的男士们和女士们——志同道合的探索者和伙伴。

尽管大地上所有的泥土将它埋掩，

罪行终究会暴露

在世人的眼前。

——莎士比亚：《哈姆雷特》

目　录

序

我准是在地狱

我准是在地狱。

这是惟一合乎逻辑的解释。我赤身裸体，被五花大绑。皮肉之苦令人不堪忍受。我的四肢正被某种利刃肢解，身体的每一个洞孔都被戳穿。我的喉咙被什么东西卡住，透不过气来。尖器插进了我的阴茎和直肠，浑身有一种四分五裂的感觉。我大汗淋漓。随后我意识到发生了什么事情：在我职业生涯中所有被我送进监狱的杀人犯、强奸犯和猥亵儿童犯正在将我折磨至死。如今我成了受害者，可我却无力反抗。

我了解这些家伙的作案手法，我已见识过多次。他们都有一种对捕获物随意支配的需求。他们都希望有权决定受害者的生死，或者猎物应该如何去死。只要我的身体尚能承受，他们就不会让我轻易死去；当我昏厥过去或奄奄一息时，他们就会让我苏醒过来。总之他们是尽其所能地折磨我，其中有的人可以如此施虐连续数日。

他们想向我显示他们拥有完全的控制权，我的生死全凭他们发落。我越是喊叫，越是哀求他们手下留情，就越是助长他们的气焰、激发他们邪恶的幻想。求饶、退缩或是哭爹喊娘只会使他们变本加厉。

这就是我六年来追捕十恶不赦之徒所得到的回报。

我的心跳在加速，浑身精疲力竭。当他们把尖棍插进我的阴茎深处时，我感到一阵刺骨的戳痛。我整个身体痛苦得痉挛起来。

求求你，上帝，我若还活着，就让我快点死掉吧。我若已死去，就让我快快摆脱这地狱的折磨吧。

接着，我看到一道强烈明亮的白光，就像听人说过的人在垂死之际会看到的那种白光。我期望见到基督、天使或是魔鬼——我也曾听说过这些事情。不过我看到的只有那道白光。

然而，我确实听到了一个声音，一个令人宽慰、让人放心的声音，这是我听到过的最能使人平静下来的声音。

"约翰，别担心。我们会尽力救你的。"

这是我所记得的最后一件事。

"约翰，你能听见我说话吗？别担心。不要紧张。你已住进医院。你病得很重，我们会尽力让你好转的。"这就是护士对我说的话。她不知道我能否听见她的话，不过仍然以安慰的口气再三重复着。

那时我还不知道自己已被送进西雅图瑞典医院的监护病房，连日昏迷不醒，靠生命维持系统支撑着。我的双手双腿被带子捆住，身上插着静脉输液管和其他各种导管。没有人认为我能躲过鬼门关。当时是 1983 年 12 月初，我 38 岁。

故事要从 3 个星期之前说起，地点在美国的另一侧。我当时在纽约，正面对纽约警察局、交通警察局以及长岛拿骚县和萨福克县警察部门的共约350名警员进行有关罪犯个性画像①的演讲。这类演讲我做过不下几百回，几乎可以说能够倒背如流。

忽然之间，我开始心不在焉。我知道自己还在演讲，但身体突然直冒冷汗。我自言自语：我究竟如何去处理所有那些案件呢？当时我正要结束对亚特兰大的韦恩·威廉斯残杀儿童案以及布法罗的"0.22口径"枪杀案的咨询工作。此前我被请去参与了旧金山的"林径杀手案"的调查工作。我还对英国苏格兰场的约克郡碎尸案侦破工作提供了咨询意见。我为罗伯特·汉森一案穿梭往返于阿拉斯加。该犯是安克雷奇的一个面包师，专挑妓女下黑手，将她们带到荒野地带，玩猎人追杀猎物的游戏。我接手了康涅狄格州哈特福德的针对犹太教堂的系列纵火案。再过两周，我还得飞往西雅图为格林河专案小组提供咨询，该小组正在侦破美国有史以来最严重的系列谋杀案，凶手作案对象主要是西雅图塔科玛一带的妓女和过往客人。

在过去的6年中，我一直在研究一种新型的犯罪分析方法。我是行为科学科惟一的专职办案人员，科里其他人员均是讲课教官。当时我手头同时有大约150件未侦破案件要独自处理，而且一年之中有125天是在途中奔波，而不是待在弗吉尼亚州匡蒂科的联邦调查局学院办公室里。来自地方警察的压力十分之大。这些警察自身也承受着来自社区、来自受害者家属要求破案的巨大压力，因而我对他们深表同情。我一直在设法排列出工作的轻重缓急，可是每天都有新的案件纷至沓来。我在匡蒂科的同事们常常戏言说我就像个男妓：不能对客户说半个"不"字。

在纽约的这次演讲中，我一直在谈论罪犯个性类型，可我的思绪却不

----

① 画像（profile），文中指根据从犯罪现场收集的信息来给凶手画像。——译者

断回到西雅图。我知道格林河专案小组中并非人人都希望我参与破案，这是预料之中的事。每当大案要案发生时，我常会被请去提供新型的破案手段，而大部分警察以及局里的许多官员都将它视为与巫术仅有一步之遥的诡计，因此我知道这一回也得做一番"自我推销"。我必须显得言谈富有说服力，同时又不可表现得过于自信或自大。我必须让他们明白，我认为他们的调查工作是彻底的、是具备专业水准的；同时还要让心存疑虑者相信，联邦调查局可能会有助于他们破案。也许最让人沮丧的是，我不像传统的联邦调查局特工那样说一下"只要讲述一下事实，太太"就可以交差完事，我的工作还要求能提供断案的见解。我始终非常清楚，如果我出了什么差错，系列案的调查工作会被引入歧途，导致更多的人送命。同样糟糕的是，这会封杀我竭尽全力付诸实施的罪犯画像及犯罪分析这一全新计划。

再说还有四处奔波的辛劳。我已去过阿拉斯加好几趟，要飞越 4 个时区，提心吊胆地乘坐飞机贴近水面飞行，最后在一片黑暗中降落，而且几乎是刚刚抵达目的地与当地警察碰头之后，又要重新登上飞机返回西雅图。

这种无缘无故的焦虑大约持续了一分钟。我反复对自己说：嘿，道格拉斯，振作起来。控制一下自己。于是我总算又振作起精神。我想那间演讲厅里没有人晓得情况有些不妙。可是，我就是无法驱除那种灾祸临头的感觉。

我无法摆脱这种不祥的预感，因此回到匡蒂科以后，我找到人事部门，办理了预防残废事件的追加人寿保险和收入保障保险。我说不清这样做究竟是为了什么，只是内心有一种朦胧而强烈的恐惧感。我已是疲惫不堪，体力消耗太多，为了应付压力大概饮酒也过量。我很难入睡，正进入梦乡时又经常被请求紧急援助的电话吵醒。当我重新入睡时，我会迫使自己去做与本案有关的梦，以期能获得灵感。现在回首往事，很容易看出眉目，但当时我则显得束手无策。

就在前往机场之前，出于某种缘故我在我太太帕姆任教的小学前停下了车，她的工作是为有学习障碍的学生讲授阅读课。我告诉了她有关额外保险的事情。

"你为什么要告诉我这个？"她忧心忡忡地问我。我当时头脑右侧痛得很厉害，她说我两眼布满血丝，表情怪怪的。

"我只是想在离开前把一切都告诉你。"我回答。当时我们有两个女儿：埃里卡8岁，劳伦3岁。

这次西雅图之行我带上了两名新特工，布莱恩·麦基尔韦恩和罗恩·沃克，让他们一道参与破案。我们当晚抵达西雅图，下榻于市中心的希尔顿饭店。打开行李包时，我发现只有一只黑皮鞋。要么我没有把另一只黑皮鞋放进包，要么不知怎么我在途中丢失了一只。原定次日上午我要在金县警察局讲课，不穿黑皮鞋肯定是不行的。我这人一向讲究穿着打扮，即便感到身心疲惫、压力重重，仍然念念不忘要有黑皮鞋才能配上西装。于是，我急匆匆地走出饭店，来到市中心商业街四处寻找，最后总算找到了一家尚在营业的鞋店，买到了一双称心如意的黑皮鞋。返回饭店时我愈发感到浑身疲惫不堪。

次日上午，也就是星期三上午，我为当地警察和一个办案小组讲了课，该小组由西雅图港的代表和两名应聘协助案件调查的当地心理学家组成。人人都对我所讲授的作案者画像很感兴趣，例如作案人数是不是不止一个以及可能会是什么类型的人。我力图让他们接受的一点是，在此类案件中，作案者画像并不都是如此重要。我非常肯定，用这种方法最终会发现作案者是何种类型的人，不过也同样肯定，很可能会有许多人符合我的描述。

我告诉他们，在侦破这起仍在继续的连环谋杀案中，更为重要的是着手采取前摄①措施，警方和媒体通力合作，引诱凶手落网。例如，我建议警方可以举办一系列社区会议来"讨论"这些罪行。根据推断，我可以肯定凶手会出席一次或多次会议。我同时认为，这会有助于了解我们对付的凶手是否不止一人。我要警方试行的另一计谋是，对媒体宣布有人目击了其中一桩劫持案。我感觉这样做可能会促使凶手采取他自己的"前摄策略"，主动出来解释一番为什么他会在案发现场附近"无辜地"被人撞见。我最有把握的一点就是，不管这些凶杀案系何人所为，此人是不会就此罢休的。

接着，我告诉小组如何去审讯涉案的嫌疑人，既包括那些自我暴露者，也包括在引人关注的大案中免不了会主动自首的许多不可救药的怪人。麦基尔韦恩、沃克和我在当天余下的时间里查看了几处弃尸地点，待到晚上回到饭店时，我已是精疲力竭。

我们在饭店酒吧饮酒，放松一下自己，我告诉布莱恩和罗恩，我感觉不大舒服。我依然头痛不已，心想有可能染上了流感，因此要他们第二天向当地警方掩盖一下我的病情。我以为只要第二天卧床休息就会好转的，于是互致晚安后，我将"请勿打扰"的牌子挂在房门上，并告知两位同事星期五早上再与他们会合。

我只记得坐在床边宽衣时感到很难受。两位特工同事星期四回到了金

---

① 前摄（proactive），心理学术语，指回忆时先知材料较后知材料占优势。此处指利用心理暗示来诱使凶手落网。——译者

县政府大楼，继续讲解我前一天概述过的策略。应我的要求，他们一整天没有打搅我，以便让我好好睡一觉把流感治好。

可是当星期五早上我没去吃早餐时，他们开始担心了。他们往我的房间打电话。电话没人接。他们来敲我的房门。没有人应答。

他们万分紧张地返回总台，向经理要了钥匙，回到楼上打开了门，却发现安全链是反扣上的。不过他们听到从房间里传来微弱的呻吟。

他们踢开门冲了进去，发现我——用他们的话来讲——像青蛙一般趴在地上，衣服没有穿好，显然是想去抓电话。我身体左侧抽搐个不停，布莱恩说我当时"浑身滚烫"。

饭店打了电话给瑞典医院，医院立即派来了一辆救护车。与此同时，布莱恩和罗恩守在电话机旁与急救室保持联系，把我的一些关键数据告诉他们。体温是 41.6 41.6 度，脉搏 220 下。我的身体左侧已瘫痪，上了救护车还不断在抽搐。根据医生的检查报告所述，我的眼睛像玩具娃娃一样：两眼睁大，目光呆滞茫然。

一进医院，医生立即对我进行了冰敷处理，并静脉注射了大剂量苯巴比妥鲁米那镇静剂，以力图控制抽搐发作。医生告诉布莱恩和罗恩，给我注射的镇静剂剂量足以让整个西雅图的市民昏睡过去。

医生还告诉两位特工，尽管大家尽了最大努力，我可能还是会一命呜呼。计算机轴向断层扫描显示，我的右脑因高烧而破裂，且已有颅内出血。

"用外行人的话来说，"医生告诉他俩，"他的大脑已经炸成了碎片。"

当时是 1983 年 12 月 2 日。我新办的保险已于前一天开始生效。

我的科长罗杰·迪普到帕姆任教的学校当面告诉了她这个坏消息。

随后，帕姆和我父亲杰克飞到西雅图来陪伴我，两个女儿则留给了我的母亲多洛里丝照料。联邦调查局西雅图工作站的两位特工里克·马瑟斯和约翰·拜纳到机场去迎接他们，把他们直接带到了医院。他们此刻才知道情况有多么危急。医生让帕姆对我的死亡有所准备，并且告诉她，即使我活了下来，也可能双目失明或成为植物人。身为天主教教徒的帕姆请来了一位神父替我做临终圣礼，可是当神父得知我是一位长老会教徒时，便不情愿替我祈祷。布莱恩和罗恩辞谢了这位神父，找到了另一位无此顾忌的神父，请他来做祈祷。

整整一个星期，我始终昏迷不醒，徘徊于阴阳的交界线上。监护病房规定只有家人才可获准探视，于是乎我在匡蒂科的两位同事、里克·马瑟斯以及西雅图工作站的其他人员顿时都成了我的近亲。"你的家庭可真不小呀。"有位护士曾开玩笑地对帕姆说。

"大家庭"这一说法从某种意义上讲并不全然是开玩笑。在匡蒂科，由行为科学科的比尔·哈格梅尔和联邦调查局全国学院的汤姆·哥伦贝尔牵头，一些同事发起了募捐活动，以便能让帕姆和我父亲留在西雅图陪伴我。不久他们便收到了来自全国各地警官的捐款。在此同时，他们也做出了安排，准备把我的尸体运回弗吉尼亚州，安葬于匡蒂科的军人公墓。

发病快满一周时，帕姆、我父亲、特工们和那位神父在我的床边围成一圈，手拉着手，并且握着我的手做了祈祷。当天深夜，我从昏迷中醒了过来。

我还记得当时看到帕姆和父亲时感到很惊讶，同时弄不清楚自己身在何方。最初我无法言语，我的左脸下垂，身体左侧依然大面积瘫痪。随着语言功能的恢复，我开始含糊不清地说话了。过了一阵子，我的腿能够挪动了，接着身体的更多部位逐渐地恢复了活动。我的喉咙因插有生命维持管而疼痛无比。控制抽搐发作的药物也从苯巴比妥鲁米那换成了杜冷丁。经过各种检查、扫描和脊椎穿刺，医生最后做出了临床诊断：压力过度和全面衰弱的身体状况引发了病毒性脑炎。我幸运地保住了性命。

可是，康复的过程既痛苦又令人灰心。我必须重新学会走路，记忆力也有问题。为了帮助我记住主治医生西格尔的名字，帕姆拿来了一个用贝壳做成、立在软木基座上的海鸥小雕像。①当医生下一次来做心智测试，问起我是否记得他的名字时，我含糊不清地说："当然记得，'海鸥'医生。"

尽管得到了各方面的热心支持，我仍然对自己的身体状况感到十分沮丧。我一向不能忍受无所事事地坐在那里或者做事磨磨蹭蹭。联邦调查局局长威廉·韦伯斯特亲自打来电话为我鼓劲。我告诉他，我大概不能再举枪射击了。

"约翰，别担心这个，"局长答道，"我们需要的是你的大脑。"我没告诉他的是，恐怕连大脑也不中用了。

我终于离开了瑞典医院，于圣诞节前两天返回家中。临出院时，我送了铭牌给急诊室和监护病房，对医护人员为拯救我的生命所做出的一切表示深深的感激。

罗杰·迪普到杜勒斯机场迎接我们，又驱车送我们回到弗雷德里克斯堡的家中。家门口挂着一面美国国旗和一条"欢迎约翰回家"的宽幅标语，等候着我的归来。我的体重已从正常时的 195 磅降到 160 磅。我

---

① 西格尔 "Siegal" 的发音与海鸥 "seagull" 的发音很相近。——译者

一副病态以及坐着轮椅这一事实让埃里卡和劳伦非常伤心，以致在后来很长一段时间里，每当我要外出旅行，她们都会担惊受怕。

这一年圣诞节过得冷冷清清。除了罗恩·沃克、布莱恩·麦基尔韦恩、比尔·哈格梅尔和匡蒂科的另一位特工吉姆·霍恩以外，我没有会见很多朋友。我已经可以不依靠轮椅行动了，但是四处走动还有不少困难。跟人交谈也有障碍，我发现自己动不动就会哭，记忆力也不大靠得住。当帕姆或父亲开车带我在弗雷德里克斯堡兜风时，我会注意到某幢建筑物，却不知道它是不是新建成的。我感觉自己像个中风病人，不知是否还能重返工作岗位。

我对联邦调查局使我落得这般下场感到愤愤不平。就在前一年2月份，我曾找吉姆·麦肯齐副局长反映过。我告诉他，我认为自己跟不上工作的快节奏，问他是不是能找个人做我的帮手。

麦肯齐对我表示了同情，但看法很实在。"这个机构的情况你是清楚的，"他对我说，"在你的工作得到人家认可之前，就得一直工作下去，直到躺倒为止。"

我不只是感觉得不到支持，还觉得自己的努力并未得到赏识。事实上，反倒是吃力不讨好。就在一年前，我使出浑身解数处理了亚特兰大残杀儿童案，在韦恩·威廉斯被缉拿归案以后，却因弗吉尼亚州纽波特纽斯的一家报纸所刊登的一篇文章而受到局里的申诫。该报记者曾问我对嫌疑人威廉斯有何看法，我回答说，他是"有作案可能的"，而且如果证实他就是凶手，那么就很可能涉嫌好几起案件。

尽管当时是联邦调查局要求我去接受采访的，他们却认为我对一件悬案发表了不恰当的言论。他们声称，我在几个月前接受《人物》杂志采访时就曾受过告诫。这便是典型的政府衙门作风。于是我被移交华盛顿总部的专业责任处接受查处。在接受了6个月的官方调查后，我收到了一纸处分。后来，我又因此案荣获了一张奖状。不过，那是因为局里承认我为侦破这起新闻界称为"世纪之罪"的案件做出了贡献。

执法人员所从事的大部分活动是难以对任何人谈及的，甚至连配偶也不例外。当你一整天满目皆是尸体和残肢，尤其当死者是儿童时，你是根本不想把这个话题带回家中的。你绝不会在饭桌上开口说道："我今天办理了一件强奸谋杀案。现在让我把案情说给你们听听。"这正是为什么往往警察钟情于护士，而护士也钟情于警察的原因：这些人能够以某种方式将彼此的工作联系在一起。

有时我在公园或树林里游览，会带上自己的女儿，我常常触景生情地想到：这里很像是某某作案现场，我们在那儿发现了一个被害的8岁儿童。虽说我很担心孩子们的安全，但是接触的惨案实在太多，因此对她们轻微的擦伤碰伤并不十分在乎。有一次回到家，帕姆告诉我一个女儿骑自行车摔了一跤，伤口要缝上几针，我马上就联想起对某个同龄遇害儿童的验尸过程，以及为了便于下葬法医缝了好多针才合上伤口的情形。

帕姆有自己的朋友圈子，她们热衷于当地的政治活动，而我对此毫无兴趣。由于我外出办案的时间很多，抚养小孩、支付账单和维持家计的重担就落在了帕姆一个人的肩上。这是我们当年婚姻中的诸多问题之一，而且我心里明白，至少大女儿埃里卡已经意识到我们之间的这层紧张关系。

我对调查局听任这一切的发生耿耿于怀。回到家一个月后的一天，我在后院里焚烧落叶。由于一阵冲动，我进屋取出了家中存放的所有档案资料和写成的文章，统统付之一炬。摆脱这些东西让我感到痛快。

几个星期以后，我能重新开车了，便来到匡蒂科的国家公墓看一看原先要掩埋我的墓位。墓位是根据死亡日期排序的，假如我真的死于12月1日或2日，排给我的墓位可真是糟糕透了。我注意到，与之为邻的正巧是一位小女孩的墓位，她在离我家住处不远的车道上被人用刀捅死。我查办过此案，至今它还悬而未决。我伫立墓前沉思之际，回想起自己不知多少次建议过警方，要监视那些我认为凶手可能会光顾的墓地。要是警方此刻就在附近监视，并且将我作为嫌疑人抓获，那将多么具有讽刺意义呀。

在西雅图病倒4个月之后，我依旧休着病假。双腿和肺部因并发症和长期卧床而出现了淤血。我依然觉得每天都在挣扎中度日。我不知道自己在体力上是否还能重新工作，就算是能重新工作，是否还会有自信心。这一期间，行为科学科教学组的罗伊·黑兹尔伍德工作量大增，他承接了继续办理我曾接手的案件的重任。

我于1984年4月首次重返匡蒂科，向来自局里外勤工作站的一组五十来个在职特工讲课。我是穿着拖鞋走入教室的，双腿因淤血依旧浮肿，一进门就受到了这些来自全美各地特工的起立鼓掌欢迎。这种反应是发自内心的、是真诚的，因为这些人比任何人都更能理解我所从事的工作和我在局里努力开创的事业。这是我好几个月来头一回感觉到自己受到了别人的珍惜和赏识。我还有一种回到家的感觉。

一个月以后，我重新开始全天工作了。

一

凶手的心理

把你自己摆在猎手的位置。

这就是我必须做的事情。设想一下，有这样一部反映大自然的影片：非洲的平原上立着一头狮子。它发现池塘边有一大群羚羊。但不知为什么，从狮子的眼神中我们可以看出，它已在几千只羚羊中紧紧盯住了其中一只。这头狮子训练有素，能够观察出羊群中某只羚羊的弱点，由于这些与众不同的特点使其最有可能沦为牺牲品。

某些人的情况正是如此。假如我是一名凶手，就会每天外出寻找猎物，寻找下手的机会。比方说吧，我正在一处购物中心，其中容纳有好几千位顾客。我走进游戏机厅，一眼看去有50多个孩子在玩游戏机。此刻我必须成为猎手，必须成为画像家，必须能画像出那个潜在的猎物。我必须弄清楚这里50多个孩子中哪一个易受攻击、有可能成为受害者。我必须观察这个孩子的衣着打扮。我必须训练自己从这个孩子的手势、表情、姿势里捕捉线索。而且，我必须在一瞬间之内完成这一切，因此必须精于此道。然后，一旦做出了决定，一旦要下手，我就必须想好如何才能不动声色地、不引起任何惊慌或怀疑地把这个孩子弄出购物中心，因为他或她的父母很可能就在附近的店铺里。我可经不起出现任何差错。

正是捕猎的刺激感驱使着那些家伙作恶。如果在其中一人紧盯潜在受害者之际，你能够得到其"皮肤触电指数"，我认为你得到的是与原野上的狮子完全相同的反应指数。无论我们谈论的凶手的捕猎对象是小孩也好，是年轻女子也好，或者是老人、妓女以及任何其他可以界定的群体也好，或者我们谈论的凶手看上去事先并没有任何特定的首选捕猎对象，情况都是一样的。就某些方面而言，他们是一丘之貉。

不过，正是他们的不同作案手法，正是他们留下的反映个体个性的蛛丝马迹，才使我们获得了一种新型武器，可以用来诠释某些类型的暴力案件，以及用来追缉、逮捕和起诉凶手。在联邦调查局特工专业生涯的大部分时间里，我就是在努力开发这种武器，这也正是本书的主要内容。自文明开创以来，每一件骇人听闻的犯罪案件无不牵涉到这样一个冷酷的基本问题：什么样的人会做出这种事情？我们在联邦调查局调查支援科所从事的这类画像和犯罪现场分析就是要试图解答这一问题。

行为反映个性。

把自己摆在这些家伙的位置，抑或揣摩他们的心理活动，这从来就不是一件容易的事，也根本不好玩。不过这就是我和我的同事们不得已而为之的事情。我们不得不试图去感受，成为他们中的每一位是怎么回事。

我们在犯罪现场看到的每一样东西都使我们对那个作案者有所了解。通过尽可能广泛地研究各类案件以及与内行——即凶犯本人——进行交谈，我们已经学会了如何破译那些线索，其方式正如医生评估不同的症状以诊断某一特定疾病或病情。而且正如医生在识别出他或她以前见过的某些疾病的症状后能够做出诊断那样，当我们看到模式开始显现时，也能够得出各种结论。

　　20 世纪 80 年代初期，有一次我正在积极对囚犯进行访谈，从事深入的研究。当时我身边坐着一圈暴力凶犯，地点是在巴尔的摩的那座古老而带有哥特式建筑风格、用石头建成的马里兰州监狱。每个人的案子都有来头并令人关注：杀警察、杀儿童、贩毒或者黑道凶杀。不过我最关心的是强奸谋杀犯的惯用手法，于是我问在场的犯人，狱中是否有这样的犯人。

　　"有啊，查理·戴维斯就是一位。"有个凶犯告诉我，但是他们都一致认为他是不会同联邦调查局人员交谈的。有人去监狱的庭院找到他。出人意料的是，戴维斯竟然过来与我们交谈，大概是出于好奇或闲得无聊。有利于我们进行研究的一个因素是：囚犯们的空闲时间多得很，却不知如何打发。

　　通常我们到监狱做访谈，事先都要尽可能充分地了解犯人的有关情况，我们从一开始就确实是照这样去做的。我们要翻阅警方的档案以及犯罪现场照片、验尸报告、审讯记录——任何有助于弄清犯罪动机和个性的材料。惟有如此，你才能确信凶犯不是在跟你玩什么牟取私利或自我寻欢的游戏，而是在直接向你说明实情。但就此案而言，显而易见我没有做任何准备，于是我承认了这一点，并设法使这一点有利于我的访谈。

　　戴维斯是个彪形大汉，身高约 6 英尺 5 英寸，30 岁刚出头，胡子刮得光光的，打扮整齐。我一上来便说："你可是比我占优势，查理。我并不知道你干了些什么。"

　　"我杀了 5 个人。"他回答。

他在我的要求下描述了一下犯罪现场和自己是如何加害受害者的。原来戴维斯是位兼职救护车司机。他的作案方式是勒死一名女子，将尸体丢弃于他负责救护区域内的一条公路旁，打一个匿名电话，然后作为对电话的回复去收拾尸体。当他把尸体搬上担架时，谁会料到凶手就在他们当中？一手控制局面和现场策划确实让他兴奋不已，给了他最强烈的刺激。我所能了解到的诸如此类的作案手法经证明总是极具价值的。

这种勒杀方式告诉我，他是一个冲动型的杀人犯，原先脑子里的主要念头是强奸。

我对他说："你是个真正的警察迷。你想当警察，想处在有权势的地位，而不是从事什么无法发挥你才干的低贱工作。"他笑了笑说，他父亲曾经是一名警察中尉。

他在我的要求下描述了他的惯用手法。打个比方吧，他会跟踪一名漂亮的年轻女子，看着她驾车驶进一家餐馆的停车场。通过他父亲在警方的关系，他设法查到了该车的牌照信息。当得知了车主的姓名以后，他会打电话到餐馆广播呼叫此人，让她关掉车灯。当她走出餐馆时，他就劫持她，强行将其推入他或她的车子，给她戴上手铐，然后扬长而去。

他依次描述了 5 起凶杀案，仿佛陷入了回忆之中。当讲到最后一起时，他提到曾将她放在车子的前排座位上遮盖好，他头一次回想起这个细节。

谈到这里时，我进一步改变了访谈策略。我说："查理，让我来告诉你一些关于你的情况：你在同女性交往上存在着问题。你第一次作案时碰上了财务麻烦。你当时年近 30，非常清楚你的工作无法让你施展自己的才华，因此你觉得你的生活一团糟，事事不顺心。"

他只是点点头。迄今为止我说的都还没错。我没有说任何难以理解或纯属猜测的含混的话。

"你当时酗酒,"我继续说道,"你欠了债。你与同居的女人常常争吵。(他并未告诉我跟什么人同居,但是我对此相当肯定。)在情况最糟糕的那些夜晚,你会外出寻猎。你不愿意对自己的情人下手,于是只有去折磨另外的什么人。"

我可以看出查理的身势语在渐渐发生变化,情感开始有所流露。于是凭借所掌握的零星情况,我继续说:"不过,你对最后一个被害人下手时已远远没有那么凶残。她是与众不同的。你强暴她之后又给她穿上了衣服。你把她的头部蒙上了。前4次作案时你并没有这样做。这一次你不像前4次那样感觉良好。"

当他们开始仔细聆听时,你便晓得你已经说到了点子上。我是从访谈囚犯中学会这一点的,并且能够在审讯场合反复运用。我看得出此时我已完全吸引了他的注意力。"她对你说了一些什么,让你感觉杀害她于心不忍,不过你还是把她杀了。"

突然,查理的脸变得通红。他显得神情恍惚,我可以看出他的思绪已经回到了案发现场。他犹豫了一下才告诉我,那个女人说,她丈夫身体很不好,她感到十分担忧。他病情严重,也许离死期不远了。说这番话可能是她的计策,也可能不是,而他无从知道实情。但是它显然对戴维斯产生了影响。

"可是我没有戴上面具,她知道我的长相,我不得不杀掉她。"

我停顿了片刻,又说:"你拿了她的什么东西吧?"

他再次点点头,然后坦白说他掏出了她的钱包。他取出一张她与丈夫和小孩在圣诞节的合影,将它保存起来。

我从前根本没有见过这家伙,但已开始对他有了明确的印象,于是我说道："查理，你去过墓地吧？"他的脸一片绯红。我断定他十分关注报纸对此案的报道，因为他想了解他的受害者被掩埋在了何处。"你上那里去是因为你对这件谋杀案深感内疚。而且你随身带了一样东西去墓地，把它摆在了墓位上。"

在场的其他囚犯鸦雀无声，痴迷般地倾听着。他们从未见过查理这个样子。我重复了一遍："你带了一样东西上墓地。你带了什么东西，查理？你带了那张合影照片，对不对？"他只是再次点点头，然后垂下了头。

这完全不是什么巫术，或者说，完全不是在场的囚犯可能会以为的那种从帽子里变出兔子来的魔术。显然我是在猜测，但是这些猜测是以我和我的同事们已经载入工作日志并将继续进行收集的大量背景资料、研究结论和经验积累作为根据的。譬如说，我们发现有关凶手会走访受害者坟墓的这老一套说法常常是符合实情的，但未必是出于我们原先设想的原因。

行为反映个性。

我们的工作之所以必要，其中一个原因是暴力犯罪的本身性质在发生着改变。我们大家都了解那些困扰大多数城市的与毒品有关的谋杀案，以及那些频繁发生并且令国人感到丢脸的持枪犯罪。然而，以往的犯罪，尤其是暴力犯罪，大多都发生在以某种方式相互认识的人们身上。

这种情况如今已较为少见了。近在 60 年代，这个国家的杀人案破案率还高达 90 % 以上。现在我们不可能做到这一点了。尽管今天科技进步令人注目，电脑时代业已来临；尽管更多的警官经过了更为严格的训练并拥有更为精良的装备，谋杀作案率却一直在上升，而破案率一直在下降。越来越多的犯罪案件中的凶手和受害者是"陌生人"，在许多案件中我们缺乏可查的动机，至少是缺乏明显的或"合乎逻辑的"可查动机。

从传统意义上讲，对大多数谋杀和暴力犯罪，执法官员是比较容易理解的。它们起因于我们都经历过的感情——愤怒、贪婪、忌妒、复仇——的极端表现。一旦这种情感问题得以解决，犯罪或犯罪冲动就将停止。有人会因此丧命，但情况就是这样，警察通常都知道要追查的凶手是谁以及动机是什么。

可是近年来，一种新型的暴力罪犯已经露头，即系列案犯。这种人不到被拘捕或击毙，往往是不会停止犯罪的；这种人善于从经验中学习，并且作案手法越来越高明，总是在不断作案过程中完善其方案。我之所以说"露头"，是因为从某种意义上讲他可能一直就在我们身边，远在19世纪80年代的伦敦碎尸者杰克出现以前就已存在。杰克通常被认为是第一位现代系列杀手。我之所以用"他"，是因为几乎所有现实生活中的系列杀手都是男性，其中的原因我稍后会加以阐明。

事实上，系列谋杀这一现象可能比我们认识到的还要古老许多。那些流传下来的关于巫婆、狼人、吸血鬼的故事和传说有可能就是对骇人听闻的暴行的一种解释方式，因为在欧洲和早期美国的那些组织紧密的小城镇里，没有人能理解这些我们今天已经见惯不惊的变态行径。怪物必定是超自然的生物，它们绝不可能与我们一样。

在所有暴力罪犯中，系列杀人犯和奸杀犯往往是最不可思议、最令人恐慌、最难以捕获的。其部分原因在于，驱使他们作案的动机往往要比我刚才列举的基本因素远为复杂。这反过来又使得他们的犯罪模式更令人困惑，使得他们很少萌发类似同情、负疚或悔恨这些常人所具有的感情。

有时，捕获他们的惟一方法便是学会像他们一样去思考。

为了避免让人产生误会，以为我会把严加保守的调查机密泄漏出去，从而为未来的凶手提供入门知识，让我现在就来消除你们在这方面的疑虑。我将叙述的内容是关于我们如何将行为方式研究发展成罪犯个性画像、犯罪研究和起诉策略的。即便我有意，也不可能将它变成一门介绍入门知识的课程。首先，训练那些经过挑选才加入我们科的、早已经验丰富和卓有建树的特工，我们用了长达两年的时间。再者，无论凶手自以为有多大本事，他越是想方设法逃避侦破或者让我们误入歧途，就越是会给我们留下更多的便于破案的行为线索。

诚如几十年前柯南·道尔爵士通过福尔摩斯之口所说："特异性几乎毫无例外是一条线索。一次犯罪越是普普通通、越是没有特色，就越是难以侦破。"换句话说，我们掌握的行为线索越多，我们能够为当地警察提供的画像和分析就越完整。当地警察办案时掌握的画像越是充分，就越能够缩小嫌疑人的范围，从而集中全力寻找真正的凶手。

说到这儿，我要对本书做一点声明。调查支援科隶属于位于匡蒂科的联邦调查局暴力案件全国分析中心，我们是不负责抓获凶手的。让我再重复一遍：我们不负责抓获凶手。抓获凶手的是当地警察，考虑到他们所承受的令人难以置信的巨大压力，他们中大多数人可谓工作出色。我们尽力而为的是，协助当地警察突出调查重点，然后提出一些可能有助于挖出凶手的前摄手法方面的建议。一旦他们抓获了凶手——我再强调一次，是他们而不是我们——我们就会设法构想出一套策略，协助检察官在审判过程中展现出被告的真实个性。

我们能够做到这一点的原因是我们从事过研究，且拥有专业经验。当面临一件系列谋杀案的调查工作时，美国中西部的一个当地警察局可能还是头一次见到这种恐怖暴行，然而我的人员大概已经办理过没有几千件也有几百件类似案件了。我总是告诉手下的特工："如果你想了解艺术家，就非得观看他的作品不可。"许多年下来，我们已经观看过很多"作品"，与大多数"卓有建树的""艺术家"进行过广泛的交谈。

70年代末和80年代初，我们开始系统地开展联邦调查局行为科学科的工作，它后来更名为调查支援科。尽管对我们的成就加以赞扬和戏剧化渲染的书籍（例如托马斯·哈里斯那部令人难忘的《沉默的羔羊》）大多都多少带有想象色彩并且具有戏剧破格^①的倾向，可是我们的前辈在办案过程中确确实实更多地凭借犯罪虚构而不是犯罪事实。在埃德加·爱伦·坡1841年创作的经典小说《停尸间的谋杀案》中，主人公业余侦探奥古斯特·杜平堪称有史以来第一位行为画像家。在那个故事里画像家首次运用前摄手法迫使真正的凶手现身，同时证明了那个被当成凶手投入监狱的人是清白无辜的。

如同150年以后供职于我们科的男士和女士一样，坡认识到，在单凭法医证据还不足以侦破一起作案手段极其残忍且看似缺乏动机的案件的时候，画像是有价值的。"在得不到一般性线索的情况下，"他写道，"分析师会让自己进入对手的心灵，设想自己就是凶手，于是常常一眼便看出，那些仅有的破案方法可能在诱使他犯错误，或者在促使他草率得出错误判断。"

还有一个小小的类似之处值得一提。杜平先生喜欢独自在房间里工作，关上窗户，窗帘拉得严严实实，以避开日光和外界的侵扰。我和我的同事们在这一点上则别无选择。我们在匡蒂科的联邦调查局学院的办公室都设在地下好几层，没有一扇窗户，因为原先的设计意图是，在发生全国

---

① 文学创作中所特许的打破一般规格的自由。——译者

性紧急事件时将其作为联邦执法部门的安全总部。我们有时戏称自己是在全国暴力犯罪分析地窖里工作。我们开玩笑说，由于置身于地下 60 英尺之处，我们入地比起死人入土还要深 10 倍。

英国小说家威尔基·科林斯在《白衣女人》（以一起真实案例为根据）和《月亮宝石》之类的作品中继续了对画像手法的描写。然而，是阿瑟·柯南·道尔爵士笔下的那位不朽人物，夏洛克·福尔摩斯，让所有世人在维多利亚时代伦敦城里靠煤气灯照明的幽暗世界中见识了刑事调查分析这一形式。我们任何人所能得到的最高褒奖应该就是与这位虚构人物相提并论。几年前，我在密苏里州侦破了一件谋杀案，当时《圣路易环球民主报》上的一则标题将我称为"联邦调查局的现代夏洛克·福尔摩斯"，我把这看做是一种真正的荣誉。

值得一提的趣事是，就在福尔摩斯侦破那些错综复杂、令人困惑的案件同时，现实生活中的碎尸者杰克正在伦敦东区不断杀害妓女。这两个人处于法律的对立两面，处于现实和想象的界线的对立两侧，他们如此深深吸引了大众的注意，以至于由柯南·道尔的崇拜者创作的几部"现代"福尔摩斯小说都让侦探们去侦破那些悬而未决的怀特查佩尔谋杀案。①

1988 年，我应邀在一个全国广播电视节目里对碎尸谋杀案进行剖析。稍后我会在书中谈到我对这一历史上最著名的凶手所做出的结论。

直到坡的《停尸间的谋杀案》问世 100 年之后，也是夏洛克·福尔摩斯出现 50 年之后，行为画像才脱离文学作品，进入真实生活。到了 50 年代中期，"疯狂投放炸弹者"在纽约市频频作案，据称此人应对 15 年中的 30 多次爆炸负责。他的袭击目标是标志性建筑物，例如中央火车站、宾夕

---

① 系指杰克所作的系列碎尸案，怀特查佩尔是伦敦东部一区名。——译者

法尼亚火车站和无线电城音乐厅。当年我还是一个生活在布鲁克林区的孩子，对这个案子我至今记忆犹新。

在智穷计尽的情况下，警方在1957年请来了格林威治村的精神病专家詹姆斯·布鲁塞尔博士。他研究了爆炸现场的照片，仔细分析了投放炸弹者写给报纸的那些嘲弄性信件。从观察到的总体行为模式出发，他得出了若干详尽的结论，其中包括：凶手患有偏执狂，仇恨他的父亲，深恋他的母亲，家住康涅狄格州的一个城市。在书面画像报告的结尾处，布鲁塞尔指示警方：

寻找一个身材魁梧的男子。中年人。出生在外国。信奉罗马天主教。单身汉。与一个兄弟或姐妹同住。你们找到他时，有可能他身穿一件双排纽扣的西装。纽扣是扣上的。

从一些信件涉及的内容来看，投弹者似乎大有可能是一个目前或以前受雇于爱迪生联合电力公司的心怀不满的雇员。警方利用这一画像将嫌疑人对号入座后，找出了乔治·梅特斯基，爆炸案发生以前，他从40年代起一直在为爱迪生公司工作。一天傍晚，警方前往康涅狄格州沃特伯里逮捕了这位身材魁梧、出生在外国、信奉罗马天主教的中年单身汉。与画像惟一有出入的是：他不是与一个兄弟或姐妹住在一起，而是与两个未出嫁的妹妹住在一起。警察要他穿上衣服去一趟警察局。他几分钟后走出了卧室，穿的是一件双排纽扣的西装，纽扣是扣上的。

布鲁塞尔博士在说明他是如何得出这一无比精确的结论时解释道，精神病医生通常是先检查某个人，然后再试图就此人可能会对某些特殊情况所做出的反应进行合理的推测。布鲁塞尔博士说，在构思画像时，他颠倒了这一程序，试图根据他的行为线索来推测这个人的特征。

以我们 40 年后的认识水平回过头来审视疯狂爆炸案，它确实显得很容易侦破。可在当时，该案的侦破体现了刑事调查方法的重大突破，堪称行为科学的发展历程中一个真正的里程碑。布鲁塞尔博士后来协助波士顿警察局侦破了波士顿勒杀案，他是该领域一位真正的先驱人物。

虽然这种学科所采用的方法通常被认为是演绎法，但侦探小说里的杜平、福尔摩斯以及现实生活里的布鲁塞尔和我们这些后来人所从事的工作其实更多地运用了归纳法——即观察某件罪行的特别要素，从中得出重要结论。我 1977 年来匡蒂科工作时，行为科学科的讲课人员，诸如霍华德·特顿，正在着手运用布鲁塞尔博士的思路去侦破那些由警方专业人士移交给他们的案子。不过在当时，这门学科被看成是奇谈，压根没有扎实的研究做其后盾。当我进入故事角色的时候，情况就是这个样子。

我已谈过进入凶手的位置和揣摩其心理的重要性。通过研究和实际办案，我们发现把自己放在受害者的位置是同样重要的，而且也许是同样充满痛苦和恐怖的。我们只有确切了解某一特定受害者面对降临在她或者他头上的恐怖事件都做出了什么反应，才能够真实理解凶手的行为和反应。

要了解凶手，你就必须查验犯罪行为。

80 年代初期，佐治亚州一个乡间小镇的警察局向我提交了一件使人困扰的案子。一个在当地一所初等中学担任乐队指挥的 14 岁漂亮女孩在离家大约 100 码处的学校班车停靠点遭人绑架。几天后，人们在大约 10 英里外的树木茂密的恋人小径一带找到了她那衣衫不整的尸体。她受到了性侵犯，死因系头部受到钝器重击。她的身旁放着一块血迹斑斑的大石头。

在能够提出分析意见以前，我必须尽可能充分地了解这个小女孩。我发现她虽然长得漂亮，但 14 岁的她看上去就是 14 岁的孩子，而不像有些 10 几岁的女孩子那样看上去如同 21 岁一样老练。凡是认识她的人都向我保证，她不是一个举止轻浮或者喜欢调情的人，从不吸毒或酗酒，对待任何接近她的人都显得热情友好。验尸分析显示，她被强暴时还是处女身。

这些在我看来都是极为重要的信息，因为它们引导我去了解在绑架发生之际和之后她会做出什么样的反应，以及凶手在两个人相处的特定情景下会做出什么样的回应。我据此认定，谋杀并非预谋的结果，而是他在这个小女孩并没有张开双臂迎接他的情况下惊慌失措而做出的反应（在袭击者扭曲虚妄的幻想中，小女孩的态度不该是这样的）。这一点反过来又引导我进一步理解了凶手的个性，而我的画像则引导警方将注意力集中于一年前发生在邻近一个大城镇的强奸案的一名嫌疑人。理解受害者使我得以设计出一套策略，供警方在审讯这名难缠的嫌疑人时使用。正如我所推测的，此人早已通过了测谎器测验。稍后，我将详细讨论这一令人着迷而又令人心碎的案子。不过就现在而言，只要这么说就足矣：此人最后承认犯下了这次谋杀案和先前的那次强奸案。他被定罪判刑。截至写作本书时，他仍在佐治亚州的死囚区服刑。

我们对就读于联邦调查局全国学院的特工或专业执法人员讲授罪犯个性画像和犯罪现场分析的基本要素时，会力图让他们去思考犯罪的全部过程。我的同事罗伊·黑兹尔伍德在 1993 年从局里退休前，讲授了几年的画像基础课程，他习惯于把这一分析划分成 3 个明确的问题和短句——什么、为什么、是谁。

发生了什么事情？它包括有关犯罪在行为方面可能会有重要意义的任何情况。

为什么会以这种方式发案？例如：为什么会发生死后分尸？为什么

没有拿走任何贵重物品？为什么没有强制性侵入？犯罪过程中出现的任何有意义的行为要素的原因是什么？

然后它又引导出：

是谁会出于这些原因犯下这一罪行？

这便是我们要解答的问题。

二

我母亲的娘家姓福尔摩斯

我母亲的娘家姓"福尔摩斯",而父母亲当年险些就要选用它而不是用平淡无奇的"爱德华"做我的中间名。

当我回首往事时,没有发现除此以外我的早年生涯中有什么迹象显示我将来要成为一名心理侦探或罪犯画像师。

我出生在纽约市布鲁克林区,离皇后区不远。我父亲杰克是《布鲁克林鹰报》的一名印刷工。我年满8岁时,他出于对犯罪率不断上升的担忧,把家迁到长岛的亨普斯特德,后来担任过长岛印刷工会的主席。我有一个大我4岁的姐姐阿伦,从很早的时候起,无论在学业方面还是在运动方面,她都是家庭的明星。

我在学业上毫不出众,得分通常是 B- 或 C+ 。因我待人客气随和,虽然成绩平平,却总是受到拉德卢姆小学老师们的喜爱。我最感兴趣的是动物,在不同阶段养过狗、猫、兔子、仓鼠和蛇。因为我说过想当个兽医,所以母亲对这一切都很宽容。由于这种努力显示出我有希望当上兽医，她一直鼓励我朝这个方向发展。

我在学校里显露的惟一天赋就是讲故事，从某种角度上来讲这种天赋在我日后调查案件时发挥了作用。警探和犯罪现场分析家必须把一堆迥异的、貌似不相关的线索转变为一个前后连贯的故事，因此讲故事的才能是一种重要的天资，对于凶杀案的调查尤其如此——因为受害者本人已无法讲述他或她的不幸故事。

无论如何，我常常施展自己的天资以逃避真正的功课。我还记得上九年级时有一回出于偷懒没有阅读一本小说，而老师要求每个人当着全班的面做口头读书报告。于是轮到我上台时（我至今仍然不敢相信竟然有这种胆量），我编造了书名和作者，接着开始讲述关于一群野营者围坐在篝火旁过夜的故事。

我一边讲一边编造故事内容，同时心里在嘀咕：这样讲下去我还能坚持多久？当我讲到一头熊偷偷摸摸逼近野营者，眼看就要猛扑上去的节骨眼上时，一下没词儿了。我的精神开始崩溃，别无选择，只好向老师承认这一切都是捏造的。我一定是出于良心不安才这样认了错，由此可以证明我完全没有罪犯个性。我站在讲台上，像个原形毕露的骗子一样。我知道这次要不及格了，要在全班同学面前丢丑了，我也已预料到母亲得知此事会怎样说我。

可是让我吃惊和不解的是，老师和其他孩子完全被故事内容吸引住了！当我承认故事是编造的时候，他们却说："把故事讲完呀！快告诉我们后来发生的事情。"于是我讲完了故事，最后得了一个 A。我一直没把这件事告诉我的孩子，因为不想让她们误以为犯罪是值得的。不过从中我了解到，只要能向人们推销你的主意并引起其兴趣，你就常常能得到他们的合作。这一认识使我获益颇多，因为我身为执法官员，往往不得不向自己的上司或者当地的警方宣传我们的工作，鼓吹它的重大价值。然而我不得不承认，正是这同一天资在某种程度上会被骗子和罪犯利用，以逃避惩罚。

顺便提一下，我虚构的野营者最终确实安然无恙地得以逃脱，这一结局与我原定的结局相去甚远，因为我真正喜爱的是动物。为了当一名兽医，我用了3个暑假的时间参加了康奈尔大学兽医系开设的康奈尔农庄培训班，地点在纽约州北部的牧场。对城里孩子来说，这可是走近和接触大自然的绝好机会。为了得到这一优惠待遇，我每周要打工70至80小时，每小时酬金是15美元；而此时我的校友们都已返回家中，正在琼斯海滩上尽情享受着日光浴。

这种体力劳动确实使我有强健的体魄参加体育运动，而这是我的另一个特长。上亨普斯特德高中时，我担任过棒球队的投手和橄榄球队的防守队员。如今回想起来，也许就在这一时期，我对个性画像的兴趣头一次真正显露出来。

一踏进投球区，我很快就会想到，投球既猛又准只是赢得了一半比赛。我能投出一手漂亮的快球和相当有水准的滑行曲线球，但是不少高中的投手也会这一手，或者说水平与我不相上下。赢球的关键就在于，要能在心理上压倒对方的击球手，而我意识到这主要是靠树立必胜的信心，同时尽可能让站在本垒板处的那个家伙内心忐忑不安。多年后，当我着手发展我的审讯技巧时，这种体会出色地以相似的方式派上了用场。

念高中时，我已身高6英尺2英寸，我常常会利用这一优势。就实力而言，我们的球队在强手如林的联盟中表现平平，因此我很清楚，要想在赛场上脱颖而出并确保必胜的精神状态，就要看投手的场上表现出色不出色。作为高中生，我拥有上佳的自控力，但我决定不让对方的击球手了解这一点。我想装出冒失莽撞、表现相当不稳定的样子，这样一来，那些击球手就不会在本垒板处用脚刨出小坑，以便击球时好用上力。我想让他们以为，如果他们那样去做，就会有被 60 英尺开外的这个疯狂投手的快球击出本垒的危险，甚至还会更加糟糕。

亨普斯特德高中的橄榄球队确实水平不错，体重 188 磅的我在队中担任防守线上球员。同样，我认识到比赛时我们可以在心理上略占上风。我估计，如果我发出不满的咕哝声或者抱怨声，外加满场疯狂的表现，还是能够对付那些个子更大的球员的。没过多长时间，我就让其他线上的球员效仿我的做法。后来，我经常会担任一些利用精神失常作为辩护理由的谋杀案的审讯工作。从自身经历中我早已晓得，行为躁狂这个单一事实未必意味着一个人压根不知道自己在干些什么。

1962 年，我们与旺托高中进行了一场争夺索普杯的比赛，该奖杯是奖励长岛地区最佳高中橄榄球队的。对方球员人均体重超出我们大约 40磅，因此我们清楚，很有可能我们会在满场观众面前被打得落花流水。于是在赛前，我们设计了一套热身练习，目的只有一个：要在心理上占优势，要震慑住对手。我们排成两行，每行的第一人上前堵截——实际上是击倒——另一行的第一人。这一场面适时配合上各种咕哝声、抱怨声和痛苦的尖叫声。从旺托球员的表情中我们可以看出，预期效果已经达到。他们八成是在思忖："如果这些家伙真的愚蠢到自相残杀的程度，天才晓得他们会拿我们怎么样。"

事实上，这整个插曲是经过精心设计的。我们操练过摔跤式攻击，因此看上去好像是重重摔倒在地，其实是不伤皮毛的。进入实际比赛时，我们始终保持着这种疯狂表现，仿佛当天下午我们才被从精神病院放出来，比赛一结束又要直接被遣送回去。球赛的比分一路咬得很紧，当混乱场面最终平息下来时，我们以 14 比 13 赢得了比赛，捧回了 1962 年度的索普杯。

我平生第一次接触"执法"，事实上是我第一次对画像的"亲身"经历，发生在 18 岁那年，当时我在亨普斯特德一家名叫"煤气灯东部"的酒吧俱乐部找到一份看门人的工作。我的工作表现很出色，后来在长岛冲浪俱乐部得到了同样的工作。在这两个地方，我的主要职责有二：禁止未满法定饮酒年龄者入内，换句话说，禁止任何比我年轻的人入内；阻止聚众饮酒之处难免会发生的斗殴行为或者驱散闹事者。

我站在大门口，要求任何年龄可疑者出示身份证，然后盘问此人的出生年月以验证此人是不是身份证的主人。这是最标准的程序，人人都料到会如此，因而早已有所准备。大凡颇费周折才弄到一张假身份证的孩子，很少会粗心到不去记住证件上的出生年月。我一面盘问，一面直视他们的眼睛，这一招对有的人还挺管用，尤其是对女孩子，因其在这个年龄一般而言还是较有社会良知的。不过那些存心要混进来的人仍然能够闯过大多数检查，只是他们事先要集中精力进行练习。

每一组年轻人走到前排接受盘查时，我实际要做的就是仔细审视站在后面大约三四排的那些人；当他们准备接受盘问时，注意其反应，观察其身势语，查看其是否表现得紧张不安或迟疑不决。

驱散闹事者则更具挑战性，为此我依靠的是以往体育比赛的经验。如果他们从你的眼神中看出你这人轻易惹不得，再加上你稍稍表现出行动疯狂，那么有时甚至连那些膀大腰圆之辈都会考虑是否要与你纠缠。如果他们认为你这人很不对劲，连自身安危都不挂在心上，那么你便是更加危险的对手。大约 20 年过后，比方说，当我们为研究重大系列杀人案而对囚犯访谈时，就发现典型行刺犯的个性在某些重要方面要比典型系列杀人犯的个性更具危险性。这是因为行刺犯不同于系列杀人犯，行刺犯只会挑选他认为能够对付的一个受害者，然后不遗余力地逃避缉捕；系列杀人犯则一味迷恋于执行他的"使命"，一般来说不惜以死去实现它。

要人们对你另眼相看——例如，认为你蛮不讲理、行动疯狂、深不可测，另有一层需考虑的因素，即你必须在上班的全部时间里保持这一人格面貌，而不仅仅是在你认为人们注意你的时候才如此。我曾前往位于伊利诺伊州马里恩的联邦监狱访问加里·特拉普内尔，一位臭名昭著的持枪抢劫犯和劫机犯。他声称可以愚弄任何一位监狱精神病医生，令其轻信他患有他愿意具体指明的任何一种精神疾病。他告诉我，成功的秘诀在于无论何时何地都要装出病成那个样子，哪怕独处囚室时也不例外，这样一来，当医生进行走访时，你便不必"费神思考"如何才能蒙混过关，那种"思考"会让你露出马脚。由此看来，在受益于此类"专家"的建议之前很久，我似乎就已具备像罪犯那样去思考的某些本能。

如果无法在酒吧里震慑住斗殴之徒，我便会尝试采用业余画像手法去退而求其次，在事情闹大以前加以制止。我发现，凭借我的一点经验，加上认真观察人的行为和身势语，我就能将这些情况与最终爆发为斗殴的那种行动联系在一起，因而便能预料某人是否准备肇事。出现这种情形时，或者心存疑虑时，我总是首先出击，采取出其不意的行动，在那个潜在的肇事者弄明白到底发生了什么以前，就想法把他请出酒吧，轰到大街上。我总是在对人讲，大多数性杀人犯和系列强奸犯已变得擅长于支配、操纵和控制，而我在另一种环境下努力要掌握的就是完全相同的技能。起码可以说，我已有所长进。

高中毕业时，我依然想当兽医，可是考试成绩达不到康奈尔大学的录取线。以我的考分，只有去蒙大拿州立大学读一门相关学科。于是，

1963 年 9 月，我这个在布鲁克林和长岛长大的小伙子便启程前往幅员辽阔的国度的中部。

一抵达博兹曼，我便体验到前所未有的文化冲击。

我在早期的一封家书中写道："请接受来自蒙大拿的问候，在这里男子汉就是男子汉，胆小鬼就得提心吊胆。"正如蒙大拿似乎拥有我心目中西部边疆的全部陈规陋习和陈腐思想那样，我给当地人的印象也是个标准的东部人。我参加了一家联谊会的当地分会，其成员几乎清一色是当地小伙子，因此我显得很不自然。我喜欢戴黑色帽子，穿黑色服装，蓄着长长的连鬓胡子，活像《西城故事》中的人物，而当时像我这样的纽约人给人的印象就是如此。

于是我充分利用了这一点。每每出席社交聚会，本地人都会穿西部服装，跳两步舞，而我前几年一直满腔热情地收看电视上查比·切克的舞蹈教学节目，对扭腰舞的一招一式都很熟悉。由于我姐姐阿伦比我大 4 岁，她很早就把我当成她的练习舞伴，因此我很快成为整个大学社区的舞蹈教练。我的感觉就像是一位传教士进入了一片从未听说过英语的穷乡僻壤。

我的学业情况一直不太理想，而现在因为把精力都集中在其他事情上，成绩更是一路滑坡。我早就在纽约的一家酒吧当过看门人，但是在蒙大拿这地方，法定饮酒年龄是 21 岁，这实在令我失望。不幸的是，我并没有让它对我有所妨碍。

我第一次与法律产生冲突的经过是这样的：

当时我和大学生联谊会的一个哥们儿带上在未婚母亲之家碰上的两个时髦女孩外出。她们看起来比同龄人要成熟。我们在一家酒吧前停下，我进门去买一盒 6 罐装的啤酒。

酒吧服务员说："请出示身份证。"我递给他一张精心伪造的义务兵役证件。从过去当看门人的经历中，我很清楚伪造身份证的隐患。

那家伙看了看证件说："嗯，来自布鲁克林？你们东部人都是大混蛋吧？"我有点不自然地笑了笑，只见酒吧里的所有人都转过身来，我知道这下可有证人了。我回到停车场，后来我们喝着酒上了路。我哪里会知道其中一位女孩将喝空的啤酒罐丢进了汽车行李厢。

突然，我听到警车的警报声。一个警察把我们拦下了。"下车。"

我们只好下了车。他开始搜身检查，尽管我当时也知道这是不合法的，可绝不会去跟他顶嘴。他弯下腰时，手枪和警棒露了出来，于是我的头脑里闪过一个疯狂的念头：我可以夺下警棒，猛击他的头部，再拿走手枪逃之夭夭。所幸我并没这样铤而走险，否则后果不堪设想。不过，我晓得他马上要搜查我，便赶紧从皮夹子里取出身份证，塞入了内裤。

他把我们4人带回警察局，进行了隔离，这下子我可紧张得浑身冒汗，因为我担心另一个家伙会招供，牵连到我。

有位警官对我说："好吧，孩子，把情况都告诉我们。如果酒吧服务员没有要你出示身份证，我们会回去找他算账。我们以前就找过他麻烦。"

我回答说："我来自东部，我们那里人是不兴告发人的。我们不会干这种事。"我俨然一副乔治·拉夫特的口气，不过事实上我自忖道：他当然要过我的身份证，而我出示的是一份伪造证件！在此过程中，那证件已从内裤中掉了下去，正紧紧压迫着我的要害部位。我不知道他们会不会要我们接受脱光衣服之类的检查。我的意思是，这地方对我来说可是边陲之地，天才晓得他们会干什么。于是我迅速估量了一下形势，假装身体不适。我告诉他们我感到恶心，要上一趟厕所。

他们允许我单独上厕所，不过我倒是看过不少电影，因此走进厕所后，对着壁镜看了看，惟恐他们正从另一头监视我。我走到厕所的另一头，把手伸进内裤，取出了身份证，随后又走到洗手池边佯装呕吐，以防被人监视。我走进厕所的隔间，把义务兵役证丢进抽水马桶用水冲走，然后信心倍增地走了回去。结果我被罚款40美元，并获缓刑。

我第二次跟博兹曼警察打交道发生在大学二年级那年，这次情况更加糟糕。

当时，我同另外两个东部的家伙和一个来自蒙大拿的家伙一道去观看骑术表演。终场后，我们驾驶一辆1962年型史蒂倍克车离去，车上放有啤酒，于是我们再度碰上了麻烦。那天雪花漫天飞舞。开车的是波士顿的小伙子，我坐在前排乘客座上，当地的那个家伙坐在我们中间。不知怎么的，开车的人冲过了十字路口的停车标志。而你猜怎么着？有名警察正巧就站在那里。这似乎成了我的蒙大拿生涯的标志。人们总是说，当你需要找警察时，到处都见不到他们的影子。尽管这样，1965年的博兹曼可不是这么回事。

我那位大学生联谊会的白痴老兄居然就不停车，我简直不敢相信！他驾车驶过后，那个警察在后面紧追不舍。

每当我们转弯暂时避开警察的视线时，就往车外扔啤酒罐。我们一路驱车向前，来到了一处住宅区，猛地冲过防止车速过快而建造的路面突起物：嘣！嘣！嘣！一道路障挡在前面；那名警察肯定用无线电通话器通知了前方的警察。我们绕过了路障，径直穿过某家的草坪。我一直在大声疾呼："快停下这该死的车！我要下车！"然而那个白痴就是不肯停车。车在飞速行驶，雪仍在铺天盖地地下着。我们听到身后警报声大作起来。

我们冲到一个十字路口。他猛地紧急刹车，来了个360度大转弯，车门冲开，我被甩出车外。我紧紧抓住车门，屁股在雪地上拖移。突然不知谁大叫了一声："快跑！"

我们撒腿就跑，各自朝着不同的方向。结果我跑进了一条巷子，发现有辆空的轻型货车，便一头钻了进去。我在逃跑中扔掉了黑帽子，身上套的是一件正反皆可穿的、反面是金色的黑夹克，于是我反穿夹克，金色的一面朝外做掩饰。然而我浑身汗流不止，弄得车窗上满是雾气。我心想：哦，真见鬼，这样他们是能发现我的。而且我担心车主随时会回来，在这一带地方他们可能会携带枪支。我揩去一小片车窗上的雾气朝外望去，只见我们丢弃的汽车周围一片热闹景象：有警车，有警犬，反正什么都有。这时他们开着警车朝巷子驶来，手电筒的光照在轻型货车上，我紧张得差点要尿裤子。可是我简直不敢相信，他们没能发现躲在车内的我，驱车直接驶了过去！

我偷偷摸摸回到了学校，所有人都已听说了这件事。我发现我和两个东部家伙得以逃脱，警察抓住了蒙大拿的小伙子，他已把实情和盘托出。他供出了我们的名字，于是警察将我们一一带走。他们前来抓我时，我承认有罪以求从轻发落，我说开车的不是我，当时很害怕，曾经恳求开车的家伙停车。开车的波士顿人被投入牢房，室内只有弹簧床而没配床垫，有面包和白开水，还有规定要穿的全套囚服。然而不可思议的是，我依然吉星高照，再度被罚款40美元并获缓刑。

不过警察通报了校方，又通知了我的父母，他们闻讯大为光火。而我的学业也是一团糟。我各科的平均成绩是D，其中演讲课因从未到堂上课而不及格，这可是我多年来拿到的最低分，因为我一直认为演讲才是我的最强项。我并未想方设法去摆脱这种困境。第二学年结束时，很显然，我在西部荒野的冒险生涯已走到了尽头。

如果说我对这一时期的全部记忆似乎都与倒霉事件和自毁前程有关，当时的情形对我来说好像正是这样。我离开大学回到了家，生活在不无失望的父母的眼皮底下。母亲得知我再也当不了兽医时尤为伤心。像以往一样，当我自己拿不定主意该做什么时，便重新仗着自己有体育特长，于1965年夏季干上了救生员的工作。夏季结束时，我用不着返回大学了，便找了份工作，负责管理帕乔格假日酒店的健身俱乐部。

　　在那里开始工作后不久，我认识了桑迪，她是酒店鸡尾酒会的女招待。她年轻漂亮，带着一个年幼的儿子，我很快就为她神魂颠倒了。她穿上那套酒会招待员的小号制服时真是迷人至极。由于经常运动和健身，我的身体显得十分健壮，她似乎也挺喜欢我。我当时住在家里，她老是打电话给我。父亲对我说："到底是什么人一天到晚给你打电话？而且总能听到背景中传来小孩的哭闹声。"

　　住在家里可没有干好事的可乘之机，不过桑迪告诉我，在酒店工作的人能够非常便宜地租到一间未被预订的客房。于是有一天我们双双进了一间客房。

　　次日凌晨，电话铃响了起来。她接了电话，我只听见她说：

　　"不！不！我不想跟他通话！"

　　我半梦半醒地问道："是谁呀？"

　　她说："是总台打来的。她们说我丈夫来了，正在上楼。"

　　这下子我完全清醒了，说："你丈夫？这是什么意思，你丈夫？你可从没告诉我你还是有夫之妇！"

　　她指出她也从没告诉我她离婚了，接着又解释说，他们已分居了。

　　没什么大不了的，我思忖道。这时我听见那个疯子沿着过道冲了过来。

他开始一个劲地捶门。"桑迪！我知道你在里面，桑迪！"

客房有扇玻璃百叶窗开向过道，他正在用力扯拽着窗户，想把它们从窗框上扯下来。与此同时，我正在寻找一个能够跳下去的地方——我们住在酒店二楼——可是没有窗户能够让我跳下去。

我问她："这家伙会不会携带枪支什么的？"

"他有时带把匕首。"她说。

"噢，该死！这下子可好了！我一定要离开这里。打开门。"

我摆出一副拳击的架势。她拉开了门。那位先生冲了进来，直冲我而来。不过就在这时，他看见了我的身影轮廓。我肯定显得又高又壮，因此他改变了主意，收住了脚步。

但是他仍然在大叫大嚷："你这狗娘养的！给我滚出去！"

我心想，男子汉的阳刚之气我已经展示了一天，况且现在时间还早，便很客气地说："好的，先生。事实上我正准备要走。"我又一次逢凶化吉，皮毛无损地摆脱了另一个尴尬局面。然而我无法回避这一事实，即生活中的一切都已弄得乱七八糟。顺便提一下，我驾驶父亲的绅宝车与朋友比尔·特纳驾驶的红色 MGA 车进行一场比赛时，还撞坏了父亲车子的前轴。

一个星期六早晨，母亲拿着一封兵役局的公函走进了我的房间，信中称他们想约见我一次。我来到曼哈顿的怀特霍尔街，与其他 300 人一起接受了一次兵役体检。他们要我做深屈膝动作，当我弯腰时，你能听见膝关节噼啪作响。同乔·纳马思一样，我因打橄榄球受伤，被取下了膝盖的软骨，只不过他的律师在这件事上肯定更有本事。他们推迟了录不录用我的决定，但最终还是通知我说，"山姆大叔"确实需要我。我不愿进陆军去碰运气，而是立即报名参加了空军，虽说那意味着 4 年服役期，但我估计空军会提供较好的教育机会。或许这正是我所需要得到的。我非常肯定自己在纽约或在蒙大拿已把教育机会差不多都糟蹋掉了。

我选择空军还有另一层原因。当年是 1966 年，越南战争正在不断升级。我这人并不热衷于政治，一般来说，我认为自己是肯尼迪的民主党的支持者，那是因为我父亲是长岛印刷工会的官员。可是要我为一个我仅有模糊概念的事业去卖命，我不大甘心。我记得当时有位航空机械师曾告诉我，只有在空军里是当官的——即飞行员——上前线参战，而让当兵的留在后方提供支援。既然我无意当一名飞行员，这种情形听起来倒挺对我的胃口。

我被派往得克萨斯州阿马里洛接受基础训练。我们这一训练班共有 50 人，大约半数是像我这样的纽约人，半数是来自路易斯安那州的南方小伙子。教官们总是与北方人过不去，然而大多数时候我认为那是合情合理的。我喜欢和南方人待在一起，我发现他们比较可爱，远不像我那些纽约伙伴招人讨厌。

对许多年轻人而言，基础训练压力重重。我在团体比赛运动方面曾接受过教练的严格管教，我承认近几年来一直惹祸不断，因此将训练教官的申斥责骂视同玩笑一般。我能够识别出教官在动什么脑筋和玩什么心理把戏，而我的体格向来就很棒，故而基础训练对我来说是不难对付的。我很快成为一名 M16 自动步枪的射击能手，也许这是因为我在高中时做过投手，练就了善于瞄准的本领的缘故吧。我参军以前惟一的枪支射击经历就是 10 几岁时用气枪瞄准路灯射击。

在基础训练期间，我又一次获得了惹是生非的名声。我练习举重后会气喘吁吁，再加上剃了个短平头，大家便叫我"俄国熊"。另一班中也有一人得到了类似的诨名，于是不知是谁提出了一个绝妙的观点：要是让我们俩进行一场拳击赛，对鼓舞基地的士气将会大有好处。

这场拳击赛堪称基地的一大盛事。我们俩势均力敌，谁都不肯示弱让步。结果双方打得不可开交，我的鼻梁则第 3 次被打断（前两次是在高中打橄榄球时发生的）。

无论这是好是坏，我最后夺得了全班 50 人中的总分第 3 名。通过基础训练后，我接受了一系列测试，并被告知完全有资格上无线电截收学校。可是该校已经招生额满，而我又不大愿意干等到下一期开班，于是他们让我干上了文职打字员，尽管我压根就不会打字。大约 100 英里以外的新墨西哥州克洛维斯郊外坎农空军基地的人事部门尚有一名空额。

就这样我最后分到了那里，整天用两个手指吃力地打出 DD214 文件，即退伍军人文件。我一面在替那个白痴军士做事，一面心想，我一定得离开这地方。

在这里我又一次吉星高照。人事部门隔壁就是特勤部门。听我这么说，大多数人会以为那是指绿色贝雷帽之类的特种部队。但这是特别勤务部门，说得具体一点，就是运动特别勤务部门。具备了我这样的背景，去那儿工作倒是实现必要时报效国家的最佳途径。

我开始了四下窥探，站在门口偷听，于是听到里面有个人说："这个项目快要完蛋了。我们根本找不到合适的人选。"

我自忖道：这下机会可来了！ 我走过来走过去，最后敲了敲门，说："你们好！ 我叫约翰·道格拉斯，请允许我介绍一下我的情况。"

我一边介绍，一边注意着他们的反应，同时"画像出"他们所需要的那种人选。我知道成功有望了，因为他们不断相互望着，好像是在说："这可是奇迹！ 他正是我们要找的人！"就这样他们将我从人事部门调了过来，从那一天起，我就再也用不着穿制服了。他们让我这个士兵负责所有运动项目，并付给额外的薪金，而且我还有资格参加自学考试课程的学习。该项教育计划由政府出资支付 75 % 的学费，学员利用晚上和周末时间上课。我确实是这样做的。上课地点在 20 英里以外、位于波塔利斯的东新墨西哥大学。为了要扭转大学期间平均成绩为 D 的不利局面，我必须全部课程都拿到 A 才可继续进行自学考试课程。不过我平生第一回觉得人生有了奋斗目标。

我代表空军基地参加过诸如网球、足球、羽毛球一类角逐激烈的体育比赛。因为表现突出，他们便决定让我来管理基地的高尔夫球场和高尔夫球专卖商店，尽管我这一辈子从来没打过高尔夫球。身穿那套阿诺德·帕尔默牌运动服管理着各项高尔夫赛事时，我看起来倒很像那么回事。

一天，基地司令官走了进来，想知道那场比赛应该使用什么压缩系数的球。我不清楚他都说了些什么，结果就像几乎 10 年前那次做读书报告的情形一样，我又被发现是个冒牌货。

"你到底是怎么混进这里进行管理的？"他查问了实情。事后我便从高尔夫球场调离，换到了女士宝石部。这听起来够令人兴奋的，后来我才发现这个部门是做石细工的。我同时被指派负责管理女士用陶瓷品和军官俱乐部游泳池。我不禁纳闷：那些当官的冒着生命危险在越南上空飞行，而我却在这里替他们轻浮的太太搬椅子、递毛巾，教他们的孩子学习游泳，为此他们还付我额外的薪水、让我攻读大学学位，这究竟是怎么回事？

我的另一项职责仿佛使我回到了看门人的岁月。游泳池紧挨着军官俱乐部，里面经常挤满了来战术空军司令部接受训练的年轻飞行员。我不止一次上前拉开酒后发疯、打成一团的飞行员，有时是把他们从我身上拉开。

到空军服役快满两年时，我正在攻读大学本科学位，了解到当地有家专门帮助残疾儿童的机构。他们在开展娱乐活动方面需要帮手，于是我当了一名志愿服务者。每星期一次，我在几位非军方人员陪同下带领大约 15 名儿童或者溜旱冰，或者打迷你高尔夫球或保龄球，或者进行某种能让孩子们练就出各自独立的技能技巧的运动。

大多数孩子都面临着严重残疾的挑战，像双目失明、先天愚痴或严重的肌肉运动失控症。这份工作是十分吃力的，比方说吧，你要一手拉着一个儿童沿着场地一圈又一圈地溜冰，同时要尽力保证他们免受伤害。尽管如此，我绝对喜欢这份工作。事实上，我一生中还很少有如此快乐的体验。

当我每星期在学校门前停住车子时，孩子们就会跑出来迎接我，把车子团团围住，我一下车就同他们拥抱在一起。每回活动结束之际，他们都是依依不舍地望着我离去，我也同样为不得不离去而感到难受。我从中获得了很大的满足，领受到深厚的友爱和伙伴情谊，而这般感受在我生命的这一阶段实在无法从其他渠道获得，因此我开始晚上去那里为孩子们讲故事。

我在基地里接触的那些健康的、所谓正常的孩子习惯于成为人们关注的中心，从父母那里得到渴望的一切。相比之下，我的那些"特殊"孩子则反差鲜明，他们非常感激别人对他们做出的一切，而且尽管身患残疾，却总是待人友善和渴望冒险。

我并没有意识到自己跟孩子们相处时的大部分举动都被别人看在了眼里。我对此竟从未有所察觉，这一点足以说明我的观察力如何！　总之，我的"表现"受到了东新墨西哥大学心理系的评估，后来他们主动为我提供了一份攻读特殊教育专业的四学年奖学金。

虽然一直向往的是攻读工业心理学，我倒也非常喜欢孩子们，心想也许这是一个很好的选择。事实上，我可以留在空军，并以此为职业成为一名军官。我向由文职人员主管的基地人事部门递交了提供奖学金的有关文件。他们经过一番斟酌，认定空军并不需要拥有特殊教育学位的人员。我觉得这种决定很奇怪，因为基地有那么多的家属小孩。但那就是他们的决定。我放弃了以特殊教育作为职业的想法，但仍旧继续着我如此热爱的志愿服务者工作。

1969 年圣诞节，我打算回家探亲。我必须驱车几百英里返回阿马里洛去搭乘飞往纽约的班机，可是我的大众牌甲壳虫车经不住这种长途跋涉。于是我在基地最要好的朋友罗伯特·拉丰把他的卡曼基亚车换给我作长途旅行。我不愿错过特勤部门的圣诞晚会，而跟他换车是我赶到阿马里洛准时搭乘班机的惟一办法。

我在拉瓜迪亚机场走下飞机时，父母已来接我了。他们面色凝重，好像患了战斗疲劳症，我不清楚个中原委。毕竟我的人生已有改观，总算能让他们没有理由对我感到失望了。

原来他们接到通知，说是有位身份不详的大众车驾驶人员在基地附近出车祸身亡，有关失事车辆的描述与我的车子正相吻合。在看见我走下飞机以前，他们一直不知道我是死是活。

原来罗伯特·拉丰像其他人许多一样在圣诞晚会上喝得酩酊大醉、不省人事。当时在场的人告诉我，有几名军官和军士把他架出去送进我的车子里，将车钥匙插入点火装置。当他清醒过来后，便试图驶离基地。当时天下着雪，地面已上冻；他一头撞上了一辆客货两用车，车上坐有一位母亲和她的孩子们。谢天谢地，他们都安然无恙，可坐在我那辆不堪一击的车子里的罗伯特·拉丰却猛地撞上方向盘，冲出了挡风玻璃，不幸丧生。

这件事一直困扰着我。我们交往甚密。我总在想，要是他没有借给我他那辆好车，悲剧兴许就不会发生。返回基地后，我必须去认领他的遗物，把他的所有私人物品打包装箱，寄给了他的家人。我好几次回到出事地点去看我那辆破烂车，经常梦见罗伯特和那场车祸。那天我还同他一道去为他远在佛罗里达州彭萨科拉的父母亲购买圣诞礼物，而就在礼物寄到家的当天，基地的军官也赶到他家，告诉了他父母这一噩耗。

我不只是悲伤难过，而且义愤填膺。我就像日后成为调查人员时那样，不断向人打听，最后把我认为应对此事负责的目标缩小到两个人。我找到了他们的办公室，一把揪住他们，把他们顶在墙上，然后挨着个狠狠揍了一通。其他人不得不上来将我们拉开。我非常愤怒，才不在乎是不是会因此上军事法庭呢。在我眼里，就是他们杀害了我最要好的朋友。

上军事法庭将是很棘手的事情，因为法庭将不得不先审理我对这两人的正式指控。再说，当时美国对越南的军事介入正处于收尾阶段，军方会让服役期还剩几个月的士兵提早退役。因此为了大事化小，人事部门便让我提前几个月退伍了。

在空军服役期间，我完成了大学本科学业，并开始攻读工业心理学的硕士学位。我的生活来源是美国《士兵权利法案》所保障的生活费，住的是克洛维斯的一套无窗地下室公寓，每周租金 7 美元，终日要与体长 3 英寸的水蜻军团作战：每当我走进房间打开电灯时，它们就会排出进攻队形。由于不再能使用基地的良好设施，我参加了一个设施陈旧的廉价健身俱乐部，其氛围和内部装修与我那套地下室公寓相差无几。

1970 年秋天，我在俱乐部结识了一个名叫弗兰克·海恩斯的家伙，后来才晓得他是联邦调查局的特工。他在克洛维斯单独主管一个办事处。我们在健身俱乐部相处很好。后来他告诉我，他是从已退休的基地司令官那里听说我的情况的，于是开始设法激起我对加盟联邦调查局的兴趣。坦率地说，我压根就没想过要去从事执法工作。我打算一拿到工业心理学学位就以此谋职，供职于一家大公司，处理诸如人事安排、雇员援助和压力管理一类的事务，这看上去会提供给我一个稳定而可测的未来。到眼下为止，我与联邦调查局只打过一次直接交道。那是在蒙大拿的时候，有一回我托运回家的皮箱被盗了，当地一名特工约见了我，认为我有可能精心策划了这起失窃事件以骗取保险金。不过那件事最后不了了之。如果说联邦调查局办理的就是这类案子，那么在我看来，这种差使并没有什么大不了的。

弗兰克却执意认为我会成为一名出色的特工，不断地鼓励我加盟。他屡次邀请我上他家进餐，把我介绍给他的太太和儿子，还向我展示他的枪支和工资单存根，这两样东西我都望尘莫及。我得承认，与我那寒酸的生活相比，弗兰克简直过着国王般的生活。于是我决定试一试。

弗兰克一直住在新墨西哥州，多年之后，我们又会相遇，那时我为一桩杀人案的审判出庭作证，而这案子就是他经办的。凶手以残忍的手段杀害了一位妇女，又将尸体焚烧，以逃避侦破。不过话说回来，对这种办案工作我在1970年的秋天是根本料想不到的。

弗兰克将我的申请表送交阿尔伯克基的外勤工作站。他们对我进行了专为非律师人士设计的标准法律考试。尽管我体格健壮、肌肉发达，但按照联邦调查局的标准，以我6英尺2英寸的身高，220磅的体重已经超标25磅。调查局里惟一一位体重超标的人便是那位传奇般的局长埃德加·胡佛本人。我在两个星期里除了诺克斯牌减肥凝胶品和煮得很老的鸡蛋，别的什么都不吃，好歹把体重降了下来。同时我还连续剃了 3 次头才被认为可以拍摄身份证用照。

最后到了 11 月份，我接到了试用期任命书，起薪为 10 869 美元。我总算搬出了那套令人沮丧的无窗地下室公寓。倘若我当时就知道，我在调查局的大半职业生涯将在另一间无窗地下室里度过，而追踪的是更加令人沮丧的案子，真不知我那时会作何感想。

三

拿雨点打赌

申请者众，入选者寡。

这便是局里不断灌输给我们这些新招募来的人员的信息。差不多每一个有兴趣以执法为职业的人士都渴望成为美国联邦调查局的特工，而只有出类拔萃之辈才能指望获此机缘。调查局所拥有的悠久而荣耀的传统可以一直追溯到 1924 年，当年一位名叫约翰·埃德加·胡佛的名不见经传的政府律师接管了一家经费不足、管理不善的腐垮机构。在我进调查局那年，他已有 75 岁高龄，而就是这位胡佛先生依旧领导着这家备受尊重的政府机构，一如既往地以其方下巴和铁手腕实施着统治。所以我们最好别让调查局失望。

发自局长的一封电报指示我于 1970 年 12 月 14 日上午 9 点前往华盛顿市宾夕法尼亚大街的老邮局大楼 625 室报到，并接受为期 14 周的训练，把我从一个老百姓转变成联邦调查局的一名特工。临报到前，我到长岛探亲，父亲格外为我骄傲，特意在家门前悬挂了一面美国国旗。由于前几年一直在空军服役，我没有一件像样的正式点的衣服，父亲便一次为我买下了3套"正规场合"穿的深色西服，一套蓝色、一套黑色、一套棕色，还买了几件衬衣和两双翼波状盖饰皮鞋，一双黑色、一双棕色。他亲自开车送我去华盛顿，确保我第一天能准时上班。

没过多久我就熟悉了局里那套规矩和训导。主持就职仪式的特工要我们拿出金色徽章，一面注视着徽章一面宣誓就职。我们凝视着手持正义天平、被蒙上双眼的女神，庄严宣誓：拥护和捍卫美国宪法，打击国内外一切敌人。"拿近一点！再近一点！"那名特工命令道。最后，我们斗鸡眼似的盯着金色的徽章。

我所在的新特工训练班是清一色的白人。1970年那会儿，联邦调查局很少有黑人特工，更没有女性特工。真正意义上的开放是在胡佛的漫长任职完结之后实现的。然而即便是进了坟墓，他那强大而可怕的影响力依旧挥之不去。当年大多数男性特工的年龄介于29岁到35岁之间，而25岁的我便算是最年轻的一位了。

我们一直被告诫要警惕前苏联特务，他们无所不在，对我们构成危害，窃取我们的秘密。局里警告我们要特别提防女性！这种洗脑十分有效，以致我拒绝了一位绝色佳人的约会。她与我同在一幢大楼里工作，竟然约我外出吃饭，我担心这是为考验我而设的圈套。

位于弗吉尼亚州匡蒂科海军陆战队基地的联邦调查局学院尚未竣工和投入使用，因此我们在那里进行射击和体能训练，而在华盛顿的老邮局大楼里进行课堂教学。

每位受训人员最初所学的一项内容是，联邦调查局特工不举枪则已，一举枪就要击毙对手。这项政策的理论根据既是严酷无情的，也是合乎逻辑的：如果你掏出手枪，便已决定要击毙对手。如果你认定形势非常危急，非得用枪射击不可，你便已肯定形势已危急到非置人于死地不可。在此紧急关头，你很少有回旋余地去谋划如何射击，很少有时间去从容不迫地思考再三，而且仅仅试图阻止或制服对手是风险很大的。你是不能拿自己或者潜在受害者的生命冒不必要的风险的。

我们接受的同等严格的课程包括：刑法、指纹分析、暴力和白领犯罪、拘捕技术、枪支使用、徒手格斗以及调查局在国家执法领域中开展工作的历史。不过我记忆最清楚的一门课程是在训练开始后不久学习的，我们称之为"脏字训练"。

"教室门关好了吗？"授课老师问道。随后，他分发给我们每人一份词汇表。"我要求你们掌握这些单词。"据我的回忆，词汇表包括了盎格鲁-撒克逊语汇中的下列"精华"：狗屎、操他妈的、舔阴、口交、女阴、龟头等等。我们要做的就是牢牢记住这些词汇，以便日后在办案中——例如在审讯嫌疑人过程中——碰上这些用词时，知道如何去应付。我们要保证将所有带这类脏字的办案报告交给办公室的"下流语速记员"（我可不是在戏言！），而不能交给普通的秘书。下流语速记员传统上都是由年龄较大、较为老练的妇女出任，她们能较成功地掩饰看见下流词语时的惊愕。可别忘啦，那年头调查局是男人的天下，况且1970年国民的敏感程度与今天不可同日而语，至少在胡佛统治下的联邦调查局里是这样。我们甚至还进行过脏字拼写比赛，所有考卷被收回并且——据我推测——在评分之后，被投入金属垃圾桶统统烧毁。

尽管这种训练显得荒谬，但我们对打击犯罪都是满怀理想的，都认为自己会有一番不俗的作为。在新特工训练进行到一半时，我被召进了负责训练的局长助理乔·卡斯珀的办公室，他是胡佛最信赖的助手之一。局里的人都叫他"和善的魔鬼"，不过起这一诨名的用意绝非出自亲热，而是带有讽刺。卡斯珀表扬我在大部分课程中表现出色，但是"局内沟通"课程未达到平均水平。局内沟通系指在机构不同部门之间彼此进行交流所使用的方式和术语。

"长官，我要争取达到一流水平。"我答道。如此求胜心切的人会被说成是爱出风头，这种心情可以帮助你出人头地，也会使你丢人现眼。如果出风头获得成功，他就会飞黄腾达。如果他搞砸了，那种彻底失败的后遗症将是非常持久和人人皆知的。

卡斯珀也许待人苛刻，但绝非蠢材。他见识过许多爱出风头的人。"你要达到一流水平吗? 拿去吧! "他随手扔给我一本术语全册，要求我在圣诞节假期归来时熟记全部术语。

查克·伦斯福德是我们班的两位学院辅导员之一，他得知了我的情况后，就跑过来问我："你在他那里都说了些什么? "我如实相告。查克就骨碌碌地转动着眼睛。我俩都晓得这下子可够我忙的了。

我回到父母住处过圣诞节。当家里人都在尽情欢乐时，我还得一头扎进那本沟通术语手册里。这哪里像是在过节!

1月初我回到了华盛顿，依然吃力地忍受着那次出风头的后果。我必须参加笔试以检验我的用功程度。当班里另一位辅导员查理·普赖斯告诉我考了99分时，我无法表达当时得到的宽慰。"实际上你得了100分，"查理对我泄漏了实情，"但是胡佛先生说，没有人是十全十美的。"

为期14周的训练进行到大概一半时，局里就征求过我们每个人对首次分配外勤工作的意愿。联邦调查局绝大多数工作人员分布在遍及全美的59个外勤工作站。我意识到做这种选择是需要一定招数的，它就像一局大型的国际象棋比赛，对弈双方是新征人员与调查局总部。我一如既往地尽量从对方角度去考虑问题。我来自纽约，并不特别想返回那里。我估计洛杉矶、旧金山、迈阿密，没准还有西雅图和圣迭戈会是最抢手的城市。因此我选择了一个二类城市，这样就有可能实现第一志愿。

我选择了亚特兰大，被分配到底特律。

我们在毕业之际都得到了永久证书、一支 0.38 口径 6 连发的史密斯-韦森 10 型左轮手枪、6 发子弹，以及尽快赶去赴任的指示。总部一向很害怕新征人员在华盛顿市内、在胡佛先生的鼻子底下捅出乱子，那样对谁都不会有好处。

我另外还得到一本题为《底特律生存指南》的小册子。这个城市是美国种族矛盾最激化的地区之一，1967 年的骚乱事件影响犹存，它因一年发生 800 多起谋杀案而堪称全美犯罪首都。事实上，我们在工作站里进行过一次令人汗毛直竖的集体打赌，赌的是截至年底究竟会发生多少起杀人案。同大多数新特工一样，我刚上岗时也是满怀理想和精力充沛的，但是不久就认识到我们所面对的是什么样的局面。我在空军服役 4 年，其间最接近战争场面的一次就是因打橄榄球和拳击致使鼻子受伤而住进基地医院接受手术治疗时，我的病床紧挨着几位越战负伤士兵的病床。来到底特律以前，我从未有过被视为敌人的经历。联邦调查局在许多领域招人憎恨。他们把影响渗透到大学校园，建立起市区告密者网络。我们开着灰黑色汽车，到处招摇过市。在许多居民区，人们向我们扔掷石块。他们豢养的德国牧羊犬和短毛猎犬也很不喜欢我们。我们得到过警告：在缺乏完全充足的人力火力支援下，不得进入市区某些地段。

当地警方对我们也很不满。他们指责调查局在办案中"抢头功"，尚未侦破案件就率先发布新闻，然后又将警方侦破的犯罪案件加在调查局独自破案率的统计数字之上。颇具讽刺意味的是，在 1971 年我作为新手的那一年中，调查局雇用了大约 1 000 名新特工，而主管我们上街执勤这门实践课的主要不是调查局，而是当地警方，他们将我们置于其羽翼的保护之下。我们这一代特工所取得的成就毫无疑问在很大程度上要归功于全美各地警官的尽职精神和慷慨大度。

抢劫银行在当时甚为猖獗。每星期五是付薪日，各家银行都要准备大量现金，而我们平均每周要办理 2 至 3 起持枪抢劫银行案，有时则高达 5 起。在底特律的银行普遍使用防弹玻璃以前，现金出纳员死伤的案子多得惊人。我们办过一个案子，案发经过都已摄入了银行监视器。一名银行经理遭到枪击，毙命于办公桌前，当时正在办理贷款申请手续的一对夫妇就坐在他的对面，他们惊慌失措而又无助地旁观着悲剧发生。令抢劫者大为不满的是，该经理打不开定时保险柜。遭此横祸的不只是那些能够经手上万元现金的银行官员。在某些地区，连那些在麦当劳打工的人也同样面临生命危险。

我被派往犯罪反应组工作，它事实上指的是对已发生案件做出反应，例如抢劫银行案或勒索案。我的工作是配合该小组的"非法潜逃以避起诉"分队的工作。后来证明，这是非常难得的经历，因为该分队总是有机会参加许多行动。除了在工作站范围就每年杀人案发生率进行打赌外，我们还在小组内部搞过一场竞赛，比在一天之内谁能逮捕更多的凶手。这种竞赛简直无异于汽车销售商进行的"看看谁在特定时间里销售汽车最多"的比赛。

在那些日子里，我们最忙的一类工作是对付属于所谓的"42 分类"的逃兵。越战把美国一分为二，许多家伙一旦当了逃兵，死也不肯回去参战。我们办理的登记在"42 分类"名下的袭击执法官员案件数量要超出其他任何一类在逃犯的袭击案件。

我头一次参加分队行动是去追捕一名陆军逃兵。我找到他工作的一家路边加油站。我亮出了自己身份，原以为他会乖乖就范，谁知他突然拔出一把锉得锃亮的、把手缠着黑胶带的简易匕首，对着我就刺过来。我后退了几步，险些被他刺中。我向他猛扑上去，将他顶在加油站的玻璃墙上，用劲把他按倒在地，再用一只膝盖压在他背上，手枪顶着他的脑壳。此时那位经理对着我大叫大嚷，抗议我抓走了他的优秀员工。我到底在做些什么？难道这就是我想象中的职业吗？不停地冒着生命危险去追捕那些地位卑微的小人物是不是值得呢？这时，工业心理学显得如此美好。

　　追捕逃兵除了常常带来感情上的困惑，还会造成军方与调查局之间的怨恨。有时我们会拿着逮捕证一路追踪，发现了那个家伙的踪迹，在大街上当场将其抓获。他会愤怒地抗议我们将他带走，用指关节敲击自己的假腿，然后告诉我们，他在越南战场因腿部负伤荣获了一枚紫心勋章和一枚银星勋章。再三出现的局面是，无论是自愿选择回去的逃兵还是被军方抓获的逃兵，全部受到定期遣返越南的惩罚。他们中的很多人后来在战场上表现出色，可军方从不向我们透露任何情况。就我们所知，他们仍然被视为擅离职守的逃兵，我们为此极为恼火。

　　更糟糕的是，我们有时会找到逃兵的登记住址，碰上的却是泪流满面且有理由无比愤怒的妻子或父母亲。他们告诉我们，要缉拿的人已经英勇阵亡。我们居然在追捕那些阵亡的士兵，而军方却从来不让我们了解实情。

　　无论从事什么职业，当你深入现场后，便开始意识到有那么多大大小小的事情从未在学校里或训练中传授过。比方说，在不同的情况下（例如上公厕进入隔间时）如何放置枪支？是仍让枪套在腰带上呢，还是把枪挂在隔间的门上？有阵子我把它放在腿上，但那样一来我会觉得很紧张。这便是人人都会碰上的事情，却又不是那种你可自由自在地与资深同事讨论的事情。在我工作一个月的时候，问题出现了。

来底特律工作后，我购买了一辆大众牌甲壳虫车，而不无讽刺意味的是，正是这同一型号的汽车成了系列杀手的首选用车。特德·邦迪就拥有一辆，我们正是通过查找这种型号的车等方式才最终确认他是凶手。不管怎么说，有一回我把车子停放在当地一家购物中心前面，打算到男士用品店买一套西服。我知道到时还要试穿衣服，便考虑最好把手枪放在某个安全的地方。于是我把枪放进仪表板上的储物箱，走进了商店。

要知道，甲壳虫车有几处有趣的特征。由于它属于后置引擎车，备用轮胎就放置在车前的行李厢内。由于它当时几乎是普及型用车，且不说很容易被破门而入，备用轮胎被盗也是极为普遍的。毕竟几乎人人都会需要它嘛。最后值得注意的一点是，行李厢是通过储物箱里的一个开关打开的。

我相信你能够猜到下文如何。我走出商店来到车子前，发现车窗已被打碎。我试着假想了这个手法高明的窃贼的作案经过：偷轮胎的人打破车窗进入车子，把手伸进储物箱，想打开行李厢开关偷走备用胎，结果却发现里面有件更好的战利品。我这样推测是因为我的手枪不见了，可备用胎仍在那里。

"哦，真该死！"我自言自语，"我上岗还不到30天，就已经为敌人供应武器了！"我知道丢失枪支或者丢失证件意味着你立即会收到一份处分书。我找到了分队长鲍勃·菲茨帕特里克。菲茨帕特里克是个魁梧的家伙，生就一副为人之父的身材。他打扮整齐，在局里多少是一位活着的传奇人物。他晓得我厄运临头，心里很不好受。丢失枪支是必须上报局长办公室的，这下子事情可糟透了，因为这将是我人事档案中第一笔外勤工作记录。他说我们必须编造一套真正有创意的借口，要围绕我当时是一心想维持公众秩序来大做文章，要说明我不愿冒险惊吓住商店里的任何人，因为要是他们突然看见枪支，会以为遭到了抢劫。菲茨帕特里克叫我放心，既然离我晋升还有好几年时间，只要今后不再出纰漏，这一纸处分不会对我造成什么伤害。

于是我努力那样做了，尽管在好长一段时间里那支丢失的枪一直使我感到苦恼。大约25年后，我从局里退休时交还了匡蒂科军械库的那支史密斯-韦森10型左轮手枪，它实际上是原先那支枪的替代品。谢天谢地，那支丢失的手枪从未被用来作案，它实际上就从此消失了。

我与另外两名单身特工，鲍勃·麦戈尼格尔和杰克·孔斯特，同住在密歇根州泰勒城的一处配备家具的寓所，地处底特律南郊。我们是很要好的朋友。鲍勃后来在我的婚礼上担任男傧相。他也是一位怪杰。他老是穿深色丝绒西装和淡紫色衬衣，即便在巡区执勤时也是如此。他似乎是整个联邦调查局里惟一不怕胡佛的人。后来鲍勃干上了卧底工作，根本用不着穿西装了。

他起先在局里干的是职员，走了"内部途径"才成为一名特工。调查局里有些最优秀的人才是从职员干起的，包括几位经我挑选加入调查支援科的人。不过在某些圈子里，有职员背景的人会引起别人的怨恨，好像他们当上特工是受到了特别偏爱。

在我认识的人当中，鲍勃最擅长"装腔作调"。这是我们开发出的一种抓获凶犯的前摄技巧，出其不意的手法在至关重要的场合下显得尤其管用。

鲍勃是一位口音艺术家。如果嫌疑人属于一个犯罪团伙，他就换上意大利人口音。对付黑豹党成员时，他能装扮成街头花花公子而不露破绽。他还能模仿伊斯兰教徒的口音、爱尔兰人的方言、犹太移民的口音，以及白人特权阶层的语调。他不仅能把这些口音语调模仿得惟妙惟肖，还能因人而异地变换单词和用语。鲍勃十分精通此道，有一回他打电话给乔·德尔·坎波——你会在下一章读到的另一位特工——使其相信他是一个黑人好斗分子，想投靠联邦调查局做眼线。在那些日子里，我们承受的压力很大，需要更多的市内情报来源。鲍勃与乔约定了会面时间，乔还以为这下子他要大显身手了呢。约会时没有人赴约，到了第二天，当乔走进办公室，听见鲍勃用那个装腔作调的口音跟他打招呼时，他真是气坏了。

追捕坏人是一方面，但不久我发现自己对凶手作案的思维过程更感兴趣。每当我拘捕疑犯时，都要向他提问，比如他为什么选中的是这家银行而不是另一家银行，或者是什么因素促使他选择对这一特定受害者下手。我们都知道抢劫犯喜欢在星期五下午抢劫银行，因为那时银行里现金最多。不过除此之外，我还想了解他们在进行策划和实施抢劫的过程中都做出了哪些决定。

我肯定看起来不怎么吓唬人。诚如在学校里念书时那样，大家都乐于向我敞开心扉。我对这些家伙提问越多，就越发现成功的作案者都是优秀的画像师。他们每个人都是在精心思考和周密研究后才画像出首选的银行。有的人喜欢那些靠近主要干道或州际公路的银行，这样便于逃离现场。当警方组织起搜捕时，他们早已远在数英里之外了。有的人喜欢孤立的银行分理处，例如设在拖车上的临时银行。许多人事先会到银行踩点，记录下内部布局，查明有多少职员以及营业厅在各时段里预计会有多少顾客。有时他们会到处探访银行分理处，直到找到一家没有男性职员的银行，那将是他们抢劫的目标。那些没有临街窗户的银行是最佳选择，因为外面没有人能目击抢劫的过程，而里边的人又无法目击到劫匪逃离时开了什么样的车。手法最高明的抢劫犯已经得出了结论，认为递上写明抢劫意图的便条要胜过在大庭广众之下挥舞枪支大叫大嚷，而且他们总会记住在逃离之前取回那张便条，免得留下罪证。最理想的用来逃离的车是偷来的车，最周到的方案就是预先将车子停在那里，这样就不会因停车而被人注意。你走进银行并抢劫得手后，就可驱车逃逸。劫匪若在抢劫某家银行时特别顺手，过后就会观察上一段时间。倘若情况依然如故，他会在几个月以后再度下手。

在所有的公共设施中，银行大概是在对付抢劫方面准备最周密的了。然而，在案发后进行调查时，我不断会惊讶地发现，居然有那么多银行忽略了给监视摄像机装上录像带；有那么多银行无意中使报警器消了声，事后却忘记将其重新设定；或者常常误触了报警器，导致真正事发时警方反应迟缓，还以为这又是一次意外事故。这就好比是冲着经验老到的劫匪挂出"抢劫我"的告示牌。

可是当你开始画像这些案件时——我尚未使用这一术语描述这个过程——就能看出作案的模式。一旦识别了模式，你就能着手采取前摄措施抓获歹徒。例如，如果你发现近期抢劫银行案数量激增，似乎手法都很相近；如果你访谈了相当多的罪犯，了解到每次促使他们作案的是什么因素，显而易见，你就能够大大改善符合作案标准的所有银行办公室的薄弱环节，仅留下一处不动。当然这一处将始终置于警方和联邦调查局中的一方或双方的共同监控之下，内部还要布置便衣人员。实际上，你在迫使劫匪去选择你所挑选的银行，当他下手时，你就能守株待兔、抓个正着。我们采用这种前摄战术后，抢劫银行的破案率便一路上升。

我们当时的所有行动无不受到埃德加·胡佛那隐约显现的存在的影响,自1924年以来我们的前辈就处于这种影响下了。在今天这种走马灯似的任命以及接受民意测验审判的年代里,很难再存在胡佛那种程度的权力和控制力——那是他不仅对调查局,而且对政府官员、媒体乃至整个公众都曾经施加过的。如果你想撰写反映调查局的书籍或剧本(例如50年代唐·怀特黑德的那本畅销书《联邦调查局故事》,或是詹姆斯·斯图尔特根据该书改编的同名卖座电影),或者你想创作反映调查局的电视系列剧(例如60年代小埃弗雷姆·津巴利斯特主演的电视连续剧《联邦调查局》),都必须事先得到胡佛先生的亲自批准和祝福。同样,如果你是政府高级官员,就会终日不得安宁,惟恐调查局局长抓住你的小辫子,特别是当他以友好的口气打电话通知你,联邦调查局已经"揭露"了一起令人不快的谣言,他会尽其所能保证谣言不再扩散、不对你造成伤害时。

没有什么地方能比调查局的分支工作站和管理层内部更强烈地感受到胡佛先生的私人神秘感。人人都接受这一事实,即正是有了他,联邦调查局才能如此享有威望和令人景仰。他几乎是单枪匹马地把调查局建成如今这番规模,而且不知疲倦地争取加大拨款预算和提高薪金。他既受人敬爱,又令人恐惧。你若觉得他没什么了不起,可不要表露出来。局里的纪律是很严明的,对分支机构的检查是不留情面的。如果检查人员没能查出足够的需要改进的地方,胡佛就会怀疑他们未能完全尽职,而这意味着他们每次下去检查时都需开出若干份处分书,不管实际上这样做是否正当合理。这情形就像是开出的交通违章罚单有定额一样。这种局面变得十分成问题,以致主管特工只好专挑那些近期内不会晋升的人做替罪羔羊,因为这样一来,处分书方才不会影响到他们的仕途。

有一回出了这样一件事(在1995年俄克拉何马城联邦大厦爆炸案发

生后，这件事不再显得幽默）：一次检查结束后，有人打来恐吓电话，扬言要对联邦调查局办公地点放置炸弹。经追查发现，电话是从调查局外勤工作站所在的市中心联邦大厦外的一个公用电话亭打进来的。总部当局来人搬走了整座电话亭，打算将钱币箱里硬币上的指纹与工作站所有 350 名工作人员的指纹进行对比。幸好理智占据了上风，这种对比检查未曾发生。不过这个例子显示出胡佛先生制定的政策能够造成何等紧张的局面。

局里的所有事务都有标准的运作程序。尽管我从未有机会与胡佛先生一对一地会过面，我确实（并且依然）在办公室里放着一张有他亲笔签名的相片。年轻特工要想得到这样一张相片甚至也有标准的程序。主管特工会告诉你，要去请他的秘书替你写一封拍马屁的信，详细描述你作为一名特工是多么自豪，你有多么景仰胡佛先生。如果信写得很得体，你就会收到一张写有良好祝愿的相片，这样就可以向所有人炫耀你与领导人的私交如何如何。

另有某些程序，我们压根无法确定是谁制订的，也许是胡佛的个人指示，也许仅仅是下面的人对局长的旨意做的过分热心的解释。局里上上下下都应该加班加点工作，而且人人都应超出外勤站的平均加班时间。我相信你看得出我们陷入了怎样的困境。月复一月，加班的小时数像金字塔似的不断攀升。那些初进调查局时士气最高涨、人品最端正的特工也迫不得已学会了往日程表里掺水分。办公室里是不准吸烟或喝咖啡的。结果特工们就像一伙挨家挨户串门的推销员那样，根本不愿在办公室里逗留，哪怕是为了打电话。人人都养成了各自的一套工作习惯以应付这些规定。我则是大量时间待在公共图书馆的小单间里分析案情。

胡佛圣人的教义的一个最忠实信徒是我们的主管特工，内尔·韦尔奇，绰号"葡萄"。韦尔奇块头不小，身高 6 英尺 4 英寸，戴着一副角质架厚眼镜。他待人严厉、处事刻板、冷若冰霜、毫不含糊。他在局里官运亨通，主管包括费城以及纽约在内的外勤总站。有种说法认为，当（或者应当说，如果）那个不可避免的日子最后来临时，他将接替胡佛的位置。韦尔奇在纽约组织了一个小组，针对有组织犯罪，率先卓有成效地执行了"联邦防诈骗及贪污法规"。可是来到底特律以后，他却照章办事。

自然而然，韦尔奇与鲍勃·麦戈尼格尔不可避免要发生冲突了。某个星期六（我们当时都待在家里），鲍勃接到"葡萄"的电话，让他和分队长鲍勃·菲茨帕特里克马上去。麦戈尼格尔赶到后，韦尔奇告诉他，有人用电话往新泽西州打长途。用公用电话办私事是违反规定的。其实，打电话办私事的行为本可另做一番解释，可是在调查局内部，再小心也会出差错的。

韦尔奇的脾气十分暴躁，但开始时他多半会采用巧妙的审问手法使人处于难堪境地。"好吧，麦戈尼格尔，你说说看那些电话是怎么回事？"

鲍勃只好一五一十地把能够想起来的通话说了出来。因为担心韦尔奇抓住了他什么更大的把柄，他想或许承认这些小事可以让这位主管息怒。

韦尔奇站了起来，雄伟的身躯倾向办公桌的上方，气势汹汹地指着鲍勃说："麦戈尼格尔，让我告诉你吧，有两件事对你很不利。首先，你从前干过职员。我讨厌混账职员！ 其次，如果再让我看见你穿着那件淡紫色衬衣，特别是在外出巡逻期间，我就会把你的屁股踢到东杰斐逊大街上。我要是再看见你靠近一部电话机，就会把你摔到电梯间里。现在给我滚出办公室！"

鲍勃失魂落魄地回到家，心想这下准要被炒鱿鱼了。杰克·孔斯特和我很是替他难过。可是菲茨帕特里克第二天却告诉我，麦戈尼格尔离开以后，他和韦尔奇坐在那里捧腹大笑。

若干年后，当我主持调查支援科工作时，时常有人问我，既然我们掌握了那么丰富的有关罪犯行为和犯罪现场分析的知识，我们中间的人作案是不是会天衣无缝。我总是告诉他们不会的，尽管我们了解甚多，但我们在案发后的行为仍然会露出马脚。我想麦戈尼格尔和韦尔奇之间的这一幕就证明，一流的特工面对审讯得法的人也是摆脱不了压力的。

顺便提一下，自从那个星期六下午离开主管特工办公室以后，鲍勃就穿上了城里最白净的衬衣，直到韦尔奇调往费城为止。

胡佛让国会通过他的拨款要求的一个很有力砝码是他能摆出叫得响的数字。不过要让局长能运用这些数字，外勤站的每个人就必须拿出像样的成果来。

据说 1972 年初，韦尔奇曾向老板保证要破获 150 起赌博案。这显然意味着此类案件的破案数目必须大幅度提高。于是我们设立了一个精心编制的圈套，安插眼线，窃听电话，做出军事行动般精确的安排。所有这一切在"超级杯星期日"达到了高潮，那天是每年一度规模最大的非法赌博日，上一年在一场比分接近的球赛中输给巴尔的摩公马队的达拉斯牛仔队这一天要在新奥尔良迎战迈阿密海豚队。

抓捕赌博经纪人必须采取闪电般的、准确无误的行动，因为他们使用的是能瞬间烧毁的纸张或者遇水即溶的马铃薯纸。那天下阵雨，预示着行动将可能是一团糟。

但我们已经精心设下圈套，在那个下雨的下午抓获了 200 多名赌徒。我当时让人把一名赌徒铐上手铐，押到车后部，带往军械库进行登记，以备指控。他是个迷人的家伙，待人友善，长相英俊，颇有点像保罗·纽曼。他对我说："等一切都过去以后，我们应当聚一次，玩玩短网拍墙球。"

他很容易接近，于是我像盘问抢银行的作案者那样对他进行审问。"你为什么要赌博？"

"我喜欢呀，"他回答，"约翰，你尽可以在今天把我们统统抓起来。这不会有丝毫作用的。"

"但是对于你这类聪明人，合法赚钱应是不难的呀。"

他摇摇头，就好像我没有理解他的意思。这时雨越下越大。他朝一旁望去，把我的注意力转向了警车的窗户。"你看见那两滴雨点了吗？"他指着雨点说，"我敢打赌左边的雨点要比右边的雨点先落到窗玻璃的底边。我们并不需要什么超级杯。我们只需要两滴雨点就可以了。约翰，无论如何你是阻止不了我们的。这是我们的本性。"

对我而言，这次短暂的接触犹如晴天霹雳，霎时间让我茅塞顿开。现在看来可能有点幼稚，可是我一直在苦苦寻觅的答案，我对抢劫银行犯和其他罪犯所从事的所有研究的关键所在，忽然一清二楚地展现在了眼前。

这是我们的本性。

在罪犯的心灵和心理中有些东西是与生俱来、根深蒂固的，正是这些东西驱使他以某种方式去行事。后来，当我着手研究系列谋杀犯的心理和作案动机时，当我开始分析犯罪现场留下的行为线索时，便会去寻找促使该案件发生的和该罪犯与众不同的、代表其本性的某一因素或某组因素。

最后我会提出用"识别标志"一词来描述这一独特的、个人的强制作用，而它一直是静态的。我会使用它，以示区别于惯用手法这一传统概念，因为惯用手法是不固定的和可改变的。这就是我们在调查支援科的工作重点。

结果我们在"超级杯星期日"那天抓获了数百名嫌疑人，因技术程序的缘故未经法庭听审便结案了。当时大家都急于行动，所持的搜捕证不是由州检察长亲自签发的而是由州检察长助理代签的。不过，主管特工韦尔奇倒是兑现了承诺，将逮捕的人数上报给了胡佛，至少在足够长的时间里它对国会产生了影响。我则从"只不过是拿雨点打赌"这样的小事中顿悟了一种深邃的见解，它在我日后的执法生涯中将发挥至关重要的作用。

四

两个世界之间

这是一起跨州拦路抢劫案，遭劫的一卡车苏格兰威士忌酒价值 10 万美元。其时是 1971 年的春季，我分到底特律工作已有 6 个月了。一个仓库的工头向我们告发了劫匪即将销赃的地点。

联邦调查局和底特律警方联手办理此案，但两个机构却是分别制定了方案，仅在高层人士之间进行了磋商。不管他们做出了什么决定，反正没有传达到街头行动人员。结果实施逮捕的时间来到时，没有人清楚对方在做些什么。

行动是在晚间进行的，地点是该市郊区，靠近铁路路轨。我开着一辆调查局公车，身旁坐着我的分队长鲍勃·菲茨帕特里克。告密者是菲茨帕特里克的眼线，而鲍勃·麦戈尼格尔是负责本案的特工。

无线电里传出："抓住他们！ 抓住他们！ "我们紧急刹车，围上了那辆货运拖车。司机打开车门，冲了出来，撒腿就跑。我开了车门，跳下车，掏出手枪，跟另一辆车上跳下的特工一道紧追上去。

当时夜色黑暗，我们都是一身便衣打扮，没穿西装、没打领带。突然，我看见有个穿制服的警察端着枪对准我，我这辈子永远也忘不了他翻白眼的模样。只听他大叫一声："站住！我是警察！把枪放下！"我们相距不足8英尺，我意识到这家伙正准备对我开枪。我站着一动不动，面对着这一事实：只要一步走错，我就成了历史。

正当我想放下枪举起双手时，听见鲍勃·菲茨帕特里克发狂般地叫喊："他是调查局的！他是联邦调查局的特工！"

那个警察垂下了枪口，而我出于本能，拔腿又去追赶那个司机，心里涌起一阵狂躁的激动，竭力想弥补上刚才错失的距离。另一名特工与我同时追上了他。我们把他掼倒在地，并铐上了手铐，动作显出不必要的粗暴，因为我当时感到十分紧张。我想到自己就要沦为枪下鬼而被吓呆的那几秒钟经历可是一生中最恐怖的。那以后有过许多回，每当我设身处地试图从强奸谋杀案受害者的角度去思考时，每当我迫使自己去想象在受到攻击的一刻她们一定在想些什么和经历些什么时，就会回想起自己经历过的恐惧，这种经历帮助我从受害者的角度去真实理解案情。

我们不少年轻小伙子卖力逮捕不法之徒，然而许多不再卖力的老特工似乎持有这种态度，即打破现状是没有意义的，不管你是否冒着危险，拿到手的工资都是一样的，推销员才要去积极主动。由于上级鼓励我们大部分时间待在办公室外，浏览商店橱窗、在公园里闲坐以及看《华尔街日报》便成了特工队伍中部分人喜好的消遣方式。

由于生性爱出风头，我认为自己有义务提交一份报告，建议上级采纳一套以考核业绩为基础的工资体系，奖励那些办案业绩最突出的特工。我把报告交给了我们的主管特工助理汤姆·纳利。

汤姆把我召进办公室，关上了门，从桌上拿起那份报告，善意地对我笑了笑。"约翰,你有什么可着急的呢?你会晋升到 GS－11 级的。"他边说边把报告撕成两半。

"你会晋升到 GS－12 级的。"说着他又把报告撕成两半。"你会晋升到 GS－13 级的。"他又撕了一下,放声大笑起来。"不要去打破现状,道格拉斯。"这便是他最后的忠告,说罢他将那些碎纸片丢进了垃圾桶。

15 年过后,埃德加·胡佛早已过世,至少已经丧失了某些影响力,联邦调查局果真实行了以考核业绩为基础的工资体系。不过他们最终实行这一体系时,很明显我并没有出什么力,是他们自己完成的。

5 月的一天晚上,实际上我记得是 5 月 17 日后的那个星期五晚上——至于说为什么提这个日子嘛,你过会儿就会清楚——我与鲍勃·麦戈尼格尔和杰克·孔斯特正泡在我们经常光顾的一家酒吧里。那酒吧位于工作站的街对面,名叫"吉姆车库"。当时摇滚乐队正在演奏,我们都喝了不少酒,忽然一位妖媚动人的年轻女郎带着女友走了进来。她让我想起了年轻时的索菲娅·罗兰。她一身时髦的打扮:蓝色的短上衣和几乎裹住大腿的高跟长靴。

我大声叫道:"嘿,蓝衣女郎!上这儿来!"出乎我的意料,她和女友真的过来了。她名叫帕姆·莫迪卡。我们随即谈笑风生,很谈得来。原来那天是她的 21 岁生日,她和女友是出来庆贺达到法定饮酒年龄的。她似乎挺喜欢我的幽默感,事后才得知,她对我的第一印象是:长相挺帅气,但蓄着政府规定的短头发则显得有几分傻气。离开吉姆车库酒吧后,我们在当晚余下的时间里又换了几家酒吧畅饮。

在后来的几个星期中,我们加深了对彼此的了解。她居住在底特律市区,上过珀欣中学,那是一所几乎完全面向黑人的学校,篮球明星埃尔文·海斯曾就读于此。我们相识时,她正就读于伊普西兰蒂的东密歇根大学。

我们的感情发展得很快，不过帕姆也在社交方面付出了代价。当时是 1971 年，越战依旧如火如荼，大学校园里弥漫着对联邦调查局的不信任情绪。她的许多朋友都不愿与我们交往，因为他们以为我是当局派来的密探，会把他们的言行报告给上级部门。这些年轻人自恃重要，以为正受到当局的监视，这种念头整个显得荒唐可笑。不过话说回来，联邦调查局那时确实在干这些事。

我还记得，有一回陪帕姆听社会学课时发生的事。我坐在教室后排听课，授课的是一位思想激进的年轻助理教授，非常"入时"。我一直目不转睛地注视着她，她也不时回视着我，很显然我的到场确实使她感到心神不定。任何来自调查局的人都不是朋友，她学生的男朋友也不例外。回顾这件事，我认识到有时你仅仅作为普通人也会让人不安，而我和我的科员则利用了这一点。在阿拉斯加州办理一宗凶残的谋杀案时，我的黑人同事贾德·雷就曾让一名持有种族偏见的被告在证人席上表现得心烦意乱，因为雷就坐在被告的女友身旁，对她十分友好。

帕姆上东密歇根大学的头几年里，一名系列杀手正在连续作案，不过我们那时尚未启用这一术语。他初次作案是在 1967 年 7 月间，一位名叫玛丽·弗莱泽的女生失踪了。一个月以后才找到了她那已被肢解的尸体。她是被人用刀子捅死的，双手双脚已被砍下。一年之后，位于邻近的安阿伯城密歇根大学的学生琼·谢尔的尸体也被人发现。她惨遭强奸，身上差不多有 50 处刀口。后来又在伊普西兰蒂发现了一具尸体。

这些被称为"密歇根谋杀案"的杀人案件愈演愈烈，两所大学的女生都因此生活在恐惧之中。被发现的每具尸体都带有惨遭折磨的痕迹。直到 1969 年密歇根大学一个名叫约翰·诺曼·柯林斯的学生被缉拿归案时——抓获他的人正巧是他的叔叔，警察下士戴维·利克——已有 6 名女大学生和一名 13 岁女孩惨遭毒手。

在我进调查局之前 3 个月，柯林斯已被定罪，判以终身监禁。不过我常常在想，倘若调查局当年就掌握了我们现在拥有的破案知识，这个魔鬼会不会在制造如此多的惨案之前就已被绳之以法。即使在他被捕以后，他的幽灵仍然在校园里徘徊，正如特德·邦迪的幽灵两三年后开始在其他大学校园里徘徊一样。那些令人发指的罪行已成为帕姆近段人生的部分记忆，也成为我记忆的一部分。我在想，当我开始研究和追踪系列杀手时，约翰·诺曼·柯林斯和他手下那些美丽无辜的受害者十有八九是与我同在的，至少在潜意识层次上是如此。

我比帕姆大 5 岁，但是由于她还在上大学，而我已经在执法界工作，我们之间常常仿佛有一道代沟。在公开场合，她经常少言寡语，在我和我的朋友身边显得百依百顺，可我担心我们有时利用了她这一点。

有一次，鲍勃·麦戈尼格尔和我与帕姆在一家可以俯瞰市中心的饭店餐厅共进午餐。我们身穿黑色西服和翼波状盖饰皮鞋，帕姆穿的是生气勃勃的大学生便服。用餐结束后，我们乘电梯回一楼大厅，电梯好像是层层必停。每停一次，电梯里就显得更为拥挤。

电梯降到一半时，鲍勃转向帕姆说："我们今天这顿饭吃得真愉快。下回我们再来市中心，一定会给你打电话的。"

帕姆望着地面，尽量不做出反应，这时我插了进来："下次由我来带掼奶油，你来带樱桃。"电梯里其他乘客面面相觑，不自在地扭动着身体，帕姆终于忍不住了，大笑起来。他们都望着我们 3 人，好像我们是变态狂。

帕姆定于秋季学期作为交换学生赴英国考文垂学习。8 月下旬她飞往英国时，我已十拿九稳，她就是我要娶的姑娘。我从未想到要问一问帕姆对我是否也有同感，我只是想当然地认为她一定是这样想的。

她不在美国时，我们书信不断。她的家我跑得很勤，她家就住在密歇根州露天商品展览会附近的阿拉梅达街 622 号。帕姆还是个小孩时父亲就已去世。她母亲罗莎莉非常好客，于是我利用了这一点，每星期有好几回上她家吃晚饭，同时对她以及帕姆的弟弟妹妹进行画像，以便设法摸透帕姆的习性。

这一期间，我结识了另一位女性，帕姆后来称其为"高尔夫宝贝"（尽管她俩从未见过面）。同样，我们是在酒吧里相识的。回首这段往事，我当时光顾酒吧的时间肯定是过多了。她 20 岁刚出头，相当迷人，刚刚大学毕业。在我们刚认识时她就坚持要我上她家去吃饭。

原来她家住在迪尔伯恩，即福特公司全球总部所在地。她父亲是一家大型汽车公司的总裁。他们家住的是一幢石砌的大房子，辟有私人游泳池，还有艺术品原作和时尚家具做摆设。她父亲年近半百，一副成功企业家的形象。她母亲温柔贤淑，和蔼可亲。我们同坐在餐桌旁，两边坐着我的新女友的兄弟姐妹。我开始画像这个家庭，试图估算出他们的财产净值。与此同时，他们也在试图对我做出评价。

一切进展得过于顺利。他们似乎对我是调查局特工这一点颇有好感，这倒是与我所熟悉的帕姆圈子里的人大不一样，这让我愉快。不过这些人当然有既得利益者的心态。我越来越紧张，而且我意识到，紧张的根源就在于他们几乎要我马上就结婚。

她父亲询问了我的家庭、我的经历和我服兵役的情况。我告诉他，我曾经管理过空军基地的运动场。然后他告诉我，他和一位同事在底特律郊区拥有一处高尔夫球场。他接着侃起了什么平坦球道呀、什么形状的击球区呀，而我则在不断提高对他财产的估价。

"约翰，你打高尔夫球吗？"他问我。

"我不打，伯父，"我应声答道，"不过我的确愿意学习。"

当时情况就是这样。我们捧腹大笑起来。我当晚留宿她家，睡在一个小房间的长沙发上。半夜时分，那个姑娘走过来看我，不知怎么她竟能"梦游"下楼来看我。也许是将要住在这所高档住宅里的念头让我害怕，也许是进调查局以来担心被人算计的本能起了作用，总之，我被她的大胆进攻吓住了，不过这一点与她家里其他人的表现倒是相符的。在享受了她全家的殷勤款待和一顿丰盛的晚餐之后，次日早晨，我告别了她家。我知道从此便与过上优越生活的机会失之交臂了。

1971年圣诞节前几天，帕姆从英国重返故里。我已决定向她求婚，并且买了一枚订婚钻戒。在那个年头，调查局有不少关系户商店，你可以上那里买到几乎任何想要的东西。我去买钻戒的那家公司就非常感激我们侦破了一起珠宝偷窃案，因而出售给特工的商品都格外便宜。

由于价格优惠，我买得起的最大钻戒重达1.25克拉。不过我拿定主意，要是她第一眼是在香槟酒杯杯底看见钻戒的，不仅会认为我这人绝顶聪明，而且钻戒看上去会像有3克拉一般大小。我领她去了离她家不远的一家意大利餐馆。我打算一等她起身上洗手间就把钻戒放进她的酒杯。

但是她一直没去洗手间。于是第二天晚上，我又领她上了这家餐馆，结果完全一样。我那时已经执行过无数次监视任务，常常在车子里一坐就是好几个小时，想上厕所也只得硬憋住，这是一种真正意义上的职业障碍，因此我实在是不得不佩服帕姆。然而，这也许应被视为传递着来自上帝的某种信息，即我尚未准备就绪，不宜急于结婚。

第二天晚上是平安夜，我们一起上她母亲家过节，全家人聚到了一起。机不可失，时不再来。我们一起喝她喜欢喝的意大利白葡萄汽酒。最后，她总算离开房间上厨房去了一会儿。她回来后坐在我的膝上，我们互相举杯敬酒，要不是我及时阻止，她早就把钻戒吞下肚了，3克拉的一幕就此泡汤了。在我点明之前，她居然压根儿没有看见，我不知其中是否隐含着什么信息。

不过重要的是，我已经设定了我的"讯问现场"，以便达到预期效果。我们身边坐着她的母亲和弟弟妹妹，他们都喜欢我，如此精心布置的现场使得帕姆没有多少选择余地。她表示愿意嫁给我。我们定于第二年6月结婚。

大多数单身特工在第二年分配工作时，都是被派往纽约或芝加哥，理由是他们比已婚特工困难要少一些。我并没有特别偏爱的城市，结果被派到了密尔沃基，听上去那是一座蛮不错的城市，尽管我从未去过那里，对其地理位置毫无准确的概念。我将于1月份调往那里并安定下来，帕姆将在完婚后去那里与我团聚。

我在朱诺大街朱诺村公寓区找到一个住处，离北杰克逊街联邦大厦内的密尔沃基外勤站不是很远。结果证明这是一次失策，因为不管出了什么事，他们总是会说："去找道格拉斯吧。只要过3条街便是他住的地方。"

我还没到密尔沃基以前，工作站的女职员就已得知了我的情况：具体而言，我是站里仅有的两个单身特工之一。刚到任的前几个星期里，她们都争着来记录我的口述，虽然我并没有多少情况可供口述。人人都想接近我。没过几个星期，当我已订婚的消息渐渐传开后，我立刻就像5天期的除臭剂放到第6天那样，变得无人问津了。

我后来发现密尔沃基外勤站的气氛无异于底特律的翻版，而且只会有过之而无不及。我在那里遇到的第一位主管特工名叫埃德·海斯，大家都管他叫"快人埃迪"。他的脸总是红通通的（他退休不久就死于高血压），总是一边打着响指，一边走来走去，大声叫嚷着："滚出办公室！滚出办公室！"

　　我对他说："你要我上哪里去呢？我初来乍到的，没有汽车，手头也没有案子。"

　　他冲着我说："我才不管你上哪里去呢。滚出办公室就行了。"

　　我只好离开办公室。在那段时间里，我或者待在图书馆里、或者沿着外勤站附近的威斯康星大街游荡，常常可以碰上好几位特工在浏览商店橱窗，因为他们没有别的地方可去。就在这一期间，我通过与调查局有关系的一位汽车销售商购买了第二辆汽车，一辆福特托里诺车。

　　我的下一任主管特工赫布·霍克西是从阿肯色州小石城外勤站调来的。招募新手始终是主管特工的一大任务。霍克西上任伊始就对此重视。每一外勤站每个月都有招募特工和非文秘人员的定额。

　　霍克西把我叫进了办公室，说是由我来负责招募工作。这种任务一般都是落在一个人身上，他必须在州内各地奔波。

　　"为什么要让我负责？"我问他。

　　"因为我们必须撤换前一个家伙，他没有被炒鱿鱼算是他走运。"此人老是到当地的高中与女学生面谈应聘文秘工作事宜。当时胡佛还健在，局里是不准任用女特工的。他会向她们提问，好像是事先准备了一组问题。问题之一是："你是处女吗？"如果回答是"不"，他就会邀请对方外出约会。学生的家长开始投诉，主管特工只好把他调离岗位了。

　　我开始在州内各地招募人员。没过多久，我招募的人员几乎是定额的

4倍。我成为全国招募业绩最棒的人。于是问题来了：我的表现实在太好，他们不肯把我替换掉。我告诉霍克西，我实在不想再干招募工作了，我进调查局可不是来做人事工作的。他却威胁说要把我放到人权小组去，该小组是负责调查那些被指控虐待嫌疑人和犯人或者歧视少数民族的警察局和警官的。这可是最不受人欢迎的工作。我心想，用这种方法来奖赏我的出色业绩可真够缺德的。

我只好做了一笔交易。自负的我同意继续创造招募佳绩，但条件是霍克西要答应指定我作为他的第一接班人。另外，我可以使用一辆局里的公车，并被允许申请执法援助管理部门提供的进研究生院深造的奖学金。我心里明白，要是不愿意一辈子从事外勤工作，硕士学位是不可少的。

我在外勤站已经多多少少受到了猜疑。任何谋求此类高等教育的人肯定是激进的自由派分子。但是在位于密尔沃基的威斯康星大学，即我开始利用晚上和周末时间攻读教育心理学硕士学位的课程，人们对我的看法则截然相反。大部分教授都怀疑，他们的班上已安插了联邦调查局特工，而我从来就缺乏足够的耐心去谈论心理学课上的那些难缠而敏感的话题。（如："约翰，请你对邻座的同学做一下自我介绍，告诉他约翰·道格拉斯的真实情况。"）

有一次上课，大家围坐成一圈。那年头圈子都围得很大。我渐渐意识到没有人同我说话。我努力想加入他们的谈话，可就是没有人愿意对我说些什么。最后我只得说："到底怎么啦，伙伴们？"原来我的一把金属柄梳子从上衣口袋里凸显起来，他们都以为那是天线，担心我正在实录全班的谈话并传送回"总部"。这些人妄自尊大的多疑症一直令我惊讶不已。

1972年5月初，埃德加·胡佛在华盛顿的住宅于睡梦中安然仙逝。

一大早，总部就将噩耗通过电传发往每一个外勤工作站。在密尔沃基，主管特工将我们召集起来，传达了这一消息。尽管胡佛年近八旬，且掌管调查局已经很久了，但没有人真正想到他会死去。如今君王已去，我们都急于知道接替他的新一代君王将来自何方。帕特里克·格雷被任命为代理局长，他是尼克松总统的忠实盟友，前任司法部副部长。他最初因允许雇用女特工等创新举措而深得人心。当他对政府的忠诚与调查局的需求产生冲突时，他的声望便开始走下坡路了。

胡佛去世几星期后，我到格林湾去招募人员，接到帕姆的一个电话。她告诉我神父想在婚礼前约见我们一次。我相信神父自认为能够使我皈依天主教，好在教会领袖那里赢得好评。不过，帕姆是个虔诚的天主教徒，从小接受的教育就是要尊重神父，服从神父的指示。我晓得如果我不乖乖就范，她准会跟我搅个没完。

我们一起来到圣里塔教堂，但她先进去独自会见了神父。这使我想起还在蒙大拿上大学时被带到警察局的情形，他们将我们隔离，分别进行审讯。我敢肯定，他们正在商议跟我谈话的策略。最后他们召我进去时，我讲的第一句话就是："你俩都准备了什么来对付我这个新教徒小伙子？"

神父是个年轻和蔼的人，大约 30 岁出头。他问了我几个一般性的问题，例如："什么是爱情？"我努力对他做着画像，试图找到一个特定的最佳答案。这种面谈很像学业能力倾向测验：你无法肯定是否做好了充分准备。

我们谈到了节育、教育孩子一类的问题。我开始问他，身为神父，他对立誓不婚、没有自己的家庭有何感想。神父看上去是一个好人，但是帕姆一直跟我说圣里塔是个自律甚严、重视传统的教会。他跟我待在一起很不自在，也许只是因为我不是天主教徒。我对此没有把握。我想他是要活跃一下气氛才问我："你们俩是在哪里相识的？"

每当生活中出现压力时，我总是开开玩笑，尽力缓和一下紧张的情绪。我想这下机会可来了，挡是挡不住的。我将椅子拉近他。"神父，"我说，"你知道我是个联邦调查局的特工。我不知道帕姆有没有告诉你她的背景。"

我一边说一边坐得更靠近他，将我早已学会的在审讯时使用的那种目光接触加以锁定。我只是不想让他望着帕姆，因为我不知道她会做何反应。"我们是在一个名叫吉姆车库的地方认识的，那是一家有祖胸歌女歌舞表演的酒吧。帕姆在那里做舞女，而且舞技不凡。不过真正吸引我注意力的倒是她翩翩起舞时每边乳房上挂着的流苏，她能让两边的流苏朝相反的方向旋转。相信我的话，那真是值得一看。"

帕姆脸色苍白，不知是否应该解释一下。神父屏气凝神地听着。

"不管怎么说，她让那些流苏朝相反的方向旋转，越转越快，突然有条流苏脱落下来，飞向了观众席。大家都去抢它。我纵身跃起，一把抓到手，把它还给了她，于是就有了我们的今天。"

神父大张着嘴。我让这个家伙完全相信了我的话，就像九年级那次虚构读书报告时一样，这时我实在忍不住了，大笑起来。"你是说这一切并不是真的？"他问道。此刻帕姆也笑了出来。我们都摇了摇头。我不清楚神父当时是感到宽慰还是感到失望。

鲍勃·麦戈尼格尔担任了我的男傧相。结婚那天上午天气沉闷，阴雨绵绵，我很想快一点举办婚礼。我让鲍勃打电话给在她妈妈家的帕姆，问她是否见过我或者有我的消息。她当然说没有，这时鲍勃胡诌说什么我昨晚没有回来，他担心我临阵畏缩，想打退堂鼓。回想此事，我真不敢相信我的幽默感居然可以发挥到如此有悖情理的地步。最终鲍勃扑哧笑了起来，我俩的把戏露馅了。不过我对未能得知帕姆对此做何反应感到些许失望。后来她告诉我，婚礼的各种安排让她忙得不可开交，同时又非常担心在这种潮湿天气里她烫的头发能否鬈起来，因此新郎官的失踪只是区区小事一桩。

那天下午我们在教堂互致誓言后，神父宣布我们就此结为夫妻。我很惊讶他居然美言了我几句。

"我是那天初次见到道格拉斯的，他使我对如何认识自己的宗教信仰进行了一番长久而深刻的思索。"

只有上帝才晓得我都说了些什么，竟让他如此深刻地思索了一番，不过上帝的作用是神秘费解的。后来我把流苏的故事告诉了西雅图的一位神父，帕姆找他来替我做的祈祷。我也让他信以为真了。

我们在波科诺斯度过了短暂的蜜月，住在装有心形浴缸、贴着镜面的天花板和放置了高档摆设的旅馆客房里，然后又驱车回到了长岛。我的双亲为我们举办了一次宴会，因为我的家人几乎没有谁能出席婚礼。

婚后，帕姆搬来了密尔沃基。她已经毕业，开始执掌教鞭。所有新教师都得去条件最差劲的市中心贫民区学校代课任教，其中有所初中尤其差劲。那里的老师遭受拳打脚踢是很平常的事，年轻女教师甚至还经历过几起强暴未遂案。我总算离开了招募小组，大多数时间待在犯罪反应分队，主要处理抢劫银行案。虽说我的工作隐藏着危险，但我更担心帕姆的处境。起码我还有一支手枪可以自卫。有一次，4名学生曾胁迫她走进一间空教室，对她动手动脚进行骚扰。她一个劲儿大叫大嚷，逃了出去，我却为此愤怒至极。我真想带上几个特工上学校去狠狠收拾他们一顿。

我当时最要好的伙伴是一位名叫乔·德尔·坎波的特工，他跟我一起负责侦破抢劫银行案。我们时常会光顾那家开在威斯康星大学密尔沃基校园附近的奥克兰大街上的面包店。开店的是一对夫妇，戴维·戈德堡和萨拉·戈德堡。没过多久，我和乔就跟他们混熟了。事实上，他们拿我们当儿子一般看待。

有时候，我们会带了手枪，一大早就赶到店里，帮助他们把硬面包圈和巴利面包卷放入烤箱。吃罢早点，我们就出发去追捕在逃犯，跟踪其他案件的一些线索，然后再回去用午饭。我和乔都到犹太社区运动中心健身，在圣诞节和犹太教光明节快来临时，我们买了一份中心会员证送给戈德堡夫妇。后来，其他特工也开始光顾我们称之为"戈德堡餐馆"的面包店，我们还在那里举办过一次社交聚会，就连主管特工和主管特工助理也来参加了。

乔·德尔·坎波这家伙很聪明，会说好几国语言，枪法也属一流。可以说，在我经历的一次最奇特、最混乱的危急局面中，他的高超本领发挥了关键作用。

冬季的一天，我和乔正在外勤站里审讯当天上午抓获的一名在逃犯时接到电话，说是密尔沃基警方正与一个人质劫持者相持不下。乔刚值完夜班，还没来得及休息，立即和我一道丢下自己的案犯，赶往案发现场。

那是一座具有都铎式建筑风格的老房子。我们赶到那里后获悉，劫持者名叫雅各布·科恩，系一名在逃犯，被指控杀害了一位芝加哥警官。刚结束训练不久的一支联邦调查局特种武器攻击小队团团包围了他藏身的公寓中心，特工理查德·卡尔试图逼近时被他开枪击中。这个疯子随后冲出了该小队的包围线，臀部中了两枪。他抓走了一名正在铲雪的小男孩，逃进了一所房子。他手里先是控制着 3 名人质，两个小孩和一个大人。后来他释放了那个大人和一个小孩。仍被控制的那个小男孩，我们估计年龄在

10 到 12 岁之间。

此时大家都很恼火。天气非常寒冷。科恩还在发疯，连他屁股上布满铅弹这一事实都不能让他冷静下来。调查局和密尔沃基警方因局势如此恶化和失控而彼此感到不满。特种武器攻击小队也十分恼怒，因为这是他们接手的第一桩大案，竟然没有抓住嫌犯，还让其冲出了包围线。一般而言，联邦调查局走到这步田地时，已下决心要将劫持者置于死地，因为他击中了自己的一名特工。而芝加哥警方也早已放出话来，他们要拿下这个劫持者，如果说让谁去干掉劫持者，那么这个权力非他们莫属。

主管特工赫布·霍克西到达现场后，在我看来，在其他人已经犯了错误的基础上雪上加霜地又犯了几个错误。首先，他使用了手提式扩音器，让人觉得他在发号施令。用电话私下联络会感觉好一些，而且它给予你私下谈判的灵活性。其次，我认为他不该主动提出拿自己做人质来交换那个男孩。

就这样，霍克西坐到了一辆调查局公车的驾驶座上。当车子倒车驶上车道时，警察簇拥在车子左右。与此同时，德尔·坎波叫我扶他一把，帮他爬上房顶。别忘记，这是一座都铎式风格的房子，房顶坡度很陡，还结了一层滑溜溜的冰，而乔一整夜没有合过眼。他随身带的惟一武器就是那支枪管长 2.5 英寸的 0.357 口径手枪。

科恩走出了房子，手臂紧勾住小男孩的头部，把他紧紧贴住自己的身体。密尔沃基警察局的警探比斯利从一圈警察中站了出来，说："杰克，你要的东西都在这里。把小男孩放了！"德尔·坎波正沿着陡斜的房顶朝上爬去。警方已看见他在那里，晓得他的意图是什么。

劫持者和人质正在靠近车子。地上到处都是冰雪。突然间小男孩滑倒在冰上，致使科恩松开了手。德尔·坎波已经爬上了房顶。他判断由于枪管短，子弹可能会偏高，于是他瞄准劫持者的颈部开了一枪。

这是令人叹服的一枪，子弹直接命中劫持者的颈部中央。科恩应声倒地，但谁也说不准到底是他还是小男孩被击中了。

就在3秒钟后，车子旁枪弹乱飞起来。在交火中，警探比斯利被打中脚踝。小男孩爬向警车，而警车则冲着他驶过来，因为霍克西被飞来的玻璃片击中而失去了对车子的控制。所幸的是，小男孩伤势不太重。

果真不落调查局的俗套，当地电视台的晚间新闻节目播放了主管特工赫布·霍克西躺在轮床上被推进急救室的画面。他的耳朵上淌着血，一边被医护人员推着，一边对新闻记者讲述："忽然间我听见枪声大作，子弹四下乱飞。我估计自己已经中弹，但我想不会有什么大问题……"还有联邦调查局、上帝、母亲、苹果派云云。

但是事情到此还没有完结。双方差一点要拳脚相见，警察险些要狠揍德尔·坎波一顿，因为他抢去了他们立功的机会。特种武器攻击小队也非常不高兴，因为他让他们显得很窝囊。他们去找主管特工助理埃德·贝斯特发泄了不满，贝斯特则挺身而出，替德尔·坎波辩护，赞扬是乔化解了他们一手酿成的不利局面。

科恩身上的弹眼多达30至40处，在救护车送他去医院的途中还是活着的。他在被送到医院时终于一命呜呼了，这对有关各方来说是件幸事。

特工卡尔奇迹般地保住了性命。科恩的子弹打穿了卡尔的战壕外套，钻入了肩膀，从气管旁擦过，最后落在肺部。卡尔一直保存着那件带有弹孔的战壕外套，从那天起一穿上它就显得十分自豪。

我和德尔·坎波有一阵子是极佳的破案搭档，只是我们动辄大笑不止；还有能自已。有一次，我们到一家同性恋酒吧试图发展几个眼线，以便查出一个同性恋谋杀案在逃犯的下落。酒吧里光线昏暗，过了好一会儿，我们的眼睛才适应过来。我们突然意识到，我们正处于众目睽睽之下，于是开始就他们想交友的是我俩中的哪一位争论不休。随即我们看见吧台上方的一告示牌上写道："找到一条硬汉子真快活。"这下子我们简直给弄蒙了，像两个傻瓜一样捧腹大笑起来。

我们无需多少笑料就能大笑。我们有一回在私人疗养院跟一位坐在轮椅里的老人交谈时就曾大笑不止；还有一回在拜会一位衣冠楚楚的 40 多岁商人时也曾大笑起来，因为他的假发滑落到前额部位。这并不要紧。只要出现任何滑稽可笑的场面，我和乔是不会错过的。这种态度听起来有些麻木不仁，但也许它是一种必须具备的而且很管用的素质。当你整天都忙于调查谋杀现场和弃尸地点，尤其当案件涉及儿童时；当你同数以百计乃至千计的受害者及其家人谈过话之后；当你看见有的人能够对其他人犯下绝对不可思议的暴行时，你最好还是学会对愚蠢的事情付之一笑，不然你准会发疯。

有别于许多执法工作者的是，我从来就不是一个开枪迷。不过早在空军服役的时候，我就已经是个神枪手了。我想，要是能在特种武器攻击小队干上一阵子大概会挺有意思的。每个外勤站都设有这样一个小队。小队中 5 名成员都是非专职的，需要时才将他们召集过来。我入选了该小队，被指派担任狙击手，其位置最靠后，任务是从远处射击。小队其他成员都具有很过硬的背景，比如干过绿色贝雷帽或者参加过丛林战特种部队，而我只教过飞行员的妻子、小孩如何游泳。小队长名叫戴维·科尔，后来升任匡蒂科联邦调查局全国学院副院长，就是他要我来主持调查支援科的工作的。

我们曾办过一个案子，案情比起雅各布·科恩的疯狂行径来多少要平淡一些。当时有个家伙抢了银行，随后警察展开了一场高速追击，最终把他逼进了一处仓库。此时我们奉命前往。仓库里的他先是脱光了衣服，接着又重新穿上。他看上去真是疯疯癫癫的。后来，他要求把他太太带到现场，警方照此去做了。

在后来的年月里，当我们深入研究了这一类罪犯的个性时，就能理解这种事是做不得的，你不应同意这类要求，因为他们要见的人往往就是他们认为首先引发问题的人。所以你这样做，其实是置此人于巨大危险之中，这将有助于他们完成先凶杀后自杀的举动。

幸运的是，此案中的警察并没有把她送进仓库，而是让她通过电话跟他交谈。果然，他一挂上电话，就扣动猎枪扳机把自己脑瓜打开了花。

我们各就各位等候了好几个小时，转眼间案子就这样完结了。可是，你不能马上化解压力，它反倒常常会触发反常的幽默感。"真见鬼，他干吗要这样做呢？"有个家伙议论说，"道格拉斯可是个神枪手。他本来能够替他一枪解决问题的。"

我在密尔沃基待了5年多。终于我和帕姆从朱诺大街的公寓搬到了棕鹿路上的一处市区新型住宅，远离外勤站，靠近市区北郊。我多半时间忙于侦破抢劫银行案，因破案有功连连受奖。我发现，每当找到一种"识别标志"将若干案子联系起来时，我的破案几率就会非常大，我们后来的系列谋杀分析便是以此项要素作为基础的。

这一时期，我捅下的惟一一个大娄子是在杰里·霍根取代赫布·霍克西出任主管特工以后。主管这一职位并不享有多少特权，能够使用一辆调查局公车是为数不多的特权之一。霍根对他那辆翡翠绿的福特车十分得意。有一天我外出查案时需要用车，而所有车子都已派出。霍根当时外出参加会议，因此我问主管特工助理阿瑟·富尔顿能不能用一下主管的车子。他答应得很勉强。

谁知事后杰里把我叫进了他的办公室，冲着我大叫大嚷，责怪我用了他的车，弄脏了车子。而且最糟糕的是，送回车子时还爆了一只胎。可我根本没有察觉到爆胎。由于杰里与我一直相处得挺好，因此当他一个劲儿声嘶力竭地吼叫时，我忍不住要笑出声来。很显然这是一次失误。

在那天晚些时候，我的分队长雷·伯恩对我说："约翰，你晓得杰里·霍根其实很喜欢你，只是他不得不教训你一次。他指派你去印第安居留地工作。"

当时正是"伤膝河大屠杀"余波未平、印第安人权利意识高涨之际。就像在底特律贫民区那样，我们在居留地成了众矢之的。印第安人受到了政府的不公平待遇。当我首次抵达绿湾的梅诺米尼居留地时，不敢相信竟有人不得不生活在这样贫困、肮脏和道德败坏的环境之中。他们的原有文化遭到了严重破坏，他们常常对我的到访视而不见。你在许多居留地都能发现酗酒、虐待子女和配偶、袭击、谋杀等案发率居高不下，这在很大程度上应归咎于生存状况恶劣以及政府的长期敌意和漠视态度。由于印第安人极不信任政府，联邦调查局特工要想取得证人的任何形式合作或协助几乎是不可能的。

当地的印第安人事务局代表帮不上什么忙。甚至连受害者的家人也不愿被扯进破案工作，生怕会被人扣上通敌的帽子。有的时候，当你获悉发生了谋杀案并赶到现场时，尸体已在那里停放了好几天，上面爬满了蛆虫。

在居留地工作的一个多月时间里，我起码调查了6起谋杀案。我深为那些印第安人感到难过，情绪一直不振，把每天离开那里回家过夜视为一种解脱。我从未见过哪个群体的人处境如此艰辛。虽说不大安全，但在梅诺米尼我头一回集中全力调查谋杀案犯罪现场，事后证明这段艰苦经历对我帮助极大。

毋庸置疑，我在密尔沃基工作期间最美妙的事件莫过于1975年11月喜得第一个孩子埃里卡。帕姆开始产前阵痛时，我们正准备与几位友人，萨姆·拉斯金和埃丝特·拉斯金，上当地一家乡村俱乐部共进感恩节晚餐。埃里卡于次日问世。

我当时要加班加点侦破抢劫银行案和完成研究生学业，因此新添婴儿意味着睡眠更少。自不待言，养育婴儿的责任主要由帕姆承担着。我初为人父，感到家庭责任更重了，但我喜欢看着埃里卡一点点长大。我那时还没有接手绑架儿童案和谋杀儿童案，我想这对大家来说是幸运的。假如我办理的是这类案子，假如我真的停下来思考外面发生的案情，我不知道能否愉快地适应为人父这一角色。待到我们的次女劳伦于1980年出生时，我已深深涉足这一领域。

我想，为人父也促使我尽力去创造成功的人生。我很清楚我当时从事的工作并非自己向往的终身职业。杰里·霍根劝我先干满10年外勤工作，再考虑申请其他工作。这样一来，我的经历足够升至主管特工助理，乃至最后晋升为主管特工，尔后或许最终能进入总部工作。但是，因为有了一个孩子，且还会有更多的孩子到来，外勤特工从一个工作站调任至另一个工作站的工作便显得缺乏吸引力了。

随着时光推移，我已开始另眼看待这份工作了。狙击手的训练和特种武器攻击小队的执勤丧失了以往的魅力。我在心理学方面既拥有背景（此时已拿到了硕士学位），又怀有兴趣。对我来说，这份工作的挑战性在于，它可以控制局面，不让事态发展到非开枪不可。主管特工推荐我去匡蒂科的联邦调查局学院参加了为期两周的人质谈判课程的学习，当时学院开办才不过几个年头。

在那里承蒙诸如霍华德·特顿和帕特·马拉尼等具有传奇色彩的特工的指导，我头一回接触到当时被称为"行为科学"的知识，它改变了我的职业生涯。

五

行为科学抑或胡说八道?

大约 5 年前结束新特工训练之后,我就没有回过匡蒂科。这地方变化可不少。举例来说,到了 1975 年春天,联邦调查局学院已经成为一个设施齐备、功能齐全的场所,它是从美国海军陆战队基地辟出一大块地建造而成的,坐落在丘壑起伏、景色优美的弗吉尼亚州林地之中,距华盛顿南部大约一小时车程。

然而有些方面并没有什么变化。战术组仍旧是集名望和地位于一身,其中的轻兵器小组更是炙手可热。该小组的头头叫乔治·蔡斯, 1968 年马丁·路德·金博士遇刺后,奉命前往英国将詹姆斯·厄尔·雷押回国内接受美国法庭审判的就是这位特工。蔡斯长得虎背熊腰,力大无穷,徒手挣断手铐对他来说是雕虫小技。有一次,靶场的某个家伙拿来一副手铐,事先把链子焊了起来,然后交给蔡斯让他露一手。蔡斯挣脱时用力过猛,结果造成手腕脱臼,不得不打了好几个星期的石膏。

人质谈判由行为科学科进行授课,它由一组 7 至 9 名特工教官组成。

心理学以及"软科学"从来就没得到过胡佛及其助手的高度重视，因此直到他逝世以前，心理学研究具有某种"密室"研究的性质。

事实上，当时局里大多数人以及执法界总体上都把应用于犯罪学研究的心理学和行为科学视为不值一提的胡说八道。尽管很明显我从没有这种看法，我却不得不承认，当时在这一领域所掌握和传授的许多知识与理解罪犯和逮捕罪犯并没有什么真正联系，而这一局面在此后几年中将通过我们的努力得以改变。我在接管行为科学科的运作后，把该科的名称变更为调查支援科。每当人们问起我为什么要更名时，我会相当坦率地告诉他们，我就是想划清"胡说八道"与我们所从事的工作之间的界限。①

在我接受人质谈判培训时，行为科学科由杰克·帕夫担任科长，它受着两个很有个性、很有真知灼见的人物的控制和影响，他们是霍华德·特顿和帕特里克·马拉尼。特顿身高约 6 英尺 4 英寸，金属丝架的眼镜后面有一对目光锐利的眼睛。尽管从前在海军陆战队里干过，他却属于深思熟虑的类型：总是一副威风凛凛的神态，堪称典型的学识渊博的教授。他曾在旧金山附近加州圣莱安德罗警察局供职，后来于 1962 年加入联邦调查局。1969 年时，他开始讲授一门里程碑性质的课程，起初定名为"应用犯罪学"，最后（据我猜测那是在胡佛去世后）又更名为"应用犯罪心理学"。到了 1972 年，特顿前往纽约请教了詹姆斯·布鲁塞尔博士，这位曾经侦破过疯狂爆炸案的精神病专家同意亲自向特顿传授他的画像技巧。

充实了这方面的知识以后，特顿的办案方式出现了重大突破。这种办案方式强调，通过着重分析犯罪现场的有关证据，就能更多地了解罪犯的

---

① 行为科学（behavioral science）的缩略语 BS 与胡说八道（bullshit）的缩略语 BS 是相同的，为了避免混淆和以正视听，作者将行为科学科更名为调查支援科。——译者

行为和动机。就某些方面而言，我们此后在行为科学以及刑事调查分析方面所做的一切努力都是以此为基础的。

帕特里克·马拉尼总是让我联想起爱尔兰民间传说里的矮妖精。他身高 5 英尺 10 英寸，体型矮胖，思维敏捷，精力充沛。他是 1972 年从纽约外勤站调到匡蒂科的，拥有心理学学位。在匡蒂科任职届满时，他成功地解决了以下人质危机：在华盛顿市，哈纳菲穆斯林教派占据了 B'nai B'rith 总部；在俄亥俄州沃伦斯维尔海茨，一名黑人越战老兵科里·穆尔闯入警察局，挟持了一位警长和他的秘书。特顿和马拉尼共同组成现代行为科学的第一梯队，这对搭档表现出众、令人难忘。

行为科学科的其他教官也参与了人质谈判课程的讲授，其中包括迪克·奥尔特和罗伯特·雷勒斯，他们来匡蒂科时间还不长。如果说特顿和马拉尼组成的是第一梯队，那么奥尔特和雷勒斯则组成了第二梯队，是他们向前拓展了这门学科，使其成为对全美乃至世界各地警察局真正有价值的知识。雷勒斯和我当时仅仅是师生关系，我们不久将展开合作，共同从事系列犯罪研究，这项研究最终促成了我们目前所从事的工作。

人质谈判训练班大约有 50 名学员。从某些方面来说，这门课带来的乐趣要超过它带来的教益。由于暂停外勤工作两个星期，更是让人感觉快活。在课堂上，我们剖析了 3 种基本类型的人质扣押者：职业罪犯、精神变态者、狂热分子。我们研究出现在人质事件中的某些重要现象，例如斯德哥尔摩综合征。在两年前的 1973 年，瑞典斯德哥尔摩市发生了一起手法拙劣的抢劫银行案，它后来演变为令顾客和银行雇员感到痛苦的人质事件。最后，那些人质竟站到绑匪一边，并在实际上协助他们对抗警方。

我们还观看了西德尼·吕美特新导演的影片《热天午后》，阿尔·帕西诺扮演了一个抢劫银行的歹徒，抢钱目的是要让他的同性恋恋人去做变性手术。该片根据纽约市发生的一次真实人质事件创作而成。正是这个案件及其引发的冗长谈判促使联邦调查局邀请了纽约市警察局的法兰克·博尔茨警长和哈维·施洛斯伯格警探前来联邦调查局学院讲课，以提高人质谈判的水平。纽约警方在这一领域被公认具有国内领先水平。

我们研究了谈判的各项原理。有些指导原则是显而易见的，比如要尽量将死亡人数降至最低点。我们确实可以从听实际人质事件的录音带中获益，不过要等到若干年后，当新一代教官到来时，学生们才参与了角色扮演练习，而这才是你从课堂教学中所能获得的最接近谈判实战的演习。同时，训练也有点杂乱无章，因为大量材料都是从罪犯心理学的课程上照搬而来的，其实并不怎么适用。譬如，他们会发给我们记录猥亵儿童犯或奸杀犯的照片和卷宗，然后让我们讨论具有这种个性的人在人质事件中会有什么反应。此外便是更多的兵器训练，这仍是匡蒂科的培训重点。

我们后来讲授的人质谈判课程的大量内容并非在课堂上从其他特工那里学来的，而是在经历现场办案的严格考验时学到手的。我刚提过，促使帕特里克·马拉尼声名鹊起的是科里·穆尔一案，该犯曾被诊断患有妄想型精神分裂症。在扣押了俄亥俄州沃伦斯维尔海茨的警长及其秘书作为人质以后，他公然提出了若干要求，其中之一便是所有白人必须马上离开地球。

好吧，就谈判策略而言，只要你还有别的路可走，就不会去屈服于他们的要求。但有些要求在任何情况下都是做不到的，上述的要求无疑可以归于这一类。此案引起了全国上下的广泛关注，以致连美利坚合众国总统吉米·卡特都主动表示要与穆尔通话，为解决人质危机出点力。在卡特先生那方面，这样做固然是出于一片好意，并且体现了他后来努力要解决那些看来棘手的全球性冲突时所表现出的诚心诚意，可这并不是谈判的上策，我在处理一场人质危机时是绝不希望这种情况出现的。帕特里克·马拉尼亦不希望如此。请头面人物出面调解的问题在于，它除了会导致其他亡命之徒如法炮制以外，还会使你错失运筹的空间。你应该尽量通过中间人进行斡旋，使得你可以拖延时间，避免做出那些你并不想兑现的承诺。而一旦你让人质扣押者与他认定是决策者的某某人直接接触时，所有人就会无计可施。要是你不同意他的要求，就会有转眼将事情搞砸的危险。你能够把同他们谈话的时间拖延得越久，就越为有利。

80年代初期我调任匡蒂科讲授人质谈判策略时，我们使用了一盘让人感到困扰的录像带，那是几年前在圣路易斯拍摄的。最终我们停止播放这盘带子，原因是圣路易斯警察局对此很不开心。在这盘录像带里，一个黑人青年持枪抢劫了一家酒吧。这次抢劫并未得手，他被困在了屋内，警方包围了那地方，于是他扣押了一批人作为人质。

警方派出了由黑人警官和白人警官组成的谈判小组同他交涉。可是如录像带所示，这组警察非但没能从客观角度去对待他，反而对他花言巧语，试图降到他的角度去解决问题。他们七嘴八舌，不停地打断他说话，不去倾听他在说些什么，也不去尽量设法了解他在人质事件中到底想图些什么。

警察局长赶到现场时——重申一遍，我绝不会听任这种事件发生——摄像机镜头转了过去。局长一到场，便"正式"表示对他所提的要求不予理睬，随后，如大家所看到的，那家伙对准自己的脑瓜扣动了扳机，脑浆四溅。

不妨拿此案与帕特里克·马拉尼处理的科里·穆尔一案做一下对比。很显然，穆尔已经举止失常；而且很显然，所有白人是不会离开地球这个星球的。但是通过倾听扣押人质者的要求，马拉尼就能辨明穆尔真正想得到的是什么，知道什么东西能够让他满足。马拉尼提出为穆尔举行一次记者招待会，让他陈述自己的观点，于是穆尔释放了人质，没有流一滴血。

在匡蒂科受训期间，我在行为科学科已小有名气，因此帕特里克·马拉尼、迪克·奥尔特和鲍勃[①]·雷勒斯把我推荐给了杰克·帕夫。在我启程返任前，科长把我叫进了他那间地下办公室面谈。帕夫是个讨人喜欢、和蔼友善的家伙。他肤色黝黑，烟不离口，长得酷似维克多·迈彻。他告诉我，教官们都对我印象很不错，希望我考虑回到匡蒂科担任联邦调查局全国学院培训项目辅导员。这项提议使我受宠若惊，我表示很乐意接受。

回到密尔沃基以后，我还是被编在犯罪反应分队及特种武器攻击小队里，不过大量时间是在州内各地奔波，训练企业经理人员如何对付绑架和敲诈勒索，并且训练银行官员如何对付单人及团伙持枪抢劫，此类事件在地处乡下的银行尤为猖獗。

那些久经商场的商界人士在如何保障自身安全上无知得使人吃惊，他们完全按自己的日程安排，甚至将度假计划登载在当地报纸和公司的简讯上。这很可能使他们成为绑匪和欺诈之徒攻击的目标。我教他们及其秘书和下属如何评估打进来的电话以及有关信息披露的请求，如何确定打进来的欺诈电话是真是假。例如，公司经理们时常会接到电话，说他的妻子或小孩已被绑架，他必须将一定数目的赎金放置到某一地点。事实上，他的妻子或小孩是绝对安全的，在整个过程中毫无危险可言。但是那个想发不义之财的歹徒事先就已经弄清楚，不管出于什么原因，他在短时间内是别想找到自己的家人的，因此如果歹徒说得出一两个似乎站得住脚的事实，

---

① 英文名中，"罗伯特"简称"鲍勃"。——译者

往往就能让这位惊恐不已的经理乖乖就范。

　　同样，通过敦促银行官员建立某些简单的规则，我们就能使银行被抢劫的成功率降低。劫匪的惯用伎俩之一就是一大清早守候在银行门外，等待分理处经理前来开门上班。歹徒会挟持这个经理，然后当其他毫无提防的雇员前来上班时，会被一一扣下。随后，你便得知分理处里面关押着满满一屋子人质，你接手的将是一个很大的烂摊子。

　　我让一些银行建立了基本的信号系统。当第一个人早上来上班，发现情况一切正常时，他或她要做一件事——调整一下窗帘，移动一下盆景，打开某盏灯之类的事情——以此作为信号向其他人表明情况正常。如果第二个人来上班时没有见到这个信号，他或她就不应该走进去，而要立刻报警。

　　同样，我们还训练出纳人员——因为他们是事关所在银行安全的关键人物——在恐怖局面下应怎样见机行事，而不是英勇献身。我们解释了如何小心搬运当时被广泛使用的易爆型钱袋。根据我对某些得逞的抢劫银行犯所做的访谈结果，我指示出纳人员在接下递给他们的表示抢劫意图的纸条时，要故意"神色紧张地"让纸条落在装有铁栅窗的出纳室的他们这一边，而不要还给抢劫者，这样就保留了一件有价值的罪证。

　　我从访谈中得知，抢劫犯都不喜欢毫无准备地对银行下手，因此要是你能记录下进入银行的陌生人，特别是那些提出过简单或例行要求（例如要求将纸币兑换成硬币）的人，可能会对破案很有帮助。要是出纳员能够草草写下此人的车牌号码或者记下任何形式的身份证件信息，接下来发生的抢劫案常常就能被侦破。

　　我开始同调查杀人案的警探一起四处打探，也去走访法医办公室。任何法医病理学家，如同大多数优秀警探一样，会告诉你在任何谋杀案调查工作中，最重要的证据便是受害者的尸体，而我想在这方面尽可能多地掌握一些情况。我相信我对此着迷的渊源可以部分追溯到我的年轻时代，我那时一心想当兽医，想弄明白身体结构和功能与生命的关系。不过，尽管我很喜欢与杀人案侦破分队和法医工作室人员一道工作，我真正感兴趣的却是罪犯的心理层面：是什么因素促使杀人犯作案？是什么因素导致他在特定情形下进行谋杀？

我在匡蒂科受训的几个星期里接触了几起较为离奇的谋杀案，其中最为离奇的一起几乎就发生在我家的后院——其实相距大约还有 140 英里，不过那也够近的。

50 年代时，爱德华·盖因曾经隐居在威斯康星州普兰菲尔德的农村，当地人口仅有 642 人。他悄然无声地开始了犯罪生涯，最初是干盗墓的行当。他对尸体的皮肤特别有兴趣，他将它割下来，进行硝皮处理，然后除了用于装饰裁缝用的一具人体模型和各种家具摆设以外，还披挂在自己身上。他曾经有一阵子想做变性手术，这在 50 年代的美国中西部堪称大胆创新之举。当做手术行不通时，他便决定退而求其次，即用真的女人皮为自己做一套女式服装。有人推测他是想变成他那位已经过世的专横的母亲。如果此案开始听起来有几分耳熟，那是因为部分案情已被罗伯特·布洛克编入了他的小说《惊魂记》（后拍摄成希区柯克的经典影片），并且还被托马斯·哈里斯植入了他的影片《沉默的羔羊》。哈里斯是在匡蒂科旁听课程时听说这个故事的。

假如盖因的妄想需求没有扩大到"创造"更多的尸体以供利用，他则可能继续生活在盗尸者的阴暗世界中。在我们开始系列杀手的研究时，这种"升级行为"是我们在几乎所有的案件中都可识别的一种现象。盖因被指控谋杀了两名中年妇女，实际受害者的数目可能更大。 1958 年 1 月，他被诊断为精神失常，后被送往位于沃潘的中央州立医院和门多塔精神病疗养院，并在此度过了余生。他生前一直是模范犯人。1984年，77岁的盖因在门多塔疗养院的老年人病房中平静地死去。

不用说，身为一名地方上的警探或者外勤特工，你是不大会经常接触此类事情的。当我返回密尔沃基后，便想尽可能详细地了解此案。可是当我向州检察长办公室查询时，发现办案记录已被密封并禁止查阅，理由是犯罪行径过于疯狂。

当我表明自己是联邦调查局特工，是从教学的角度对此案抱有兴趣后，办公室人员为我启封了卷宗。我跟随办公室人员走进档案室，从长长的架子上面取下几盒卷宗，还得去掉封蜡才能打开翻阅，这一幕让我终生难忘。里面的一张照片令人触目惊心：赤身露体的无头女尸被绳索和滑轮倒吊着，从胸骨一直剖开至阴部，生殖器官全被割下。别的照片则显示割下的首级摆放在桌子上，睁开的眼睛目光呆滞。这些画面是如此惨不忍睹，如此不可思议，我开始推测制造这一切的真凶是什么样的人，这种经验又如何能有助于缉拿凶手。从某种真实意义上讲，这件事情从此便始终挂在我的心头。

1976年9月底，我离开密尔沃基，前往匡蒂科接受临时任职，我已被选派担任第107期训练班的辅导员。帕姆只得独自留在密尔沃基操持家务和抚养年仅周岁的埃里卡，同时还要教书。这是我此后多年中多次离家出差的头一回。我想在调查局，在军界和外交界的大多数人对后方的配偶所承担的重负恐怕体会并不深。

调查局全国学院的培训项目为期11周，课程要求很严，招生对象是来自国内和世界各国的有成就的资深执法官员。学院学员通常与调查局特工一道受训。区别两类受训人员的方法是识别他们衬衣的颜色。调查局特工穿的是蓝色衬衣，学院学员穿的是红色衬衣。另有一处差别：学院学员往往年纪较大，经验较丰富。为了具备入学资格，你必须获得所在地负责长官的推荐，并要得到匡蒂科教官的认可。全国学院不仅提供有关最新执法知识技术的专业训练，而且也为方便调查局与各地警官建立起个人关系提供了一个非正式的场合，这种关系屡经证明是一种难能可贵的资源。全国学院培训项目的负责人是吉姆·科特，一位深受警察喜欢的名副其实的执法官员。

我作为辅导员，要负责一个 50 人组成的学员班。虽然当时的局长帕特里克·格雷及接任的克拉伦斯·凯利制订的政策是，开放调查局、摆脱胡佛时代那些狭隘的条条框框，但全国学院仍旧没有招收女性学员。除了美国学员外，我的班上还有来自英国、加拿大和埃及的学员。你要和他们同住集体宿舍，而他们对你的期望是方方面面的：你得当教官、社交老师、医护人员、类似童子军小队中的女训导。行为科学科人员可以借此观察你如何同警察打交道、是否适应匡蒂科的环境以及如何应对压力。

要说压力可不小。学员们所受的训练是一流的，但是代价也不菲：远离家人，成年以来头一回住在集体宿舍，不能在宿舍饮酒，与素不相识的人共用卫生间，被迫接受高强度的体能训练，而这种训练是大多数人自从特工训练结束以后从未经受过的。大约熬到第 6 周时，不少警察差不多要发疯了，动不动就会撞向那些空心煤渣砖砌成的白色墙壁。

辅导员当然也是很不好当的。每个辅导员执行所指派任务的方式是不一样的。如同在生活中遇到任何其他情况时一样，我拿定了主意，要想使我们班完好无损地通过培训项目，我最好要有些幽默感。有些辅导员则采取了另外的方式。其中一位对学员的要求非常严格，在院内体育比赛中居然对学员严厉呵斥。到了第 3 周，他负责的班级已是怨气冲天，学员们送给他一组行李箱，显然是想让他"从这里滚蛋吧"。

另有一位辅导员曾是一位特工，我姑且叫他弗雷德吧。他来匡蒂科之前从未有过贪杯的毛病，可是来这里以后确实酗起酒来。

辅导员应当观察到学员出现情绪沮丧时的征兆，但弗雷德喜欢把自己关在房间里，不是抽烟就是喝酒，直至大脑出现一片空白。当你面对的是久经街头执法考验的警察时，只有强者才能生存。稍有弱点暴露出来，你就完蛋了。弗雷德真是个好人，非常敏感和善解人意，容易相信别人，因此他制服不了这帮警察。

当时有一条永远生效的规定：不准女人留宿。一天晚上，有位警察找到弗雷德，抱怨说他"再也忍受不下去了"。你身为辅导员是不愿意听说这种事情的。他的室友每晚要换一个女人上床，搅得他无法入睡。于是弗雷德和那家伙一同来到那间寝室，竟发现有五六个人正等候在门口，汗津津的手里捏着钱，等待轮到自己上阵。弗雷德怒气冲天，闯进房间一把抓住正压在金发女郎身上的家伙，将他掀了下来，结果发现那个"女人"却只是一个充气娃娃。

一星期之后，一个警察在深更半夜找到弗雷德的房间，说是他的室友哈里情绪低落，刚才打开窗户跳了出去。首先，集体宿舍的窗户是不准打开的。弗雷德闻讯疾步穿过走廊，冲进房间，从开启的窗户向外望去，只见哈里浑身是血地躺在草地上。弗雷德飞速跑下楼梯，奔到"自杀现场"，谁知哈里一跃而起，把弗雷德吓了个魂飞魄散。无独有偶，当天夜里有人私自拿走了餐厅的一瓶番茄酱！到了毕业时，弗雷德变得头发稀疏，不修边幅，经常感觉腿部发麻，走起路来一瘸一拐。神经科医生对他做了临床检查，并未发现有什么问题。一年后，他重返外勤工作站，却因残疾原因而被免职。我为他感到难过，不过警匪至少在某个方面是十分相近的：你必须向每个人证明自己有多么刚强。

尽管我采取的是随和幽默的方式，但也同样不能幸免逃过类似的遭遇，好在我所受的作弄大多是校园里常见的恶作剧。有一回，班上的学员把我寝室里的家具搬了个精光；另有一回，他们把我的床单剪短；还有好几回，他们将玻璃纸粘在我的抽水马桶座上。你必须想法化解压力。

曾经有一度他们搅得我简直要发疯，情急之中我决定躲避一阵儿。这帮人不愧为优秀的警察，居然就能准确地感觉到这一时刻的到来。他们用空心煤渣砖将我那辆绿色 MGB 车垫了起来，刚好让车轮腾空一丁点，这样汽车启动时车轮只能空转。我坐进车子，启动了发动机，猛踩离合器，挂上了挡，可车子就是无法加速，而我怎么也想不通车子为何停在原地不走。我下了车，诅咒着这辆发动机性能如此蹩脚的英国车。我打开发动机罩，用脚猛踢轮胎，又弯下身子查看车况。霎时间整个停车场车灯齐明。他们都坐在自己的车子里，打开了车前灯，灯光照射着我。他们口口声声说很喜欢我，闹够了以后，又替我将车子放回到地面。

外国学员也免不了被人作弄。许多外国学员来的时候带了空行李箱，因此常常上军人服务社大肆采购。我对一位埃及上校的印象特别深刻。他曾经询问一位来自底特律的警官"fuck"①一词有何含义。（这真是大错特错。）那位警官告诉了他（他的解释倒也有几分准确）：这是一个通用词，视语境不同而有许多不同的含义，不过大部分时候几乎都可使用，其中一层意思是"漂亮的"或者"高级的"。

于是乎此人来到军人服务社，走到照相机柜台前，用手指点着说："我想买那台'他妈的'照相机。"

---

① 粗话，相当于中文里的"他妈的"。——译者

闻之色变的年轻女店员问他："你想要什么？"

"我想买那台'他妈的'照相机。"

在场的其他几位学员赶紧走到他身边，向他解释说，尽管这个词的确用法多多，却是不可当着女性和小孩的面说出来的。

还有一个日本警官，出于礼节的考虑向一个美国警官打听了遇到他非常尊重的教官时该如何表示应尽的礼仪。于是每当我在走廊上遇上他时，他总是面带微笑，恭敬地一鞠躬，向我表示问候："操你的，道格拉斯先生。"

我非但没把事情复杂化，反而回敬他一鞠躬，面带微笑地说："也操你的。"

一般而言，日本人派学员来全国学院受训时，会坚持一次送两名。没过多久我们才知道，其中一人是长官，另一人是下级，要负责为长官擦皮鞋、铺床、打扫房间，并且通常担任其仆人。有一回，几位学员去找吉姆·科特，抱怨说那个日本长官要定期练习空手道和武术，把他的随从打得死去活来。科特把那位长官叫过去，向他说明学院里人人都是平等的，并且毫不含糊地警告他，他的这种行为是不能允许的。这件事说明了文化差异上的障碍是必须克服的。

我旁听了全国学院的课程，对他们的授课方式有了了解。当培训于12月结束时，行为科学科和教学组都为我提供了一份工作。教学组组长还主动提出替我支付进一步攻读研究生的学费，不过我倒是对行为科学更有兴趣。

圣诞节前一个星期我回到了密尔沃基，对获得匡蒂科的新职位充满信心，我和帕姆还在匡蒂科的调查局全国学院南面不远处购置了一块5英亩的土地。1977年1月，局里宣布要进行一项人力资源研究，在此期间一切人事调动暂时冻结。我的新职位就此泡了汤。我被弗吉尼亚州的那块地产给套住了，不得已只好向我父亲借钱支付了分期付款，可我对自己在局里的去向还是一无所知。

几个星期过后，当我正与一个名叫亨利·麦卡斯林的特工外出办案时接到了总部打来的电话，通知我于 6 月份调往匡蒂科，到行为科学科任职。

32 岁的我即将接替帕特里克·马拉尼的位置，他将调任总部的监察部门。这个岗位可是非同小可的，我准备迎接挑战。惟一让我真正放心不下的是我将要教授的那些学员。我知道他们是怎样折腾辅导员的，即便是他们喜欢的辅导员。我能够想象他们对于班门弄斧的教官会怎样地不留情面。我要跳的这个舞是不错的，可是我没有把握是否已熟记了舞曲。如果要为他们讲授行为科学，我最好得想出什么办法，尽量剔除那些胡说八道的成分。要想对一位比我年长 15 至 20 岁的警长传授有价值的知识，我知道最好要有真才实学、要言之有物。

正是怀着这些担心，我步入了人生旅途的下一阶段。

六

巡回教学

我于 1977 年 6 月加盟行为科学科之际，共有 9 名特工被选派在科里任职，主要精力都放在教学上。为调查局特工和全国学院学员共同开设的主修课程是应用犯罪心理学。霍华德·特顿早在 1972 年首开了这门课程，讲课的侧重点放在警探和其他办案人员最关心的问题上：作案动机。授课的目的是让学员们对暴力罪犯的思维和行为起因有所了解。虽然这门课程广受欢迎且很实用，但其主要是以研究和讲授心理学的理论原理为基础的，其中某些素材来自特顿本人的办案经历，后来又补充了其他教官的办案经历。不过，当时能够依据有组织和有条理的广泛研究、以权威口吻发表见解的还是那批学院派人士。我们中不少人已经渐渐意识到，这批人的研究成果及其专业观点应用到执法及破案领域时是有局限性的。

学院开设的其他课程包括：当代警察问题，探讨的是劳工事务管理、警察工会、社区关系和相关的事宜；社会学与心理学，有点像典型的大学入门课程；性犯罪，可惜它提供的趣味性要超过实用性和知识性。对待性犯罪这门课程的严肃程度要取决于由谁来执教。有位教官用一具身穿雨衣的肮脏老头子玩偶定下了基调。你只要压一下玩偶的头部,雨衣就会掀开,阳具便会勃起。他们还会拿出数百张照片,反映的是各式各样的现在被称为性错乱、当年被简单称为变态的行为:异性装扮癖、形形色色的恋物癖、裸露癖等等。这些照片通常会招来一阵不合时宜的哄堂大笑。当你讨论的是偷窥癖,或者显示的是男扮女装的照片时,你或许能在看到某张照片时勉强笑两声。当你探讨的是施虐、受虐狂或者恋童癖的极端行为时,如果你还在发笑,那么你或者你的教官就有问题了,或者你们双方都有问题。经过长达几年时间及大量敏感化处理之后,在罗伊·黑兹尔伍德和肯·兰宁登台执教时,才将强奸和对儿童性骚扰之类的课题研究置于严肃的专业层次之上。黑兹尔伍德现已退休,但仍然是一位活跃的咨询专家。兰宁也退休在即。这两位在各自研究领域仍是世界一流的执法界专家。

但是,回溯"只要讲述一下事实,太太"的那个胡佛年代,没有一个权威人士将后来所谓的罪犯画像看做是一个卓有成效的破案工具。事实上行为科学一词本身就可被视为某种怪异的叫法,而支持它的人大概也会提倡巫术和心灵感应。因此任何"涉猎"其中的人不得不以非正式的方法从事研究,且不保留任何文字记录。特顿和马拉尼开始提供个性画像时,皆是以口头形式进行的,从不落于笔头。你首先要考虑的原则是:"不要让调查局感到难堪。"所以你不要去想笔录什么东西,免得你或者你的主管特工因此受到当面训斥。

经过特顿的开创性工作,以及基于我们在纽约从布鲁塞尔博士那里学到的知识,我们开始为提出请求的个别警察提供部分非正式的咨询,但是尚未开设有组织的教学项目,也没有认为这是行为科学科理应履行的一项职责。通常的情形是，从全国学院毕业的某位学员碰上棘手案子时会打来电话请教特顿或马拉尼。

最早打来电话的人中有一名加州的警官，他迫不及待想侦破一起一位妇女身中数刀而毙命的案子。除了杀人手段残忍以外，此案没有什么与众不同之处，而且验尸检查也没有提供什么线索。在警官叙述了所掌握的不多的事实以后，特顿建议他从调查受害者的左邻右舍着手，寻找的对象是个身材矮小的、不惹人注意的独居者，年龄为十八九岁，他系一时冲动才下此毒手，现在出于空前负疚感以及惟恐被人发现而惶惶不可终日。特顿建议说，当你找到他的住处，在他出来开门时，你就站在那里，两眼直瞪着他，然后说："你晓得我为什么来这里。"以这样的方式让他坦白罪行应是不难的。

两天后，这位警官打回电话汇报说，他们随即就开始系统地在附近一带挨家挨户地敲门了。有个符合特顿所做"画像"的年轻人应声开门时，还没等警察开口说出那句反复练习的问话便脱口说道："好吧，你们抓我算抓对了。"

尽管当时看起来特顿像是在玩那些从帽子里变出兔子的魔术，其实他所描述的嫌疑人类型和作案情形却是有逻辑可循的。多年以来，我们使这种逻辑越来越严谨，把他和帕特里克·马拉尼利用业余时间涉猎的研究变成打击暴力犯罪的一种重要武器。

如同在某一领域取得进步时常常发生的那样，这一进步在很大程度上是意外的收获。之所以这么说，是因为我作为行为科学科教官，其实并不认为当时就已清楚我是在做什么，只是觉得我需要掌握一种方法去获得更多的第一手信息。

当我到匡蒂科任职时，马拉尼正准备离任，而特顿成了全科的一把手。于是，帮助我熟悉业务的责任就落在年龄资历与我最相仿的两个人身上：迪克·奥尔特和鲍勃·雷勒斯。迪克大约长我 6 岁，而鲍勃比我大 8 岁。两人在调入调查局前都在陆军干过宪兵。应用犯罪心理学在全国学院为期 11 周的课程中大约占了 40 小时的课堂教学，所以帮助新手熟悉业务的最有效办法就是让他参与"巡回学校"，即由匡蒂科派出教官到遍布全美各地的警察局和学校以高度压缩的形式讲授同一类型的课程。这种授课形式广受欢迎，通常会有一连串"客户"等候我们送课上门，而发出邀请的人主要是那些曾经参加过全部全国学院课程学习的警长和高级警官。跟随一位资深教官外出，在两周时间里观摩他的讲课，这确实是一种快捷的途径，能有助于你尽快熟悉自己应该教些什么。就这样我开始与鲍勃一同上路了。

巡回学校有一套标准的规矩。你要在星期日离家上路，从星期一上午到星期五中午在某地警察局或者学校进行课堂教学，然后再到下一个学校重讲一遍。没过多久，你开始觉得自己俨然成了"荒原奇侠"或是"孤胆骑警"，策马进城，尽其所能帮助当地居民，完成使命后又悄悄骑马离去。有时候我真想留下一颗"银制子弹"，好让他们不会忘记我们。

从一开始，我就对凭借"道听途说"进行教学的做法感到不大自在。大多数教官，其中以我为最，对于课堂上讲解的大部分案件缺乏第一手经验。这就很像是在大学里讲授犯罪学，讲课的教授在大多数情况下从未走上街头处理过他们所讨论的案子。这门课的许多内容已蜕变成"战斗故事"，最初由亲自办案的警官讲述，后来经过不断的添油加醋，到了最后与实际发生的事情几乎已经没有多大联系了。到我开始教学时，情况已经演化到了这种地步：当教官在课堂上对某一案件发表评论时，会遭到曾亲身参与办理此案的学员的反驳！最糟糕的是，这样的教官总是不肯放弃错误的说法，常常固执己见，即使当着实际办案人员的面也是如此。这种授课方式和态度贻害无穷，它使得你的学生对你讲述的其他知识也失去了信任，不管他们是否有过亲身经历。

我面临的另一难题是，我刚刚年满 32 岁，看上去还要年轻些。我的教学对象可是久经考验的警察，其中不少人要大我 10 至 15 岁。我如何才能具有权威性，或者说该如何向他们传授知识呢？在谋杀案调查方面，我的第一手经验大多是在底特律和密尔沃基那些经验丰富的调查杀人案的警察帮助之下获得的。而我现在站在这里，却要告诉像他们一样经验丰富的人如何去做好自己的本职工作。因此在面对这帮家伙之前，我认为最好要明白自己要说些什么，凡是不明白之处，最好抓紧时间弄懂弄通。

我在这方面并不笨。开始讲课前，我会在班上问有没有人在我当天打算在课堂上讨论的犯罪案件方面有过直接经历。比如说，如果我要讨论的是查尔斯·曼森一案，我首先会问："在座的各位有没有来自洛杉矶警察局的？有哪位办理过此案吗？"如果凑巧有的话，我就会请他对我们讲述一遍此案的所有细节。这样一来，我就能保证讲课内容不会与任何亲自参与办案的人员所掌握的真实案情有所出入。

然而，即使你是刚从外勤站调来的 32 岁小伙子，一旦站上匡蒂科的讲台或者从匡蒂科外出授课，人们就会把你看成是代表着联邦调查局学院及其那些令人敬畏的部门、在以权威的身份讲课的人。课间休息时，总会有警察走上前来找你。在巡回学校讲课期间，总会有警察在晚上打电话到我的旅馆房间，询问我对他正在办理的案子有何高见。"嘿，约翰，我手头这个案子与你今天讨论的案子有点相似。你对这个案子有何指教？"他会问个没完没了，我则需要对从事的教学工作拥有某种权威性，不是来自调查局的权威性，而是自身的权威性。

巡回教学到了某一阶段时——起码对我如此——你会觉得有那么多歌曲可以尽情收听，有那么多玛格丽塔鸡尾酒可以开怀畅饮，有那么多时间可以待在旅馆房间里瞪着电视机。1978年年初，在加州一家饭店的鸡尾酒厅里我经历了这一阶段。我和鲍勃·雷勒斯正在萨克拉门托县主办一期巡回教学。第二天驱车离开时，我大发评论，说既然我们教过的大部分案例中的案犯仍然健在，其中大多数人将在囚室里度过残生，我们不妨试试看能否对他们做一些访谈，问问他们作案的动因，从他们的视角去查明事情的经过。我们能做的就是尝试一下，如果行不通，也就罢了。

我向来就有爱出风头的名声，这一提议只能加深鲍勃对我的这种看法，不过他倒也同意试验一下我的这个疯狂念头。鲍勃的处事原则一向就是："宁愿事后请求原谅，不要事先请求批准。"这一原则此刻确实显得挺管用。我们知道，要想得到总部的批准是没门的。不仅如此，我们从此每做一件事都会受到审查。在任何官僚机构里，人们不得不处处提防爱出风头的人。

比起其他州来，加州怪诞不经、骇人听闻的案例最多，那里显然是进行访谈的好地方。约翰·康韦是联邦调查局圣拉斐尔常设办事处的一名特工，圣拉斐尔就在旧金山北面不远。他曾在匡蒂科听过鲍勃的课，与加州刑事系统保持有良好的关系，他答应充当我们的联络人，替我们做出安排。我们知道需要一个我们信得过也信得过我们的人，因为这个小小的调查项目如果搞砸了，便会招致许许多多的责难。

我们决定要找的第一个重罪犯是埃德·肯珀，他被重复判处无期徒刑，当时正在加州瓦卡维尔的州立疗养院服刑，疗养院大约位于旧金山到萨克拉门托的中途位置。我们在全国学院教学时一直运用他的案例，却从未跟他本人接触过。至于他是否同意见我们和与我们交谈，还是一个未知数。

该案的实际案情已有完整的记录。埃德蒙·埃米尔·肯珀三世于1948年12月18日出生于加州伯班克。他和两个妹妹成长于一个破碎的家庭，父母亲总是争吵不休，最终分了手。当埃德表现出一系列"怪异"行为之后（包括肢解了两只家养的猫以及同大妹苏珊一起玩葬礼游戏），他母亲克拉内尔就把他打发到离异的丈夫那里。他逃回母亲住处后，又被送到加州内华达山脉山脚处的一个偏僻农庄，跟祖父母住在一起。他在那里感到异常无聊和寂寞，不仅远离了家人，而且还被剥夺了他所熟悉的学校环境为他提供的些许安慰。就在那里，这个高大粗笨的14岁男孩在1963年8月的一天下午用一支0.22口径的来复枪击毙了他的祖母莫德，后又反复用菜刀刺戳尸体。祖母那天执意要他待在家里帮助干家务活，不准他跟随他祖父下地干活，而埃德与祖父更亲一些。他晓得祖父不会原谅他闯下的大祸，于是当老人回到家中时，埃德对他也下了毒手，还把尸体留放在院子里。当警察后来盘问他时，他耸耸肩说："我只是想知道杀掉祖母是一种什么样的感觉。"

乍看起来这两起谋杀案件缺少动机。埃德因此被诊断为"个性特征畸形、被动攻击类型"，并被关押在阿塔斯卡德县专门收治精神病罪犯的州立医院。1969年，在州立医院的医生反对无效的情况下，21岁的他获得释放，交由其母监护。她当时刚刚与第三任丈夫分手，在新开办的加利福尼亚大学圣克鲁斯分校做秘书工作。此时的埃德身高已达6英尺9英寸，体重约300磅。

在两年时间里，他干的是零活，喜欢开着车在街道和公路上缓慢行驶，习惯搭载年轻女郎。圣克鲁斯及附近地区像磁铁一般吸引着加州众多的漂亮女大学生，而肯珀在10几岁时错过了不少美好时光。虽然他申请加入公路巡警队遭到了拒绝，却在州公路管理局谋到了一份差使。

1972 年 5 月 7 日，他搭载了弗雷斯诺州立学院的一对室友，玛丽·培斯和安尼塔·卢切斯。他把她俩载到一处僻静之地，操刀捅死了她们，然后又将两具尸体拖回母亲的住处，用宝丽来一次成像照相机进行拍照，再将尸体分解，还拿着不同器官玩耍。过后，他将剩余的残躯装入塑料袋，掩埋在圣克鲁斯的山里，将头颅扔弃在路旁的深谷之中。

9 月 14 日，肯珀搭载了 15 岁的高中女生艾柯·库，将其闷死，对尸体施暴，然后把尸体运回家中进行分解。次日上午，当他来到州立医院精神病科做定期检查以测评心理健康状况时，库的头颅就放在他车尾部的行李厢内。检查进行得很顺利，精神病科医生宣布，他不再对自身及他人构成威胁，建议将其青少年犯罪档案加以封存。肯珀陶醉于这种具有绝妙象征意义的行动之中。它显示出他对现行体制的蔑视，同时显示出自己能超越其上。他驱车重返山区，将库的尸体埋葬在离博尔德河不远的地方。

（就在肯珀频频作案之际，圣克鲁斯已经当之无愧地成为全世界并不令人羡慕的系列谋杀案的中心了。聪明英俊的赫伯特·马林被诊断为患有类偏狂型精神分裂症，正在大开杀戒。据他宣称，他的行动受到了不同声音的驱使，要他去协助拯救环境。无独有偶，一位遁世于城外森林中的24 岁汽车技师约翰·林利·弗雷泽焚烧了一座房子，杀害了一家 6 口人，以此警告那些破坏大自然的人。他在那家人的劳斯莱斯车挡风玻璃刮水器上留下了一张字条："要么物质主义消亡，要么人类住手。"似乎每个星期都要发生一起新的惨案。）

1973 年 1 月 9 日，肯珀搭载了圣克鲁斯分校的学生辛迪·沙尔，持枪胁迫她钻进车尾行李厢，随后枪杀了她。按照习惯做法，他把尸体拖回母亲的住处，在床上奸污了尸体，又在浴缸里进行分尸，随后将剩余的尸块装入塑料袋内，从卡梅尔悬崖抛入了大海。他此次的创新之作是，将沙尔的脑袋掩埋于后院之中，脸朝上，两眼对准母亲的卧室窗户，因为她总是要人"抬头望着她"。

至此，圣克鲁斯人谈"女大学生杀手"色变。年轻女性受到警告不得搭乘陌生人的车子，尤其不得搭乘那些不在大学校园工作的人的车子。大学校园被认为是安全的，但是肯珀的母亲在大学里工作，因此他的车子贴有学校通行证。

不到一个月，肯珀搭载了罗莎琳德·索普和艾丽斯·刘，枪杀了她们，而后攞放在行李厢内。他把尸体拖回了家，像先前那样对受害者残忍施虐。他后来把残缺不全的尸体扔入了旧金山附近的伊登大峡谷，一个星期之后被人发现。

他的杀戮行动以惊人的速度在不断升级，即使在他看来也是如此。他曾想过对整条街的人大开杀戒，但最终打消了这个念头。他有更妙的主意，他意识到自己一直就想要这样做。在复活节的周末，当母亲躺在床上熟睡时，肯珀走入她的卧室，手持羊角榔头连续出击，直到把她打得断气才住手。他随即割下了她的头，强奸了那无头的躯体。最后他灵机一动，又割下她的喉管，塞进了厨房的污物碾碎器。他后来告诉警方："这么多年来她一直在埋怨我，对我又是叫又是吼，这样做似乎是恰当的。"

可是当他打开碾碎器开关时，碾碎器给卡住了，将那血淋淋的喉管甩到他身上。"她断了气以后仍然不停止埋怨我。我没法让她闭上嘴！"

他事后打电话给母亲的一位朋友萨利·哈利特，邀请她过来吃一顿"惊喜"的晚餐。她到达后，他挥棒对她猛击，将她勒死，割下了头颅，把身体放在他的床上，自己则跑到母亲的床上睡大觉。复活节星期日早上，他开着车外出，漫无目的地向东驶去。他一直在收听收音机，期望会成为国内大名人，然而没有任何有关的报道。

他驶到科罗拉多州普韦布洛县城外时，由于睡眠不足感到一阵眩晕和疲倦，加上对自己的"壮举"未能造成重大影响深感失望，于是他把车子停靠在路边的一个公用电话亭旁，给圣克鲁斯警察局打了电话。经过反复努力，他才让他们相信他是在说实话。他供认了那几起谋杀案，表明自己正是杀害女大学生的凶手。随后，他很耐心地等待当地警察前来逮捕他。

肯珀被判犯有8次一级谋杀罪。当被问及他认为什么样的刑罚适合他时，他的回答是："折磨至死。"

虽然约翰·康韦事先与监狱官员做了安排，我决定最好还是等我们到达之后再要求与囚犯进行"冷静的"访谈。尽管这样意味着我们将在无法确定是否会有合作的情况下进行这趟旅行，它看起来倒是最佳的主意。监狱里是无法保密的，如果消息传出去，说是某个囚犯与联邦调查局有来往，与他们谈过话，他就会被视为告密者，甚至比这还糟。如果我们秘而不宣地出现在监狱，就会明明白白地向囚犯们表明，我们只是在调查某起案子，没有做任何事先安排或进行任何交易。所以，当埃德·肯珀满口答应同我们交谈时，我委实有几分惊讶。显然，在很长时间里没有任何人盘问过他有关作案的情况，他对我们要做些什么感到好奇。

走入一座戒备森严的州监狱是令人毛骨悚然的经历，即便对于联邦执法人员来说也不例外。首先你要交出随身携带的枪支。很明显他们不希望有任何武器被带入牢房。第二条规定是，你要签署一份弃权声明书，表明如果你被扣为人质，将放弃追究监狱系统的任何责任的权利，并且能理解万一发生这种情况，你不会有任何交换条件。将一名联邦调查局特工扣为人质可以获得极为有利的讨价还价筹码。完成这些例行手续后，鲍勃·雷勒斯、约翰·康韦和我被带入一间摆有桌椅的房间，等候埃德·肯珀的到来。

当他被押进来时，我的第一个深刻印象是这家伙真魁梧。我只知道他身材高大，并因此被同学和邻居视为社会弃儿。相距咫尺时，我觉得他简直是个庞然大物。他不费吹灰之力就能把我们中任何一人撕成两半。他蓄着黑色长发，留着浓浓的八字胡，穿着白色 T 恤衫和宽松的工作服，便便大腹赫然凸显。

没过多久我们还发现，肯珀是个聪明的家伙。根据监狱记录，他的智商为 145。在与他相处的几个小时里，我和鲍勃都担心他要比我们聪明许多。他拥有大量时间，可以坐下来静静思考自己的一生和所犯的罪行。一旦他了解到我们已经仔细研究过他的档案，因而知道他是不是在对我们胡诌时，他便没有拘束地畅谈自我长达几个小时。

他的态度既不狂妄傲慢，也不懊恨抱愧。相反，他表现得很冷静，讲话声音柔和，喜欢做些分析，且有几分漠然。事实上，在访谈进行的过程中，你常常难以插话进行提问。他只在回忆起母亲对他的虐待时流了眼泪。

我在讲授应用犯罪心理学时未必清楚自己讲授的知识是否都是正确的。我对那个古老的问题深感兴趣，即罪犯是先天形成的还是后天造就的。尽管这个问题仍旧没有、也许根本不会有任何定论，倾听肯珀的讲述倒也引出了若干令人深思的问题。

不容争辩的是，埃德父母的婚姻是十分失败的。他告诉我们，他还很小时就因长得很像父亲而遭到母亲的白眼。后来，他的粗壮身材又招惹了麻烦。10 岁时，他在同龄人中间已经堪称巨人，而克拉内尔担心他会猥亵他的妹妹苏珊。于是她就让他住在靠近火炉的一间没有窗户的地下室里。每天晚上睡觉时，克拉内尔会当着埃德的面关上地下室的门，自己和苏珊到楼上卧室睡觉。这种安排令他惶恐不安，致使他从心底里仇恨这两个女人。这个时候又恰逢埃德的母亲最终与他父亲分了手。由于他的身材问题、羞怯的个性以及在家庭里缺乏一个可以认同的角色模型，埃德性格内向、"与众不同"。一旦他像囚犯一样被关进地下室，没犯什么错误却感到自己卑鄙和危险，他内心想要杀人的敌视念头便开始滋长。就是在这一阶段，他杀死并肢解了两只家猫，一只用的是小折刀，另一只用的是大砍刀。我们后来认识到，他在孩童时代虐待小动物的特征是被人们称为"杀人三合一"的基础，这种特征还包括超过正常年龄的尿床以及纵火。

可悲和具有讽刺意味的是，埃德的母亲在圣克鲁斯分校受到了校方管理人员和学生们的一致欢迎。她被看成是一位敏感的、关心他人的妇女，你碰上难题或是仅仅需要找个人谈谈心事时，尽管可以去找她。然而一回到家中，她却像对待怪物一样对待自己羞怯的儿子。

你根本不可能与任何一位女大学生约会甚至结婚，这便是她向他发出的明确无误的讯息。她们都要比你强出许多。由于不断被如此看待，埃德最后决定要满足她的期望。

必须指出的是，她的确以自己的方式照顾着他。当他表示有意当加州公路巡警时，她设法将他档案中有关青少年犯罪的记录抹去，这样一来，谋杀祖父母的"污点"就不会妨碍他的成年生活了。

引起我们兴趣的是，期望为警察工作这一点会在我们对系列杀人犯进行的研究中一再出现。系列抢劫犯和谋杀犯的三大常见动机是：支配、操纵、控制。当你考虑到这些人大多是愤愤不平的、没有本事的失败者，自认为受到了不平等待遇，同时考虑到他们大多数都经受过某种生理上和情感上的虐待，如同埃德·肯珀一般，那么他们幻想中的主要职业之一便是当警官，这就不怎么令人惊讶了。

警察拥有权势和来自公众的尊敬。在奉命执勤时，他被赋予了权力，可以为了公众利益去伤害坏人。我们在研究中发现，很少有警察会走上邪路、犯下暴力罪行，系列杀人犯曾屡屡试图混入警察队伍而未能如愿，因而只能从事相关行业的工作，例如保安人员和守夜人员。我们开始在一些画像报告中反复提及的一点就是：作案者会开着一辆类似警车的车子，譬如福特维多利亚皇冠车或者雪佛兰卡普雷斯车。有时，作案者会购买一辆二手的、减少了装备的警车，就像亚特兰大谋杀儿童案的情况一样。

更为常见的是那种"警察迷"。埃德·肯珀告诉过我们一件事。他时常光顾那些众所周知是警察出入的酒吧餐厅，并设法与他们攀谈。这使得他有一种身为圈内人的感觉，有一种体会到警察权力的兴奋感。不过，杀害女大学生的凶手一旦大开杀戒，便会设法获得了解调查进展的直接渠道，以使他能预料警察将采取的下一步行动。事实上，在肯珀完成了他那漫长而血腥的"使命"、从科罗拉多州打来电话时，他颇费了一番口舌才让圣克鲁斯警方相信，这可不是什么醉鬼玩的把戏，杀害女大学生的凶手其实就是他们的朋友埃德。如今，由于我们对此有所了解，会按惯例考虑到这种可能性，即作案者将试图迂回地参与调查工作。多年后，我的同事格雷格·麦克拉里在纽约州罗切斯特调查阿瑟·肖克罗斯谋杀妓女案的过程中，就曾准确预测出凶手应当是许多警察都很熟悉的某个人，他常去警察光顾的地方，热情地向他们追问有关的情况。

我对肯珀的作案手法非常感兴趣。他在同一地区频频作案，且次次逃脱，这一点意味着他做事时"手法得当"，意味着他一直在分析自己的行为，并且学会了如何去完善作案技巧。务必要牢记，对这些家伙中的大多数人来说，捕猎和杀戮是生活中最重要的事，是他们的主要"工作"，因此他们无时不在考虑。埃德·肯珀在作案中表现得无比出色。有一回，他因汽车尾灯破损而被警察扣下时，车尾行李厢内正放有两具尸体。那名警察报告说，他的举止十分有礼貌，警察因此当面警告他以后就把他放走了。肯珀非但不为事情如果败露会被拘捕感到恐慌，反倒感到某种亢奋。他不动声色地告诉我们，要是警察检查行李厢，他就准备把他解决掉。另外有一回，他一边与大学保安人员搭讪，一边驱车驶出，而车子里放的是两名被他枪杀的女子。两具尸体都用毯子裹至颈部，一具放在他身旁的前排座上，另一具放在后排座上。肯珀冷静地、不好意思地解释说，姑娘们都喝醉了，他这是把她们送回家去。最后这句话倒不是假话。还有一回，他搭载了一位妇女和她十几岁的儿子，原打算将母子两人一并杀害。可是当他驱车离去时，从后视镜里发现这位妇女的同伴抄下了他的车牌号。于是他很理智地将他们送到了目的地，放他们下了车。

肯珀在狱中实际上接受过心理测试，像他这等聪明的人已熟记所有玄妙的术语，能够以精神病学的分析方法对你详细分析自己的所作所为。有关犯罪的所有情节都是挑战的一部分，都是游戏的一部分，即使连谋划出怎样才能让受害者毫无戒心地上车也不例外。他告诉我们，当他为一个漂亮女孩子停下车时，他会问她上哪里去，然后再看看手表，装出想确定有没有足够时间的样子。女孩子会由此想到，她是在与一个大忙人打交道，他还有比沿途免费搭载他人更重要的事情要做，她顿时会放松警惕，解除戒心。这一信息除了让我们得以观察到作案者的惯用手法外，还暗示着一件重要的事情：我们在评价他人并且不假思索地做出判断时，所运用的常识性假设、语言线索、身势语等通常并不适用于精神变态的反社会者。就以埃德·肯珀为例，停下车让一位漂亮女性免费搭乘曾是他优先考虑的头等大事，他经历了长时间的努力思考和分析，以确定如何最有效地实现其目标。较之在路上偶然相遇的年轻女性从她的视角所做的思考，他思考得要更努力、时间要更长、分析得要更周密。

支配。操纵。控制。这些是连环杀手的三大格言。他们的行为思想均是以有助于充实他们过于乏味的生活为导向的。

在一个守法的人发展为连环抢劫犯或杀人犯的过程中，最关键的一个因素大概要算幻想所起的作用了。我指的是最广义的幻想。埃德·肯珀早年就形成了幻想，且统统涉及性与死亡之间的关系。他让妹妹同他一道玩过的一个游戏是把他绑在椅子上，仿佛置身于毒气室之中。他那些涉及他人的性幻想是以伙伴的死亡和分尸作为结局的。由于感觉自身有缺陷，肯珀对正常的男女孩之间的关系并不感到舒服。他不认为会有哪个女孩子愿意接受他，所以他用幻想加以弥补。他必须完完全全地占有他想象中的伙伴，而那意味着最终占有她的生命。

"她们活着时都疏远我，都不愿与我分享，"他在法庭上做供词时解释说，"我试图要建立某种联系。我在杀害她们时，头脑里一片空白，一心想着她们将属于我。"

对于大部分性施虐的谋杀犯来说，从幻想进展到现实是一种跨越若干阶段的升级，色情刊物、在动物身上做病态的试验，以及对同龄人施暴常常起到了火上浇油的作用。这最后一种特征可能被罪犯视为受到虐待之后的"以牙还牙"。在肯珀一案中，由于体型和个性的缘故，他感到别的小孩都在躲避他，他为此心理上受到折磨。他告诉过我们，在肢解两只家猫以前，他曾偷过妹妹的一个洋娃娃，扯下了它的头和上肢，演练起他打算对有生命的个体将采取的行动。

从另一层次上看，肯珀的幻想就是摆脱他那位主宰一切的、虐待成性的母亲，而作为杀人犯，他所犯下的一切罪行都可以置于这一背景之下加以分析。请不要曲解我的意思，我丝毫无意为他的罪状进行开脱。我的背景和全部经历告诉我，人们是要对自己的所作所为承担责任的。不过依我之见，埃德·肯珀的例子说明系列杀人犯并非天生的，而是后天造就的。倘若他的家庭环境较为稳定且他受到关爱，他还会产生同样的谋杀幻想吗？谁晓得呢？倘若他对支配欲强的女人不是怀有那种难以置信的愤恨，他还会以同样的方式对待她们吗？我可不这么认为，因为肯珀堕落为杀人犯的整个进程可以被视为对其亲爱的老妈实施报复的一种努力。当他终于一步步进展到最后一幕时，整出戏也就演完了。

这是我们将反复碰到的另一个特征。案犯极少会把愤怒发泄到内心怨恨的焦点人物身上。虽然肯珀告诉我们，他常常在深更半夜手拿锤子踮着脚潜入母亲的卧室，幻想着用锤子猛击她的颅骨，但是在真正有胆量正视他实际想做的事情以前，他至少制造了6起杀人案。我们已经见识过这一主题移位的多种变异行为。例如，谋杀得手后从被害人身上取走某件"战利品"，诸如戒指或项链等，就是一种常见的特征。杀人犯之后会把这件物品赠送给他的太太或女友，即使那位女性是他内心深处的愤怒或敌意的"源头"。他通常会说那件珠宝是他买的或捡的。然后，当他看见她佩戴上那件珠宝时，就会重新萌发杀人时的亢奋感和刺激感，同时想再次支配和控制。他内心很清楚，对待不幸受害者的那一套完全可以施加在自己的伴侣身上。

最终，我们会在分析中开始将某项罪行的构成成分划分为类似案发前行为及案发后行为等因素。肯珀对每一受害者都做了分尸，这起初向我揭示的是一个性施虐狂。可是，分尸均发生在受害者死后而非生前，这样一来就不是对她施行惩罚，也不会对她造成痛苦。听罢肯珀数小时的陈述，我们终于明白，分尸更多是出自恋物癖而非施虐狂，并且与占有的幻想有着更多的关系。

我认为他处置和抛弃尸体的做法具有同等的重要意义。早期受害者都被小心翼翼地掩埋在远离母亲住房的地方。后期受害者，包括他母亲及其好友，差不多都是随意地露天摆放。这一点再加上他载着尸体及尸块在城里到处行驶，在我看来似乎是要存心嘲弄社会，因为他一直认为自己受到社会的嘲弄和抛弃。

我们在随后几年时间里又对肯珀进行了几次长时间的访谈，每次访谈都使我们得到不少信息，都让我们了解到更多令人痛心的犯罪细节。眼前的这个人冷酷地杀害了正处于豆蔻年华的聪明女性。然而，我要是不承认我喜欢埃德，那么我就不够诚实。他待人友好坦诚，生性敏感，还不乏幽默感。在这样的情况下，大可这样说，我喜欢待在他身边。我不希望他在外面的马路上随意游荡，他自己在最清醒的时刻也不想这样。可是我个人当时对他的这种好感——至今依然如此，与暴力累犯打交道的人都应当保持警惕。我觉得这些人中不少都颇具魅力、能言善辩。

这个人怎么能干出这种可怕的事情？一定是出了什么差错，或者有什么情有可原的具体情况。如果是在与他们中的某个人访谈，你会这样对自己说的。你无法充分理解他们的滔天罪行，这也是为什么精神病医生、法官以及办理假释的官员时常会上当受骗的原因所在。我们在后面还会更详细地探讨这个话题。

不过眼前必须关注的是：如果你想理解艺术家，不妨去观赏他的作品。我总是这样告诉我手下的人。没有仔细研究过毕加索的油画，你就不可自诩能够理解或欣赏毕加索。成功的系列杀人犯构思其行动的精心程度足以与画家构思其油画的精心程度相媲美。他们将其所作所为视为"艺术品"，在行事的过程中不断对其加以完善。所以说，我对于埃德·肯珀这类人的评价部分来自会见他以及在个人基础上与他的交流，其余则来自研究和理解他的"作品"。

无论何时，只要鲍勃·雷勒斯或我外出巡回讲课，倘若能够抽出时间并得到监狱方面的配合，去监狱做访谈就会成为我们的一项常规活动。无论走到何地，我都会查明附近有什么监狱，有哪些令我感兴趣的人物在此"常驻"。

我们照此行动一个阶段后，便改进了办案技巧。一般而言，我们一星期里有4天半的日程是排满的，因此我试着利用晚上和周末时间进行一些访谈。利用晚上时间会比较困难，因为大多数监狱在晚饭后要点名，此后便不准任何人进入。但过了一段时间，你便开始掌握监狱的那一套起居制度并找到对策了。我发现，只要佩戴一枚联邦调查局的徽章，你就可以出入大部分监狱，就能会见典狱长。 于是我开始事先不通知就出现在那里，这种方式通常效果最佳。进行访谈的次数越多，我对传授给那些老资格警察的知识就越有自信心。最后，我终于觉得我的课有了一定量的一手材料做基础，不再仅仅是从那些亲身参与者嘴里听来的老生常谈的战斗故事了。

那些受访者未必能够对其罪行和思想提供什么深邃的见解。极少有人做到这一点，即便连肯珀这样的聪明人也不例外。他们告诉我们的许多内容是在重复其接受审讯时的证词，或者在重复其以前多次做过的利己的陈述。他们所说的一切都得经过我们的反复推敲和广泛复审来做出诠释。不过，访谈所起到的作用在于，我们看到了凶犯是如何进行思维的，获得了对他们的某种直觉，开始设身处地从他们的角度去思考问题。

在我们非正式研究计划启动的头几个星期和头几个月里，我们设法访谈了至少6名杀人犯和未遂杀人犯，其中包括刺杀乔治·华莱士州长未遂的阿瑟·布雷默（关押于巴尔的摩监狱）、曾经试图杀害福特总统的萨拉·简·穆尔和莱内特·"尖叫"·弗雷默（关押于西弗吉尼亚州奥尔德森监狱），以及弗雷默的精神导师查尔斯·曼森（关押于圣昆廷监狱，位于旧金山湾及阿尔卡特拉斯岛那艘老掉牙的监狱船北面不远）。

执法界的所有人都对曼森一案抱有兴趣。发生在洛杉矶的令人毛骨悚然的塔特以及拉比安卡被杀案已经过去了 10 年，曼森一直堪称世界上名声最响、最令人胆寒的凶犯。此案在匡蒂科属于固定教学内容，虽说案情的基本事实已经水落石出，我却觉得我们并没有真正洞察出促使他作案的动机是什么。我不知道从他那里我们能指望有何收获，但是我认为，像他这样成功地操纵他人服从自己意志的人是非常重要的案主。我和鲍勃·雷勒斯在圣昆廷监狱主分区旁边的一个小会议室里见到了他。那地方三面围有用铁丝网加固的玻璃窗，这种房间是专为犯人与律师会面准备的。

我对曼森的第一印象截然不同于对肯珀的第一印象。他怒目而视，眼神警觉，两个眼球滴溜溜转个不停。他比我想象的还要瘦小，身高不足 5 英尺 3 英寸。这个貌似文弱的小矮子怎么会对他那臭名昭著的"家族"施以如此巨大的影响呢？

当他爬靠在放在会议桌上首的一张椅子背，以便在他讲话时能俯视我们时，我们立即找到了一个答案。在我为这次访谈了解他的背景情况时曾经读到：当他对信徒宣讲教义时，习惯就坐于沙漠之中的一块大石头上，从而为他的山上布道增强身材效果。他从一开始就向我们表明，尽管审判引起了广泛关注，媒体做了空前报道，他并不理解为什么要关押他。毕竟他没有杀害任何人。他反倒认为自己是社会的替罪羊，是美国阴暗面的无辜牺牲者的象征。他在审判期间刻于额头上的"卍"字饰已经褪色，但还依稀可见。通过第三者的合作，他依然与囚禁在其他监狱的女性追随者保持联系。

至少从某种意义上讲，他很像埃德·肯珀以及我们访谈过的许多其他囚犯，因为他曾有过一个可怕的童年和成长经历，假如这可以用来描述曼森的背景的话。

查尔斯·米莱斯·曼森 1934 年出生于辛辛那提，是一个名叫凯思琳·马多克斯的 16 岁妓女的私生了。曼森只不过是凯思琳在众多情人中猜测可能是孩子父亲的那位的姓。她不断进出于监狱，遂将查理托付给信奉宗教的姨妈和生性喜欢施虐的姨父。姨父称呼曼森为"小女孩"，第一天上学时让他穿上女孩子的衣服，要求他"表现得像个男人"。在他 10 岁时，除了待在收养所和少年教养院以外，其余时间都是在沿街乞讨中度过的。他在弗拉纳根神父主办的儿童村里只待了 4 天。

他青少年生涯的标志是一连串的抢劫、伪造证件、拉皮条、斗殴，以及被关进管制越发严厉的监狱。联邦调查局根据戴尔法案曾经调查过他涉嫌跨州运送偷盗车辆的罪行。他最后一次获假释出狱是在 1967 年，刚好赶上了"爱之夏"。他前往旧金山的黑什伯里地区，它是西海岸地区"权力归花儿"[①]和性爱、吸毒、摇滚乐的中心。曼森主要通过免费搭车的方式，在 10 几岁和 20 几岁因吸毒而亢奋的一代退学青年人中间名声大噪，成为一名具有性格魅力的精神领袖。他弹奏吉他，对幻灭的年轻人宣讲一些高度精练的真理。很快，他就受到他们的供养，得以尽情享受性和非法兴奋剂。由男女追随者组成的流浪者"家族"聚居在他的周围，有时人数多达 50 人。作为这个群体的一项宗教仪式，查理会宣讲他对即将降临的

---

① flower power, 指 20 世纪 60 年代美国嬉皮士使用的口号，主张通过性爱和非暴力实现社会改革。——译者

大灾变和种族战争的幻觉，宣称"家族"将取得胜利，他将统领一切。他的经文取自披头士的《白色专辑》中那曲"杂乱无章"的歌词。

1969年8月9日晚，曼森家族的4名成员在查尔斯·"得州佬"·沃森的率领下，闯入了导演罗曼·波兰斯基及其影星妻子沙伦·塔特在比弗利山西罗路10050号的僻静府宅。波兰斯基外出有事，塔特以及4位宾客，艾比盖尔·福尔杰、杰伊·西布林、沃特克·弗里科夫斯基和史蒂文·帕伦特，却在一场邪恶的狂欢中惨遭杀害。凶手用受害者的鲜血在墙上和尸体上涂写了标语。沙伦·塔特当时已有近9个月的身孕。

两天后，显然在曼森的授意下，6名家族成员在洛杉矶银湖区的富商利诺·拉比安卡和妻子罗斯玛丽的家中将他们杀害并且分尸。曼森本人并未参与杀人，但进入这所房子参与了后来发生的蓄意破坏行为。事后，苏珊·阿特金斯因卖淫被捕，而她参与了这两起谋杀案以及一起涉及公路设施的纵火案，这些案子都牵连到曼森家族，并且引发了或许堪称加州有史以来最著名的审判——至少在辛普森的世纪审判发生之前是这样。在两次分别举行的法庭诉讼中，曼森及其几名追随者被判处死刑，罪名是谋杀塔特、拉比安卡以及可追查到他们头上的其他几位受害者，其中包括对唐纳德·"矮子"·谢伊，一位电影替身演员和家族追随者，进行杀害和分尸，因为他被怀疑向警方告了密。在加州的死刑法律被废止以后，曼森被改判为终身监禁。

查理·曼森不是人们常说的系列杀人犯。事实上，对他究竟有没有亲手杀过人都是有争议的。不过，他的恶劣背景是毋庸置疑的；同样，他的追随者在其唆使下以他的名义犯下了骇人听闻的罪行，这也是毋庸置疑的。我想知道的是，一个人何以能够成为恶魔一般的救世主。我们不得不一坐就是几个小时，听他那一套廉价的哲学和杂乱的漫谈，但是当我们打断他的胡言乱语，要求他谈得具体一些时，一个人物形象便开始凸显出来。

查理起初并不想成为邪门的精神领袖。他追逐的目标是名利双收。他原想当一名击鼓手，为一个像"海滩小伙子"一样著名的摇滚乐队演奏。他不得不靠耍弄诡计谋生，因此能十分娴熟老练地评价他所遇到的人，并且迅速确定他们能为他做些什么。要是他编在我的科室里，他在评估个人心理优缺点以及策划如何缉拿在逃杀人犯方面是会有一番不俗表现的。

他获假释来到旧金山时，满目皆是成群结队的年轻人，他们天真、困惑、带有理想主义色彩。由于曼森生活经历丰富，加上喜欢滔滔不绝地谈论那些肤浅的大道理，因而备受他们的推崇。其中许多人，尤其是年轻姑娘，与父亲相处时曾经有过麻烦，所以对查理的身世能产生共鸣。而他则独具慧眼，能将她们遴选出来。他俨然成为父辈般的人物，一个能够利用性爱和吸毒后的启迪来填补他们空虚生活的人物。你与查理·曼森同处一室时，是不可能不被他的眼神——深邃且有穿透力，狂野且有催眠的魔力——所影响的。他告诉我们，他早年是在别人的拳打脚踢下度过的，加上他个头矮小，在身体对抗方面是根本不可能取胜的，所以他用性格力量予以弥补。

他宣讲的教义很有道理：污染正在破坏环境，种族歧视不仅丑恶而且具有破坏性，爱情是正确的而仇恨是错误的。可是，一旦可以任意摆布那些迷途的心灵时，他便建立起一个结构严密、很有欺骗性的体系，从而得以完全控制那些人的心灵和肉体。为取得彻底的支配权，他采取了剥夺睡眠、性滥交、控制食物、吸毒等手段对待这些青年，就像对待战俘一般。任何事理都是非黑即白、非对即错，惟有查理知道真理。他会弹起吉他，再三重复那套简单的咒语：只有查理才能拯救这个病态的、正在腐烂的社会。

曼森向我们展现的领袖才能和群体权威的基本动力，我们在多年以后发生的具有相同规模的悲剧中还会看到它的再现。曼森将那些心智不全的人玩弄于股掌之间而制造的悲剧，将会在吉姆·琼斯牧师及其信徒在圭亚那的大规模集体自杀中得以重演，后来又在得克萨斯州韦科县由大卫教派的戴维·克雷谢重演，这里只是略举两例而已。尽管这 3 个人之间差异不小，他们的相通之处也是很显著的。我们从与曼森及其追随者的谈话中所得出的深刻见解，有助于我们理解克雷谢和他的行动以及别的教派。

曼森的问题就其核心而言，并不在于什么救世主的幻想，而在于简单化的控制。那套"杂乱无章"的教义宣讲是一种维系心灵控制的手段。不过，诚如曼森渐渐认识到的那样，除非你能在一天 24 小时里对信徒实施这种控制，否则就要面对前功尽弃的危险。戴维·克雷谢意识到了这一点，遂将他的信徒圈在一处乡间城堡中，使他们不能摆脱或者远离他的影响。

听罢曼森的讲述，我相信他并不是预谋或者蓄意杀害沙伦·塔特及其朋友的。事实上，他对当时的局面以及追随者失去了控制。地点和受害者的选择显而易见是具有随意性的。曼森家族中的一位姑娘曾经去过那里，认为上那里能搞到钱。"得州佬"·沃森这位来自得克萨斯州、拿过全美奖学金的英俊学生处心积虑地想在这个等级森严的组织内往上爬，与曼森争夺统治权。沃森像其他人一样服用致幻药，他才是杀人的元凶，是他领导众人进入波兰斯基家，并且怂恿别人犯下了终极罪行。

后来，当这些心智不全的小人物回来告诉查理他们的所作所为时，那种杂乱无章的局面已经形成，他不可能打退堂鼓，责怪他们拿他的话太当真了，那样做会葬送他的权力和权威。他还得表现出略胜一筹，好像是他导演了这次行动，于是他率领追随者闯入拉比安卡的家中重新操作了一番。不过重要的是，当我问及曼森为什么没有亲自进屋参与屠杀时，他解释说——显然觉得我们很愚笨——他当时处于假释期，不能冒险犯法丧失他的自由。

所以从背景信息以及对曼森所做的访谈中，我相信当他唆使追随者去做他需要做的事情时，他们反过来也唆使他成为他们需要的偶像，并且强迫他去扮演这个角色。

每隔一两年，曼森就会申请假释，而每一次都会被驳回。他的罪行实在太残忍、太广为人知，假释裁决委员会是不会对他抱有侥幸心理的。我也不希望他被放出去。不过，假使他在某个时候被释放，根据我经过访谈所了解的情况，我估计他不会像许多家伙一样构成某种严重的暴力威胁。我认为他会去沙漠，过上遁世隐居的生活，或者试图靠他的名气赚钱。但是我不认为他会杀人。要说最大的危险，倒是来自那些迷途的失意者，他们会被他吸引，把他奉为神和领袖。

当我和雷勒斯完成了 10 次或 12 次囚犯访谈后，任何理性聪明的旁观者都看得很清楚，我们已经有了收获。我们第一次能够将凶犯的心理活动与他在犯罪现场留下的证据联系在一起进行分析。

在 1979 年，我们前后大约收到了 50 个要求提供画像的请求，而教官们都是利用教学工作的空隙时间来处理这些事情的。到了下一年，提交给我们画像的案件已经翻了一番；再到下一年还要加倍。此时，我已被减掉了大半教学任务，成为科里惟一一位全日制投入破案实际工作的人。只要日程表许可，我依然会为全国学院和特工训练班讲课，不过与其他人不同的是，教学对我来说已经成为副业。我要处理送交科里协办的几乎所有杀人案，以及罗伊·黑兹尔伍德过于忙碌时无暇处理的强奸案。

个性画像本来是未经官方认可的非正式服务项目，如今一个小小的机构建立了起来。我被冠以了"罪犯个性画像项目主管"这个新设的头衔，着手与外勤站的官员展开合作，协助侦破那些各地警察局提交的案件。

有一阵子，我住了一个星期左右的医院。从前因打橄榄球和拳击打坏过的鼻子旧伤复发，使得我呼吸愈来愈困难；住院的另一个原因是扭曲的中隔需要校正一下。我还记得当时卧床休息时，几乎什么也看不清，有个特工走进病房，在我床头放下了 20 份卷宗。

随着监狱访谈的不断深入，我们掌握的情况愈来愈多，可是还得想个办法将非正规的研究系统化、条理化。罗伊·黑兹尔伍德向前迈出了这一步，我当时与他合作，正在为《联邦调查局执法公告》撰写一篇有关奸淫凶杀案的文章。罗伊曾经与安·伯吉斯博士共同进行过一些研究，伯吉斯是宾州大学护士学校心理健康护理专业的教授，同时担任波士顿保健及医疗局护理研究所的副所长。伯吉斯是一位多产的作者，早已在研究强奸案及其心理后果方面成为享誉全国的权威人士。

罗伊把她请到了行为科学科，介绍我和鲍勃与她认识，说明了我们正在从事的研究。她听后觉得不错，告诉我们说，她认为我们在这一领域进行的研究堪称是前所未有的。她认为我们的研究将有助于加深对罪犯行为的认识，如同《精神病诊断与统计手册》一书有助于认识心理疾病和分类组织一样。

我们同意联手合作。安锲而不舍地申请资助，最终从政府资助的全国司法研究院获得了一笔 40 万美元的研究经费。我们计划深入访谈 36 至 40 名囚禁的重罪犯，以期从中有所收获。根据我们的资料输入，安编写了一份厚达 57 页的调查表格，每次访谈后都要填写。鲍勃负责拨款的具体执行及与全国司法研究院的联络工作。我和他在外勤站特工的通力协助下重返监狱去面对面与那些案犯访谈。我们要描述每一次罪行的作案手法以及犯罪现场，研究并记录案发前后的行为。安则负责用计算机处理所有数据，然后再由我们写出研究结果。我们预计该项目将持续 3 到 4 年。

就在这一期间，刑事调查分析步入到现代阶段。

七

黑暗中心

人们根据逻辑推理会提出这样的疑问：重罪犯为什么愿意同联邦调查局的执法特工合作呢？我们在项目启动初期也曾对此有过疑惑。然而，我们几年里接触过的绝大多数重罪犯的确同意与我们交谈，他们这样做是出于几种原因。

有的人对其罪行真的感到大惑不解，觉得在心理研究项目上提供合作是一种进行部分赔罪的方式，同时据此也更加了解自我。我认为埃德·肯珀就属于这一类型。如我指出过的，有的人则是警察迷和执法迷，一味地喜欢接近警察和联邦调查局特工。有些人认为与"主管当局"合作或许会带来一些好处，不过我们不曾做过任何许诺来作为交换条件。另外一些人感觉受到了冷落，一心想要得到他人的关注和摆脱那种百无聊赖的生活，我们的探访正中他们下怀。再有的人索性就是欢迎能有这个机会，好让他们以叙述生动的细节来重温谋杀幻想。

不管这些人有多少话要讲述，我们都愿意倾听，不过我们主要感兴趣的是几个基本问题。我们在 1980 年 9 月的一期《联邦调查局执法公告》上发表了一篇文章，对此做了概述，解释了这项研究的宗旨。

1. 什么导致了一个人成为性罪犯？有何预警信号？

2. 什么因素能够激发或抑制他去犯罪？

3. 预谋案中的受害者对各种类型的性罪犯应当采取什么反应或应急策略才可避免受害？

4. 性罪犯的危险性、预后、处理以及治疗模式具有什么含义？

我们认识到，要想使这个项目有价值，我们就必须做好充分准备，能够当场过滤每一名罪犯告诉我们的情况。因为如果你很理智聪明，如同这些家伙中的许多人一样，你就会找出他的某个弱点并加以利用。就其本性而言，大多数系列凶犯都是出色的操纵者。如果情绪不稳定对他会有所帮助，他就能假装情绪不稳定。如果悔罪自责对他会有所帮助，他就能表现出一副悔罪自责的样子。但是，不管他们认为什么是最佳行动方案，我发现，那些愿意同我们交谈的人都是相似的。他们没有其他事情可以思考，所以花了大量时间思考自我和所犯的罪行，能够把那些细枝末节告诉我。我的任务就是，事先掌握有关他们及他们罪行的足够资料，以便确定他们是否在讲真话，因为他们同样有足够的时间另编一套说法，从而使得他们比卷宗所揭示的要值得同情和更加无辜。

在早期的多次访谈中，倾听完罪犯的故事以后，我总要转向鲍勃·雷勒斯或者身边的任何人，问道："他会不会是因草率定罪而入狱的？他对任何问题都拿得出合乎情理的答案。我不知道他们是不是真的抓对了人。"所以，我们回到匡蒂科之后的第一件事就是复核有关记录，联络当地警方索取有关案情卷宗，确保没有发生可怕的错判。

从小在芝加哥长大的鲍勃·雷勒斯对 6 岁的苏珊娜·德格南被杀一案感到震惊，同时也颇有兴趣。小女孩是在家中被人劫走后惨遭杀害的。她的尸体被剁成碎块丢进埃文斯顿的下水道，后来被人发现。一个名叫威廉·海伦斯的年轻人最后被捕归案并供认不讳，同时还承认曾经潜入一幢公寓楼行窃，由于局面失控杀害了两名妇女。在杀害弗朗西斯·布朗时，他用她的唇膏在墙上涂写道：

看在老天爷的份上
　　在我杀害更多的人之前
逮住我吧
我控制不住自己

海伦斯将谋杀归咎于乔治·墨曼（没准"墨曼"是"杀手"的缩写①），他声称此人就生活在他的内心深处。鲍勃一直认为，海伦斯一案也许是促使他决意献身执法事业的最初动因之一。

罪犯个性研究项目获得资助并启动之后，我和鲍勃前往伊利诺伊州乔利埃特的斯泰茨维尔监狱对海伦斯进行了访谈。自 1946 年被定罪以来，他一直在监狱服刑，一直是模范犯人，成为该州第一个在铁窗中完成大学学业的人，并在继续攻读研究生课程。

在和我们交谈时，海伦斯否认与那些罪行有任何牵连，认为自己是被误判入狱的。不管我们问他什么问题，他都只有一个回答，坚持说他有不

① 在英语中，"墨曼"的拼写为 Murman，"杀手"的拼写为 murder man。——译者

在现场的证据，甚至都不在谋杀现场的附近。他的话很有说服力，我担心这可能又是一起重大冤案，因此一回到匡蒂科，我就查阅了所有案情档案。除了案犯供词和其他令人信服的铁证以外，我发现从海伦斯一案的现场还采集到了他的潜指纹。然而，海伦斯已经独居囚室那么长时间，不断在进行思考，在寻找所有问题的答案，假如他们在这一阶段用测谎器对他进行测试，他很可能会顺顺当当地通过测试。

理查德·斯佩克因 1966 年在南芝加哥的一处城区住宅楼谋杀了 8 名护士学校学生而被重复判处了无期徒刑，当时正在服刑。他明确表示不愿意把自己与我们研究的其他杀人犯混为一谈。"我可不想与他们列在一个名单上，"他告诉我，"那些家伙都是疯子。我可不是什么系列杀人犯。"他并不否认自己的罪行。他只是想让我们知道，他与他们不是一回事。

在一个关键层面上，斯佩克说的并没有错。他不属于系列杀人犯，系列杀人犯频频作案，某些情绪往往周期性发作，或者在几次作案之间伴有冷却期。我把他归属于规模杀人犯，这种人在同一行动中会杀害两人以上。就斯佩克的案子来说，他潜入住宅楼的动机是偷窃，是想法子搞些钱带出城去。当 23 岁的科拉松·阿穆劳前来开门时，他亮出手枪和匕首，强行闯入房间，声称他只是要把她和 5 名室友绑起来图谋钱财而已。他把她们统统赶进了一间卧室。在后来的一个小时里，另有 3 名室友在约会或者在图书馆学习结束后陆续返回。一俟她们处于他的控制之下，斯佩克显然改变了主意，开始了疯狂的强暴、勒扼、刺戳和砍杀。只有阿穆劳一人惊恐地蜷缩在墙角，才大难不死。斯佩克把她数漏了。

他离去之后，她走上阳台向外大声呼救。她告诉警方，凶手左前臂刺有"生来就要大闹一场"的字样。一个星期后，斯佩克因笨手笨脚自杀未遂，来到当地一家医院求诊时，手臂上的刺字被人认了出来。

由于斯佩克作案手段令人发指，医疗界和心理学界对他做了各种各样的推测。起初有人声称，斯佩克的遗传基因失衡，多了一个阳性（Y）染色体，因此更可能做出攻击性和反社会的举动。此类时髦的分析呈规律性地昙花一现。100 多年以前，一位行为主义者运用过颅相学，即通过对头颅形状的研究来预测人的性格和智力水平。人们最近认为，脑电图仪读数所显示的一种不断重复出现的 14 Hz 和 16 Hz 阳性棘波图，就是个性严重混乱的证据。法庭至今还在为 XYY 染色体一说争执不休，但是不容争辩的事实是，许许多多的男人都具有这种基因构成，却并没有显露出任何异常的攻击性或者反社会行为的迹象。理查德·斯佩克接受了一次彻底检查，结果发现他的基因构成完全正常，根本没有多余的 Y 染色体。

斯佩克并不想与我们交谈，后来因心脏病发作死于狱中。访谈前我们与典狱长联系了一下，我们并不经常这么做。他同意让我们进去，但并不认为让斯佩克事先知道我们要来访谈是个好主意。我们抵达后，表示赞同他的看法。他在一个围栏中声嘶力竭地叫骂着。他被关进了围栏，好让我们看一眼他的囚室，而其他囚犯也发疯般地叫喊着，以示对他的同情。典狱长想让我们看一下斯佩克收藏的色情刊物，斯佩克愤怒地抗议这一侵犯他隐私的行为。犯人们都讨厌任何类似的彻底搜查。他们的囚室是仅存的、具有些许隐私权的地方。我们在乔利埃特的监狱走过 3 层楼的牢房时，只见有的窗户被打破，鸟儿在天花板附近飞扑，典狱长警告我们不要靠边走，以防因犯们将屎尿撒到我们身上。

我意识到这样一来我们不会取得任何进展，便低声对典狱长说，我们索性沿着走廊一直走下去，不要在斯佩克的囚室前停留。按照目前通行的案犯访谈准则，也许未经事先通知，我们都不得突然出现在他的面前。事实上，整个罪犯个性研究放到今天来进行要难上加难。

与肯珀或海伦斯不同的是，斯佩克根本不是模范犯人。他曾经制作了一个简陋的微型蒸馏器，把它藏在监狱分区看守的木制办公桌的一只假抽屉背面。它几乎生产不出什么酒精，只是散发出一股酒味，足以让看守因找不出酒味来源而气急败坏。还有一次，他发现有一只受伤的麻雀从被打破的窗户外飞了进来，于是悉心照料它，使它恢复了健康。当麻雀可以站立起来时，他在它的脚爪处系上了一根细绳，让它立在他的肩上。有位看守对他说，牢房里是不准养宠物的。

"我不能养它吗？"斯佩克问，随后走向一个正开着的电风扇，把小鸟塞了进去。

看守一时给吓坏了，说："我还以为你喜欢那只小鸟呢。"

"我确实喜欢它，"斯佩克答道，"但是如果我不能拥有它，谁也不要想得到它。"

我和鲍勃·雷勒斯在乔利埃特监狱的一间探视室里见到了他，陪同他的是监狱督导员，类似于高中的辅导员。斯佩克像曼森那样选择了会议桌的上首，坐在餐具柜上面，这样他就可以坐得比我们高。我开门见山地告诉斯佩克我们的目的是什么，但是他不愿意与我们对话，只是一个劲儿地臭骂"操他妈的联邦调查局"想要搜查他的囚室。

每当我注视着这些家伙，每当我坐在监狱的会议室里从桌子对面望着他们时，我试图做的第一件事就是，想象一下他们在犯罪之际的一言一行。我事先查阅过所有相关案件的档案，因而晓得他们每个人都做过什么、都能够做什么，而我要做的就是将这些投射到面对我坐着的那个人身上。

任何警察式的审讯都是一种诱供，各方都在试图引诱对方讲出他的意图。而我们必须先对被访谈者做出评估，之后才能考虑如何去接近他。表示愤怒抑或做出道德评判是无济于事的。（"什么，你这个变态的畜生！你吃掉了一个胳膊吗？"）你必须确定说什么才会触及他的要害。对于某些人，诸如肯珀，你可以直截了当和就事论事，只要你向他表明你已掌握了全部犯罪事实，他们就甭想蒙骗你。对付理查德·斯佩克一类的人，我学会了采取更具进攻性的手段。

我们坐在会议室里，斯佩克装出一副不理不睬的模样，于是我转向那位督导员。他是一位开朗的、爱交际的人，在化解敌意方面经验丰富，而这些长处正是我们期待人质谈判人员具备的素质。我就当斯佩克不在场似地谈论起他的案情。

"你知道你的伙计都干了些什么吗？他杀害了8个女人，其中有的还长得很漂亮。他一个人就夺去了我们8个漂亮小妞的生命。你认为这样做公平吗？"

很明显，鲍勃对这种方式感到不自在。他不想被降低到与杀人犯处于同一个层次，而且嘲弄死者也令他作呕。当然，我赞同他的看法，可是在这种情形下，我认为我只能这么做。

督导员以同样的方式答复我，于是我俩就像唱双簧似的一问一答。要不是实际谈论的是谋杀案的受害者，我们就像是更衣室里的高中男生，不过交谈的语气已由稚气未退变成怪里怪气。

斯佩克旁听了一阵子，然后摇摇头，咯咯笑道："你们这些家伙真他妈的发疯了。你们和我一定没有多大差别。"

有了这个开端，我便转向了他。"你他妈的是怎么会同时干上8个女人的？你早饭都吃了些什么？"

他望着我们，好像我们是一对傻乎乎的乡巴佬。"我没有强暴所有的人。那种传言过于夸大。我只干了其中一人。"

"沙发上的那一个吗?"

"是的。"

这一切听起来既粗鄙又令人恶心,但却向我揭示出一些东西。首先,尽管充满敌意和富有攻击性,斯佩克并不具备男子汉大丈夫的自我意识。他自知没有能力同时控制住所有的女子。他是个投机分子: 他只强奸了一个人以寻求刺激。从犯罪现场的照片来看,他选中的强暴对象是脸朝下趴在沙发上的一个。在他的眼里,她已经沦为一个非个性化的物体。他不必与她产生任何人与人之间的接触。我们还可看出,他不是一个思维缜密和有条理的人。一起原本是相当单纯和成功的抢劫案竟演化成了这样一场大屠杀,在此过程中他并未进行多少思考。他承认杀害那些女人并不是出自兽性大发,而是这样一来她们就无从辨认他。随着年轻的学生护士逐一返回,他把一个人关进卧室,一个人关进衣橱,仿佛他是在将马匹关进围栏。他压根不知道如何对付这种局面。

有趣的是,他还声称将他送进医院并最终导致他被捕的那处伤口并不是什么自杀未遂留下的,而是在酒吧斗殴所致。他未必理解这样解释的意义何在。他是在告诉我们,他希望我们把他看成是"天生造反派"式的男子汉,而不是只有自杀一条出路的可悲的失败者。

我一边听,一边反复琢磨着这一切信息。它不仅仅为我揭示了一些有关斯佩克的情况,还揭示出有关此类犯罪的情况。换句话说,当今后遇到类似案情时,我就会对这类罪责难逃的人更具备洞察力。当然,这也是该研究项目的主要目的。

在处理研究资料的过程中,我力图摆脱那些学究气十足的心理学界的行话和玄妙术语,更多地使用直截了当的概念,这样会使执法人员更容易运用。如果告诉一位当地警察，他要搜捕的是一名类偏狂型精神分裂症患者，或许在学术上是有趣的，但并不能为他提供在抓捕作案者方面的有用信息。我们提出的一个关键问题是：作案者究竟是有周密安排的还是盲目行动？抑或是混合型的？斯佩克这类人开始向我们展示出盲目行动的凶犯的行为模式。

斯佩克告诉我，他的早年生活坎坷不平。我可以觉察出，我们惟一一次触痛他的神经是在询问他的家庭之际。他长到20岁时，已经累计被捕近40次。他娶了一个15岁的少女为妻，养育了一个孩子。5年之后，他怀着愤怒和痛苦离开了她。他告诉我们，他根本没有萌发过杀害她的念头。他的确杀害过其他几位女性，其中包括一家低档酒吧的女招待，就因为她一口回绝了他的求欢要求。在杀害那些护士的几个月前，他还抢劫并袭击了一位65岁的老妪。在一般情况下，残酷强暴老妪的行为系年轻人所为，甚至可能是10多岁的小伙子，他们涉世未深，缺乏经验和自信。抢劫案发生时，斯佩克已经年满26岁。在这一等式上，作案者的年龄越大，他就越是不自信、越是涉世不深。这确实是我对理查德·斯佩克的印象。虽然已经20多岁了，他的行为水准，即便按罪犯的标准来衡量，也属于晚青春期。

我们离去前，典狱长还想让我们看一样东西。在乔利埃特，就像在其他监狱一样，一项心理学实验正在进行之中，目的是要搞清柔和的淡色彩是否会减弱人的侵犯性。大量学术理论肯定了色彩与侵略性的关系。实验人员甚至将历届警界的举重冠军带入四壁涂上粉红色或者黄色的房间，结果发现他们举起的重量不比以前。

典狱长领我们来到位于监狱分区尽头的一间牢房，说："玫瑰色涂料应当能使暴力凶犯减少侵犯性。如果把他们关进这样的一间房子，他们应当会变得平静和顺从。看一看这间房子的墙壁吧，道格拉斯，告诉我你有什么发现。"

"我看墙上没有多少涂料呀。"我说。

他回答："是呀，说得正是。看见了吧，这些家伙不喜欢那些颜色。他们把涂料剥下来，然后吞进了肚子。"

杰里·布鲁多斯有恋鞋癖。如果事情仅仅停留在这一步，还不会闹出什么大乱子。可是由于诸多因素，其中包括他母亲的专横跋扈和他本人好冲动的个性，恋物癖从有几分怪异演变到置人死地的地步。

杰罗姆·亨利·布鲁多斯 1939 年出生于南达科他州，成长于加州。还是个 5 岁小男孩时，他在当地一处垃圾场发现了一双亮锃锃的高跟鞋。他拿回家试穿时被母亲看见了，母亲十分生气，要他把高跟鞋扔掉。可是他把鞋子收了起来，直到后来被母亲发现，拿去烧掉了，还为此惩罚了他。长到 16 岁时，他住在俄勒冈州，常常定期潜入邻居家中专偷女鞋，后来又偷女式内衣收藏起来，并拿来试穿。到了第二年，他因骚扰女孩子而被捕。他当时哄骗她上了他的车子，企图一睹她的裸体。他在塞勒姆州立医院接受了为期几个月的治疗，后被诊断为不具有危险性。高中毕业后，他到陆军服了一段时间兵役，后因有心理问题而退伍。他依然旧习不改，闯入别人的住宅偷窃女鞋和女式内衣，碰上女主人时就将她们勒昏过去。不久后，在一次行窃过程中，他与一位年轻女子发生了性行为，后出于责任感同她结了婚。他上了职业学校，成为一名电工技师。

到了 6 年之后的 1968 年，身为两个孩子之父的布鲁多斯仍然作恶多端，专在晚间袭击女性并抢劫纪念物。有一天，一位名叫琳达·斯劳森的 19 岁姑娘根据预约上门推销百科全书时敲错了门，结果是他开了门。他不愿错过这个机会，把她拖进了地下室，用棍棒连击她，再将她勒死。她断气之后，他脱下了她的衣服，把他收藏的各式衣物穿在她的身上。他剁下了她的左脚，把它塞入他珍藏的高跟鞋，又妥藏于电冰箱内，然后将尸体连同一辆破旧汽车的传送装置一起沉入了威拉米特河。其后几个月里，他三度滥杀无辜。有好几位女大学生指认出他曾经用雷同的花招接近她们，提出过约会的要求。后来警察在约会地点打了埋伏，才将他缉拿归案。最后，当精神错乱这一辩护理由显然无法成立时，他只好低头认罪。

我和鲍勃·雷勒斯去设在塞勒姆的俄勒冈州立监狱对他做了访谈。他长着一张圆脸，身材敦实，有礼貌，且愿意合作。但是当我们问及犯罪具体细节时，他声称因为低血糖症发作而失去了记忆，回想不起可能做过的那些事。

"你晓得吗，约翰，我患有低血糖症，一旦发作起来，我从房顶上走下去都不知道是怎么回事。"

十分有趣的是，当布鲁多斯向警方认罪时，他当时记得很清楚，提供了各次犯罪的生动细节，包括在何处可以找到尸体和罪证。他还无意中把自己牵连了进去。他曾将一位受害者的尸体挂在车库的吊钩上，给她穿上他最喜欢的衣服和鞋子，然后又在她身下的地面放了一面镜子，好观察她穿上衣服的效果。在拍照过程中，他浑然不知地把自己也拍了进去。

尽管布鲁多斯口口声声说因低血糖症发作而丧失了记忆，他倒是显示了一个有周密安排的凶犯的特征。这与他早年的幻想是有联系的。他十几岁住在家庭农庄时，就幻想过在隧道里抓住女孩子，强迫她们服从他的意志。有一回，他设法将一个女孩子骗入了谷仓，强令她脱下衣服供他拍照。我们发现，这类行为一直延续到他成年，只是年仅十几岁时他还太天真单纯，一心只想拍下受害者的裸照而已。谷仓拍照后，他把女孩子关进了玉米穗仓库；不久后又返回时，他穿上了不同的服装，梳理成不同的发型，装扮成自己的孪生兄弟埃德。他释放了这个惊恐万状的女孩子，对她解释说，杰里正在接受强化治疗，同时央求她不要告诉任何人，免得让他惹上麻烦，再次蒙受"不白之冤"。

我们在杰罗姆·布鲁多斯身上清楚地看出，随着他的活动像教科书里所描述的那样不断升级，他的幻想也在不断完善。这一发现比他可能会当面告诉我们的任何事情都要重要得多。虽然肯珀式的人物与布鲁多斯式的人物在作案目的和惯用手法方面差别极大，我们从两个人身上以及其他许多人身上都发现，从一次犯罪进展到另一次犯罪，从一个犯罪层次提高到另一个犯罪层次，他们都着迷于细节并不断加以"改进"。肯珀选择的受害者尽是些漂亮的女大学生，在他的眼里，她们是和他母亲连在一起的。不够世故聪明的布鲁多斯则对萍水相遇的受害者感到更为满足。然而他们对于犯罪细节的着迷是相同的，这主导了两个人的生活。

成年以后的布鲁多斯迫使他的妻子达西穿上他因恋物癖而收藏的衣物，接受他的拍照仪式。他妻子是个正统的、生性保守的女子，对于这种行为很不自在，但她害怕她的丈夫。他想入非非地要建造一套房间专供施虐，然而又不得不满足于他的车库。车库里摆放着一台上锁的电冰箱，他可以用它来储存他珍爱的人体部位。每当达西要烧肉做饭时，不得不告诉杰里她需要取什么东西，然后由他取给她。她常常向朋友抱怨说，要是她自己能打开冰箱进行挑选，事情就会容易得多。然而，尽管有诸多不便，她却没有想过这事很蹊跷，应当去报警。就算她确实想过，也会因害怕而不敢报警。

布鲁多斯几乎堪称凶犯的经典范例。他以无害的恋物癖行为起步，不断加以升级。先是收藏捡到的鞋子，接着是收藏他妹妹的衣服，直至占有其他女人。他起初只是从晒衣绳上偷衣服，后来又悄悄跟踪穿有高跟鞋的女人，闯入没有人的房间，进而胆量越来越大，敢于面对房子的女主人。刚开始时，只要穿一穿女式服装，他就会很满足。到了后来，他想寻觅的刺激越来越强烈。在与女孩子交往的过程中，他会要求女孩子同意让他拍裸照。后来，当有的女孩子拒绝为他脱衣服时，他就会用刀子威逼她。直到在偶然的场合，有个女孩子碰巧刺激了他，他才开了杀戒。一旦他杀了人并感到满足，就会再三作案而愈发不可收拾，分尸方式一次比一次令人发指。

我并不是有意在暗示，每一个受到细高跟鞋引诱的男人，或者每一个想到黑色花边胸罩或内裤就心痒痒的男人，都注定会犯罪。假如真是这样，我们中大多数人都要进监狱。不过，正如我们在杰里·布鲁多斯身上所看到的那样，这种恋物癖错乱是会蜕化变质的，而且是"视情形而定的"。请容我举例说明。

据不久前的报道，离我家住所不远的一所小学的校长对学生的脚有一种病态的嗜好。他会跟他们玩游戏，他挠他们的脚底和脚趾，看他们能坚持多久。如果他们忍耐搔痒坚持到一定时间，他就会给赏钱。当有的孩子去购物中心买了东西却说不出钱的来路时，学生们的家长才注意到这件事不大正常。校长被学区当局解职后，社区许多阶层的人士表示了不平。他长相英俊，与女友保持着正常而稳定的关系，同时深得学生和家长的好评。学校老师都认为他受到了诬陷。就算他对脚趾有病态的嗜好，那实质上是无害的事情。他从未虐待过学生，从未试图让他们脱去衣服。他这种人是不会跑到外面诱拐儿童以满足变态嗜好的。

我赞同这种看法。就这方面而言，他是不会给当地社区带来危害的。我曾经会见过他。他待人友好，富有人情味。不过请容我假设一下：在一次类似的游戏过程中，有个小女孩反应很强烈，尖叫起来，或者威胁要告发他。他有可能会出于恐惧杀掉小女孩，原因其实很简单：他不知道还有什么办法能控制住局面。当教育局长与我的科室取得联系征求意见时，我告诉过他，我认为他解雇那个人的举措是正确的。

大约与此同时，我被请到了弗吉尼亚大学，因为有几位女大学生被推倒在地，有人趁乱偷走了她们的木屐式鞋子。所幸没有人受到重伤，当地警方和大学校警都把此事看成恶作剧。我会见了当地警察以及大学管理部门的人，告诉了他们我所接触的有关布鲁多斯和其他人的案子。到我离开时，已经成功地完成了恫吓他们的使命。官方的态度从此大有改观。我则可以欣慰地告诉大家，没有再发生更为严重的事件。

当我回顾杰里·布鲁多斯的犯罪进程时，不得不自我发问：在起初的任何阶段如能正确理解并干预这一进程，会不会使恶性事件胎死腹中？

在埃德·肯珀身上，我看到的是因童年感情受挫而步入歧途的系列杀人犯。在杰里·布鲁多斯一案中，我发现情况要远为错综复杂。显然，他很小时就染上了恋物癖，小小年纪的他已经对在垃圾场捡到的高跟鞋深深入迷。不过，导致他着迷的部分原因在于从未见过类似的东西。它们与他母亲穿的鞋子完全不同。其后，当她大叫大嚷做出不满的反应时，这双鞋子对他来说就像禁果一般。不久他便开始偷窃老师的鞋子。可是当她发现鞋子被盗时，她的反应令他感到吃惊。她不但没有责备他，反而好奇地想知道他为什么要这样做。就这样，他的行为从成年女性那里得到了不同的反馈，某种大概是与生俱来的冲动正在渐渐转化为邪恶的、更加要命的力量。

假使他的演变过程的危险性早就被人认识到，并且有人试图采取过富有成效的措施去对付他的感情问题，情况又会怎样呢？等到他第一次杀人时，已经为时晚矣。可是在他不断演变的任何阶段上能不能将其中断呢？通过我的研究和随后的办案实践，我对于大多数受性欲驱动的杀人犯能否会有哪怕是稍稍一点改邪归正的表现都持非常悲观的态度。如果任何努力有望奏效的话，就必须是在萌芽阶段，即在由幻想转变为现实之前。

我姐姐阿伦十几岁的时候，母亲常常会说，只要问一下同阿伦一道回来的男孩子对自己母亲有何看法，她就能了解到有关这个男孩子的许多情况。如果他爱慕和尊敬自己的母亲，他会关爱在生活中的其他女性。如果他把自己的母亲看成是婊子或者贱货，那么很有可能他今后会以这种眼光看待其他女性。

我的经验证明，我母亲的观察是十分正确的。埃德·肯珀在加州圣克鲁斯开辟了一条毁灭之路，直到最后才有胆量杀害他真正仇恨的那个女人。蒙特·里塞尔十几岁时曾在弗吉尼亚州亚历山大奸杀了 5 名女性。他告诉我们，当父母亲因严重不和而婚姻破裂时，他要是被批准随父亲而不是随母亲一道生活，他认为他如今会是一名律师而不是一个蹲在里奇蒙监狱里终身服刑的囚犯。我们就是在这个监狱对他做访谈的。

从蒙特·拉尔夫·里塞尔身上，我们得以将谜团的更多部分拼凑起来。父母离异时，蒙特才 7 岁，在家里 3 个孩子中排行老小。他母亲带着他们背井离乡迁居加州。她在加州二度结婚，大部分时间与新任丈夫单独待在一起，丢下了 3 个小孩，极少给予他们大人应给孩子的管教。蒙特小小年纪就惹祸不断：在学校的墙上涂写下流词语，后来是吸毒，再后来因斗嘴用气枪射伤了表弟。他声称是继父给他气枪的。他一时冲动开枪伤人后，继父便把气枪砸烂，还用枪管不断殴打他。

蒙特年满 12 岁时，母亲的第二次婚姻宣告破裂，他们又举家迁往弗吉尼亚州。蒙特告诉我们，他认为他和姐姐应对这场婚姻的破裂负责。从此以后，他的犯罪活动不断升级：无照驾驶、盗窃、偷车，乃至强奸。

他沦为谋杀犯的过程是十分发人深省的。还在上高中时，他就被定罪，缓期执行。而作为缓刑的一条规定，他要接受精神病医生的治疗。这期间他收到了女友的一封来信。她在中学时高他一个年级，当时在外地念大学。她在信中通知蒙特，他俩的关系就此完结。他立即开着车子，一路驶抵那所大学，结果发现她正和新的男友待在一起。

蒙特并未采取任何公开的举动向那个造成这一局面的人发泄他的不满，相反他驱车驶回了亚历山大，借啤酒和大麻解愁。他将车子停放在公寓楼前的停车场，在车里一坐就是好几个小时。

大约凌晨两三点时，他仍坐在车子里。这时另一辆车出现了。开车的是一位年轻女性。里塞尔一时性起，决意要挽回他刚刚蒙受的损失。他走到那个女人的车前，掏出手枪对准她，胁迫她跟他来到公寓楼附近的一个隐蔽处。

里塞尔向我和雷勒斯追述他的行动时，显得冷静、思维缜密，表达准确无误。我事先查过他的智商情况，在 120 以上。我没有从他的语气里听出多少悔恨的意思，只有那些会自首或自杀的极少数凶犯会感到悔恨，主要是悔恨被擒获或是得蹲监狱。不过，他并没有竭力去大事化小地谈论他的罪行，我确实感觉他在向我们提供准确的叙述。我从他的叙述中看出了一点名堂。

这一事变是在某一触发性事件或事变之后发生的，我们称其为紧张性刺激。我们会一而再、再而三地看到这种模式出现。任何事情都可能成为一触即发的紧张性刺激。不同的事情对我们每个人构成了困扰。但是显而易见，两大常见的刺激是失去工作和失去妻子或女友。（我这里指的是女性，因为如我所发现的，几乎所有的杀人犯都是男性，其理由我会在后面加以推测。）

由于对蒙特·里塞尔这样的人进行过研究，我们渐渐意识到，这些紧张性刺激构成了系列谋杀的重要动力，当我们在某一犯罪现场看见某些情况时，往往可以毫不费力地推断出该案中的紧张性刺激究竟是什么。在贾德·雷经办的阿拉斯加谋杀案中（我已在第四章中提及），一位妇女及其两个年幼的女儿被人杀害，案发的时机和细节引导贾德做出推测，作案者已经失去了女朋友以及他的饭碗。作案者确实遭到了这样的双重打击。事实上，他的女友已经一脚把他蹬掉，投靠了他的老板；而老板随即将他开除，免得他碍手碍脚。

于是，蒙特·里塞尔在见到女友跟一位大学生在一起的当天晚上便第一次犯下了谋杀罪。这次犯罪本身是非常重要的，而我便可以从考虑它究竟是如何发生的以及为什么会发生中得到更多的信息。

原来，里塞尔的受害者碰巧是一个风尘女子，这具有双层意义：她对于同陌生人发生性关系并不像普通人那样感到恐惧；虽然受到了恐吓，她很可能具有相当强的求生本能。因此当他把她带到空无一人之处，显然是要持枪威胁图谋强暴时，她试图要缓解一下局面，撩起了裙子，询问袭击者想要她摆出什么姿势。

"她问过我想采用什么方式。"他告诉我们说。

她的举动非但未能让他变得温和或敏感起来，反倒大大激怒了他。"这个婊子好像要控制局面。"她假装到达性高潮以取悦他，但这样做反而坏了事。如果她能"享受"这次强暴，这倒增强了他的感觉，即女人都是妓女。她变得"非个性化"了，他很容易地就想到要杀掉她。

不过他确实给另一个受害者放了一条生路，当时她告诉他，她正在照料身患癌症的父亲。里塞尔的哥哥曾患过癌症，就这样他认同了这位女子。在他的眼里，她是个性化的，这与那位妓女正好相反，或者与理查德·斯佩克攻击过的那位手被反绑、脸朝下趴在沙发上的年轻的学生护士也截然相反。

这就是为什么很难对强奸者案件提供通用的应对忠告的原因。这取决于强奸者的个性和犯罪动机如何，无论是顺从配合还是说服他放弃强暴的念头，都可能是最佳的行动方案，但也可能会雪上加霜。对所谓的"权力恢复型强奸者"，采取反抗或搏斗的做法可能会使他就此罢休；对所谓的"愤怒刺激型强奸者"进行反抗则可能会让受害者搭上一条性命，除非受害者足够强壮或者可以迅速逃出魔爪。因为强奸者是性无能者就想方设法让他获得欢愉未必就是上上策。这类犯罪的动因是愤怒、敌视，以及展示威力。性只是一种顺带行为。

里塞尔对从停车场劫持的那名女子施暴以后，怒气并未消退，拿不定主意该怎样处置受害者。在此关头，她干了一件我们许多人会以为合情合理的事情： 设法逃跑。这下子更叫里塞尔认为是她、而不是他在控制局面。我们在《美国精神病学期刊》上发表过一篇研究论文，引用了里塞尔的原话："她撒腿就跑下沟壑。我一把抓住了她，反扭她的手臂使其动弹不得。她的身材比我要高大。我掐住她的脖子……她踉跄了几步……我们一起滚下了山坡，落入水中。我抓住她的头猛撞石头，又将她的头按入水中。"

我们了解到，在分析罪犯时，受害者的行为与作案者的行为具有同等的重要性。她是一个高风险的受害者，还是一个低风险的受害者？她都说了些什么或做了些什么？她的言行是惹火了作案者，还是使他收敛？他们的遭遇究竟是怎么回事？

里塞尔的受害者是就近选择的，住在他的公寓楼里或者附近。他一旦开了杀戒，这一顾忌便不复存在。他意识到，他可以做，可以享受，可以逃脱惩罚。如果我们当初就被请来办案并对作案者做画像，会预计到他的某些经历——除了谋杀以外的某些暴力犯罪——而事实上他确实有过此类经历。非常坦率地讲，我们可能会搞错的是他的年龄，起码在一开始时是这样。里塞尔首次杀人时才19岁。我们预计作案者会在二十四五岁到二十八九岁之间。

不过里塞尔一案显示，年龄在我们办的案子中是一个相对概念。1989年，我的科员格雷格·麦克拉里被召去参与侦破纽约州罗切斯特发生的一起令人困惑的谋杀妓女系列案。格雷格与林德·约翰逊警长和一支一流的警方专案小组密切配合，提供了一份详细的画像，拟定了一套策略，最终将阿瑟·肖克罗斯缉拿归案、绳之以法。我们事后复查画像时，发现格雷格几乎精确地确认出了凶手：种族、个性、工作类型、家庭生活、驾驶的车型、嗜好、对该地区的熟悉程度、与警察的关系。除了年龄之外，几乎项项被他言中。格雷格推测，此人的年龄在30岁上下，在谋杀方面达到了驾轻就熟的水准。实际上，肖克罗斯的年龄为45岁。后来查明，他曾因谋害两名儿童（和妓女、老人一样，儿童是易受伤害的目标）而入狱服刑过15年，这一点实质上致使他的成长比在正常情况下慢了好几拍。假释几个月后，他重操旧业。

阿瑟·肖克罗斯进行谋杀时正处在假释期，蒙特·里塞尔的情况也是一样。他像埃德·肯珀那样能够让精神病医生相信，他的病情已有好转，而实际上他正在残杀无辜。可以说这是那则老生常谈的笑话令人恶心的翻版。笑话是这样说的：需要多少名精神病医生才能更换一只灯泡？答案是只需要一名，不过只有在灯泡自己想要更换时才行。精神病医生以及心理健康咨询人员都习惯于根据案犯自我报告中的一面之词来跟踪案犯的康复进展，而这是以病人自己想要变好作为假定的。结果一再证明，要想愚弄众多精神病医生实在是再容易不过的事情。大多数优秀的精神病医生则会认为，惟有以往的暴力记录才是预测暴力较为可靠的指标。我希望我们对罪犯个性的研究以及后来的办案实践能让从事心理健康研究的人士意识到，就罪犯行为而言，依靠自我报告是有其局限性的。就其本性而言，系列杀人犯或者强奸犯是具有操纵欲和自恋癖的，并且全然以自我为中心。他会告诉一位假释官员或者监狱的精神病医生任何他或她想要听到的东西，任何若想出狱或游荡街头所必须讲的东西。

在里塞尔对我们描述后来的杀人案的过程中，我看到了一种稳定的渐进发展的趋势。他被第二个受害者连珠炮似的发问惹火了。"她想要了解，我为什么要这样做？我为什么挑中了她？我难道没有女朋友吗？我遇到了什么问题？我打算怎么样？"

她在枪口的威胁下开着车，如同前一位受害者那样，她企图逃出魔爪。在此关头，他意识到非杀掉她不可，于是用刀连续猛扎她的胸部。

等到第三次杀人时，一切都显得挺容易。他吸取了前两次杀人的教训，不能容忍受害者跟他交谈，他不得不让她处于非个性化状态。"我当时在想……我已经杀了两个人，不妨再干掉这一个。"

在渐进发展的阶段，他放走了那位照料身患癌症父亲的女子。可是在最后两次作案时，他的意图已经非常确定。他溺死了一人，捅死了另一人，据他自己估计大约捅了50至100下。

就像几乎所有其他案犯那样，里塞尔向我们揭示出，早在强奸案或者谋杀案实际发生前很久，幻想就已存在。我们问过他，那些念头都是从哪里得来的。结果发现其来源不一，不过据他说，来源之一是阅读有关戴维·贝科威茨的报道。

戴维·贝科威茨最初被称为"0.44 口径杀手",后来他在纽约市处于恐怖气氛笼罩下时投书报纸,被称为"萨姆之子"。他具备了更多的行刺者个性,而非典型的系列杀人犯个性。在差不多一年时间里,从 1976 年 7 月到 1977 年 7 月,前后有 6 名年轻男女被杀害,受伤的人更多,他们都是将车子停放在恋人小径上,又都是坐在车子里被大火力手枪击毙或击伤的。如同某些杀人犯一样,贝科威茨是被领养的,他一直到进陆军服兵役时才知道这层关系。他原先希望被派往越南,结果却到了韩国,在那里与一个妓女发生了首次性关系,并因此染上了淋病。退役回到纽约后,他开始寻找生身母亲,后来发现她跟女儿,即他的妹妹,住在长岛的长滩。让他大为惊讶和失望的是,她们根本不想与他有任何来往。他为人一向害羞、缺乏安全感、容易动怒,这时已成长为潜在的杀手。他在陆军部队里学会了射击。他前往得克萨斯州,购买了一支 0.44 口径的手枪,这个大火力武器使他自觉更加强大有力。他来到纽约郊外的垃圾场瞄准小目标进行练习,直练到枪法精湛才止。此时,这个白天职位卑微的邮局雇员到了晚间便展开了捕猎行为。

我们在阿提卡州立监狱对贝科威茨做了访谈。他因犯下 6 起命案被分别判以 25 年到无期不等的徒刑。他曾经认过罪,不过后来又翻供,否认了他的罪行。1979 年,他在狱中遭人袭击,险些丢了性命。当时有人从背后猛割他的喉咙,伤口共缝了 56 针,袭击者根本无从辨认。于是我们事先不经通知就出现在他的面前,不想再让他身陷险境。在典狱长的配合下,我们提前填写了大部分书面问卷,因此是有备而来的。

为了这次特别会面,我随行携带了一些直观教具。我曾经提到过我父亲在纽约从事印刷工作，担任过长岛地区印刷工会的领导人。他为我提供了许多小报，上面有长篇的关于"萨姆之子"杰作的报道。

我拿起纽约的《每日新闻报》，递给桌子对面的他，说："戴维，100年以后没有人还会记得鲍勃·雷勒斯或者约翰·道格拉斯，可是人们不会忘记'萨姆之子'。事实上，眼下在堪萨斯州的威奇托就有一个案子，有个家伙杀害了五六个女人，自称是 BTK ①扼杀者。BTK 指的是绑架、折磨、致死。你晓得的嘛，他发出了不少信件，信中还提起了你。他大侃什么戴维·贝科威茨，什么'萨姆之子'。他想以你为榜样，因为你具有这种力量。假如他往监狱写信给你，我是不会感到意外的。"

贝科威茨并非我认为的那种有性格魅力的家伙。他总是在寻觅些许的被人认可感或者个人成就感。他生就一对明亮的蓝眼睛，老是在试图分辨别人是不是真的对他感兴趣，抑或是在取笑他。当他听完我的这番话时，两眼一亮。

"如今你永远没有机会出庭作证了，"我继续说，"因此公众对你的了解就是，你是个狗娘养的混蛋。不过从这些访谈中，我们知道你一定还有另外一面，敏感的一面，受你的生活经历影响的一面。我们希望你能告诉我们。"

他在感情上是不大外露的，但他在对我们讲话时几乎不带犹豫。他承认起初曾在布鲁克林区和皇后区一带纵火超过 2 000 起，详情都记载在日记里。这便是他具备类似行刺者个性的一个方面：一个孤独者，醉心于这种过度的写日记的习惯。还有一个方面是，他不想与被害人发生任何肉体

---

① 绑架（bind）、折磨（torture）和致死（kill）三词的首字母分别是 B、T、K。——译者

接触。他不是强奸犯，不是恋物狂。他不会寻找纪念品。他所接受的任何性方面的指控均来自枪杀行为本身。

他的纵火主要属于骚扰行为，例如在垃圾桶里或者在废弃的建筑物里放火。

贝科威茨像许多纵火犯一样，观看熊熊烈火时会发生手淫行为，其后在消防队前来救火时还会如此。纵火行为与"杀人三合一"中的其他两个特征是相吻合的，即尿床和虐待小动物。

我往往把深入监狱访谈看做是去淘金。你得到的大部分信息都会是一钱不值的小圆石，不过要是能淘获一块真正的天然金块，所有努力就是很值得的。访谈戴维·贝科威茨的情况肯定就是如此。

令我们非常感兴趣的是，当他在恋人小径一带偷偷跟踪猎物时，并不是出现在驾驶座的一侧，即十有八九为男性坐的一侧，这会对他构成较大的威胁。 他总是绕到乘客座的一侧。这一点告诉我们，当他以典型的警察姿势对准车子开火时，他的满腔仇恨和怒火都是冲着女性发作的。发射多颗子弹，就像捅数刀一样，表明了他的愤怒程度。男人仅仅是在一个错误的时间出现在一个错误的地点而已。说不定在攻击者和受害者之间根本没有过目光接触。一切都是隔着一段距离进行的。他压根不必使她个性化就可以拥有他幻想中的女人。

同样有趣的是，我们淘获的另一块天然金块已成为我们对系列杀人犯整体认识的一部分。贝科威茨告诉我们他总是夜间外出捕获猎物。他要是碰不上偶然送上门的受害者，即在一个错误时间出现在一个错误地点的受害者，就会回到从前得过手的地区。他会重返案发现场（许多其他作案者也会重返弃尸地点）以及墓地，象征性地在泥地上翻滚几下，脑海里一遍遍地重现那种幻想。

其他系列杀人犯之所以要对作案过程进行拍照或制作录像，也正是出于这一原因。他们在受害者死去、尸体被处理掉后仍想重温那种刺激感、继续上演那出幻想剧，并再三加以重复。贝科威茨并不需要珠宝首饰，或者内衣裤，或者肢体，或者任何其他纪念品。他告诉我们，旧地重游对他来说就足够了。过后他便回到家里，进行手淫，重温那场幻想。

　　我们将利用这一发现，使其发挥出极大的效力。执法界人士总是推测作案者会重返案发现场，可就是无法证实或解释他们这样做的确切原因。从贝科威茨这样的案犯身上，我们发现这种推测是正确的，虽然并不总是出于我们可能会怀疑的原因。悔恨肯定是原因之一。不过正如贝科威茨向我们揭示的，可能还会有其他原因。你一旦理解为什么某一类型的罪犯会重返现场，就可以着手制订相应的对策。

　　"萨姆之子"这个名字是从他写给约瑟夫·博雷利警长的一封信中得来的，博雷利后来升任纽约市警察局的探长。亚历山大·埃索和瓦伦蒂娜·苏瑞安尼在布朗克斯区被害后，有人在他们的汽车附近发现了这封信。两名受害者像其他人一样都是近距离中弹身亡的。信是这样写的：

　　你们把我称为仇恨女人的人，我为此深感痛心。我不是这样的人。但是我是个怪物。我是"萨姆之子"。我是一个小顽童。

　　萨姆爸爸喝醉酒以后，就会变得十分卑鄙。他殴打自己的家人。有时他把我绑在房子后面。还有的时候，他把我锁进车库。萨姆喜欢饮血。

　　"出去杀人。"萨姆爸爸命令道。

　　我们的房子背后长眠着一些人。大多是年轻人——被强暴和屠宰——血液被吸干——现在仅存的是白骨。

　　萨姆老爹也把我锁进阁楼。我无法外出，但是可以从阁楼窗户朝外望去，看看世人的活动。

我感觉自己好像是个局外人。我与所有人都无法相互理解——上天规定给我的节目就是杀人。

不过要想阻止我，你们非得杀了我不可。全体警察请注意：先得把我击毙——一开枪就要击毙我，否则就不要挡我的道，不然你们就死定了！

萨姆老爹现在年事已高。他需要吸点血来维持青春。他的心脏病发作次数过多。"哎，我的儿子，我很难受，感觉很痛。"

我最最挂念的是我那位美丽的公主。她正在我们的盥洗室里休息。不过我很快会见到她。

我是个"怪物"——是《圣经》中的鬼王别西卡——是圆滚滚的巨兽。

我酷爱捕猎，潜行于街头寻觅猎物——好吃的肉食。皇后区的女人是最漂亮的。我一定是她们饮用的水。我生来就是捕猎的。这是我的生活。替老爹搞血。

博雷利先生，长官，我不想再杀人了。不，长官，不想再杀了。可是我非杀不可呀，"荣耀您的父亲"。

我想向世界求爱。我爱世人。我不属于这个世界。请把我送回到人形兽①那里。

致皇后区的人们：我爱你们。我祝愿你们各位复活节快乐。愿主保佑你们各位的今生和来世。现在我要说一声：再会，晚安。

警察：容许我用以下字眼让你们提心吊胆：

我会回来的！

---

① 源自英国作家斯威夫特的著名小说《格列佛游记》。——译者

我会回来的！

可以解释为：砰，砰，砰，砰——噢！！

杀害人的，

怪兽先生

　　这个跳梁小丑已经成为全国性的知名人物。一百多名警探加入了代号"欧米茄"的专案组。这类充斥着疯言谵语的信件源源不断，其中一些寄给了报刊以及新闻记者，例如专栏作家吉米·布雷斯林。整座城市陷于一片恐慌之中。他告诉我们，他上邮局时，听到别人在议论"萨姆之子"，却浑然不知他们正与他同在一室，于是他体验到了一种真真切切的刺激感。

　　接下来的一次袭击发生在皇后区的贝赛德，不过那对男女大难不死。5天之后，布鲁克林区的一对夫妇就没有那么幸运了。斯塔西·莫斯科维茨当场毙命。罗伯特·维奥兰特幸免于难，但因伤而双目失明。

　　"萨姆之子"在最后一个杀人之夜，因把他那辆福特牌银河车停放得过于靠近消防栓而终于落入法网。该地的一位目击者记得当时有个警察开出了一张罚款单，经过一番顺藤摸瓜，警察最后查到了戴维·贝科威茨头上。警察出现在他面前时，他简单说了句："好吧，你们逮住我了。"

　　贝科威茨被捕后解释说，所谓"萨姆"指的是他的邻居萨姆·卡尔，他豢养的那条名叫哈维的黑色纽芬兰猎犬显然就是命令戴维杀人的寿命高达3000岁的魔鬼。在某个阶段，他曾经用0.22口径手枪射杀过那条猎犬，只是它幸存了下来。他立即就被精神病学界许多专家判定为类偏狂型精神分裂症患者，他的不同信件也被他们做出了种种诠释。第一封信中的"美丽公主"显然指的是其中一位受害者，唐娜·劳里埃，萨姆曾经决定等她死后就占有她的灵魂。

在我看来，这些信件的最重要之处，比任何内容都更重要之处，在于他变换笔迹的方式。在第一封信中，字迹工整有序，随后就越写越糟，直至字迹几乎无法辨认。拼写错误越来越常见，好像有两个不同的人在写信。我告诉了他我的发现。他甚至都没有意识到这一点。要是我在一发现他字迹越写越潦草之际就对他进行画像，便会认定他这人脆弱，处在易出差错和小过失不断的年龄，比如把车子停放在消防栓前面，这些将有助于警方捉拿他。那一薄弱环节将成为采取某些前摄策略的良机。

贝科威茨之所以能对我们畅所欲言，我相信是因为我们对此案做了广泛深入的调研。在访谈刚开始时，我们就切入要害地谈起了那条所谓3 000岁的猎犬指使他作案这一话题。精神病学界已经接受了这种福音一般的说法，认为它解释了他的作案动机。可我知道，这套说法在他被捕之前其实并不存在。这只是他想到的一条退路。因此当他喋喋不休地大谈什么猎犬时，我只是简单说道："嘿，戴维，停止你的胡说八道吧。这件事与猎犬根本沾不上边。"

他点头大笑，承认我说得没错。我们曾经拜读过好几份研究这类信件的长篇心理学论文。其中一份拿他与爱德华·阿尔比的剧作《动物园的故事》中那位名叫杰里的人物进行了比较。另一份试图通过逐字逐句的分析探讨他精神病的病因。可是，戴维把他们统统给愚弄了，引得他们做出了与实情风马牛不相及的解释。

事情其实很简单：戴维·贝科威茨对他母亲以及生活中碰到的其他女人对待他的方式感到愤怒，在她们身边他有一种欠缺感。他想拥有她们的这一幻想演变为一种致命的现实。对我们而言，重要的是那些细节。

由于鲍勃·雷勒斯巧妙地使用了全国司法研究院的研究经费，而安·伯吉斯又整理汇编出了访谈资料，截至 1983 年，我们已经完成了一项针对 36 名案犯的详尽研究。我们还从 118 名受害者身上收集了资料，这些受害者大部分是妇女。

从这项研究中诞生了一个体系，它有助于更好地理解暴力凶犯并对其进行分类。我们头一次真正能够把罪犯的心理活动同他在犯罪现场留下的罪证联系在一起分析。反过来，它又帮助我们更有效地捕获他们。这一切解答了一些有关精神失常以及"什么样的人竟会干出这种事情"这类问题。

1988 年，我们把研究结论扩充，写成一部专著，题为《性欲杀人罪：模式及动机》。该书由列克星敦出版社出版，迄今已印刷了 7 次。但是，不管我们获得了多少知识，正如我们在结束章节中所承认的，"此项研究所提出的问题要远远超出它所做出的解答"。

在探寻暴力凶犯的心路历程方面还有很多东西有待发掘。系列杀人犯根据定义是"成功的"杀人犯，他们从自身经历中总结经验教训，不断长进。我们只有确保我们长进的速度要比他们还快。

八

凶手会有言语障碍

1980 年的某一天，我在当地一家报纸上读到一则报道，讲的是一位老年妇女遭到一名不明身份的侵入者的性强暴和毒打，随后她被以为已死去而被丢弃，她的身旁躺着两条被捅死的狗。警方判断，作案者似乎在现场逗留了很久。整个社区顿时哗然，人们义愤填膺。

两三个月以后，我巡回教学归来时，偶然问起帕姆这个案子有没有什么新的进展。她告诉我说没有，而且还没有发现重大嫌疑人。我议论说，这可太糟糕了，因为根据我读报的感觉，此案好像是可以侦破的。这件案子并不属于联邦司法过问的范围，我们也未受到过邀请，不过作为一位本地居民，我决意要看看我能否做点什么。

我找到了警察局，做了一番自我介绍，告诉警察局局长我所从事的工作，并且询问能否与负责本案的警探们交谈。他很客气地接受了我的提议。

主办警探的姓名是迪安·马丁。我记不得当时有没有忍住不去开什么杰里·刘易斯式的玩笑，不过大概是没有忍住吧。他让我看了案情档案，包括案发现场的照片。那个女人确实被打得挺惨。研究案情资料时，我渐渐在心中对凶手及其犯罪动机形成了一个清晰的图像。

"好吧，"我对那些听我说话时彬彬有礼、不过多少还有些疑虑的警察说道，"我的想法是这样的。"这是个十六七岁的高中小伙子。每当我们碰到性攻击的受害者是个老妇人时，搜寻的对象便是年轻的作案者，一个对自我没有把握、缺乏经验或者压根没有经验的人。只要对方更加年轻、更加强壮、更加难以对付一点，他就不敢贸然下手。此人看上去衣冠不整，长着一头鬈发，通常不大梳理。案发当晚发生的情况是，他的母亲或是父亲把他撵出了家门，他无处可去。在这种情形下，他不会走得太远。相反，他会就近寻找最便利的安身之处。他与任何女孩子或者其他同伴的关系还没有好到可以跑到他们家中留宿过夜，直到家庭风暴平息过去。他在外头闲荡时，对这种局面感到自怜、无能为力和愤怒，此时他来到了这个老妇人家门口。他很清楚她是一人独居，他从前在她家干过活，或者打过零工。他知道她构不成多大的威胁。

于是他破门而入，也许她表示了抗议，也许她冲着他大叫大嚷，也许她只是吓呆了。不论她做过什么反应，都激怒了他，并赋予了他力量。他想向自己以及世人显示一下，他是一个何等的男子汉。他试图与她发生性关系，却无法得逞。于是他毒打了她一通，在某个关头又决定最好一不做二不休，因为她能够认出他。他没有戴面具，这是一次即兴犯罪，而非蓄谋犯罪。不过，她已蒙受了巨大心理创伤，即使幸免一死，也不能给警方提供任何对作案者的描述。

施暴以后，他依然无处可去，而她肯定已不再对他构成任何威胁，他晓得晚上是不会有任何来客的。所以他滞留下来，又是吃又是喝，此时他已感到了饥饿。

我中断了叙述，告诉他们附近会有人符合这一描述的。如果他们能够找到此人，就算抓获了凶手。

这些警察面面相觑，其中一位的脸上露出了微笑。"道格拉斯，你是一位巫师吗？"

"不是，"我答道，"如果是的话，我的工作就会容易多了。"

"因为我们几个星期前曾请过一位巫师，名叫贝弗利·牛顿，她讲的情况跟你讲的完全一致。"

附近确实有一个符合我描述的人，此人曾经被警方短暂地怀疑过。此次见面之后，警方再次约见了他。由于证据不足无法拘留他，而他们又无法得到他的招供，不久以后他离开了这一地区。

警察局局长和警探们都想知道，既然我不是什么巫师，又如何能够说出这么具体的案情经过。部分答案在于：截至此时，我已经见识过大量暴力犯罪案件，可将各个案子的大量细节串联起来；而且已经访谈过很多暴力凶犯，足以在我心目中构成某种模式，告诉我什么样的人会犯什么样的罪行。不过，如果情况真是如此明了，那么我们就可以编写手册来教授画像法，抑或为警方提供一套计算机程序，只要输入任何一组数据，计算机即可显示出描写嫌疑人特征的一份清单。实际情况却是，虽说我们在工作中大量运用了计算机，而计算机也能够令人叹服地完成一些工作，但有些比较复杂的事情它们是根本无法完成的，也许永远无法完成。画像如同写作，你尽可以为计算机提供所有的语法、句法和文体规则，它却依然无法写作书籍。

我侦破案件时的做法是，收集办案必需的全部证据——案情报告、犯罪现场照片及描述、受害者陈述或者验尸报告——然后让自己从心理上和情感上进入凶犯的角色。我力图以他的思维方式去思考。这种做法究竟是如何产生的，我无法肯定，诚如多年来一直找我做咨询的诸如托马斯·哈里斯这样的小说家也无法说明其笔下的人物究竟是如何塑造出来的一样。如果说其中涉及某些神通的成分，我不会予以否认，尽管我认为它更多是属于创造性思维这一范畴。

巫师间或会对刑事调查有所帮助。我就亲眼领教过巫师的神奇。有的巫师能有本事在潜意识层次上专注于某一现场的特定的细枝末节，从中得出合乎逻辑的结论，正如我力图去做、同时训练我的下属去做的那样。然而，我始终建议调查人员，求助巫师应当是最后一招；如果的确要求助巫师，不可让他或她去接触那些了解具体案情的警官或警探。因为高水平的巫师擅长于捕捉非言语性的蛛丝马迹，并且能告诉你一些你早已了解的案情事实，但未必对于你尚不了解、却急欲发现的事实具有什么特别的洞察力。通过这一方式，他会使你对他感到叹服并建立起信任。在亚特兰大残杀儿童案中，有好几百名巫师云集该市，主动要求为警方提供服务。他们提出的关于凶手及其作案手段的描述真是五花八门。结果证明，甚至没有一个人的说法接近于事实。

大约在我与当地警方接触的同时，旧金山湾一带的警察局打来电话，请我去参与系列谋杀案的调查工作。案发地点在郊游路线两旁的林木茂密的地区。他们通过将谋杀案串联在一起进行分析，找到一名嫌疑人。媒体称其为"林径杀手"。

事情是从1979年8月开始的。爱好运动的44岁银行经理埃达·凯恩独自一人徒步旅行，在登上塔马尔派斯山的东峰时失踪了。这座风景优美的山峦俯瞰着金门大桥和旧金山湾，并以诨名"睡夫人"而闻名遐迩。天黑时分凯恩仍未归来，放心不下的丈夫便报了警。次日下午，搜寻小组的警犬发现了她的尸体。 只见她赤身露体，只穿有一只袜子，面朝地呈跪姿，仿佛是在央求饶命。经法医鉴定，死因系后脑中弹。没有发现遭受过性强暴的痕迹。凶手拿走了3张信用卡以及10元现金，但留下了结婚戒指和其他珠宝首饰。

到了第二年3月，23岁的巴巴拉·施瓦茨的尸体在塔马尔派斯山公园被人发现。她的胸部连续被刺，显然，同样是呈跪姿被刺死的。 10月的一天，26岁的安妮·奥尔德森去公园慢跑，当夜没有回来。她的尸体在次日下午被发现，头部右侧有一处枪伤。与先前受害者有所不同的是，奥尔德森衣着完整，脸朝上，靠在一块岩石上，只是右耳上的金耳环不见了。留宿塔马尔派斯山公园的管理员约翰·亨利回忆说，在她遇难的那个清晨，他看见她独自坐在公园的圆形露天剧场里，观赏日出的景色。另有两名目击者在离埃达·凯恩尸体被发现之处不足半英里的地方见到过她。

马克·麦克德曼德是重大嫌疑人。他那卧床不起的母亲和患有精神分裂症的兄弟被人发现在塔马尔派斯山的小屋里中弹身亡。潜逃11天之后，麦克德曼德向马林县罗伯特·甘迪尼副巡官投案自首。警探们得以认定他与自己家人的血案有牵连。不过，他尽管拥有不少枪支，却没有一支与"林径杀手"所使用的0.44口径或者0.38口径的手枪相吻合。不久之后，杀人案又卷土重来。

11月间，25岁的肖娜·梅未能与两位登山伙伴在离旧金山北面几英里处的雷伊斯角公园会合。两天后，搜寻人员在一处不深的墓穴中挖到了她的尸体。他们还在附近找到了一具腐尸，死者是纽约人，名叫戴安娜·奥康纳，芳龄22岁，是一个月前在公园里失踪的。两位女性皆是头部中弹死亡。就在同一天，公园里又发现了两具尸体，经确认系19岁的理查德·斯托尔斯及其18岁的未婚妻辛西娅·莫兰，两人皆是在10月中旬失踪的。调查人员确认，他俩与安妮·奥尔德森均是在哥伦布纪念日那个周末被害的。

　　早先的谋杀案已在该地区徒步登山者中引起了恐慌，有关部门树立了告示牌，警告人们，尤其是女性，不得独自进入林地。可是一天之中竟发现了 4 具尸体，这给当地带来空前的混乱。根据马林县治安官小艾伯特·豪恩斯坦收集的若干日击者的叙述，受害者曾在死前被看见与陌生人待在一起，但是在关键线索上，例如年龄和面部特征等，他们的叙述是相互矛盾的。顺便一提，这种情况即使在单一谋杀案的取证中也不少见，更甭提这起时间跨度达数月的多重谋杀案了。在巴巴拉·施瓦茨被害现场发现了一副不多见的双光眼镜，显然是属于凶手的。豪恩斯坦将有关眼镜以及验光单的情况向外界做了披露，并把小传单分发给当地的所有验光师。眼镜框显然是在监狱配制的，为此甘迪尼副巡官联络了加州司法厅，试图查清所有有过性犯罪史的新近释放者。各地不同的司法部门和机构，包括联邦调查局旧金山外勤站在内，都积极参与了此案的侦破工作。

　　报界对此案有一种推测，认为"林径杀手"有可能就是洛杉矶的"黄道带杀手"。他是逍遥法外的凶手，不过自 1969 年以来就未再作案。或许这位"黄道带杀手"这些年来已因其他罪名一直关押在狱中，后被不知其根底的官员给释放了出来。不过与"黄道带杀手"不同的是，"林径杀手"觉得没有必要去嘲讽警方或者与他们进行交流。

　　治安官豪恩斯坦从纳帕县请来了心理学家威廉·马西斯博士帮助分析此案。马西斯博士注意到几个案子所共有的仪式性特征，预计凶手会收藏纪念品。他指出，任何被指认的嫌疑人在被缉拿归案之前应当先被跟踪一个星期，希望他能引导警察找到杀人凶器或其他罪证。至于他的外貌及行为特征，马西斯的描述是：一个个性迷人的英俊男子。

根据马西斯的建议，豪恩斯坦和甘迪尼设计了各种前摄性圈套，其中包括让公园的男巡逻员装扮成女性旅游者，然而毫无收获。公众对执法当局施加了巨大的压力。治安长官对公众宣布说，凶手是蛰伏着等待受害者送上门的，下毒手之前会让她们蒙受心理创伤，可能会逼迫她们苦苦求饶。

当调查局圣拉斐尔常设办事处请求匡蒂科声援时，他们起先联系的是罗伊·黑兹尔伍德，他是我们科里研究强奸暴力案的首席专家。罗伊是一位生性敏感的、体贴人的家伙，这起案子对他触动很深。我记得他是在刚刚教完了一堂全国学院的课程、我们俩一道从教学大楼走回办公室时对我叙述此案的。我几乎有一种感觉，罗伊觉得他本人对此案责无旁贷，似乎联邦调查局加上近十家当地执法机构联手合作都还不够，应当由他来侦破此案，将凶手绳之以法。

罗伊与我不同，他有全日制教学重任在身。而我此时已经卸除了大部分课堂教学的担子，成为行为科学科惟一一位专职侦破案件的画像人员。故而，罗伊提出由我跑一趟旧金山，为当地的警察提供一些现场办案的建议。

如前所述，调查局插手办案常常使当地警方反感。这种局面早在胡佛时代就形成了。当时人们常常感到，只要出现大案要案，调查局就会派人接管调查工作。我们科是不可能插手办案的，除非受到邀请——发出邀请的是具有主要司法管辖权的机构，当地警察局抑或联邦调查局本身。不过在"林径杀手"一案中，马林县治安官很早就请求调查局介入，加上媒体热衷于炒作此案，我的确感到他们很欢迎有一位像我这样的人介入，以减轻他们的压力，至少暂时是这样。

在治安官的办公室里，我查看了涉案全部资料和犯罪现场的照片。我特别对马林县警探里奇·基顿的调查报告抱有兴趣，他注意到谋杀案似乎都发生在树木茂盛的僻静地带，层层的树叶遮盖住大半天空。那一带汽车是开不进去的，只能徒步进入，而且至少要走一英里的路程。安妮·奥尔德森被害现场距离一条入林通道相当近，它是通往公园圆形露天剧场的一条捷径。这一切向我有力地表明，凶手就是当地人，对这一带了如指掌。

我在马林县治安当局的一间大培训室里讲课。座位都是呈半圆形排开的，很像医学院的阶梯教室。室内在座的五六十人中大约有 10 人是调查局特工，其余都是警官或警探。当我向听众望去时，发现有些人已是白发苍苍了。经验丰富的退休警官也被召回来协助缉拿凶手。

我做的头一件事就是对早已得出的结论提出质疑。我认为我们对付的不是什么迷人、世故、英俊的凶手。重复刺扎以及从背后突袭告诉我，我们对付的是避世类型的（尽管未必是反社会的）凶手。此人性格内向，对自身没有把握，没有能力与受害者对话，没有能力通过花言巧语或者哄骗来诱使她们做出他想让她们做的事情。旅行者个个都是身强力壮。闪电式袭击向我清楚地表明，他能够控制受害者的惟一途径便是趁其不备将其杀害。

凶手不认识这些受害者。案发地点都十分偏僻，挡住了外界的视线，这意味着凶手实际上有充裕的时间针对每一个受害者上演他的幻想剧。然而，他仍然觉得有突然袭击的必要。没有出现强奸，只是尸体被摆弄过；或许有过手淫行为，但没有发生性交。受害者年龄和体型各异，不像特德·邦迪那一类油腔滑调、老于世故的杀人犯所挑选的受害者，她们大多同属一种形象：漂亮的女大学生，留着一头中分的深色长发。"林径杀手"并无什么偏好，就像蜘蛛那样等候飞虫自投罗网。我告诉聚集在那里的警官们，我预计那家伙有过劣迹。我赞同甘迪尼副巡官的见解：他蹲过监狱，前科可能包括强奸，或者更有可能是强奸未遂，不过在这一系列谋杀出现之前没有谋杀前科。他在作案之前可能有过某种激发型的紧张性刺激。我断定他是白人，因为所有受害者均是白人，而且我认为他从事的是机械操作或工厂体力活一类的蓝领工作。鉴于他作案很有效率并且迄今为止成功地躲过了警方的搜捕，我将其年龄定在三十二三岁到三十五六岁之间。我同时认为这人相当机敏。如果他曾经接受过智商测验，智商指数可能会远远超过平均水平。如果我们调查一下他的背景，就会发现曾有尿床、纵火以及残害小动物的历史，或者至少占有其中两项。

"还有一点，"我略作停顿，又意味深长地补充道，"凶手有言语障碍。"

在场听众的面部表情和身势语是不难解读的。他们终于表达出了可能一直抱有的想法：这家伙一派胡言！

"是什么促使你这样说的？"有个警官不无讥讽地问道，"你觉得那些伤口像是'口吃刺戳'的吗？"他对自己"发现"了一种新的杀人方式而得意地咧嘴而笑。

不对，我解释说，我综合了归纳推理和演绎推理，考虑了案情中的所有因素，这些因素我都已做过了说明。地点选择得很隐蔽，这样他就不大可能碰到其他人。事实上，没有一个受害者是在人群中被他接近过或者被他哄骗后随他一同而去的；事实上，哪怕是在四下无人之处，他也觉得必须使用突然袭击。所有这一切都对我揭示出，我们要对付的这个人对自身的某种状况感到难堪和羞愧。袭击一个毫无防范的人，达到对对方的支配控制，这便是他克服这种障碍的方式。

我承认这种状况有可能是某种疾病或伤残。从心理学或行为的角度看，这可能是一个其貌不扬的人，一个满脸粉刺、患过小儿麻痹症、具有缺肢等情况的人。但是从他采用的这种突袭方式来分析，我们不得不排除缺肢或者任何严重缺陷的可能性。从目击者提供的种种情况以及谋杀案前后所有到过公园的人的说法来看，没有人提到见过一个有严重外形缺陷的人。另一方面，言语障碍虽使作案者很容易感到自惭和不自在，以致可能限制他进行正常的人际交往，然而他在人群中是不会"引人注目"的。除非他张口说话，否则无人会知晓。

就如此事关重大、媒体和公众又极为关注的案件，面对满满一屋子久经沙场的警察提出这一类指导性建议，肯定是一种令人如坐针毡的局面。我审讯犯人时就希望能营造出这种氛围，但自己这时却是惟恐避之不及。然而你是无法完全回避的。你始终无法摆脱一个念头的困扰，那天下午在场的一位警官的问话便道出了我心里的这层忧虑：

"道格拉斯，要是你说错了怎么办？"

"有些事情我可能会弄错，"我尽可能坦诚地说，"可能我会弄错年龄，可能我会弄错职业或者智商。但是，他从事蓝领工作这一点不会错。他具有某种缺陷这一点也不会错。他为此真的很苦恼，没准那不是言语障碍，不过我认为是如此。"

讲课结束时，我不知道我的影响力有多大，或者我的观点是否有人理会。不过，事后有位警官找到了我，说："约翰，我不知道你说的到底是对还是错，但至少你为案件调查指出了一个方向。"听到这种话总是令人欣慰的，虽然你往往要屏息不作声，一直要看到调查的最终结果印证了自己的判断时才敢松口气。我回到了匡蒂科，由旧金山湾地区的司法局和警察局联手进行破案工作。

3月29日，凶手再度出手，此次是在圣克鲁斯附近的亨利·考埃尔雷德伍兹州立公园里枪杀一对年轻情侣。当他告诉埃伦·玛丽·汉森，一位就读于加州大学戴维斯分校的 20 岁大二学生，他打算强暴她时，她表示了抗议。随即，他就用 0.38 口径手枪当场杀害了她，同时把史蒂文·黑特尔打成重伤，然后错以为他已死去而离去。但是黑特尔只能提供不完整的描述，指出凶手长着一口歪七扭八的黄牙。警方凭借这一描述以及其他目击者的叙述，得以确定此人驾驶着一辆红色新款外国车，很可能是菲亚特车，不过这番描述与先前的描述已大有出入。黑特尔说凶手年龄大约五六十岁，秃顶。弹道分析报告表明，这几起枪杀案与先前的"林径杀手"案有联系。

5 月 1 日那天，金发碧眼的漂亮女郎希瑟·罗克珊失踪了。她 20 岁，是圣何塞一所印刷学校的学生。根据她的男友、母亲和室友的回忆，她说过要和该校的一位工艺美术老师一道外出。此人名叫戴维·卡彭特，曾经牵线安排她从他一位朋友处买下了一辆汽车。卡彭特年届五旬，这种年龄的人犯此类罪行是很不寻常的。

从那一刻起，情况开始明朗起来，法网在越收越紧。卡彭特驾驶的是一辆红色菲亚特车，排气管有凹痕。最后这个细节系"保留性"信息，警方先前没有对外披露过。

戴维·卡彭特早就应当被认出和抓获。事实上，他运气好得令人难以置信，其作案地点牵涉多个警察部门的管辖区域，从而使搜捕工作变得复杂。他有多次因性犯罪而被监禁的记录。颇具讽刺意味的是，他之所以没有以性凶犯的身份出现在该州假释记录中，是因为他已被加州释放，以便让他服满一项联邦刑期。因此虽然并不在押，但从技术上讲，他仍然处在联邦拘禁之中。这给他钻了空子。另一个讽刺的事实是，卡彭特与第二个受害者巴巴拉·施瓦茨是在同一验光师那里配的眼镜，而他的眼镜在谋杀现场已被发现。很不幸，那验光师并没有看过治安当局四处散发的悬赏缉拿传单。

又有几位目击者站了出来，其中包括一位老年妇女，她从电视上认出了综合画像①，指出嫌疑人就是 20 年前她同孩子们前往日本时所乘的客轮上的事务长。此人不停地向她的女儿大献殷勤，让她浑身"起了鸡皮疙瘩"。

彼得·贝雷斯特是大陆储蓄信贷银行格伦公园支行的经理。据他回忆，他有一位兼职出纳员，漂亮机敏、值得信赖，名叫安娜·凯利·门吉瓦。这个高中生在去年 12 月底失踪了。虽然此前并未将她与"林径杀手"案联系在一起，但她的尸体也是在塔马尔派斯山公园被发现的。贝雷斯特还记得，安娜对那位口吃严重的常客态度非常和蔼可亲。贝雷斯特事后得知，此人于 1960 年在普雷西迪奥因攻击一名年轻女性而被捕。普雷西迪奥系位于旧金山北角的一处陆军设施。

圣何塞警方以及调查局将卡彭特置于严密的监视之下，最终将其捉拿归案。结果发现他有一个专制霸道、经常体罚他的母亲和一个至少在感情上虐待他的父亲。他是一个拥有超常智力的孩子，只因严重口吃而受到别人捉弄。他在童年时代表现出尿床不断和残害小动物的特征。步入成年后，他的愤怒和挫折感便转化为莫名其妙的大发脾气以及仿佛欲壑难填的性冲动。

他头一次犯罪入狱是在普雷西迪奥持刀握锤袭击了一位妇女，当时他的婚姻关系非常紧张，孩子又刚刚问世。据受害者报告，在实施野蛮的强暴之前和过程之中，他那糟糕的口吃已不复存在。

---

① 尤指据多名目击者的描述而画成的嫌疑人画像。——译者

由于全国学院毕业生发出的请求纷至沓来，联邦调查局局长威廉·韦伯斯特于 1978 年正式批准行为科学科教官提供心理画像方面的咨询服务。到了 80 年代初，这项服务已经极为普及。我是专职办案人员，而诸如鲍勃·雷勒斯和罗伊·黑兹尔伍德一类的教官是在条件许可的情况下提供咨询的。不过，尽管我们对从事的工作以及我们认为正在取得的成效自我感觉良好，但没有一位高层人士真正理解这样做是不是在有效使用调查局的资源和人力。于是在 1981 年，联邦调查局的机构研究发展科——当时正由从行为科学科调任的霍华德·特顿负责——对当时简称为心理画像项目的执行情况首次展开了深入的成本效益研究。正是特顿当年的非正式咨询工作几乎是偶然地促使了这一项目的启动，如今他想弄清楚它是否真正取得了成效，以及总部是否应该让这个项目接着开展下去。

他们编写了一份问卷，分发给我们的客户，即那些曾经接受过我们画像服务的所有执法机构中的官员和警探。这些机构包括了州、市、县一级的警察局、司法局、联邦调查局外勤工作站、公路巡警队以及各州的调查机构。虽然要求回答的大多数问题与谋杀案有关，机构研究发展科还收集了我们对下述类型的案件提供咨询的有关数据：强奸、绑架、敲诈勒索、恐吓、骚扰儿童、人质事件、意外身亡与自杀的确认。

对于局里许多人来说，画像依旧是一种朦胧的、难以评估的概念。不少人视其为巫术或魔法，其余的人则把它看成是门面装饰。因此我们很清楚，除非做出强有力的、经得起考验的论证，否则行为科学科所从事的一切非教学性工作就可能前功尽弃。

1981 年 12 月，当研究报告送来时，我们无不为之感到欣慰和如释重负。全国各地的办案人员对我们好评如潮，鼓励我们继续执行此项计划。这份研究报告的附言的最后一段是这样归纳的：

评估显示，此项计划实际上比我们任何人所真正认识到的还要成功。行为科学科的杰出业绩理应受到称赞。

警探们一般都认同，我们在缩小嫌疑人范围和使调查工作重点更加突出方面发挥的作用最大。不妨举个例子。弗朗辛·埃尔夫森于 1979 年 10 月在布朗克斯区被人杀害，案发地点距离戴维·贝科威茨神出鬼没的地区不远。作案手法十分残忍，骇人听闻。事实上，纽约市警方非常担心，说不定有一名"萨姆之子"的崇拜者正在效仿其心目中的英雄。我们当时在匡蒂科已把此案作为教材，因为它是一个很好的范例，完全可以说明我们是如何做出画像，以及警方又是如何运用画像来推动一桩令人费解且长期悬而未决的谋杀案的调查工作的。

26 岁的弗朗辛·埃尔夫森是当地一间日托所的老师，负责辅导残疾儿童。她体重 90 磅，身高不足 5 英尺。她对学生的同情心以及无微不至的关怀是很少见的。她本人患有轻度残疾，即脊柱后侧凸。她为人腼腆，不善交际，与父母亲同住在佩勒姆园道的公寓楼。

像往常那样，她清晨 6 点半出门去上班。大约在 8 点 20 分，住在同一公寓楼里的一位 15 岁的男孩在 3 楼与 4 楼中间的楼梯井处发现了她的钱包。他因为要按时赶到学校上课，没空处理钱包，就把它放在身边，直到中午回家吃饭时才交给了他的父亲。这位父亲在当天下午 3 点前后来到埃尔夫森家，将钱包还给了弗朗辛的母亲。她随后打电话到日托所，想告诉弗朗辛钱包已经找到，让她放心。老埃尔夫森被告知，她的女儿当天没有来上班。她闻讯大惊失色，马上与另一个女儿和一位邻居一起对公寓楼进行了搜查。

在楼井的房顶平台处，她们目睹了一幕极其可怖的景象。弗朗辛赤身裸体，全身布满了被钝器重击的痕迹，攻击的力度非常大。经后来法医检查发现，她的下颌、鼻子和脸颊都被打成骨折，若干牙齿已被打落。她的四肢被扒开，手腕和脚踝被自己的皮带和尼龙袜捆绑住。不过法医确认，她遭捆绑时已经断了气。她死去后，乳头被割下放在她的胸前。她的内裤被脱下以后套在头部遮住了脸，大腿和膝盖处都有咬痕。尸体上的几处刀伤都不很深，显示出凶手使用的是一把袖珍折刀。她的耳环以对称的方式分放在头部两侧的地面上。经确定，受害者被凶手用受害者的手提包背带勒扼导致死亡。凶手在她的大腿上涂写道：你们无法阻止我。他还在她的腹部写了"操你的"3个字。现场的另一重要特征是，凶手在尸体一旁拉过大便，又用弗朗辛的一些衣物将粪便掩盖上。

埃尔夫森太太告诉了警方一个情况。弗朗辛原先套在脖子上的金制挂件已经不见了，它是模仿希伯来语中的一个字母制作的，这个字母代表好运气。当弗朗辛的母亲描绘起金制挂件的形状时，警探们意识到，尸体按仪式摆放成的姿势就是在模仿这一形状。

警方在尸体上发现了精液，但是DNA分类测定法在1979年还不为法医界所知。死者手上没有因自卫而留下的伤痕，指甲缝里也没有血迹或皮肤碎片，这显示死者死前没有挣扎。惟一确凿的证据是在验尸过程中从尸体上发现了一根黑人毛发。

在检查现场和确定已知事实时，调查杀人案的警探确认，攻击是在弗朗辛走下楼梯时发生的。她被打得不省人事后，又被搬上了房顶平台处。验尸结果显示，她并未遭受强暴。

由于此案骇人听闻，它引发了公众的空前关注和媒体连篇累牍的报道。警方成立了一个由26名警探组成的专案组，询问了2 000多名潜在目击者和嫌疑人，审查了纽约大都会区的所有已知性凶犯。然而，一个月过去了，调查工作似乎毫无进展。

考虑到听听别人有何高见并无害处，纽约住房局的探员汤姆·弗利和乔·达米科中尉与远在匡蒂科的我们取得了联系。他们携带案情档案和报告、案发现场照片以及验尸报告来到了匡蒂科。我和罗伊·黑兹尔伍德、迪克·奥尔特以及托尼·赖德（日后出任行为科学科负责人）在公务餐厅与他们见了面。

我在看完所有证据和案情资料，设身处地从受害者和攻击者的角度进行考察之后，提出了一份画像。我建议警方搜寻一个长相平平的白人男子，年龄在 25 至 35 岁之间，很可能在 30 岁上下。此人外观不整，没有工作，主要在夜间活动，住在离案发的公寓楼方圆半英里范围之内，与父母亲或者年长女性亲属生活在一起。他是单身汉，平时跟女性没有来往，没有要好的朋友，在上高中或大学时中途退学，没有服过兵役，自视不高，没有自己的车或者没有驾驶执照，目前或从前在精神病医院接受医嘱治疗，曾以勒扼或窒息方式自杀未遂，不吸毒，不酗酒，收藏有大量反映奴役和性施虐及性受虐的色情读物。这是他的首次谋杀，事实上是他犯下的首次重罪，但不会是他最后一次作案，除非被缉拿归案。

"你们不必跑老远去搜寻这个凶手，"我告诉办案人员，"你们已经与这个家伙谈过话。"他们可能早已约见过他及其家人，因为他们就住在那一地区。警察会发现他挺合作，可能过于合作。他甚至还会主动去找警察，让自己介入调查工作，以确保不会查到自己头上。

对于许多不熟悉我们办案技巧的人来说，这一切如同是在变魔术。可是，如果你有条不紊地照此办理，就能逐步了解我们是如何得出这些印象从而提出建议的。

我们首先确定的一点是：这不是蓄意谋杀，而是一起突发的事件。弗朗辛的父母告诉我们，她下楼有时是乘坐电梯，有时是步行。你无从推测在某个特定的早晨她的选择会是什么。如果凶手是埋伏在楼梯井处等候她的，就可能根本见不到她，而且不管怎样，还有可能在见到弗朗辛之前撞见其他人。

攻击时用的提包带以及受害者尸体上的所有东西都属于受害者。凶手没有携带任何凶器来到现场，只有那把袖珍折刀可能除外。他没有武器，没有强暴用具。他并未跟踪她，或者并未抱有犯罪意图来到现场。

这就引导我们得出下一个结论。假如作案者来到公寓楼时并未抱有犯罪意图，那么必定另有原因。在早晨 7 点钟之前到达那里并且在楼梯井处碰上弗朗辛的人要么就住在大楼里，要么在大楼里工作，要么对大楼的情况了如指掌。这可能意味着他是一名邮差，或者是电话公司或联合爱迪生电力公司的一名工人。不过我认为那大可能，因为我们没有得到任何目击者的报告，而且从事这种工作的人显然不可能像他那样花上那么多时间与她待在一起。实施最初袭击之后，他晓得可以把她转移到房顶平台处而不必担心被人打搅。再有，既然大楼里没有人发现过异常现象和异常人员，那么他肯定对那里的环境很熟悉。弗朗辛没有大声尖叫或者奋力挣扎，可见她可能认得他，起码是面熟。没有人发现那天早晨有什么陌生人或者不怀好意的人进出过大楼。

由于这次攻击具有性攻击的性质，我们相信我们要对付的人与她年龄相仿。我们指出年龄范围在 25 至 35 岁之间，很可能就在 30 岁上下。单单根据这一条，我就可排除那个发现钱包的 15 岁小男孩（以及他那位 45 岁的父亲）作案的可能性。凭借以往的经验，我无法设想一个这么小年纪的人会那么野蛮地处置尸体。即便是蒙特·里塞尔，一个极端"早熟的"

系列杀人犯，也没有用这种手段作过案。如此高级的性幻想是需要若干年时间加以培育的。还有，这个 15 岁小男孩是个黑人。

尽管验尸时采集到了黑人的毛发，我相信我们要对付的是一个白人凶手。我们很少发现这类横跨种族界线的犯罪；如果确有发现，通常还有其他案发缘由。本案没有这类证据。黑人作案者没有这样分尸的。即使说有，也是极个别的。大楼的前任黑人门房一直没有交还钥匙，被认为是重大嫌疑人，可我并不这么看。从行为科学的角度考虑他不会是凶手，而且如果他出现，肯定会被某些住户注意到。

那根毛发把犯罪与一名黑人作案者连在了一起，我对此如何解释呢？警察们都想知道。我解释不出，这多少使我有些不大自在，可我依然坚持自己的见解。

这次犯罪是"高风险"的，而受害者是"低风险"的。她没有男朋友，既不是妓女、瘾君子、抛头露面的漂亮女孩，也不是远离家庭、住在环境不好的地区。这栋公寓楼 50% 为黑人住户，40% 为白人住户，10% 为墨西哥裔美国人住户。大楼里以及附近一带没有过其他类似的犯罪报告。任何攻击者都会挑选一个更加"安全"的地方进行性犯罪。这一点，再加上缺乏准备的作案方式，皆把搜寻目标指向了一个盲目行动的凶手。

综合其他因素一并分析，我便得出了一幅更加清晰的图像，弄清了杀害弗朗辛·埃尔夫森的凶手属于什么类型。凶手曾经令人发指地对尸体做了性器官分解，并在尸体上进行了手淫，但没有性交行为。非常明显，我们所寻找的这个成年男子缺乏安全感，性事方面不成熟，且功能低下。手淫是他对幻想了一段时间的某种仪式的表演。那粗暴的捆绑和性虐待的色情读物会激发有关手淫的幻想，这种手淫行为也标志着他是一个性功能低下的男子。请记住，他是在她昏迷或者死亡以后才将她的四肢捆绑起来的。他挑选的是一名小个子的文弱女子，还得实施闪电式袭击使其无法抵抗和变得非个性化，然后才将自己的幻想变为现实，这些只能更加证实了我心中的图像。假设他虐待的是一个活生生的、有意识的人，那么他的个性就会完全不同。实际上，他在与女性交往方面是困难重重的。如果他曾经约会过——我对此表示怀疑，他会去找更年轻的女性，那样他就更有机会进行支配和控制。

当类似弗朗辛的其他人出门上班时，他却在公寓楼周围转悠，这个事实告诉我，他没有一份有报酬的全日制工作。如果说有工作，那也是在打零工，很可能他是在晚间工作，不会赚很多钱。

我从中得出结论，他无法养活自己。这家伙不像许多油腔滑调的作案者，他无法对同龄人完全掩饰自己的古怪性格，这意味着他朋友不多，不会与他人同住一室。他可能习惯于晚间活动，因而不大在乎外表如何。既然不会同朋友住在一起，又没有独立生活的经济能力，他就会与父母住在一起，而我感觉可能性更大的是，他与单身父母或者诸如姐姐或姑妈一类的年长的女性亲属住在一起。他买不起汽车，这意味着他要么乘坐公共交通工具来到公寓楼，要么步行赶到那里，要么就住在大楼里。我认为他不会一大清早搭乘公共汽车来到那里的，他应该是住在大楼里，或者住在比如说方圆半英里的范围之内。

还有各种物品的仪式性摆放的问题，像割下的乳头、耳环、尸体的摆放等。此类强制行为告诉我，我要追捕的对象有着某些严重的心理问题和精神问题。我猜想他正在接受，或者起码接受过某种形式的医嘱治疗。这一点以及在清晨发案这一事实均表明，酒精不是促使他作案的一个因素。不管他的精神有什么毛病，他的情况正在恶化，身边的人应当有所察觉。

很有可能，他以前曾自杀未遂，很可能使用的是窒息手段，即杀害弗朗辛所使用的手段。我敢打赌，他要么正在，要么曾经在精神病医院接受治疗。正因为如此，我排除了他服过兵役的可能性，并且认为他或者是中学退学生，或者是大学退学生，有过一段壮志未酬的历史。我有理由肯定，这家伙是初次作案，不过如果逍遥法外，这就不会是他的最后一次作案。我认为他不会再度出击。这次犯罪足以让他歇息几个星期甚至几个月。然而，当情况变得顺利时或受害者有机会再度送上门时，他还是会出手的。这便是他在尸体上留下的讯息。

他把尸体摆放成有辱人格、代表某种仪式的姿势，这一点告诉我，他对所犯罪行没有什么悔过之意。要是尸体被掩盖上了，我就会认为把她的内裤蒙在她脸上这一行为是一种迹象，表明他多少还是有歉意的，并且希望给她留下某些尊严，然而尸体被暴露无遗则推翻了这一点。所以，脸部被蒙上，更多的是要使她非个性化，使她备受侮辱，而不是表示什么关心。

有趣的是，他确实用了她的衣物掩盖自己的粪便。假如他在现场排便后任其暴露，那就可被解释为是他仪式幻想的一部分，或者解释为他进一步蔑视受害者个体或女性总体的表现。但是他将其盖上了，这个事实表明，要么他在现场停留了很久，没有其他地方可去；要么他无法控制住自己的神经；要么二者兼而有之。根据以往的办案经验，我认为他忍不住要在现场排便有可能是服药治疗的结果。

警方接到这个画像后，重新审查了数目众多的嫌疑人以及被约见人名单。他们从中挖出了一个有性犯罪前科的嫌疑人，此人现已结婚并有了小孩。最初筛选出的名单上有 22 人，其中一人因十分符合画像特征而引起了关注。

此人名叫卡迈因·卡拉布罗，32 岁，失业的白人演员，与已丧妻的父亲住在埃尔夫森一家住的那座公寓楼，而且也住在 4 楼。他没有结婚，据称与女人交往有障碍。他在上高中时退了学，没有当兵的经历。当警察搜查他的房间时，发现了他收藏的大批反映性奴役和性施虐及性受虐的色情读物。他确实有过上吊和窒息之类自杀未遂的历史，有两次发生在埃尔夫森谋杀案之前及之后。

但是他有不在犯罪现场的证据。如我所推测的，警方曾经约见过他的父亲，如同约见过大楼里所有住户那样。卡拉布罗先生告诉他们，卡迈因是当地一家精神病院的常住病号，正在接受抑郁症治疗。于是警方很早就将他排除在嫌疑人之外。

有了画像作指导，警方立即对他进行了复查，很快就发现精神病院的门卫制度极为松散。至此他们可以得出结论，卡迈因在弗朗辛·埃尔夫森被害的前一天晚上未经请假就擅自外出，他简直就是大摇大摆地走出去的。

谋杀案发生 13 个月后，卡迈因·卡拉布罗被拘捕，警方获得了他的牙齿印模。后经 3 名牙科法医证实，他的牙印与弗朗辛尸体上的咬痕完全吻合。这便成为法庭审判时的关键罪证，尽管卡迈因在审讯过程中声称自己是无罪的。最终他的谋杀罪名成立，被判处无期徒刑。

顺便说一下，结果发现那根黑人毛发与本案无关。验尸官办公室非常仔细地审查了全部程序，发现将弗朗辛·埃尔夫森的尸体运至停尸房所用的运尸袋先前曾用来装运过一个黑人男性受害者，再次使用之前未能进行彻底清洗。这一情况说明，法医证据本身也能误导人，如果它不符合调查人员对案件的总体印象，在接受其为证据之前警方应当认认真真加以核实。

这个案子的侦破使我们感到非常得意。 我们更为得意的是在纽约与我们共事的许多人成了我们的信徒，而这批人可谓执法圈子里最敏锐、最老成的人士。在 1983 年 4 月的一期《今日心理学》上刊载的一篇论及画像计划的文章中，达米科中尉写道："他们把他描写得如此准确，以致我问过联邦调查局，他们为什么不把他的电话号码也一并告诉我们。"

文章发表以后，卡迈因从纽约州丹尼莫拉的克林顿教养院写信给我们，尽管文章中根本没有提及他和埃尔夫森的姓名。在这封杂乱无章、到处是语法和拼写错误的信中，他大致说了一些恭维联邦调查局和纽约市警察局的话，重申他是无辜的，并把自己与戴维·贝科威茨以及疯狂爆炸案中的乔治·梅特斯基归为一类人。他这样写道："我并不是要反驳你们对本案凶手的画像，事实上，我真的相信有两点你们是正确的。"

他接下去问道，我们有没有被告知尸体上有一根黑人的毛发，他认为他会因此被开脱罪责（这是我的用词，不是他说的）。接着，奇怪的是，他继续询问我们是何时得出画像的，以及是否掌握了全部罪证。假如我们掌握了全部罪证，他便打算就此罢休；如果我们没有的话，他还会给我们写信。

我认为应该抓住这个机会，把卡迈因列入我们的研究对象。于是在 1983 年 7 月，比尔·哈格梅尔和罗莎娜·拉索一同前往克林顿教养院访谈了卡迈因。罗莎娜·拉索是任职于行为科学科的首批女性特工之一。根据他们的叙述，他神情紧张，不过挺有礼貌并愿意合作，诚如他先前对待警察那样。他大谈特谈自己的无辜以及即将进行上诉，申明他因咬痕证据而被定罪是不公正的。他已把牙齿拔了个精光——这样"他们就不能再指控我了"，他不无自豪地展示了空无一齿的口腔。除此之外，他只是重复了一遍他在信里说的话，不过哈格梅尔和拉索认为，他似乎对他们所从事的工作很感兴趣，不肯让他们离去。就是待在监狱里，他一直还是个孤独者。

卡迈因·卡拉布罗在心理方面严重错乱，对此我不表示任何怀疑。他的案子、他的背景，以及我们对他的访谈，无不显示出他没有任何接近于正常状态的地方。同时我依然相信，他像大多数心理错乱的人那样是能够明辨是非界限的。内心产生这些怪诞错乱的幻想并不是犯罪，而选择实施这些幻想且危及他人性命则肯定是犯罪。

九

设身处地

到了 20 世纪 80 年代初期，我的年接案数量已经达到 150 件，而外出巡回教学的天数仍旧未减。我开始感觉自己就像那部家喻户晓的滑稽剧《我爱露西》中的主角露西·鲍尔。她是一家糖果厂的工人，努力想尽快接过传送带上的糖果，结果传送来的糖果越来越多，她也越发手忙脚乱地工作，生怕赶不上传送带的传送速度。实际上，期望通过赶进度来获得片刻的喘息是不可能的。

随着我们的工作及成果渐渐为人所知，请求援助的电报从全国各地乃至许多其他国家像雪片一般飞来。我就像急救室里的伤病员鉴别分类师那样，必须排列出案件的轻重缓急。强奸谋杀案因显然有进一步危害生命的危险，成为我关注的焦点。

对于那些旧案或者那些作案者似乎不再活跃的案件，我会询问警方为什么要请我们介入。有时那是因为受害者家人向警方施加了压力。这是肯定可以理解的，我总是对他们满怀同情，不过我实在无法把宝贵的精力放在分析一起当地警察都会束之高阁、不采取任何行动的案件上。

对于凶手正在作案的案件，注意它们是从哪里送来是很有趣的。在画像计划进行的初期，来自最大的警察部门——比如纽约市警察局或洛杉矶警察局——的案子总是让我顿生疑窦：他们到底为什么要找到在匡蒂科的我们科？有的时候，那是因为他们与联邦调查局在司法管辖问题上产生过摩擦，例如由谁取走监视录像带、由谁主持审讯、由谁对系列抢劫银行案提起公诉。不然的话，也有可能是该案涉及棘手的政治问题，而当地警方想找别人来当挡箭牌。在面对请求援助的信号如何做出反应的问题上，我要考虑上述因素，因为我很清楚，这些因素都将关系到某一特定案件能否被查个水落石出。

起初，我们提供的是书面分析报告。然而，随着案件数量呈几何级数上升时，我不再有时间这样做了。我会在研究案情的过程中做些笔记。然后我在对当地办案人员进行口头分析时——或者当面或者在电话上——还会再看一遍笔记，再回忆一下案情经过。通常，办案的警察会把我的分析录成翔实的笔记。我要是偶尔与哪个警察同在一室讨论案情，看到他只是一个劲儿地聆听而不做任何笔记，就会很快丧失耐心，并告诫他这可是他的案子而不是我的案子，要想得到我的帮助，他最好进入工作状态，像我一样勤奋努力。

由于接待来人次数很多，如同医生一般，我知道每一次"办公室谈话"应占多长时间。等到复审完案情，我便知道能不能帮上忙了，因此我一上来就将注意重点放在案发现场分析和受害者研究上。在如此众多的潜在受害者中为什么偏偏选中了这一受害者？她是如何被害的？从这两个问题出发，你就可以着手解答最终的问题：谁是凶手？

像福尔摩斯一样，我很快就认识到，罪行越是普通和常规，可资利用的行为证据就越少。对于街头拦劫案我帮不上多大忙。它们太普遍了，其行为太平凡了，故而嫌疑人数量非常巨大。同理，在推测案情方面，一处刀伤比多处刀伤提供的信息要少得多。一起户外案件要比一起室内案件更具挑战性。单一高风险受害者，例如妓女，不如系列高风险受害者提供给我们的信息要多。

我要过目的第一份东西就是验尸官报告，以便了解伤口的性质和类型、死亡原因、是否受到性侵犯——如果受到了性侵犯，属于什么类型。全国各地的警察管辖区数以千计，验尸官的报告也千差万别。有些人是真正的法医病理学家，其工作具有一流水准。例如，詹姆斯·卢克博士担任华盛顿市验尸官期间，我们总能够指望获得完整、详尽、准确的验尸报告。他从那一岗位退休以后，一直是备受我们科敬重的咨询专家。另一方面，我碰到过不少回，南方小城镇的验尸官是由当地殡仪馆馆长兼任的。他对于验尸的概念就是出现在现场，踢一踢尸体，然后说："没错，这家伙肯定死掉了。"

阅读完验尸调查结果之后，我就会研读警方的初步报告。当第一位警官赶到时，他看到了什么？从那一刻起，现场就可能会有所变动，或者由他或者由调查小组中的某个人造成。我认为十分重要的一点是，要使案发现场尽可能保持凶手离开时的原状。如果那已不是原状，我就想知道缘由。例如，如果被害人脸上盖有一个枕头，那是谁放的？警官初到时，枕头就在那里吗？是不是发现尸体的某位亲人为了死者的尊严放在上面的？抑或另有什么解释？最后，我会查看犯罪现场照片，印证我脑海里勾画的图像。

照片的质量并不总是上乘的，尤其在大多数警察局还在拍摄黑白照片的年月。因此，我还会要求绘制一份犯罪现场的简图，标出方位和脚印。

如果警探们有什么特别需要我过目的地方，我会要求他们写在照片的背面，这样我在初次查看照片时，就不至于被别人的观察结果所左右。出于同样原因，如果他们的名单中有一特定嫌疑人高居榜首，我也不想知道。我会要求他们封入信封寄给我，以保证自己的分析能够客观。

同样重要的是，要设法查明是否有任何物品从被害人身上或者从现场取走。一般而言，现金、贵重物品或名贵珠宝被拿走是容易被发现的，其中任何一项都会有助于了解作案者的动机。其他的物品就不总是那么容易被追查。

当警察或警探告诉我没有任何物品被取走时，我会追问："你是怎么知道的？你是不是要告诉我如果我从你太太或者女朋友的抽屉里拿走一个胸罩或者一条内裤你也能发现？如果真是这样，你就是一个病态的小伙子。"像条状发卡或一束头发这类小东西的丢失是很难被发觉的。在我的心目中，看上去没有什么东西不见了这一判断从来就不是一项确定的调查结果。当我们最终抓获作案者并搜查他的住处时，常常会发现意想不到的纪念品。

我很早就明白，无论在局里还是局外，不理解我们工作的人很多。1981 年时，我和鲍勃·雷勒斯在纽约开设了为期两周的探讨杀人犯的课程。这一期间，我对这一点有了深切的体会。大约有 100 名警探参加了培训，他们主要来自纽约市警察局，也有的来自纽约大都会区的司法管辖机构。

一天上午，在上画像课之前，我站在教室前面安装那台我们当年使用的 3/4 英寸索尼盒式磁带录像机。那位显然工作过度、筋疲力尽的警探两眼充满了血丝，晃到了我的身边，问："这是用来放画像材料吧？"

"是啊，正是这样，"我一边回答，一边转向那台四四方方的录像机，

"事实上，这就是一台画像机。"

他疑惑地望着我，就像是一个老成的警探在审视嫌疑人一样，不过他耐着性子看我工作。

"把你的手递给我，"我说，"我会向你展示它是如何工作的。"

他试探性地把手伸给我。这种盒式磁带录像机的磁带槽口相当大。我把他的手按到槽口之中，转动了几个调节器。在这期间，雷勒斯正在教室的别处，忙于准备他的教材。他听见了我们的对话，正准备走过来解围，以为这下子我可要挨揍了。

不过那家伙只说了句："那么我的画像如何呢？"

我说："你为什么不等到上课呢？你会明白它是如何工作的。"

当我在课上解释画像程序并将录像机用于真正用途（放映案例的录像）时，那家伙肯定弄明白了刚才是怎么回事了。所幸的是他下课后并没有找我算账。这虽是个玩笑，我却始终希望那么轻而易举就能拿出一份可用的画像报告。你不仅无法把手（或者身体其他任何部位）伸进一台机器，随即就能拿出一份画像报告，而且多年以来，计算机专家一直在与执法界官员密切合作编制程序，以期复制我们所运用的推理过程。迄今为止，他们尚未取得多大进展。

事实上，画像以及犯罪现场报告的完成远远不是简单地输入一些数据、让计算机嘎吱嘎吱运转一番就完事的。要想成为优秀的画像师，你必须能够理清形形色色的证据和数据。你同时还必须设身处地地从作案者和受害者的角度进行思考。

你必须在大脑里重塑犯罪现场。你有必要尽可能充分地了解受害者，设想出她可能会做出的反应。你必须把自己置身于被攻击者持枪、持刀、拿着石块、挥舞拳头胁迫的处境之中。你必须能够感受到她在攻击者逼进时的恐惧。你必须能够感受到她在被强暴、殴打、刀刺时的痛苦。你必须理解，发自恐惧和痛苦的尖叫是怎么回事，同时又意识到那是无济于事的，不会让他就此罢手。你必须知道那是怎么一回事。这是你迫不得已要承受的千斤重担，当受害者是儿童或老人时，情况更是如此。

在《沉默的羔羊》一片的导演和演员班子来到匡蒂科筹备影片拍摄时，我把在影片中饰演特工杰克·克劳福德——有人说是以我为原型的——的斯科特·格伦请进了我的办公室。格伦是个相当开通的家伙，笃信人是可以被改造和赎救的，人的本性是善良的。我给他看了一些我们每天都要面对的令人毛骨悚然的犯罪现场照片。我让他听了杀人犯在折磨受害者时亲手录制的现场录音。我给他放了两位十几岁的洛杉矶少女中的一个被蹂躏至死的录音带，地点是货车的后排座位，寻找刺激的两名作案者刚从监狱释放出来。

格伦收听录音时潜然泪下。他对我说："我没有想到居然会有人干出这种事情。"身为两个女儿之父的格伦聪慧、富有同情心，他说在我的办公室看过那些照片和听过那些录音以后，不再反对死刑了。"在匡蒂科的所见所闻永远地改变了我对死刑的看法。"

不过同样困难的是，我还必须把自己放在攻击者的角度，以他的思维方式进行思考，随他一同进行谋划，理解和体验他的满足感。因为就在人生的这一刻，他多年被压抑的幻想总算实现了，他终于可以控制局面了，可以完全操纵和支配另一个人了。我也必须设身处地地从作案者的角度去体会这一切。

在货车里蹂躏杀害两位少女的凶手名叫劳伦斯·比塔克和罗伊·诺里斯。他俩甚至还给货车取了个诨名：谋杀麦克。他俩是在圣路易奥比斯波的加州男子监狱服刑时认识的。比塔克因使用致命凶器攻击他人而入狱服刑，诺里斯则是强奸犯。他们发觉彼此在支配及伤害年轻女性方面都有兴趣，于是一拍即合。两人一同在 1979 年获得假释后，在洛杉矶的一家汽车旅馆碰头，制订了行动方案，决定在 13 至 19 岁之间的每一个年龄挑选一个少女实施绑架、强暴、凌辱和杀害。他们成功地对 5 位少女执行了行动方案，其中一名被强暴之后设法逃出了虎口，向警方报了案。

诺里斯是两人中支配欲较少的一个，最后屈服于警方的严密审问，招了供，并且以免于死刑作为交换条件，同意指认更具性施虐狂和更富攻击性的比塔克。他带领警察前往多处掩埋尸体的地点。其中一具尸体在加州的烈日暴晒下早已变为一堆白骨，耳孔里还伸出一把冰锥。

这些原本前程似锦的少女备受蹂躏、惨遭杀害的令人心碎的悲剧竟是为了诺里斯口口声声说的"取乐"目的而酿成的。除此之外，本案令人关注之处在于，两名作案者共同参与了同一起犯罪，却表现出不尽相同的行为特征。我们通常看到的情况是：一人更具支配欲，一个同伙比较顺从；往往一人有条理性，另一人缺乏条理性。系列杀人犯首先都是一类有欠缺感的人，而那些作案时需要同伙参与的人则是欠缺感最甚的人。

他们的罪行骇人听闻（劳伦斯·比塔克是我所接触过的最令人厌恶反感的人），不幸在于两个臭味相投的人走到了一起。

像劳伦斯·比塔克和罗伊·诺里斯一样，詹姆斯·拉塞尔·奥多姆和小詹姆斯·克莱顿·劳森也是在监狱里相识的。那是在 70 年代中期，两人皆因强奸罪被关押在加州的阿塔斯卡德罗州立精神病医院服刑。如今回过头来看看他们的犯罪记录，我会把拉塞尔·奥多姆看成精神变态者，把克莱顿·劳森看成精神分裂症患者。在阿塔斯卡德罗服刑期间，克莱顿煽动性地对拉塞尔描述起他出狱以后意欲采取的行动方案。他自称这是受到了查尔斯·曼森及其追随者的启发。劳森讲得很明确，性交不在其方案之中。他并不认为这是"他要做的事情"。

另一方面,奥多姆把性交看成是他要做的一件大事。一放出监狱,他就驾驶着他那辆 1974 型天蓝色大众甲壳虫车,一路越野开到南卡罗来纳州的哥伦比亚。劳森假释之后与父母住在此地,干的是管道安装工。(我前面曾提过,大众牌甲壳虫车似乎是系列杀人犯当年的首选用车,没有积蓄的联邦调查局特工也爱选这种车。)奥多姆认为他俩兴趣既相通又有不同,可以组成一对各得其所的好搭档。

奥多姆抵达几天后,两个人就开着劳森父亲的那辆福特彗星车外出寻找下手对象。他们在一号公路上的一家便利店门前停下了车,相中了站柜台的一名年轻女性。只因附近人太多,他们只好离开,去观看了一场三级片。

我想有必要在此强调一下: 当他们意识到可能会受到反抗或被人目击,无法成功地实施绑架时,没有作案就离去了。这两个人都患有精神病,而从劳森的情况来看,他完全能被认为是精神失常导致犯罪。然而,当情况不利于他们成功实施犯罪时,他们就强忍住不干。他们并不处于那种无法控制自己行为的状态。所以我想重申一遍: 根据我的观点和经验,光是患有精神失常症并不能让凶犯开脱罪责。除非他完全受妄想摆布,无法理解其在现实世界中的行动,否则他就是对要不要伤害他人做出了选择。真正的疯狂之徒是不难抓获的,系列杀手则不然。

首次出猎的次日晚上,奥多姆和劳森驱车来到一家"免下车"电影院。电影放完时已是午夜过后,他们又驱车回到那家便利店。他们进了店,买了几样小东西,一瓶巧克力牛奶、一袋花生、一瓶泡菜。这一次,店里只有他们两名顾客,因此奥多姆便用 0.22 口径手枪劫持了那位女店员。劳森口袋里还装有一把 0.32 口径手枪。之后有名顾客发现商店无人照看，便报了警。警察赶到时发现，收银机没有被动过，女店员的钱包还放在柜台后面，什么贵重的东西都没有被拿走。

两人驱车来到一个僻静处。奥多姆命令她脱光衣服，然后在车子后座上强暴了她。而劳森则站在驾驶座一侧的车门旁，敦促奥多姆动作快一点，好轮到他上阵。5分钟后，奥多姆已经完事，扣好了腰带，钻出了车子，让劳森接手。

奥多姆离开了车子，据他说是去呕吐。劳森后来辩称，奥多姆告诉过他：“我们得干掉她。”尽管劳森得到那个女子的保证，要是放她一条生路，她不会告发他们。不管怎么说，5分钟以后，奥多姆听见那个女子在车上大声尖叫道：“哦，我的喉咙！”等到他返回车子时，劳森已经切开了她的喉咙，正在肢解她裸露的尸体，所用的小刀正是他前一天晚上从那家便利店购买的。

第二天，两个人坐着奥多姆那辆大众牌车，处理了已打成两捆的被害人衣物。有人在很显眼的地方发现了惨不忍睹的被肢解的尸体，凶手在案发几天之后即被拘捕。拉塞尔·奥多姆由于贪生怕死，很快就招认了强奸罪行，但矢口否认参与谋杀。

克莱顿·劳森在致警方的陈述中说得明明白白，他没有与受害者发生性交。“我并没有强暴那个女子。我只是想毁灭她。”

他们分别受到了审判。奥多姆被判处无期徒刑外加40年徒刑，罪名是强奸、非法持有武器和在谋杀案发前后充当帮凶。劳森被判犯有一级谋杀罪，于1971年5月18日用电刑处死。

如同比塔克和诺里斯一案那样，由于两个不同个性的人参与作案，此案呈现出混合的行为特征，行为方面的证据体现了这一点。分尸是一种破坏人格的行为，而在受害者体内发现有精液则强有力地表明了凶手的有条理的个性。我们在匡蒂科以奥多姆和劳森一案作为教材。当我接到来自宾州洛根镇警察局局长约翰·里德打来的电话时，就下意识地想到了这个案子。那时我还是刚开始从事画像这一职业。里德是全国学院的毕业生。通过调查局约翰斯敦常设办事处的特工戴尔·弗赖伊的牵线，他和布莱尔县地方检察官小奥利佛·马塔斯请求我们给予援助，以侦破一位名叫贝蒂·简·谢德的年轻女子被奸杀和分尸的案件。

他们提供给我的事实如下：

大约一年以前，在 1977 年 5 月 29 日，这位 22 岁的女子代人临时照看小孩。下班后，她于晚上 10 点 15 分步行回家。4 天之后，一位自称在野外散步的男子被她那具严重分尸、但保护完好的尸体绊了一跤，地点在靠近阿尔图纳的伍普索诺克山山顶一处非法堆放垃圾的场地。她的一头金发已被剪掉，悬挂在邻近的一棵大树上。该县验尸官查尔斯·伯基向当地报界披露说，这是他所看过的"最惨不忍睹的"死亡。他发现，贝蒂·简·谢德遭受了性强暴，下颌骨被打裂，眼眶被打成一片青肿，身体遍布刀伤。死因系头部遭受致命一击。肢解的尸体上有无数处刀伤，两只乳房被割下。

她胃里的食物部分消化，这说明她失踪之后不久即遭杀害。但她的尸体保存得过分完好，不可能已在弃尸地点摆放了 4 天。没有发现通常会出现的幼虫侵扰寄生或者被动物咬烂的现象。况且警方一直在调查往山区非法倾倒垃圾的有关投诉，因此弃尸要是发生在几天之前，他们自己也会发现尸体的。

我仔细复查了里德寄来的案情卷宗，提出了一份画像，在一次长时间电话商谈中做了叙述。在这次商谈中，我竭力想教会警察掌握画像的原理以及我们所要寻找的东西。我认为，他们应该搜寻的是一位白人男子，年龄在 17 至 25 岁之间，不过我指出，如果他居住在很偏远的地区，年龄可能要大一些，因为他的社交发展可能会较迟缓。他的体型精瘦结实，个性孤僻内向，不大可能是中学里的神童，可能迷恋于色情读物。他的童年背景会是很典型的：功能不全的离异家庭，父亲缺席，母亲主宰一切且过分袒护孩子。她可能给他灌输了这一思想，即除了她以外，所有女人都是坏女人。这个作案者会因此惧怕女性，无法与女性正常来往，这便是他非得如此迅速致使她失去知觉或无力反抗的原因所在。

他非常熟悉她，这从面部的严重创伤可以看得很清楚。他内心积聚了巨大愤怒，想方设法要通过毁坏面容、胸部以及阴部将她非个性化。剪掉头发在我看来别有一层含义，尽管这也可以被认为是一种非个性化的企图。我从对被害人的研究中得知，谢德是一位整洁细致的人，对自己的一头悉心梳理的秀发十分自豪。所以，剪掉头发是一种侮辱，一种贬损性质的举动。而这一点又暗示出案犯与她非常熟悉。然而没有发现任何死前被性施虐或蹂躏的迹象，这与比塔克和诺里斯一案是不同的。他这种人是不会从施加折磨中获得性满足的。

我告诉警方，不必费神去寻找"类似沿街兜售二手车的推销商那样性格外向的人"。如果这家伙有一份工作，也是不大体面的工作，如看门人或其他蓝领工作。把尸体弃置到那种垃圾场的人必定从事的是不大体面的工作，或许是与泥土或污垢打交道的。劫持的时间在晚上，乳房被割下，尸体明显被移动过，以及最后重返弃尸地点，这一切都告诉我，他是主要在夜间活动的人。我预计他会上墓地，或许会参加葬礼，会心存幻想，让自己相信曾经与贝蒂·简有过一段"正常的"关系。为此缘故，我认为就算警方抓获了嫌疑人，对他使用测谎器也几乎是没有用处的。凶手的住处极有可能就介于她的家与她临时照看小孩下班所离开的地方之间。

虽然缺乏实施拘捕所需的任何确凿证据，警方告诉我，他们已掌握了两名他们认为有重大嫌疑的人。一个就是与她同居的男朋友及自称的未婚夫小查尔斯·索尔特，人称"大老粗"。他肯定得作为重点考虑对象。但是警方明显倾向于另一个人：那个发现了尸体并且提供的说法前后不一致的人。他是铁路上的技工，因伤残而离职。他声称自己正在野外散步，不料却在一处醒目的垃圾场发现了尸体。一位外出遛狗的老年人说，他曾多次看见这个人在现场撒过尿。他的穿着并不适合于野外散步，况且当时天还在下雨，他却浑身上下都是干的。他的住处离贝蒂·简·谢德的家只隔了4条街，曾经数次试图让她搭车却未得逞。他与警方打交道时神情紧张，并且自称害怕去报警，因为他不想卷入此案。这是作案者前摄性地主动站出来，投身调查工作，企图将怀疑视线从自己身上引开时的一种惯用借口。他喜欢喝啤酒，香烟抽得很凶，肯定十分强壮，足以独自杀人并处理尸体。他有过反社会的行为史。他和他太太声称，在案发当晚，他们待在家中收看电视，这并未给他们提供强有力的不在犯罪现场的证据。我告诉警方，像这样的人是会去聘请律师并在以后采取不合作的态度的。根据警方的报告，后来的事态确实如此。他请了一位律师，拒绝接受测谎器测试。

　　这一切都使得破案在望。不过最令我困惑的是，他已经结婚，与妻子生活在一起，有两个孩子。这不该是他应有的风格。如果是已婚男子进行的谋杀，他会对女性大肆进行性施虐。他会延长杀人的过程，会在她死前施以更多的凌辱，但是不会在死后分尸。另外，他年满30，让我感觉年龄偏高。

　　我倒是觉得索尔特似乎可能性更大。他几乎符合所有画像的要点。他年龄很小时父母就已离婚。母亲是主宰型的女性，过多地干预着儿子的生活。26 岁的他在同女性交往方面显得笨拙无能。他告诉警方，他一生中只有两次性交经历。两次都是同一位年岁较大的女子发生的，而且由于无法勃起还遭到了她的嘲笑。他说他和贝蒂·简爱得很深，已经订了婚，虽然说她与其他男人有约会，且有性关系。我确信，倘若她还活着，便会有一种全然不同的说法。他说他在葬礼上真想挖出棺材，爬进去与她同眠。在接受警方的约见时，他为痛失贝蒂·简哭个不停。

警方报告说，"大老粗"·索尔特及其兄弟迈克皆是垃圾运输工人。

"天哪，这听起来很不坏呀。"我回答说。

他们可以自由出入垃圾场，有理由熟悉那个地方或上那里去，还有运送尸体的工具。

尽管我倾向将"大老粗"视为嫌疑人，有两点却让我困惑不解。首先，如我所预料的，他多多少少是个笨蛋，个头不比谢德高多少。我认为他没有力气搬运尸体，或者把尸体摆放成蛙状姿势，即两腿叉开、膝盖弯曲——尸体被发现时就是呈这一姿势。其次，被害人体内发现了精液，这说明这是一起传统意义上的强奸。要是在死者的身上、内裤上或其他衣服上发现了精液，我才不会感到意外呢，但是这种情况则显得蹊跷。这家伙应当像戴维·贝科威茨那样是个行手淫者，而不是强奸者。他不得不以间接形式才能获得性满足。事实与我的画像不投。

这是一种有条理和无条理相混合的表现形式，在不少方面类似于纽约的弗朗辛·埃尔夫森被杀一案：同样是一开始实施突然袭击，然后毁容、割掉生殖器官——埃尔夫森的乳头被割下，而谢德的整个乳房被割掉。

不过在纽约的那起案子中，体格强壮的卡迈因·卡拉布罗把瘦小的受害者搬上了几层楼，然后弃置在那里，射精全系手淫所致。

由于心中牢记着奥多姆和劳森一案的教学内容，我认为只有一种可能性是合乎逻辑的。我相信事情的经过大概是这样：贝蒂·简照看小孩下班后，"大老粗"·索尔特在街上遇见了她。他俩发生了口角，他动手揍了她一通，可能打得她失去了知觉，然后将她转移到一个僻静的地点。我还相信他可能给予了她致命的一击，又剪去了她的头发，分解了尸体，将乳房留作纪念品。但是在她最初受到攻击到她被害期间，她惨遭了强暴，而我认为像索尔特这样一个无条理、性功能低下、备受母亲支配的年轻人没有本事干这事。而且我认为不是他自己搬运尸体的。

"大老粗"的兄弟迈克是合乎逻辑的第二嫌疑人。他来自同样的家庭背景，干的是同样的工作。他在精神病医院待过一段时间，有暴力犯罪记录、行为方面的问题以及缺乏控制愤怒的能力。主要区别在于他已结婚，尽管他俩专制的母亲也主宰着他。贝蒂·简·谢德被劫持的当晚，迈克的妻子正在医院生产。她的怀孕对他来说是一大紧张性刺激，而且也剥夺了他发泄性欲的机会。"大老粗"进行袭击以后，惊慌失措地叫来了他的兄弟，而迈克强暴这个年轻女性时，"大老粗"就站在一旁观看，并在杀害她之后一道处理了尸体。

我告诉警方，采用一种间接的、不打草惊蛇的途径会取得最佳效果。可惜他们早就约见过"大老粗"好几回，还对他做过测谎器测试。我就知道会这样：测试结果显示他没有欺骗行径，但有不恰当的情绪反应。我认为眼下最有效的途径就是，集中火力攻击迈克，反复强调他只不过是与谢德发生了性关系并协助处理了尸体。如果到了这一步他还不肯合作，他就要和他兄弟一样大难当头了。

这一招果然管用。两兄弟以及他们的姐妹卡西·威辛格同时被捕。卡西自称是贝蒂·简最要好的朋友。据迈克供认，卡西也参与了处理尸体。

那么都发生了什么事情呢？我相信，"大老粗"一直企图与那位颇具性吸引力的、性事经验丰富的女性发生性关系，却始终未能得逞。他的愤恨郁积在胸，后来很容易就发作起来。他攻击谢德之后感到胆战心惊，叫来了他的兄弟。可是，迈克能够与她发生性关系而他却不能，这使得他胸中的怒火更旺。他怒气难平，于是 4 天后他分了尸，由他"最后做了了结"。

受害者的一只乳房被人找到了。迈克告诉警方，"大老粗"收藏了另外一只，我对此不感意外。无论他把它藏在了何处，从来没有被人找到。查尔斯·"大老粗"·索尔特被判犯有一级谋杀罪；迈克经过申诉被关进了精神病院。里德局长公开表示，调查工作之所以得以推进，他们之所以能从凶手口中得到供词，我们起到了直接的推动作用。我们同样为拥有像他这样一位当地合作伙伴感到庆幸。他接受过我们在破案手法方面的培训，懂得警方和匡蒂科之间合作所需要的程序。

正是有了这种合作，我们才能在杀人凶手及其同谋有机会再度出手之前将他们缉拿归案。里德局长和他手下的男女警官们继续在宾州洛根镇维持社会治安，我则重新回头去攻克那 150 多件仍在查办的案件，同时希望设身处地地从加害者和受害者的角度进行思考至少能够帮助我侦破其中的一起。

十

人人都有弱点

多年前的一个晚上，在我磕磕绊绊的大学生活宣告完结回到家中时，我同父母亲在长岛的尤宁代尔餐馆共进啤酒和比萨馅饼。正当我一口咬下馅饼时，母亲神色忧郁地问我："约翰，你有没有与女人发生过性关系？"

我竭力想吞咽下那口馅饼。在 60 年代中期，19 或 20 岁的小伙子可不习惯被母亲这么追问。我转向父亲，期望他能解围，可是他却摆出一副冷冰冰的面孔。他同我一样感到措手不及。

"哎，有没有过？"她逼问道。她姓福尔摩斯可不是平白无故的。

"呃……有过吧，妈妈。我是有过。"

我看见母亲的脸上风云突变。"那么，她是谁？"她又问。

"呃……好吧……"我走进餐馆时的好胃口好像丧失了。"实际上，有过好几位。"我没有如实告诉她其中一位才十五六岁，是在博兹曼未婚母亲之家认识的。不过你们大概会以为，我应该索性向她招认我把她们分尸了，尸体就藏匿在地下室里。"现在谁还会要你做丈夫呢？"她感叹道。

我再次转向异常沉默的父亲。别装蒜啦，爸爸！快来帮帮我!

"哦，我不清楚，多洛里丝。如今这种事算不上什么大事。"

"这永远是一件'大事'，杰克，"她反驳道，然后又转向我，"约翰，要是你未来的新娘子有一天问起你，在认识她之前你有没有与别的女人发生过关系，那该怎么办？"

我停止了咽食。"哦，妈妈，我会对她讲实话的。"

"不，不要讲实话。"父亲尖叫起来。

"你这是什么意思，杰克？"母亲问道。好样的，爸爸，让我们瞧瞧你这回怎样收场吧。

这次审问在不愉快的气氛中收场了。我说不准是否从这次冲突中得到了什么收获。要么我如实告诉帕姆我的过去，要么让她对此抱有疑虑。无论如何，她的确同意嫁给我，尽管母亲曾担心没有人愿意嫁给我。不过，当我成为一名联邦执法官员、画像师和犯罪行为及心理学方面的专家时，再从我的角度回过头来看待这场审问，我从中悟出了一个重要的道理。即使像我这样经历过各种训练且富有分析经验的人，倘若再次面对母亲的追问，仍然不能答得更好!

那是因为她戳到了我的痛处，我不得不说实话。

我再给你们举个例子。自从成为联邦调查局首席画像师以来，我亲自挑选和训练了所有其他画像师。因此，我与曾在科里工作过的所有男女下属关系融洽、合作紧密，其中大多数人已经凭借自己的实力成为耀眼的明星。不过，假如可以说我曾经有过一名得意门生，那便是格雷格·库珀。格雷格 30 岁刚出头时，放弃了在犹他州一个城镇的警察局局长这一颇有身份的工作来到这里。他在一次执法研讨会上听过肯·兰宁和比尔·哈格梅尔的演讲，于是决定加盟联邦调查局。他在西雅图外勤站表现不俗，但一直向往来匡蒂科的行为科学科工作。他曾经要求查阅并研究过我对格林河杀人案所做的画像和分析。在我飞往西雅图参加有观众参与的一个特别电视节目《搜捕凶手》期间，他自愿担任我的司机和向导。当我出任重新改组的调查支援科科长时，格雷格正供职于调查局设在加州奥兰治县的常设办事处，居住在拉古纳尼古尔。我把他调到匡蒂科，他后来成为出类拔萃的人物。

刚刚调到科里时，格雷格被分配与让娜·门罗共用一间无窗地下办公室。让娜在干特工之前曾在加州做过警官和调查杀人案的警探。她身上的优秀品质多多，巧得很，还是一位魅力无限的金发碧眼的美女。换句话说，她集全部优点于一身。可以说，不会有什么男人会拒绝同让娜在一起办公。然而格雷格偏偏是一个虔诚的摩门教教徒、一个正直专一并注重家庭的男子汉，身边有 5 个可爱的孩子和一位迷人的妻子，朗达。对于朗达来说，从阳光明媚、天堂一般的加利福尼亚迁到闷热潮湿、令人困乏的弗吉尼亚是一个重大的牺牲。她每每问及他的办公室同事时，格雷格总是支支吾吾，竭力想转移这一话题。

终于，在他到我们科大约 6 个月以后，格雷格带着朗达参加了科里举办的圣诞晚会。我因外出办案，当时不在场，但是天性活泼的让娜倒是出席了。在晚会这类场合，她自然选择穿一套精致素雅、剪裁合身的低领口红色晚礼服。

我回来以后，科里的二把手、接替我出任画像项目经理的吉姆·赖特告诉我，朗达与格雷格在晚会之后大动干戈。他整天与一位楚楚动人、性格强硬的漂亮女特工待在那么狭小的空间里，而她在舞场上还同在靶场上一样游刃有余，对此朗达极为不开心。

于是我让秘书把正在开会的格雷格叫出来，就说我想立即见他。他神色忧郁地来到我的办公室。他刚调来半年，而这里是他梦寐以求的地方，所以他真心实意想把工作做好。

我抬起头望着他，说："格雷格，把门关上。请坐吧。"他坐了下来，被我的口气弄得更加心神不定。"我刚刚跟朗达通完电话，"我接着说，"我知道你碰上了一些麻烦。"

"你刚刚跟朗达通完电话吗？"他甚至不敢看我一眼，两眼直愣愣地盯住办公桌上那台有呼叫指示功能的电话机。

"听着，格雷格，"我以咨询者那种最令人安慰的口气说，"我是想给你打打掩护，但如果你和让娜一道上街，我就无计可施了。这种事你必须自个儿应付。朗达显然了解你和让娜之间的事情……"

"我和让娜之间根本就没有什么事情！"他气急败坏地说。

"我清楚干这种工作会遇到不少压力。可是，你有一位很了不起的娇妻以及几个可爱的孩子，可不要前功尽弃呀。"

"约翰，情况并不像你想象的那样，也不是她以为的那样。你一定要相信我。"这期间，他的两眼一直盯住那台电话机，没准他在琢磨，假如集中意念，他就能引燃电话机，把办公桌烧着。他出了一身冷汗。我看见他的颈动脉跳个不停。眼看他就要不行了。

在此关头，我见好就收场了。"看看你吧，你这个可怜虫！"我得意地大笑起来。"看你还敢自称是审讯人员？"当时他正在为《犯罪分类手册》撰写有关审讯的章节。"你做过什么亏心事吗？"

"没有，约翰。我可以发誓！"

"你瞧瞧！你就这样听任我的摆布！你完全是清白无辜的。你曾经干过警察局局长。你是经验丰富的审讯人员。然而我却能够把你当成傻瓜一样玩弄。你还有什么要说的？"

就在那一刻，他如释重负，汗珠从他那秃顶的头上流了下来。他没有什么要说的了，不过他明白了我这番谈话的中心意思。我可以这样任意摆布他，我也曾经被别人以同样成功的方式整治过，而且当那种局面再度出现时，我照样会成功地被人整治。

我们都是有弱点的。不管你多么博学，阅历多么深广，多少次成功地审讯过嫌疑人；也不管你是否掌握了技巧。我们每个人都可以被制服——只要你能设法找出我们有哪些弱点以及在什么情况下会暴露弱点。

我是在早年为一个案子进行画像时悟出这个道理的，从此便多次在办案时加以运用，而不仅是对我的科员进行言传身教时才运用。那是我头一回布置审讯场景。

1979 年 12 月间，佐治亚州罗马市常设办事处的特工罗伯特·利里打来电话，讲述了一起极其恐怖的案件，请求我给予优先处理。一个星期前，一位住在离罗马市只有半小时车程的阿代尔斯维尔的 12 岁漂亮小姑娘玛丽·弗朗西斯·斯托纳在她家车道口处下了学校班车以后就失踪了，她家离公路大约有 100 码远。

后来她的尸体在大约 10 英里以外的一处长满树木的恋人小径一带被一对年轻夫妇发现，他们首先注意到了蒙在她脸上的那件鲜黄色外衣。他们报告了警察，原封不动地保护了现场，因为他们考虑到这一点是至关重要的。死因被确认为脑部受到钝器重击。验尸结果发现，颅骨破裂是大石头敲击造成的。（案发现场的照片显示，她的头部附近就有一块血迹斑斑的大石头。）颈脖处的伤痕还显示，有人从背后用手将其卡死。

在翻阅案情卷宗之前，我想尽可能充分了解有关受害者的情况。人人都对玛丽·弗朗西斯·斯托纳赞不绝口。人们都说她待人热情友好，善于交际，讨人喜欢。她长得很可爱，天真无邪，在学校担任乐队女指挥，经常穿着指挥制服去上学。她是个人见人爱的 12 岁小女孩，看上去就是 12 岁，绝不会装成 18 岁那般老练。她没有性乱行为，从未染指毒品或酒类。验尸结果清楚地表明，她遭到强暴时还是处女身。归根结底，她就是我们描述过的那种出自低风险环境下的低风险受害者。

在听罢案情汇报、听完利里的描述以及研究了案情资料和现场照片之后，我简略地写下了半页纸篇幅的纪要：

画像

性别——男

种族——白人

年龄——二十四五岁至二十八九岁

婚姻——已婚；婚姻有麻烦或已离异

兵役——可耻的逃兵，从事医护工作

职业——蓝领阶层：水电工

智商——中等到中等偏上

教育程度——至多中学；辍过学

犯罪记录——纵火，强奸

个性——自负，傲慢，已通过测谎器测试

车辆颜色——黑色或蓝色

审讯——直接，投射①

这是一起随机性的强奸案，杀人不是有预谋或故意的。尸体上的衣物

---

① 心理学术语，指个人意念、欲望等的外化。——译者

看上去凌乱不齐，显示出玛丽·弗朗西斯是在逼迫之下脱去衣服的，强暴以后又被允许匆匆穿上衣服。从照片上我可以看出，有只鞋尚未系好鞋带。调查报告中指出她内裤上沾有血迹。她的背部、臀部和双脚都没有杂物，这表明她是在车子里，而不是在尸体被发现的林地上被强奸的。

在仔细观察那些相当常规的犯罪现场照片时，我明白发生了什么事。我可以设想出此案的全过程。

由于玛丽·弗朗西斯年幼、性格外向、容易相信别人，在一个像学校班车停靠点这样毫无威胁的环境中，是可以被人轻易接近的。凶手很可能哄骗她走近他的车子，然后把她拽上了车或者持枪或持刀胁迫她上了车。发现尸体的地点非常偏远，这表明他熟悉这一地区，知道他在那里是不会被打扰的。

从拐骗地点来看，我断定这不是一起有预谋的犯罪，而是在他驾车经过时才决定下手的。诚如奥多姆和劳森一案所显示的，倘若另有人在恰当的时间碰巧出现在现场，罪犯就不会得手。正是因为小女孩伶俐可爱和性格开朗，凶手的内心才受到幻想的刺激，才把她那天真烂漫的友好态度错看成是愿意与他玩性游戏的表示。

当然，实际上，事实真相打破了他的幻想。她对他的施暴感到惊恐，在极度痛楚中会大声呼救或者央求他饶命。他多年来的幻想是一回事，可是现实却是另一回事。面对小女孩，他失去了对局面的控制，同时意识到情况已经被他弄得一团糟。

在此节骨眼上，他意识到他惟一的出路就是杀人灭口。可是她又害怕性命难保，所以控制住她要比他想象的还要困难。为了让事情更好办，为了让她更能配合和顺从，他告诉她赶紧穿好衣服，他会放她一条生路——要么他会让她自己逃走，要么他会把她绑在树上自己离开现场。

但她刚刚转身要走时，他从后面上来勒住她的脖子。他也许能把她勒个不省人事，可那需要上半身使出很大的力气。他先前就控制不住她，现在就更没法勒死她了。他把她拖到一棵树下，就近抓起一块大石头，朝她头部猛击三四下，致使她丧了命。

我感觉凶手与玛丽·弗朗西斯并不很熟，只是在城里见过几面，但足以使她一见面就认出他，也足以使他对她想入非非。有可能他看见过她身穿那套小号指挥服去上学。

从用外衣盖住她头部这一行为中，我知道我们要缉拿的作案者对犯罪感觉并不太好。我也知道时间越长对警方越不利。从这类案子以及这类智慧型、有条理的凶手的情况来看，凶手会对犯罪进行思考、进行自我辩解、认定过错应归咎于受害者而他的行动是正当合理的。这一思考过程越长，就越是难以让他坦白认罪。即使他接受测谎器测试，结果顶多也就是得不出结论。一旦他感觉调查工作有所降温，他的离去不会引起人们的怀疑，他就会潜逃到国内另一地区，到那时再跟踪他就会难度很大，而另一个小女孩将要面临危险。

在我看来，作案者显然就住在这一带，几乎可以肯定警察曾约见过他。他会表现出很配合刑事调查工作，但相当傲慢。如果警察起诉他，他是不会被整垮的。我告诉警方，这么复杂的案子的作案者不会是头一次犯罪，尽管很有可能这是他头一次杀人。他那辆蓝色或黑色汽车可能已使用了好几个年头，因为他买不起新车；不过车子性能还不错且保养得很好，车里的每一件物品会摆放得井然有序。根据我以往的经验，像他这样做事有条不紊、具有强迫①性格的人一般都喜欢深色汽车。

---

① 即 compulsive，心理学术语，指行为受难以抵抗的冲动左右。——译者

在听罢这番推断后，电话那头的一个警官说："你描述的这个家伙不正是我们刚刚放走的一个嫌疑人嘛。"他还被列为另一案件的嫌疑人，完全符合这一画像。他的名字叫达雷尔·吉恩·德维尔，一个白人男子，24岁，曾经两度结婚又离婚，目前与首任太太同居。他在佐治亚州罗马市做树枝修剪工作，是该市一起13岁女孩遭强奸的案子的重大嫌疑人，但是从未被起诉过。第一次离婚后，他进了陆军部队服兵役，因擅离职守于7个月后被解除了兵役。他驾驶一辆已有3年车龄的黑色福特平托车，车况良好。他承认，青少年时因私藏莫洛托夫鸡尾酒而被拘捕过。他八年级时就已辍学，不过智商测验显示，他的智商在100至110之间。

警方曾经约见过他，问他是否看到或听到了什么。他在玛丽·弗朗西斯被劫持的前两个星期一直在斯托纳一家居住的街道为供电公司修剪树枝。警察告诉我，他原定就在当天要接受一次测谎检查。

我告诉他们，这并不是什么好主意。他们不会从测谎中有所获，而且这样做只会提高嫌疑人对付审讯程序的能力。当时，我们在审讯嫌疑人方面并不具备丰富的现场经验，但是从对囚犯访谈以及从正在进行中的系列杀人犯研究中，我认为我心里有数。果然不错，他们次日打来电话告诉我，测谎器未能测出什么结果。

既然他知道能够战胜机器，我认为只有一种办法可以逼其就范：将审讯放在晚间进行，地点就设在警察局。让嫌疑人一上来感觉比较自在，目的是使他面对审问时容易暴露出薄弱环节。这样的安排会向他发出一个讯息：我们是认真严肃的，是忠于职守的。他明白这回不会有类似吃午饭或晚饭那样可以任意放松一下的机会了，同时也明白如果他表示了屈服，他是不会被当成战利品吊起来示众的。要让当地警察局与调查局亚特兰大外勤站一同主持审讯，以体现出统一战线的形象，也暗示出美国政府是全力以赴在对付他的。把标有他姓名的一叠叠档案袋堆放在他面前的桌子上，即使里面放的全是白纸也无妨。

最要紧的一点是：不要做任何说明，只把沾有血迹的石头放在一张矮桌子上，与他的视线保持 45 度角，这样他不得不转一下头才可看到。要密切注意他的所有非言语线索——他的行为、呼吸、冒汗、颈动脉的搏动。如果他就是凶手，他是无法视而不见那块石头的，尽管你对它及它的来历只字不提。

我们需要营造一种氛围，使被我称为"如坐针毡的因素"起作用。我实际上是在把斯托纳一案作为我的理论的试验品。我们后来完善了不少破案技巧，其试验基础均出自于此。

他不肯招供，我们则穷追不舍。佐治亚州可是有死刑的；即使他只是被判监禁，猥亵儿童的罪名也会让他在第一次冲淋浴时就遭到骚扰。所有其他囚犯都会伺机伤害这家伙。

要使用带有神秘性的微弱灯光，审讯场合一次不要超过两名警官或特工在场，最好是一名来自调查局、一名来自阿代尔斯维尔警察局。你必须做出暗示，你已掌握了凶手的情况，知道他内心正在思考些什么以及承受的压力。不管那多么令你作呕，你必须投射出你的看法，即应当怪罪那个受害者。要暗示出是她在勾引他。要询问他，是不是她当时在引诱他、撩得他急不可耐，是不是她以敲诈手段来威胁他。给他提供一个挽回面子的机会，给他一个解释自己行动的途径。

我的办案经历告诉我：在钝器致伤或持刀杀人的案件中，攻击者难免会沾上被害人的血。这种事情很常见，你完全可以加以利用。我指出，当他开始闪烁其词时，哪怕只是稍微有点这种迹象，你只管直视他的眼睛，告诉他最让人困惑的事情是：他身上沾有玛丽的血。

"吉恩，我们知道你身上沾了别人的血，在你的手上和衣服上都有。我们要问你的并不是：'是你干的吗？'我们晓得那是你干的。问题是：'为什么？'我们认为我们知道那是为什么，而且我们能够理解。你只需要告诉我们，我们是不是弄对了。"

事情的发展果然如此。他们把德维尔带进来。他一眼就看到那块石头，开始冒虚汗、呼吸急促，身势语与先前几次访谈时截然不同，呈现出试探性和防卫性。审讯人员将罪过和责任都投射到小女孩身上，当他看上去表示附和时，他们把血迹的事提了出来。这确实让他坐立不安。当你发现那个家伙一声不吭地听你说话时，你常常可以判定你没搞错人。一个无辜者是要大喊大叫的。当然一个有罪的家伙也会大喊大叫，想让你相信他的无辜。但你能够区分二者之间的差异。

他承认了强奸行为，赞同审讯人员的看法，认为当时是她威胁了他。鲍勃·利里告诉他，他们知道他并没有预谋杀害她。如果要有预谋，他本可以使用比石头更有效的凶器。末了，他供认了这起谋杀案，还供认一年前在罗马市犯下的强奸罪行。达雷尔·吉恩·德维尔因奸杀玛丽·弗朗西斯·斯托纳受到了审判，被判处死刑。他于 1995 年 5 月 18 日在佐治亚州坐在电椅上被处死，这已是谋杀案发生和他被捕近 16 年之后了——几乎要比玛丽·弗朗西斯活在世上的时间还多 4 年。

我发现，要使审讯获得成功，关键在于要有创意，要运用想象力。我不得不反问自己："假如是我作的案，什么事情会让我露出马脚呢？"我们都有弱点。每个人的情况都不一样。拿我来说吧，由于记账马马虎虎，我的主管特工就可能把我叫进去，让我看一看摆在他桌上的我的账单，搞得我直冒虚汗。总是能找出点问题的。

人人都有弱点。

从德维尔一案中得到的收获可以应用于广泛的范围，远远超出了性谋杀这一病态领域。无论你要侦破的是侵占公款案、政府部门贪污腐败案、销赃案，还是工会组织受贿案，都不会有多大区别。原则是一样的。我对处理此类案件的建议是：将你认为具有"最薄弱环节"的人确定为目标，想出一种办法引他上钩，让他看到他面临的麻烦，然后效仿其他案件的成功做法赢得他的合作。

在任何类型的合谋案中，这是至关重要的事项。你要做的就是选定一个家伙作为政府见证人，然后就观看整个赌场分崩离析吧。选择什么人做突破口是很重要的，因为如果你选人不当，过后又无法打出他这张牌，他就会向其他人走漏风声，而你将一切从零开始。

比如说我们调查的是一个大城市政府部门的贪污案，我们怀疑某个机构里有 8 至 10 人卷入此案。假设该机构的一号人物或二号人物是最佳"捕获物"。可是，当我们画像这家伙时，发现尽管有贪污的劣迹，他却是个人行为完美的人。他既不贪杯，也不沉溺于女色。事实上，他是一个注重家庭的男人，没有疾病、没有金钱问题、没有明显的薄弱环节。如果局里派人找他了解情况，有可能他会矢口否认，让我们都见鬼去，同时向其他人发出警报。

你制服这种人的办法就是从捉小鱼着手，正如对付有组织犯罪一样。在我们查阅全部案情记录时，也许从其他嫌疑人中注定会出现一个能满足我们意图的人。这家伙不是高层人士，只是处理文件工作的办事人员。他从事这个工作已有 20 个年头，因此这个工作对他而言意义重大。他有金钱问题和健康问题，这两项皆成了他的严重薄弱环节。

下一个问题便是选择何人来"扮演"主持这场审讯的角色。我通常选择一个比嫌疑人年岁大一点、更具权威性的人，一个穿着讲究、威风凛凛的人，一个可以表现得友好爽直、让嫌疑人感觉轻松的人，但在必要时，他可以一转脸就变得绝对严肃和不留情面。

如果几个星期之后有什么重大节日，也许是嫌疑人的生日或周年纪念日什么的，我会建议推迟审讯时间以利用这一时机。如果你到充满节庆气氛的房间里当面向他发难，使他意识到如果不肯合作这可能会成为他与家人共度的最后一个节日，那么你就能够平添一些优势。

在对付非暴力嫌疑人时，"布景"完全可以取得同样的成效，如同斯托纳被杀案一样。对任何大规模或正在进行的调查工作，我建议将手头所有资料集中在一起，无论是不是为本案准备的。如果你的"专案组"占用了一间会议室，里面有特工、警方人员，桌上放着案情档案，这就会向嫌疑人表明你对此案很慎重。如果你能把墙壁"装饰"一下，比方说挂上几张放大的照片以及资料图片，就能显示这场进行中的调查正式而规模大，这样你的目的就更容易达到了。要是还能摆上几台放像机，播放一下被监视嫌疑人作案过程的录像带，可以取得良好的渲染效果。

我个人喜欢运用的招数是在墙上悬挂一些图表，显示出每个嫌疑人一旦被定罪即将面临的刑罚。这种做法说不上有什么意义深远的效果，但它的确总是给作案者造成压力，提醒他注意切身的利害关系。我就是要尽可能使那种"如坐针毡的因素"起的作用越大越好。

我始终认为，深夜或凌晨那几个小时是进行提审的最佳时段。人们这时往往比较松懈，同时也比较容易暴露弱点。而且，如果你和你的伙计们在通宵工作，就可立即传递出这一信息：此案非同小可，你们正在全力以赴侦破它。夜间提审对于合谋嫌疑人来说还有一层实际的考虑，即你手中的嫌疑人不应该被其他任何人看见。如果他认为已经"被人发现"，就不会进行任何交易。

取得成功交易的基础将是掌握真实情况和诉诸作案者的理智和常识。布景就是要对作案者造成心理上的压力。要是由我来主持对政府部门贪污案中有代表性的嫌疑人的审讯，我会深更半夜打电话到他家，这样告诉他："先生，今晚我与您的谈话事关重大。在我们通话之际，联邦调查局的特工正朝您家走来。"我会强调他并不是被拘捕，不必被特工们带走。但是我会强烈建议他跟他们到城里走一趟，因为这可能是他最后的机会。此时还不必告诉他所享有的权利①，因为他并未受到任何指控。

他来到我们的办公地点后，我会让他先冷静片刻。当橄榄球队在最后一场比赛中不得不远距离射中球门才能赢得冠军时，你就会叫一次暂停，好让射门选手有时间进行思考。每个有重大约诊在身、不得不等候医生的人都知道，这样做会多么有效。

在他被带进我的办公室后，我会关上门，努力表现得热情友好、善解人意，一切都开诚布公。我会直呼这家伙的名字。"我想把话说明白，您要理解您并没有被拘捕，"我会重申一遍，"任何时候只要您愿意，都可以自由离开这里，我手下的人还会开车送您回家。不过我想您应该听一听我的忠告。这可能是您一生中最重要的一次约会。"

我可能会让他谈论几句有关此次约会的话题，以确保我们已经相互理解。

"我还想让您知道，我们了解您的病史，已经让一名护士做好了准备。"这是真话。我们之所以选中这个家伙，原因之一就是他有这个弱点。

---

① 系指依据米兰达原则，审讯在押嫌疑人之前，必须告知其有权保持沉默，有权不做使自己有罪的证词，有权聘请律师并要求其在场等等。——译者

然后我们开始进行坦率的对话。我会强调联邦调查局了解他不过是个小人物，干的活多、拿的报酬少，并不是我们最想捉拿的人。"眼下，如您能看到的，我们正在约见许多涉案人士。毫无疑问你们的贼船正在下沉。您可以随贼船一道沉没，或者在淹死以前第三次伸出手去抓住一只救生圈。我们清楚您是被那些有权有势的人所使用、所操纵、所利用的。我们已经找来一位律师，如果您愿意，我们可以做一笔真正的交易。"

　　末了我会甩下几句尖刻的话，强调说："千万要记住，这笔交易现在不做就没有机会了。我手下有 20 名特工正在办理此案。如果有必要，我们可以随时出动，捉拿任何人归案。就算你不合作，你以为别人会和你一样吗？到时候你就随贼船一同葬身吧。你如果想同那些大人物一起完蛋，那随你的便。不过这可是我们最后一次推心置腹的交谈。你愿意合作吗？"

　　如果他愿意——其实这样对他最有利，我们再告诉他他的权利，让他联系一位律师。不过作为一种善意的举动，我可能会要他打电话约见另外一位审讯人员。你可不希望他另做考虑、打退堂鼓。一旦你得到了第一个家伙愿意合作的承诺，其他的案情就会逐步明朗起来。

　　即使你事先就了解我的全套手法，它依然会十分奏效，其原因就在于它对于调查人员和嫌疑人双方都有利。它以真实情况作为基础，并且是针对嫌疑人的生活、境况以及情感需求制定的。假如我就是被提供交易的嫌疑人，即使知道这是经过一番布置来达到最佳效果的，我也会接受交易，因为它的确给我提供了一个最好的机会。这类审讯的策略与我在斯托纳谋杀案中采取的策略是一致的。我总是在思索："有什么东西能把我制服？"

　　因为人人都有弱点。

　　我曾在位于伊利诺伊州马里恩的联邦监狱访谈过持枪抢劫及劫机犯加

里·特拉普内尔，他就像我所研究过的其他罪犯一样聪明和有思想。他这人对自己的才能非常自信，向我保证，他可以愚弄监狱里任何一个精神病医生，让他们相信他患有我能具体指明的任何精神疾病。他还很自信地说如果放他出狱，他就能逃避法律的制裁。

"你就是抓不住我的把柄。"他断言。

"好吧，加里，"我假设性地说，"就当你出了狱。你非常机敏，晓得必须与家人断绝一切来往，这样才能避开联邦调查局的追踪。"

"我知道你父亲曾经是一位授过勋的高级军官。你非常敬爱他和尊重他。你希望能像他一样。你是在他去世后才开始大肆犯罪的。"

从他的面部表情我可以看出，我说到了点子上，触痛了他的某根神经。

"你爸爸被安葬在阿灵顿国家公墓。因此，假设在圣诞节期间，在他生日那天，以及在他逝世周年纪念日那天，我派出特工去监视他的坟墓，结果会怎么样呢？"

特拉普内尔无可奈何地笑了。"我算是服了你！"他宣称说。

同样，我之所以能找到应对之策，原因就在于我力图站在他的角度去思考问题。我力图发现什么东西可以把我制服。我的以往经历告诉我，总会有办法制服一个人的，只是你得找出这个办法。

就我自己而言，制服特拉普内尔的东西同样可以制服我。某一特殊日期可能会触发某种情感。

我姐姐阿伦有一个金发碧眼的漂亮女儿，名叫金。她出生在我的生日那天，6 月 18 日，我一直觉得跟她有某种特殊的联系。年满 16 岁时，她在睡眠中死去。我们一直无法找出确切的死因。让我又痛苦又喜悦的是，我的大女儿埃里卡长得酷似金。她如今已到了读大学的年龄。我可以肯定，每当阿伦看见埃里卡时，不可能不在内心看见金的身影，不可能不去想象金如果还活着会是什么模样。我母亲亦有同感。

假如我把自己当做审讯对象，我就会在我生日之前策划行动。我当时很情绪化，一心指望能与家人共同庆贺一番。可是我还惦念着我的外甥女金，我们有共同的生日，她长得又很像埃里卡。这时，我便感到了自己的脆弱。假如我碰巧看见了挂在墙上的两个女孩子的合影，就会更加心烦意乱。

我知道对付我的总体策略是什么这一点并不重要。是我本人提出了这个策略这一点也并不重要。如果引发紧张性刺激的是一种正当合理的、有根有据的事情，它就有可能一举奏效。这可能是我的薄弱环节。而你有你的薄弱环节，我们还得设法事先弄清楚它会是什么。但是总归会有薄弱环节的。

因为人人都有弱点。

十一

亚特兰大

在 1981 年的冬季，亚特兰大已沦为一座灾难不断的城市。

事情是从一年半前悄悄开始的，几乎未受到人们的注意。在事情结束之前——事实上永远也不可能完全结束——警方组织了美国历史上规模最大的、或许最广为人知的搜捕行动，它不仅使一座城市政治化，而且也使一个国家两极化。每一步调查行动都引起了激烈的争论。

1979 年 7 月 28 日，有人投诉说尼斯基莱克路附近的树林里发出一股恶臭。警方进行了检查，结果发现了 13 岁的艾尔弗雷德·埃文斯的尸体。他已经失踪了 3 天。警方检查现场时，在大约 50 英尺以外的地方发现了另一具被部分肢解的尸体。死者是 14 岁的爱德华·史密斯，他比艾尔弗雷德早 4 天失踪。这两个男孩都是黑人。验尸官确认，艾尔弗雷德·埃文斯很可能是被勒死的，爱德华·史密斯则是被 0.22 口径手枪击毙的。

11 月 8 日，9 岁的尤塞夫·贝尔的尸体在一所废弃的学校里被人发现。他于 10 月底失踪，也是被勒死的。8 天后，14 岁的米尔顿·哈维的尸体在亚特兰大的伊斯特波因特区雷德瓦恩路与德瑟特大道附近被人发现。根据报案，他在9月初就已失踪，如同艾尔弗雷德·埃文斯一样，他的死因难以确定。这两个孩子也都是黑人。但是，没有足够的证据证明这些案子是相互关联的。不幸的是，在偌大的亚特兰大市，一直都有儿童失踪的事件发生，其中有的被发现时已经死亡。

1980年5月5日早晨，一个名叫安杰尔·拉尼尔的12岁女孩离家上学，但是并没有到达学校。5天之后，有人在一条道路旁发现了她的尸体，手脚被电线捆着，嘴巴被电线勒住。她衣着完整，内衣也没有被动过，但是嘴里塞着另外一条内裤。死因被确定为勒扼致死。法医没有发现性攻击的证据。

11岁的杰弗里·马西斯于3月12日失踪。事态发展到这一步，亚特兰大警察局仍然没有从这6起黑人儿童失踪或被害的案件中得出任何结论。这些案件的相异之处和相同之处都差不多，因此警方并未认真考虑过其中某些或全部案件也许是有关联的。

但是，有的人却想到了。4月15日，尤塞夫·贝尔的母亲卡米尔联合了其他失踪或被害黑人儿童的父母亲，宣布成立了"制止谋杀儿童委员会"。他们请求官方给予帮助，要求正视发生在他们身边的悲剧。这种事不该发生在亚特兰大这座新南方的国际大都市。这是一座永不停歇的城市，一座据称是"忙碌得无暇去仇恨"的城市，市民以拥有一位黑人市长梅纳德·杰克逊和一位黑人公共安全局局长李·布朗而感到自豪。

恐怖事件并未停止。5月19日，14岁的埃里克·米德尔布鲁克被发现遇害于离家大约1/4英里的地方，死因系钝器重击头部。6月9日，12岁的克里斯托弗·理查森失踪。6月22日，第二位小女孩，8岁的拉托妮娅·威尔逊于星期天凌晨在卧室遭人绑架。两天后，10岁的阿伦·

威奇的尸体在迪卡尔布县的一座桥梁下被人发现，死因是窒息和颈折。 7月6日， 9岁的安东尼·托尼·卡特的尸体在位于韦尔斯街的一座仓库后面被人发现，他脸朝下趴在草丛中，身上有多处刀伤。鉴于现场没有血迹，尸体显然是从别处搬过来的。

这种犯罪模式再也不容忽视了。于是，公共安全局局长布朗成立了"失踪者与被害者专案小组"，其成员最终达到了50人。然而，案情仍在继续发展。根据报案， 10岁的厄尔·特雷尔于7月31日在雷德瓦恩路附近失踪，离发现米尔顿·哈维尸体的地方不远。当12岁的克利福德·琼斯被人发现勒死在好莱坞路附近的一条巷子里时，警方终于接受了这些案件相互有关联的看法，并且宣布从此时起，调查工作以这一假设为基础，即这些黑人儿童谋杀案是相互有关联的。

直到此时，虽然案情已发展到骇人听闻的地步，但案子仍属地方性系列犯罪案，所以联邦调查局无权过问。厄尔·特雷尔失踪以后，新的情况出现了。他的父母几次接到电话，要求他们交出一笔赎金。致电者表示，厄尔已被带到了亚拉巴马州。既然案件已跨越了州际界线，联邦绑架法规也就开始适用，联邦调查局介入了案件调查。可是，不久就搞清楚了，要求赎金的电话是一场骗局。厄尔生还的希望变得渺茫起来，而联邦调查局只好退出了调查。

9月16日，警方又接到报案。另一个男孩， 11岁的达龙·格拉斯已经失踪。梅纳德·杰克逊市长请求白宫给予援助，明确地讲，就是要求联邦调查局对亚特兰大儿童谋杀与失踪案展开大规模调查。由于存在着司法管辖权方面的争议，司法部长格里芬·贝尔便命令联邦调查局着手展开调查，以查明有关联邦绑架法规是否适用于这些儿童失踪案；换句话说，这些罪行是否具有跨州的性质。另外，亚特兰大外勤工作站还要负责查明这些案子是否确有关联。虽然上头没有明说，但实际上联邦调查局收到了这一讯息：尽快破案，找出凶手。

新闻媒体对这种疯狂罪行当然是极为关注的。定期出现在报上的黑色面孔越来越多，已成为地方性系列犯罪的一种揭示。难道这是一起旨在灭绝黑人种族、专对最脆弱成员下毒手的阴谋吗？难道这是三K党、纳粹党或者其他某个种族歧视团体在重要的民权法案获得通过15年之后用来表明立场的行动吗？难道这仅仅是疯狂的个人出于某种原因而杀害儿童吗？最后这种可能性似乎最小。这些孩子一个接一个遇害，其速度之快令人难以置信。迄今为止，绝大多数系列杀人犯都是白人，他们几乎从不跨越种族界限进行谋杀。系列谋杀是一种个人犯罪，而不是政治犯罪。

不过，这倒给调查局合法介入此案提供了另一个可能的理由。如果跨州绑架的理由不成立，我们仍然可以认为此案触及了第四十四分类：联邦民权法。

到我和罗伊·黑兹尔伍德前往亚特兰大时，已经有16起案件悬而未决。至此，这个调查局插手的案件有了个代号："亚童案"，也称"第三十号要案"，不过调查局介入的消息没有公开。亚特兰大警方不想让任何人抢去他们的节目，联邦调查局亚特兰大外勤站也不想制造出他们可能难以达到的期望值。

可想而知，罗伊·黑兹尔伍德是与我一同前往亚特兰大的适当人选。在行为科学科的所有教官中，罗伊做的画像工作最多；他在调查局全国学院讲授人际暴力课程，同时负责侦破提交科里协办的许多强奸案。我们主要目标是：确定这些案子是否具有联系；如果有的话，是否存在合谋的可能性。

我们查看了浩繁的案卷，包括犯罪现场照片、对每个孩子被发现时穿着的描述、案发地区目击者的陈述、验尸报告等。我们访谈了受害儿童的家人，看看被害人是否存在共同点。警方人员还开车带我们到那些儿童失踪的地点附近巡视，领我们去看了每一处弃尸地点。

在没有彼此交流各自印象的情况下，我和罗伊同时接受了由一位司法心理学家主持的心理测试。我们假设自己就是凶手，分别填写了问卷。测试内容包括动机、背景和家庭生活，正是我们会包括进画像的那些内容。这位司法心理学家十分惊讶地发现我们填写的内容几乎一模一样。

我们不是要陈述这些看法来提高知名度的。

首先，我们认为这些不是三K党类型的仇杀犯罪。第二，我们几乎可以肯定凶手是黑人。第三，尽管其中许多谋杀和失踪案彼此有联系，但不是所有案子都有联系。

佐治亚州调查局曾接到一些密报，说三K党与这些案子有牵连，但我们对此持怀疑态度。如果你研究了建国初期以来的仇杀犯罪，就会发现它们往往是高度公开的、高度象征性的行为。执行私刑的意图是要做出一项公开的声明、制造公开的影响。这种犯罪或其他种族谋杀都是恐怖组织的行为，若要其产生效果，就必须高度公开化。三K党徒蒙着白布可不是为了隐匿身份。如果一个种族歧视团体把整个亚特兰大地区的黑人儿童作为目标，它是不会花几个月的时间空等警方和公众自己发现情况不妙的。我们预料会有一具具尸体吊在美利坚合众国的大街上，而要传达的信息也不会有丝毫的隐晦。我们在这些案子中并没有看到任何此类行为。

弃尸地点位于该市大部分或者完全由黑人居住的地区。单个的白人，更不用说一群白人，是不可能出没于这些地区而不被人察觉的。警方曾进行过广泛的调查，并未接到报告说有白人接近过那些儿童或者弃尸地点。这些地区的街道上昼夜有人活动，因此就算有夜幕掩护，一个白人也不可能在附近出现而丝毫不被人察觉。这也符合我们以往的经验，即性欲杀人犯往往是以自己同种族的人作为目标的。尽管没有任何确凿证据表明有过性猥亵行为，但这些罪行肯定是符合性欲犯罪的模式的。

许多受害者身上有着十分相通的地方。他们年轻、外向，喜欢在街上游荡，但是缺乏经验，对于居住地区以外的世界显得相当幼稚无知。我们觉得，正是这类孩子容易受到诱惑或上当受骗。那个人必须拥有一辆车，因为那些孩子都是从绑架地点被带走的。同时我们认为此人一定要具有某种成人的威信。这些孩子当中，许多人生活在明显的贫困之中。在有些孩子的家里，我们发现既没有电也没有自来水。

由于这一原因，再加上孩子们又相对不谙世事，我认为并不需要很大的诱饵就可以让他们上钩。为了检验这一点，我们让亚特兰大便衣警官装扮成工人进入这些地区，出5美元让一个孩子跟着他去干点活。不管是派黑人警官还是白人警官去试验，结果都没有什么差别。这些孩子赚钱的欲望非常强烈，为了5美元几乎可以做任何事。一个人不需要多么高明的手段就能让他们上钩。这个试验所揭示的另一点是，白人在这些地区是惹人注意的。

但正如我所说的，尽管我们的确发现了太多相通之处，但它似乎并不适用于所有案子。经过对受害者和有关情况的仔细评估，我认为那两个女孩子不是被那名主要凶手杀的，或者至少不是死于同一凶手之手。拉托妮娅·威尔逊在卧室遭人绑架的方式实在是太特殊了。至于说到男孩子，我认为大多数的"软杀害"——勒死——是互相有联系的，但那些死因不明的案件未必都有联系。其他方面的证据引导我们相信，我们不是在对付同一凶手。有强有力证据显示有几起案子的凶手就是受害者的家人。但是，当联邦调查局局长威廉·韦伯斯特公开宣布这一点后，遭到了新闻界的猛烈抨击。撇开此类声明所引发的敏感的政治问题不谈，哪个孩子只要脱离了那份失踪者与被害者名单，那个家庭就没有资格接受全国各地的团体或个人捐献的任何钱款。

尽管我们认为这些案件非一人所为，但我们都觉得要特别对付一个处于疯狂状态的人，他会继续杀人直到被抓获为止。在我和罗伊的画像中，凶手是一个黑人男性，单身，年龄在 25 到 29 岁之间。他可能是个警察迷，驾驶一辆警车式的车，在警方调查的某个阶段他会想法参与进来。他可能养着一条警犬类型的狗，要么是德国牧羊犬，要么就是德国种短毛猎犬。他不会有女朋友，在性方面可能受小男孩吸引，不过我们没有发现强奸或其他明显性虐待的任何迹象。我认为，这一点说明了他的性功能低下。他欺骗这些孩子时可能很有一套，我敢说那与音乐或表演才能有关。他可能会有很好的台词，却说不出来。在每次建立关系的初期，那个孩子可能会拒绝他，或者至少他会这样认为，于是他会感到非得杀了孩子不可。

亚特兰大警察局查对了所有已知的恋童癖者和有性犯罪前科的人，最终将犯罪嫌疑人名单缩小至大约 1 500 人。警察与调查局特工遍访了学校，和孩子们交谈，询问有没有人被成年男子接近过而又没有告诉过父母或警方。他们搭乘公共汽车，散发印有失踪儿童照片的传单，询问是否有人见过他们，特别是见过他们和成年男子在一起。他们还派出便衣警官出入于同性恋者麇集的酒吧，想法探听别人的谈话以获得一些线索。

不是每个人都同意我们的看法，也不是每个人都高兴让我们插手。在一幢废弃的公寓大楼（一处犯罪现场），有个黑人警察走过来对我说："你是道格拉斯吧？"

"是啊，没错。"

"我看过你的画像。简直是屁话。"我不敢肯定他是在评价我的工作，还是在强调报上频频出现的、认为根本没有什么黑人系列杀手的断言。这种说法不大符合实际。我们就曾经办过黑人系列杀手的案子，他们既杀害妓女也杀害自己的家人，但是不大采用谋杀陌生人的方法，也不具有我们现在所见到的任何惯用手法。

"听着，我不是非要来这里不可，"我说，"我可不是自己要求来的。"不管怎么说，我们遇到了很大挫折。每个参与办案的人都希望案子能侦破，不过每个人都希望由自己破案。我和罗伊都知道，我们在这里会遇到不小的阻力，而且要是把事情办砸了，还要被人指责，情况往往如此。

除了有关三K党阴谋的说法以外，还流传着各种各样的推测，一个比一个离奇。不同的受害儿童被发现缺少了不同的衣物，但没有一件衣物是完全相同的。难道这个凶手是在用这些衣物打扮他家里的人体模型，就像爱德华·盖因曾试图收集妇女的不同部位的皮肤那样？在后来的杀人案中，作案者弃置尸体于更为公开的地方，难道他身上在发生某种变化吗？抑或最初的作案者可能已经自杀，而另一个效仿者可能已经取而代之呢？

对我来说，第一个真正的突破是在我回到匡蒂科以后出现的。有人给科尼尔斯警察局打了电话。科尼尔斯是距离亚特兰大大约20英里的一个小镇。警方认为他们可能终于有了一条线索。我和帕克·迪茨博士一起在拉里·门罗的办公室里收听了电话录音。在成为行为科学科负责人之前，门罗曾经是匡蒂科的一位出色教官。和安·伯吉斯一样，帕克·迪茨也是通过罗伊·黑兹尔伍德介绍来科里提供咨询的。他当时在哈佛工作，在执法界已开始崭露头角。如今，帕克在加利福尼亚定居，或许堪称国内最杰出的司法精神病学家，而且经常为我们科提供咨询。

电话录音中的致电人声称，他就是亚特兰大儿童谋杀案的凶手，并且提到了最近的已知受害者的名字。此人显然是个白人，听口音很像是典型的"红脖人"①。他扬言"还要杀害更多的黑鬼小孩"。他还特别提到了罗克代尔县西格蒙路的一个地点，说警方可以在那里找到另一具尸体。

我还记得屋里的人一阵激动，我恐怕是给他们泼了一盆凉水。"这不是杀人凶手，"我断言，"不过我们得抓住他，因为只要他还逍遥自在，就会不断打来电话，既令人厌烦，又分散注意力。"

虽然警方兴奋不已，我却深信我对这个乡巴佬的看法没有错。就在不久前，我刚刚碰到过类似的情况。当时，我和鲍勃·雷勒斯到了英国，在位于布拉姆斯希尔的英国警察学院（相当于我们的匡蒂科）讲授一门课程，那地方离伦敦有一小时车程。英国警方当时正被约克郡碎尸案搞得焦头烂额。凶手显然是在模仿维多利亚时代后期的怀特查佩尔区的那个杀手，用棒击与刀捅的方式杀害北方一带的女子，多半是妓女。当时已有 8 人被害。另有 3 人设法逃脱了魔爪，却无法提供对袭击者的描述。其年龄范围估计在十三四岁至近六十岁之间。如同亚特兰大一样，整个英国陷入了恐慌之中。这是英国有史以来规模最大的搜捕行动。警方最终在全国各地对近 25 万人次进行了访谈。

警察局和报社都收到了碎尸者杰克的认罪信。接着，一盘有两分钟长的录音带寄到了乔治·奥德菲尔德局长那里，录音的人嘲弄了警方的无能，并扬言还要出击。就像亚特兰大一案，这似乎是个重大的突破口。录音带被翻录并在全国各地播放——在电视上、在收音机里、在免费电话线路上、在足球赛的广播中。警方希望能有人辨认出那个声音。

---

① 指美国南方未受过教育的贫苦白人农民。——译者

我们被告知，我们在布拉姆斯希尔时，约翰·多马尔也在那里。他是大名鼎鼎的警察，也是约克郡碎尸案的首席调查人员。有人告诉他，联邦调查局的两位画像师就在此地，或许大家应该聚一下。下课以后，我和鲍勃坐在警察学院的小酒馆里，这个家伙走了进来，并被吧台处的某个人认了出来。他走了过去，跟那人攀谈起来。我们从他的动作和表情里可以看出，他正在取笑这两个从美国来的家伙。我对雷勒斯说："我敢打赌，那就是他。"

果然，有人把我们指给了他，随后他和其他人来到我们桌前，做了自我介绍。我说："我注意到你没有随身携带任何案卷。"

他开始找借口，说这个案子是如何复杂，要让我们在短时间内了解案情又是如何困难，以及诸如此类的话。

"很好，"我说，"我们自己手头的案子已经够多的了。我倒宁愿坐在这里好好喝上几杯。"

这种悉听尊便的态度引起了那些英国人的兴趣，其中一人问道我们画像一件案子都需要些什么。我告诉他可以先描述一下案发现场。他告诉我，作案者似乎先让被害女子处于易受攻击的姿势，然后用刀子或锤子突然袭击她们。她们死后，他又肢解尸体。录音带上的那个人相当有口才，也颇为老练，不像是个杀害妓女的人。于是我说："根据你们所描述的案发现场以及我们在美国所听到的录音带来判断，这个人不是碎尸者。你们这是在浪费时间。"

我解释说，他要找的凶手是不会跟警方联系的。他应该是个行踪诡秘的独居者，年龄在二十八九到三十一二岁之间，对女性怀着一种病态的仇恨，上中学时辍过学，说不定是个卡车司机，因为他似乎常常往来各地。他杀害妓女的目的是企图以此惩罚全体女性。

尽管他们在这盘录音带上花费了大量的时间和财力，多马尔还是承认说："你知道，我也担心这一点。"后来，他改变了调查的方向。在一次偶然的场合，35 岁的卡车司机彼得·萨克利夫于 1981 年 1 月 2 日被抓获——正值亚特兰大陷入一片恐慌之际——并被证明就是碎尸者。他根本不是录制并寄出那盘录音带的人。录音带上的那个冒牌货原来是个退休警察，与奥德菲尔德局长有隙，想借此进行报复。

　　听完那盘录音带后，我跟科尼尔斯及亚特兰大警方谈了我的看法，并且当场提出了一套行动方案，我认为可以找出那个冒牌货。像碎尸案中的那个冒牌货一样，这个家伙的口气傲慢、语带讥讽。"从他的口气和讲话内容来看，他认为你们都是傻瓜，"我说，"所以我们不妨就利用这一点。"

　　我建议他们索性就装傻。去西格蒙路，但要搞错方向，装出扑空的样子。他会在一旁观看，而且运气好的话，你们也许能当场逮住他。即使没有这么幸运，至少他也会打电话来，说你们有多么愚蠢，没有找对地方。帕克·迪茨很喜欢这一招，这种实战方案充实了他的学术知识。

　　警方将此次搜寻尸体的行动做得很公开，并且弄错了搜寻方向。果然，那个家伙又打来电话，奚落他们有多么笨。警方早已做好了追踪电话的准备，抓获了正在家中打电话的这个年岁较大的"红脖人"。但是为了以防万一，警方还是搜查了西格蒙路的正确地段，当然没有发现什么尸体。

　　科尼尔斯事件并不是分散办案人注意力的惟一插曲。大案要案的侦破过程中时常出现这类插曲，亚特兰大一案也不例外。在最早发现被害儿童尸体的树林不远处，警探们在紧挨道路的地方发现了一本色情杂志，其中有几页上还有精液。联邦调查局化验室设法取得了潜指纹，并据此掌握了此人的身份。这是一个白人男子,驾驶一辆厢式货车,以杀灭害虫为职业。当然,这一点在心理学上具有象征意义。对于这种反社会者来说,从杀灭害虫到杀灭黑人儿童只有一步之遥。我们早已知道许多系列杀手会重返犯罪现场和弃尸地点。警方因此推测他会把车停在路边,坐在车里观看被他征服的猎物,一边重温猎杀行动的刺激,一边手淫自慰。

这一破案进展被一路上报到联邦调查局长、司法部长,直至白宫。他们都急着要宣布,我们已经抓获了亚特兰大残杀儿童的凶手。有关的新闻发布稿正在起草之中。但是有几点情况令我感到困扰。首先,他是白人。其次,他的婚姻美满。我估计这家伙去那里一定另有原因。

警方提审了他。他矢口否认了一切。他们向他出示了粘有精液的杂志。他们告诉他,他们已从上面提取了他的指纹。好吧,他承认说,我当时正在驾车,随手把杂志扔出了车外。这种解释也站不住脚。他当时在开车,一只手握着方向盘,另一只手放在自己身上。他能在这种时候把这东西扔出车外,让它落在树林里吗?他非得长着约翰尼·尤尼塔斯那样的手臂才行。

在意识到自己陷入了严重困境的情况下,他终于说了实话。他妻子有孕在身,随时可能分娩,而他已有几个月没过性生活了。他不愿做出对不起即将出世的孩子和他钟爱的女人的事。于是他来到便利店买了这本杂志,利用午餐的空隙到这片僻静的树林里宣泄了一下。

我真同情这个家伙。他的隐私给触犯了! 他本来想到一个不会被人打扰的去处解决一下自己的问题,现在可好,连美国总统都知道他在树林里自慰了!

警方抓到了科尼尔斯一案的冒牌货之后,我认为这件事就到此为止了。至少我们搬掉了那个种族主义家伙设的绊脚石,警方又可专注于他们的调查工作了。但是，有一个因素我没有适当加以考虑，那就是新闻媒体所起的促动作用。我在以后的办案中没有再犯这种疏忽性的错误。

我早已认识到这一点，即到了一定的阶段，谋杀儿童案会被媒体广泛报道，其本身就让凶手感到满足。但是我没有料到，他竟然会对媒体的报道做出针对性的反应。

事情是这样的，新闻界非常渴望案子会有突破，因此对警方搜寻西格蒙路的行动进行了密集报道，结果这次行动毫无收获。但是此后不久，又有一具尸体出现在罗克代尔县的西格蒙路上，一眼就能望见。死者是 15 岁的特里·皮尤。

在我看来，这是一个十分重要的新动向，是制定捉拿凶手的策略的契机。这件事说明，他在密切跟踪媒体的报道，并且根据报道内容做出了反应。他很清楚警方不会在西格蒙路找到尸体，因为他没有在那里弃尸。可是现在，他却要展示自己的过人之处，展示他能够将新闻界和警方玩弄于股掌之间。他要显示出他的傲慢和轻蔑。只要愿意，他就能够在西格蒙路上弃置尸体！ 他打破了原有的作案模式，驱车二三十英里来玩这个游戏。我们知道他正在关注事态的发展，那么就让我们利用这一点来操纵他的行为。

如果事先就算计到这一点或者考虑到这种可能性，我就会想到派人对整个西格蒙路进行监视。可在当时那样做已经来不及了。我们必须向前看，想想可采取什么对策。

我想出了几个办法。弗兰克·西纳特拉和小萨米·戴维斯将来亚特兰大，在奥姆尼体育馆举行慈善音乐会，为受害者家属募捐。这一事件受到了广泛报道，而我绝对相信凶手也会到场。问题是： 如何从两万多人中找出凶手？

我和罗伊·黑兹尔伍德已经画像出那人是一个警察迷。这也许就是问题的关键。"我们不妨给他一张免费入场券。"我提议道。

像往常一样，警方人员和亚特兰大外勤站的特工们都瞪着我，好像我是个疯子。于是我做了解释。我们可以刊登广告说，由于预计出席音乐会的人很多，需要补充保安人员。我们将提供最低法定工资，要求每位申请者必须自备车辆（因为我们知道我们要抓的家伙有一辆车），具有某些执法背景和经验的申请者将被优先录用。我们可将面试的地点放在奥姆尼体育馆，使用隐藏的闭路电视进行监视。我们可将不感兴趣的那些类型——妇女、老人等——予以排除，集中观察年轻黑人男子。每个人都要填写申请表，列出以往的有关经历，例如驾驶过救护车、是否申请过警察或保安工作，以及所有能帮助我们找出嫌疑人的信息。我们也许可以将范围缩小到 10 或 12 个人，然后再结合其他证据来对比查证。

这个设想一直上报到助理司法部长那里。问题就在于，每当你想动用一个庞大机构做出不合常规的事情，"分析瘫痪"现象就可能发生。等到我的策略终于获得批准，已经是音乐会的前一天了，到了这个时候，再征募"保安人员"已是难以奏效，太晚了。

我另生一计。我想找人做些高约一英尺的木头十字架。一些送给受害者的家人，另外一些将立在犯罪现场。还可以在一座教堂竖立一座大十字架，以纪念所有被害儿童。一旦这件事被媒体公开，我知道凶手可能会光顾其中一些地点，特别是那些偏远的地点。他甚至有可能设法拿走一个十字架。如果我们派人监视关键的地点，很有可能会逮到他。

可是局里在几个星期后才同意了这项计划。接着，围绕应该由谁去制作十字架这个问题发生了职权范围之争：应该由联邦调查局设在华盛顿的展览部门负责，还是应该由匡蒂科的木器商店负责，抑或应该由亚特兰大外勤工作站将其承包出去？十字架总算制作出来了，但等到能派上用场的时候，案情又有了新的进展。

到了2月份，亚特兰大已几近失控。巫师们蜂拥而至，各自开出自己的"画像"。他们的叙述五花八门，相互矛盾。新闻界更是不放过任何一条消息，任何与案件稍有联系的人只要肯开口，他的话就会被引述。继特里·皮尤的尸体在西格蒙路被发现之后，在迪卡尔布县的比福德公路附近又出现了一具尸体，死者是12岁的帕特里克·巴尔塔泽。和特里·皮尤一样，他也是被勒死的。当时，法医办公室有人宣布，在帕特里克·巴尔塔泽身上找到的毛发和纤维与先前5个受害者身上找到的毛发和纤维相吻合。这5个人属于我归类为死于同一凶手手下的受害者。这项验尸结果的公布得到了广泛报道。

此时我脑子里闪现了一个念头：他要开始把尸体抛进河里了。他现在知道警方正在寻找毛发和纤维。有一具尸体，即帕特里克·罗杰斯的尸体，是在12月份在查特胡奇河科布县那一边的河岸上被发现的，死因系头部遭受钝器重创。帕特里克年满15岁，身高5英尺9英寸，体重145磅，是个中学退学生，有过犯罪前科。警方并不认为这个案子与其他案子有联系。然而，不管有没有联系，我都认为凶手现在会出现在河边，因为河水可以冲走细小的罪证。

我指出，我们必须开始监视河流，特别是查特胡奇河，这条主要水道构成了亚特兰大市与毗邻的科布县之间的西北分界线。不过它流经好几个县，牵涉到好几个警察管辖区域，而且联邦调查局也协办此案。没有一个部门有权总揽全局。等到一个由调查局和杀人案专案小组的成员共同参与的监视行动组织起来并获得批准时，时间早已进入了4月份。

可在此期间，不出我所料，下一具死尸出现在绍斯河里，死者是13

岁的柯蒂斯·沃克。接着在一天之内，人们相继在查特胡奇河里发现了两具尸体：13 岁的蒂米·希尔和 21 岁的埃迪·邓肯——案发以来年龄最大的被害人。与先前受害者大多数在发现时都衣着完整这一情况不同，这 3 具尸体已被脱得只剩下内衣——另一种消除毛发和纤维的方法。

监视小组各就各位，密切监视着桥梁和沿河两岸可能的弃尸地点。几个星期过去了，什么情况也没有发生。很显然，当局正在失去信心，似乎认为这么做是徒劳。鉴于监视行动一无所获，此次行动预定在 5 月 22 日早晨 6 时终止。

就在那天凌晨大约两点半的时候，一个名叫鲍勃·坎贝尔的警院新生正在杰克逊路大桥底下的查特胡奇河沿岸进行他的最后一班监视。他看见一辆车驶上桥，在桥中央停下片刻。

"我刚刚听到很响的扑通声！"他通过步话机紧张地报告说。他把手电筒照向水面，看到一圈圈波纹在荡漾。那辆车调了个头，又驶过大桥，这时一辆监视车尾随上去，然后迫使它停在路边。这是一辆 1970 年产雪佛兰旅行车，驾车人是一名黑人男子，名叫韦恩·伯特伦·威廉斯，23 岁，身材矮小、头发鬈曲、肤色浅黑。他态度友好，也很合作。他自称是唱片推销商，说和父母住在一起。警察询问了他一些问题，查看了他的汽车，然后就放他走了。但是他们并没有放弃对他的跟踪。

两天后，27 岁的纳撒尼尔·凯特的裸尸在下游浮出了水面，地点离 21 岁的埃迪·邓肯的尸体一个月前被发现的地点不远。由于证据不足，无法拘捕威廉斯并取得搜查令，但是他被置于严密监视之下。

他不久就觉察到警察在跟踪他，于是故意带着他们在城里到处乱转。他甚至还把车子开到安全局局长李·布朗的家门口，猛按了一阵喇叭。他家里有个暗室，在取得搜查令之前，监视人员观察到他在后院烧过照片。

他还仔细清洗过车子。

韦恩·威廉斯在每个关键方面都符合我们的画像，包括他拥有一条德国牧羊犬。他是个警察迷，几年前曾因冒充执法人员而被逮捕过。那以后，他曾驾驶一辆转让的淘汰警车，并使用警用扫描设备到犯罪现场拍摄照片。据几位目击者回忆，当警方根据匿名电话搜寻实际不存在的尸体时，曾在西格蒙路上看见过他。他一直在那里拍照，并把照片提供给了警方。我们还发现，他确实出席了在奥姆尼体育馆举行的慈善音乐会。

联邦调查局没有逮捕他，而是叫他到外勤站来一趟。他来到后显得很合作，也没有要求见律师。从我收到的报告来看，我认为那次审讯策划得不当或者组织得不当。审问方法过于笨拙，问题提得太直截了当。我认为，当时还是可以让他供认的。有人告诉我，面谈之后他在外勤站周围闲荡了一会，看样子仍然想谈论警察和调查局方面的话题。但是，当他那天离开后，我知道他们再也不可能让他低头认罪了。他同意接受测谎器测试，但测试结果没有说服力。后来，当警察和调查局特工拿到了搜查令，对他与身为退休教师的父母一起居住的房子进行搜查时，他们发现了一些教人如何对付测谎器的书籍。

搜查令是 6 月 3 日得到的。尽管威廉斯仔细清洗过车子，警方还是找到了一些毛发和纤维，把他与大约 12 起谋杀案联系在一起，而我画像出的同一凶手的作案数量正是这么多。

警方找到了非常有利的证据。他们不仅找到了能够将尸体与威廉斯的卧室、住房和汽车联系在一起的纤维，佐治亚州犯罪化验室的拉里·彼得森还发现，有些纤维来自某些被害人在失踪前的一些场合穿过的衣服。换句话说，在有些谋杀案发生之前，被害人就已经与威廉斯有过来往。

6 月 21 日，韦恩·威廉斯因被指控谋杀纳撒尼尔·凯特而被捕。对其他谋杀案的调查仍在进行之中。逮捕的消息发布时，我和鲍勃·雷勒斯正在离弗吉尼亚州纽波特纽斯市不远的汉普顿酒店，向出席南方诸州劳教协会会议的代表演讲。当时，我刚从英国协办约克郡碎尸案回来，演讲的话题是关于我在系列谋杀案方面的研究工作。早在3月份，《人物》杂志曾刊登了一篇关于我和雷勒斯的报道，其中提到我们正在追捕亚特兰大案的凶手。总部曾指示我们要配合此次采访，所以我提供了一个画像，我特别指出凶手是黑人。这篇文章引起了全国上下的广泛注意。因此，当我面对五百多名听众接受提问时，有人问及我对威廉斯被捕有何看法。

我讲述了该案的一些背景情况以及我们在其中所做的工作，并且解释了我们是如何得出画像的。我说他符合我们的画像，又谨慎地补充说，如果他果真是凶手，我认为他"看起来很可能对这些谋杀案的相当一部分负有责任"。

我不知道提问者是一名记者，不过即使我知道，我也肯定会做出同样的回答。第二天，《纽波特纽斯-汉普顿每日新闻报》引用我的话说他"看起来很可能对这些谋杀案的相当一部分负有责任"，却省略了我讲这句话之前所做的至关重要的限定性说明。

这篇报道在新闻界引起了轰动。第二天，全国各地所有电台电视的新闻节目和各大报纸都引用了我的这句话，连《亚特兰大宪法报》也刊登了一篇报道，题为《联邦调查局人士说：威廉斯可能杀害多人》。

我开始接到各地打来的电话。旅馆大厅和我房间外面的走廊里都有电视摄像机。我和雷勒斯只好顺着防火梯爬下去才得以溜出旅馆。

这篇报道在总部更是引起了轩然大波。它给人的印象似乎是，一个密切参与办案工作的联邦调查局特工在未经审判的情况下就宣布韦恩·威廉斯有罪。在驱车返回匡蒂科的途中，我通过移动电话向我们科长拉里·门罗解释了事实的真相。他和吉姆·麦肯齐副局长都设法替我解围,并为此与调查局的专业责任处发生了冲突。

我还记得当时我正坐在匡蒂科的图书馆楼上,我以往经常到这里在宁静平和的氛围中从事画像工作。这里还有一个好处,可以透过窗户看到外面的景色,不像我们的地下办公室。门罗和麦肯齐上来找我谈话。他俩一向都大力支持我。我是惟一的专职画像人员,因四处奔波感到精疲力竭,而亚特兰大一案更是给了我巨大的心理压力。我付出了这一切,得到的回报竟然是因为媒体断章取义的一句话而可能受到处罚。

我们在此案中运用画像和刑事调查分析法取得了重大胜利。我们对作案者及其下一步行动所做的评估是非常精确的。上至白宫下至国人,人人都在关注着我们。我承担了很大的风险,如果因预测错误把事情搞砸,我们的项目也就完蛋了。

我们总是被告知,这项工作是高风险、高回报。我眼里噙着泪水告诉门罗和麦肯齐,我认为这项工作是"高风险,没有他妈的回报"。我说,这一切根本就不值得,并把我的文件夹猛摔到桌子上。吉姆·麦肯齐说,我的话也许有道理,不过他们是真心想帮我的。

当我去了总部,出现在专业责任处时,要做的第一件事就是在弃权声明书上签字。维护正义在局外和局内是两码事。他们做的第一件事就是把《人物》杂志往桌子上一扔。封面人物是杰基·奥纳西斯。

"没有人警告你不要这样接受采访吗?"

没有,我说,那次采访是经过批准的。在那次会议上,我演讲的是我们对系列杀人犯研究的概况,没想到有人会提出韦恩·威廉斯一案。我做出回答时,措辞非常谨慎。记者要那样去报道,我是无能为力的。

他们把我折腾了4个小时。我不得不写下一份声明,一项一项地列出报纸的报道和实际发生的情况。等我写完了，他们却什么也不告诉我，我对会受到什么处分更是一无所知。我的感觉是：我为局里奉献了那么多，却得不到应有的支持；我牺牲了那么多东西，与家人离多聚少，而如今面临的前景却是受到处分、一段时间不拿薪水却要"上街办案"，甚至完全丢掉饭碗。在随后的几个星期里，我每天早晨简直不想起床。

就在这时，我父亲杰克给我写来一封信。他在信中谈到了他被"布鲁克林鹰队"解聘后的那一段日子。他也是感到很沮丧。他工作一直很努力、很出色，但是也感到无法控制自己的生活。他讲述了自己是如何学会面对生活中的挫折，重新振作精神去迎接另一天的挑战的。我把这封信放在公文包里，随身携带了很长一段时间，直到这次风波过去了很久。

5个月后，专业责任处做出了处分我的决定，认定我在《人物》杂志的文章刊出后已经接到了警告，不得对新闻界谈论悬而未决的案件调查工作。处分书是由韦伯斯特局长本人签发的。

尽管我无比恼火，却无暇为此耿耿于怀，除非准备辞职不干。不管当时我对这个机构有什么感想，这项工作本身对我来说实在太重要了。我的手头仍有不少美国各地作案者正在活动的案子要办理，而且韦恩·威廉斯一案的审理工作即将开始。是我继续战斗的时候了。

在花了6天时间挑选陪审团成员之后，韦恩·威廉斯一案于1982年1月开庭审理。最后选定的陪审团成员为9女3男，以黑人为主。虽然我们认为威廉斯很可能是至少12起儿童谋杀案的凶手，他受到审判的却只有其中两起谋杀案，即纳撒尼尔·凯特和埃迪·邓肯被害案。具有讽刺意味的是，这两个年轻男子都已年过20。

出庭为威廉斯辩护的是来自密西西比州杰克逊市的一个很有威望的法律辩护小组——由吉姆·基钦斯和阿尔·宾德组成——以及一位来自亚特

兰大的女律师玛丽·韦尔科姆。原告方的几位主要成员是富尔顿县的地方检察官助理戈登·米勒和杰克·马拉德。鉴于我在此案调查阶段所做的工作，地方检察官办公室请我前往，在审理过程中给他们提供建议。在庭审的大部分时间里，我都坐在原告席的正后方。

假如此案拿到今天来审理，我就能够提供惯用手法、识别标志和案件关联性等方面的证据，如我在许多其他案件中所做的那样。而且如果被判有罪，在服刑阶段我还可以就被告将来具有的危险性提供专业意见。但是在 1982 年，我们的工作尚未得到法庭的认可，所以我只能在策略方面提供建议。

原告方的理由陈述主要依靠的是约 700 件毛发和纤维证据，这些证据业已经过了拉里·彼得森和特工哈尔·戴德曼的仔细分析，后者是来自华盛顿联邦调查局化验室的专家。尽管威廉斯仅被指控犯有两项谋杀罪，佐治亚州的刑事诉讼程序允许该州提出其他有关联的案件，这一点在密西西比州是不被允许的，也是被告方似乎没有准备的。原告方面临的难题是：威廉斯态度温和、有自制力、能言善辩且待人友好。他戴着一副厚眼镜，眉清目秀，两手长得细皮嫩肉，看上去不像一个杀害儿童的系列犯，倒像皮尔斯伯里的油炸面团。他向新闻界大放厥词，宣称自己是无罪的，他的被捕纯粹是种族主义分子的阴谋。就在开庭审理前不久，他在接受一次采访时说："我看联邦调查局比基斯通笑剧中的警察强不到哪里，亚特兰大的警察与《54 号车，你在哪里？》中的角色也差不多。"

原告方没有人对威廉斯走上证人席作证抱有任何希望，但我倒认为他有这种可能。从他作案过程中的行为以及上述一类公开声明来看，我认为他傲慢自大，十分自信，自以为可以操纵审判，就像他曾经操纵过公众、新闻界和警察一样。

在克拉伦斯·库珀法官的办公室举行的一次非公开会议上，阿尔·宾德说，他们准备聘请一位来自凤凰城的名叫迈克尔·布拉德·贝利斯的著名司法心理学家出庭，证明威廉斯并不符合罪犯画像，不可能作下那些谋杀案。贝利斯博士曾对威廉斯做过3次单独的访谈测试。

"好吧，"戈登·米勒答道，"你们请他来作证，我们就请一位联邦调查局特工作为反证人，本案迄今发生的一切统统被他预测到了。"

"呸！我们倒想会会他。"宾德说。米勒告诉他，在庭审的大部分时间里，我都会坐在原告席后面。

我确实与双方见了面，地点是陪审团议事室。我向被告方说明了我的背景，告诉他们说，如果他们对我是一名联邦调查局特工而不是一名医生感觉有什么问题，我可以请一位与我们一起工作的精神病专家，比如帕克·迪茨，来分析这个案子，而我确信他会说出完全同样的证词。

宾德及其同事对我所讲的内容似乎很感兴趣。他们显得很客气，表现出了尊重，宾德甚至对我说，他的儿子很想做一名联邦调查局特工。

结果，贝利斯根本没有出庭。审判结束了一个星期后，他告诉《亚特兰大日报》和《亚特兰大宪法报》的记者说，从情绪上看他相信威廉斯有犯谋杀罪的可能性，并且威廉斯具有"欠缺性个性"。以他之见，那些谋杀案的动机是"权力和强迫性控制欲"。他认为，威廉斯"想要我做的是两件事中的一件，即修改我的证词报告，隐瞒某些事情，或者不予作证"。他断言，被告方面临的一个关键问题是威廉斯执意要自己控制一切。

我发觉这一切极为有趣，在很大程度上是因为它与我和罗伊·黑兹尔伍德提出的画像非常吻合。在本案的审理过程中，我还发现一件同样有趣的事情。

和大多数外地来的参与者一样，我住在市中心的马里奥特饭店，距离法院不远。一天晚上，我独自一人在餐厅用餐，突然一位看上去气度不凡的四十四五岁的黑人男子走到我的桌前，自我介绍说他就是布拉德·贝利斯博士。我告诉他，我知道他是谁以及为何而来。他问我是否可以坐下。

　　我告诉他，如果他准备明天替被告方作证，那么被人看见我们俩待在一起不大合适。贝利斯却说他并不在乎。他坐了下来，然后问我对他本人及背景了解多少，结果是我了解的着实不少。我就犯罪心理学为他简单地补了一下课，并且说如果他按照被告的要求作证，就会使自己处于尴尬的境地。他离开餐桌时握着我的手说，他真想去匡蒂科听听我们的课。我眨了眨眼说，那要看你明天在证人席上的表现。

　　第二天到了法庭上，你瞧呀，我发现贝利斯博士没有来作证就返回亚利桑那了。在法官席上，宾德向法官抱怨"原告方的阵容强大"，说什么他们把他的专家证人都吓跑了。如果事情果真是这样的话，这也不是我的本意。不过，既然好运掉到了我的头上，我当然也不会拒不接受。但我认为事情的真相是：贝利斯博士非常正直，不愿意睁着眼睛说瞎话，或者不愿意被任何一方为达到其目的而利用。

　　在原告方进行理由陈述的过程中，哈尔·戴德曼和拉里·彼得森很出色地利用了毛发和纤维这些证据，但是论述这些证据是极其复杂的事情，就其实质而言，也不那么富有戏剧性：统统是有关这根地毯纤维怎么会朝这边弯曲，那根地毯纤维怎么会朝那边弯曲这类的名堂。最终他们证明了，从所有 12 位受害者身上提取的纤维与威廉斯的紫绿色床罩的纤维一致，大多数受害者身上的纤维与威廉斯卧室地毯的纤维一致，大约半数受害者身上的纤维与起居室地毯的纤维一致，同样多受害者身上的纤维与他的 1970 年产雪佛兰车的纤维一致，而且除了一人之外，所有受害者身上都有被告的德国牧羊犬的毛发。

轮到被告方辩护时，他们让一位来自堪萨斯州的家伙出庭反驳戴德曼的证词。此人长得英俊迷人，颇像肯尼迪，对陪审团笑容可掬。休庭以后，原告方在总结当天的情况时，大家都嘲笑起那个堪萨斯州的英俊家伙，说他的反驳毫无说服力。

他们问我："你怎么看，约翰？"

我当时一直在注视着陪审团。我说："说句不中听的话，你们这些家伙会输掉这个案子。"他们都感到震惊，这可是他们最不愿听到的话。

"你们可以认为他的反驳没有说服力，"我解释道，"但陪审员们却相信他。"我知道哈尔·戴德曼证词的大意，但仍然觉得理解起来有困难。被告方证人的证词也许过于简单化，但是听起来却容易理解得多。

他们没有说我在胡说八道，这已算是够客气的了。不过，身为头脑敏锐的画像师，我意识到我在这里已是多余的了。我有一大堆积压的案子要处理，正在为玛丽·弗朗西斯·斯托纳被害一案的开庭审理做准备。我一直在外奔波，我也为此付出了代价。由于陪家人的时间太少，我的婚姻出现了问题；我达不到我认为必需的运动量；我始终处于压力之下。于是，我打电话给匡蒂科的拉里·门罗，告诉他我打算回家。

我刚刚抵达国民机场，正要开车回家时，接到了一个消息，原告方经过三思，想法有所改变。他们开始认为我的话有道理。他们想让我回到亚特兰大，帮助他们对付被告方的证人。

因此，两天后我又飞了回去。这时，他们心胸开阔多了，主动征求我的意见。让他们所有人大吃一惊的是，不出我所料，韦恩·威廉斯决定走上证人席作证。对他进行讯问的是他的辩护律师阿尔·宾德，他嗓门洪亮浑厚，提问时弓着背，看起来就像一条鲨鱼，这便是他"大鲨鱼"诨名的由来。

他向陪审团反复强调这一点。"看看他吧！ 他像系列杀人犯吗？ 看看他吧！ 站起来，韦恩，"他说着，叫他伸出双手，"看看他的手是多么细嫩。你们认为这样一双手会有力气杀人吗，会把人掐死吗？"

宾德是在一天庭审时间过半时让威廉斯上的证人席，第二天又让他一整天站在那里。威廉斯的表演相当出色，他一定是对这个表演早有把握。他使人深信不疑，他是一个陷入窘境、种族偏见制度的无辜牺牲品，而警方需要尽快找到一个嫌疑人，于是就找到了他。

如此一来，原告方面临的下一问题便是： 我们该如何对他进行盘诘①？地方检察官助理杰克·马拉德负责盘诘。他思维机敏，善于应对。他的声音低沉缓慢，带有甜美悦耳的南方口音。

我在法庭程序或讯问证人方面没有经过任何正规的训练，但对于应该如何去进行倒有一种直觉。实际上，一切都可依据"设身处地"的原则去行事。我问自己，什么会使我心烦意乱呢？我得出的答案是，讯问我的人确实知道我是有罪的，我怎样狡辩都没有作用。

我对马拉德说："还记得以前放过的那个电视节目《这就是你的生活》吗？"你得如法炮制。你得尽可能长时间地让他站在证人席上，你得拖垮他。因为他具有过分克制的、刻板的个性，是个强迫性神经官能症患者。要想制服他的刻板个性，你非得不断给他施压，使他始终神经紧张不可。其方法就是谈论他生活的每一个方面，甚至似乎毫无意义的事情也不放过，像他在什么地方上过学之类。就这样一直讲下去。然后，当你弄得他疲惫不堪时，你必须像阿尔·宾德那样去触碰他的身体。对被告方有利

---

① 指向对方证人就其提供的证词进行盘问，以便发现矛盾，推翻其证词。——译者

的事情对原告方同样会有利。逼近他，侵入他的空间，使他猝不及防。趁被告方还来不及提出反对，你低声问他："韦恩，你杀害那些孩子时，感到过恐惧吗？"

当盘诘时间来临时，马拉德正是这样做的。在开头几个小时里，他无法使威廉斯失去自制。他抓住了一些明显的前后矛盾之处，可威廉斯依然镇定自若，只是说："怎么可能会是我威廉斯呢？"身穿灰色西装、头发灰白的马拉德条理分明地谈论起他的人生经历，然后在恰当的时候，走近威廉斯，把一只手搭在他的胳膊上，用清晰低沉的佐治亚州南部人拉长的调子慢吞吞地问道："那是一种什么感觉，韦恩？你用手掐住受害者的脖子时是什么样的感觉？你感到恐惧吗？你感到恐惧吗？"

威廉斯声音微弱地答道："没有。"

他随即意识到了自己的失误，于是大发雷霆。他用手指着我大叫起来："你想方设法要使我符合联邦调查局的那个画像，我是不会让你们得逞的！"

被告方方寸大乱。威廉斯更是发疯似的痛骂什么"联邦调查局的傻瓜"、原告方是一帮"蠢货"。然而，这正是审判的转折点。这是陪审团成员后来亲口说的。他们当时目瞪口呆。他们头一次看到了韦恩·威廉斯的另一面。他们亲眼看到了他身上的那种质变。他们能够想象出他所能做出的暴力行为。马拉德朝我眨了眨眼，然后继续对证人席上的威廉斯发起攻击。

他在法庭上如此勃然大怒之后，我知道他心里已经明白，他的惟一机会就是重新赢得同情。我拍了拍马拉德的肩膀，说："你瞧着好了，杰克。韦恩准会在一个星期后得病。"我不知道为什么选中了一个星期，然而正好过了一个星期，庭审被中途打断，威廉斯因胃痛被急忙送往医院。医生没有发现他有什么毛病，就让他出院了。

在向陪审团进行陈述时，威廉斯的辩护律师玛丽·韦尔科姆拿起一枚顶针问他们："你们打算仅凭顶针般的丁点儿证据就定这个人有罪吗？"她又拿起一块取自她办公室的绿地毯，说它是多么的普通。你们怎么能因为一个人有绿地毯就判他有罪呢？

于是有一天，我就和其他几位特工去了她的律师事务所。我们到达以后，趁她不在时走进她的办公室，扯下一些地毯纤维。我们把这些纤维带回去，请专家放在显微镜底下进行了分析，然后把这些证据交给了原告方。这些证据证明了她的地毯纤维与威廉斯家的地毯纤维是完全不同的。

1982 年 2 月 27 日，经过 11 个小时的审议，陪审团做出了两起谋杀案都有罪的裁定。韦恩·威廉斯被判处连服两次无期徒刑。他目前正在佐治亚州南部的瓦尔多斯塔劳改所服刑。他仍然坚持自己无罪，而围绕他的争论从来就没有势头减弱或平息过。如果有一天他设法赢得了一次重审，我确信审判的结果将会是同样的。

不管他的支持者们坚持什么观点，我相信法医学上和行为学上的证据都确凿地证明，韦恩·威廉斯就是杀害亚特兰大市 11 位男童的凶手。不管他的诋毁者和指控者们坚持什么观点，我相信没有任何确凿的证据能够把他和那座城市 1979 年至 1981 年间被谋杀的和失踪的所有或者甚至大部分儿童联系在一起。不管人们怎么认为，亚特兰大和其他城市依然有黑人和白人儿童在神秘地死去。我们对其中某些案子的凶手已略知一二。这些案子不是一个人所为，而事实真相也不怎么令人愉快。然而迄今为止，要想提起公诉既没有足够的证据，也缺乏民意的支持。

由于在韦恩·威廉斯一案中所做出的工作，我收到了不少表扬感谢信，其中包括富尔顿县地方检察官办公室的来函，感谢我提出了卓有成效的盘诘策略；还有亚特兰大外勤站主管特工约翰·格洛弗的来信，对整个亚童案的调查工作做出了归纳总结。最让我感动的一封信件来自首席被告辩护律师阿尔·宾德。他在信中说，我们在这件案子中所做的工作给他留下了深刻的印象。

这些信件和那份处分书差不多是同时收到的。吉姆·麦肯齐深感不安，已经为我申报了立功受奖，表彰我在威廉斯一案和其他 5 件案子中所作出的贡献。

嘉奖令于 5 月份批了下来。这样一来，我为了同一起案子既收到了局长签署的一张处分令，也收到了他签署的一纸嘉奖令。嘉奖令上写着："由于你的才华、尽职精神和专业修养，你的确提高了本局在全国上下的声誉，你可以相信你的宝贵贡献受到了本局的真诚感激。"随嘉奖令一起收到的还有一笔 250 美元的"可观"奖金。我算了一下，我的工作大约相当于每小时 5 美分。我马上将这笔钱捐给了海军救济基金，以帮助那些为国捐躯的男女将士的家属。

假如我们今天再碰到亚特兰大儿童谋杀案这样的案子，我认为我们会在短得多的时间内将凶手缉拿归案，不会让死亡与痛苦的历程拖得这么久。我们会更有效地协调我们的行动。我们现在的前摄技巧更为成熟，且根据的是更为贴近现实世界的经历。我们会知道如何布置讯问场面以收取最大效果。我们会为取得搜查令制订更周密的计划，及早拿到关键罪证，以免被作案者销毁。

然而，不管我们犯过什么错误，亚童案无疑是我们科的一个决定性转折点。我们声名鹊起，我们证明了自己工作的价值，还取得了全世界执法界的信任，继续协助执法界人士将一个又一个凶手绳之以法。

真可谓高风险、高回报。

十二

我们中的一员

贾德·雷是匡蒂科一位活着的传奇人物。他差一点丢了性命。 1982 年 2 月，当他作为亚特兰大外勤站特工参与侦破亚童案时，他妻子曾试图雇人杀害他。

我们是在 1978 年初调查"邪恶势力"一案时听说对方的，不过当时未曾见面。一个人称"长筒袜勒杀者"的系列杀手在佐治亚州哥伦布市闯入 6 位上了年纪的妇女的家中，袭击了她们，用她们自己的尼龙长筒袜将她们勒死。所有受害者皆为白人，验尸官在部分尸体上找到的法医证据显示，勒杀者是黑人。

接着，该市的警察局局长收到一封恐吓信，信笺和信封均系美国陆军专用。写信人声称自己是一个 7 人组成的"邪恶势力"小组的成员。信中提到，他们相信"长筒袜勒杀者"是个黑人，扬言要是在"June 1"之前或者如写信人所写的" 1 June"①之前还没有抓到凶手的话，就要杀掉一

---

① June 1 和 1 June 是英文中表示 6 月 1 日的两种方式。——译者

名黑人女子作为报复。他们声称已经绑架了一个名叫盖尔·杰克逊的女子。要是"长筒袜勒杀者"在"1 Sept."①之前还没有被抓获，"受害者人数就会加倍"。信中暗示军用信笺信封是偷来的，该小组起源于芝加哥。

这一事态的发展给每个人带来了噩梦般的恐惧。一个残忍的杀手潜行于哥伦布就已经够恐怖的了。一个"治安维持"组织的以血还血的报复则会使该市出现分裂。

就在警方费尽苦心搜寻这7名白人却一无所获之际，又收到了一封信，对方进一步提高了条件，要求支付一万美元赎金。盖尔·杰克逊是个妓女，在本宁要塞一带的酒吧中颇为知名。她的确失踪了。

贾德·雷是哥伦布警察局的带班队长。作为越战的退伍陆军老兵和从普通警察一步步干上来的黑人警官，他深知来自"长筒袜勒杀者"和"邪恶势力"小组的双重威胁一天不解除，哥伦布就一天不得安宁。尽管警方投入了大量时间和精力，调查工作却毫无进展。他的职业本能告诉他，他们一定是以错误的方法找错了人。他一直在跟踪了解全国执法方面的动向，曾听说过匡蒂科的画像项目。他建议警察局应当与行为科学科取得联系，看看我们怎么处理这个案子。

3月31日，他们通过佐治亚州调查局请求我们协助分析一下该案。不管写信人在第一封信中声明了什么，我们大家都相当肯定，此案与陆军和本宁要塞有关。加入联邦调查局之前干过宪兵的鲍勃·雷勒斯主持了该案的分析。

我们在3天之内就交出了报告。我们认为，没有证据表明这个自称

---

① 9月1日。——译者

"邪恶势力"的小组由 7 名白人男子组成。实际上，我们不相信它由任何白人男子组成。它的成员只是一名孤独的黑人男子，试图要转移警方的注意力，并且掩盖他早已杀害盖尔·杰克逊这一事实。从他使用军方惯用的日期写法（如"1 June"）以及使用的是"米"而不是"英尺"或"码"来看，他显然是在军中服役。那些信写得错误连篇，这排除了他是一位军官的可能性，因为军官应该受过良好的教育。鲍勃根据自身经验判断，此人很可能不是炮兵就是宪兵，年龄大概在 25 岁到 30 岁之间。他可能早已杀害了两名女子，说不定也是妓女，这便是他提到"受害者人数就会加倍"的用意。我们还认为，他有可能和"长筒袜勒杀者"是同一个人。

我们的画像在本宁要塞及受害者时常出入的酒吧与夜总会散发出去之后，陆军和哥伦布警方很快找出了一个名叫威廉·汉斯的黑人四等兵，26 岁，在要塞的一个炮兵部队服兵役。他供认杀害了盖尔·杰克逊、艾琳·瑟基尔德，并且于前一年秋天在本宁要塞还杀害了另外一名女子——名叫卡伦·希克曼的陆军二等兵。他承认他编造出"邪恶势力"这一组织的目的是要转移警方的视线。

一位现场目击者根据一张照片认出了真正的"长筒袜勒杀者"，他是 27 岁的卡尔顿·加里，一个在哥伦布土生土长的黑人男子。他在接连抢劫了几家餐馆后被捕获，但又得以逃脱，直到 1984 年 5 月才被再度拘捕。汉斯和加里都被裁定有罪并判处了死刑。

待哥伦布恢复正常以后，贾德·雷请假去佐治亚大学完成一项任务，招募少数民族人员和妇女从事执法工作。他打算招募工作一结束就返回警察局上班。不过，由于他有参过军和当过警察的背景，再加上他是黑人，而调查局迫切需要树立起为白人和黑人提供均等机会的形象，联邦调查局给他提供了一份工作，他接受了。我第一次见到他时没有太在意，那时他在匡蒂科接受新特工培训。他后来被派往亚特兰大外勤站。在那里，他的丰富经验和对当地以及当地人的深切了解被视为一笔巨大的财富。

我们 1981 年底再次见面，当时我为了亚童案南下亚特兰大。贾德像外勤站的每个人一样，全身心地投入了调查工作。每位特工都是专案小组的成员，一个专案小组负责调查其中 5 起谋杀案，贾德忙得不可开交。

他还承受着来自另一个方面的巨大压力。他的婚姻出现危机已有时日，如今正走向崩溃。他的妻子一直饮酒无度，对他秽语相加，而且行为无常。"我简直都不认识这个女人了。"他说。最后，在一个星期天的晚上，他给她下了通牒：要么她戒掉恶习并到精神病医生那里接受治疗，要么他就带着两个分别为 18 个月和 8 岁的女儿离开她。

完全出乎贾德意料的是，他确实开始看到好转的迹象。她变得开始关心他和女儿了。"我看到她的性格发生了突变。她不再滥饮了，"他事后回忆说，"她开始待我无微不至。我们结婚 13 年以来，她第一次早起给我做早餐。突然之间，她完全变成我期望的样子。"

但是他又补充道："我应该知道，哪会有这么好的事情。这一点我以后会告诫其他警察。如果你的配偶对待你的行为突然发生了根本改变，不管是积极的还是消极的改变，你都应当马上保持警觉。"

原来，贾德的妻子早已决定要把他干掉，她只不过是在争取时间以便能够做好安排。如果她的计划得逞，她就可以避免被迫离婚的打击和屈辱，把两个孩子留在自己身边，同时得到 25 万美元的人寿保险金。做一个哀伤但富有的遇害警官的遗孀要比做一个孤苦伶仃的离婚女子好得多。

贾德哪里知道，有两个男人已经跟踪他好几天了。他们每天早晨等在他家的公寓楼外面，然后尾随他沿着 20 号州际公路驶入亚特兰大。他们一直在寻找时机，想趁他毫无防备时干净利落地干掉他，然后在没有目击者的情况下逃之夭夭。

但是，他们很快就意识到一个问题。贾德当了多年的警官，做警察学到的第一条规则对他来说已成为一种本能，即拿枪的手始终要空着。不管这两个刺客跟踪他到哪里，他的右手似乎总是准备着去掏枪。

他们回去找到了雷太太，向她反映了这个问题。他们打算在公寓楼外面的停车场干掉他，但在解决他之前，贾德可能会至少先撂倒他们中的一个。她必须对他空着的右手想想办法。

为了不让这样一个细节问题妨碍她的计划，她弄来了一个旅行用的咖啡杯，建议贾德每天早上带着去上班。"13 年以来，她从未给我和女儿做过一顿早餐，而现在竟然想起了要我带着那该死的咖啡杯。"

他拒绝了。这么多年来，他就是习惯不了开车时左手握着方向盘而右手端着咖啡杯。那还是在汽车里尚未普遍设有杯座的日子。如果当时普及了，这个故事就可能有一个截然不同的结局。

枪手们又回来找雷太太。"我们在停车场无法下手，"其中一个说，"我们不得不在你家里对付他。"

于是，他们便定在 2 月初下手。那天晚上，雷太太带着两个女儿外出了，只剩下贾德一人在家。刺客们来到公寓楼，穿过门厅，上楼来到一家住户的门口，按响了门铃。可是他们搞错了门牌号。开门的是一个白人，这两个家伙就问他，住在这里的那个黑人到哪里去了。他头脑简单地告诉他们说，他们认错了门，雷先生住在对面。

但这样一来，贾德的邻居已经看到了他们。如果当天晚上下手，等到警方询问他时，他肯定会记起曾有两个黑人找过贾德·雷。因此，他们只好离去。

后来，雷太太回到了家，以为事情已经搞定。她迟疑不决地环顾四周，然后悄悄地走进卧室，心中已经准备好要拨打 911 电话，说她丈夫遇刺了。

她进了卧室，看到贾德躺在床上。她依然蹑手蹑脚地绕着房间四处察看。他翻了个身，问道："你究竟在干什么？"她吓得大叫一声，跑进了浴室。

但是在随后的日子里，她仍然表现出色，贾德还以为她真的改邪归正了。虽然事后回想起来，他觉得这样想实在是太天真了，但在他们的婚姻关系经历了那么多年的沟沟坎坎之后，他渴望相信，情况真的已有好转。

那是两个星期之后，也就是 1981 年 2 月 21 日，意想不到的事情发生了。贾德当时正在办理帕特里克·巴尔塔泽被杀一案。这很有可能成为亚童案调查工作的一大突破，因为从这位 12 岁男童的尸体上找到的毛发和纤维似乎与先前受害儿童身上的采样一致。

那天晚上，贾德的妻子给他做了一顿意大利式晚餐。他不知道，她在意式炸酱面里放了大量安眠药。按照计划，她饭后带上两个女儿去看望她姨妈了。

贾德一个人待在卧室里。他觉得他听到套房门口处有声响。门厅的灯光变得暗淡起来。大女儿卧室里的灯泡被什么人旋了下来。接着，他听见门厅里有人在压低声音说话。其实那是一个枪手失去了胆量，两个人正在商量怎么办。他不知道他们是怎么进来的，但当时这一点无关紧要。他们已经进来了。

"谁？"贾德大声问道。

突然一声枪响，但子弹没有击中他。贾德纵身扑向地板，第二发子弹打中他的左臂。房内一片黑暗。他想躲到大床后面。

"谁？"他又大声问，"你们想干什么？"

第三发子弹打在床上，离他很近。求生训练中学到的东西闪过他的大脑，他试图推算出枪支的类型。如果那是一支史密斯-韦森手枪，他们还剩下3发子弹。如果那是一支科尔特左轮枪，他们只剩下两发子弹。

"嘿，伙计！"他喊道，"怎么回事？你们为什么要杀我？快拿上你们想要的东西走吧。我没有看见你们。不要杀我就行了。"

没人回答。不过这时贾德可以看见月光映衬下的一个身影。

你今晚可活不成了，贾德自忖道。你根本不要想逃出去。不过你知道你的处境。你可不希望警探们明天走进来，说："这个可怜的家伙，一点也没有还击。他就这样让他们进来把他处决了。"贾德拿定了主意，要让警探们看到现场时，知道他曾经顽强地拼杀过。

他首先要做的就是拿到他的枪，而他的枪却在床的另一侧地板上。当有人企图杀你的时候，隔着一张大床也代表着不小的距离。

随后他听到有人喊道："不准动，你这个混蛋！"

在黑暗之中，他爬了起来，开始朝床边和他的枪一点点挪动。

他越来越靠近了，动作非常缓慢，他需要更大的力量有效地做出最后一冲。

当他有4个手指抓住床边时，便纵身一跃，扑向地板，但着地时右手压在了胸下。因为左臂已被击中，他的左手没有足够的力气去拿枪。

就在这时，枪手跳到床上，对着贾德近距离开了枪。

他感觉好像被骡子踢了一下。他体内似乎有什么部位一下子萎缩了。他当时并不知道那颗子弹从他背部射入，打烂了右肺，穿透了第三肋间隙，又从前胸钻出来，击中了仍然压在身体下面的右手。

枪手跳下床，俯身按了按他的脉搏。"你这个混蛋，再跟老子斗啊！"他说完拔腿就走了。

贾德头脑里一片空白。他躺在地板上大口大口地呼吸。他不知道自己身处何方，出了什么事。

然后他意识到，他一定是回到了越南战场。他能闻到战场的硝烟，看到枪口喷出的火舌。他喘不过气来。他想："也许我不是真的在越南。也许我只是在做梦。但如果我是在做梦，为什么呼吸会这么困难？"

他挣扎着爬起来，跌跌撞撞地走到电视机前，打开了开关。或许电视能告诉他，他是不是在做梦。约翰尼·卡森和《今宵》节目出现在荧屏上。他伸手触摸屏幕，想知道它是不是真的，结果在屏幕上留下一道血痕。

他需要喝点水。他艰难地走到浴室，拧开水龙头，试着用手捧点水喝。就在这时，他看到了嵌入右手的子弹以及从胸口汩汩流出的鲜血。这下子他明白发生了什么事。他走回卧室，躺到床脚边，等待死亡的降临。

可是他当了那么长时间的警察。他不能让自己就这样悄悄离开人世。一定要让警探们第二天来到时看到他曾经拼搏过。他又站起身，走到电话机旁，拨了个0。听到接线员的声音后，他喘息着告诉她，他是联邦调查局的特工，遭到了枪击。她立即给他接通了迪卡尔布县警察局。

一位年轻女警官接了电话。贾德告诉她，他是联邦调查局的人，被人用枪击中。他吃力地把话讲完。他吃了掺有安眠药的食物，又失血过多，讲起话来含混不清。

"你说什么？你是联邦调查局的人？"她以怀疑的口吻问道。贾德听见她大声告诉她的小队长，有个醉鬼打来电话，自称是联邦调查局的人。她问小队长她该怎么处理，小队长说挂断电话就是了。

这时接线员插了进来，告诉他们说他讲的是真话，他们得马上派人急救。直到他们答应了，她才罢休。

"那个接线员救了我的命。"贾德后来跟我说。

在她插话的时候，他已昏迷过去。直到急救医疗队给他套上了氧气罩，他才苏醒过来。"不要用电击疗法，"他听见医疗队长说，"他承受不住的。"

他们把他送到了迪卡尔布综合医院，值班的是一位胸外科医生。当他躺在急救室的轮床上，医生们奋力抢救他的生命时，他的神志是清醒的。

他与死神擦肩而过，头脑反而清醒了许多，他对自己说："这不是一起报复事件。我的确把不少人送进了监狱，但他们无法如此接近我。惟有我绝对信任的人才能如此靠近我。"

当他被从手术室推出来又送进特护病房时，亚特兰大外勤站主管特工约翰·格洛弗来了。格洛弗几个月来一直承受着亚童案的巨大压力，现在又出了这件事。与被害的孩子们和贾德一样，格洛弗也是黑人，是局里职位最高的黑人之一。他非常同情贾德。

"去找我太太，"贾德对他悄悄地说，"让她告诉你这是怎么回事。"

格洛弗还以为贾德仍然神志不清，医生却说不是这样，他神志清醒，而且还很警觉。

贾德在医院住了 21 天，他的病房受到了武装保护，因为没有人知道谁是枪手，或者他们还会不会回来干掉他。在这期间，他的案子毫无头绪。他妻子对这一惨案表现出了震惊和沮丧，口口声声说感谢上帝他没有被杀死，还说要是那天晚上她在家就好了。

在外勤站里，一组特工正在寻找线索。贾德干警察这一行已经很久了，可能树敌不少。看到他恢复得差不多了，他们用一种比较轻松戏谑的腔调，套用走红电视系列片《达拉斯》中的名句，提出了这个问题："是谁枪击了 J.R. ？^①"

过了几个月，他才使日常生活恢复了正常。他得支付受到袭击以后堆积如山的账单。当他看到南方贝尔公司的一张 300 多美元的电话账单时，不禁连连叫苦。但是逐项细看时，他开始在脑子中理出了案子的头绪。

他第二天上班时说，他认为这份电话账单是破案的关键。身为受害者，他不应办理自己的案子，但是他的同事们听从了他的意见。

账单上列有一连串打往哥伦布的电话。他们从电话公司那里查到了电话主人的姓名住址。贾德根本不认识这个人。于是他和另外几个特工驱车行驶了 100 多英里来到哥伦布。他们来到一个牧师家，而贾德觉得此人像个江湖骗子。

调查局特工对他施加了压力，但他否认与这起谋杀未遂案有任何牵连。特工们是不会轻易放过他的。他们告诉他，被谋杀的对象可是我们中的一员，不管是谁干的，我们一定会将其捉拿归案的。

然后，事情的来龙去脉便开始明朗起来。哥伦布一带的人都知道这个牧师是个有办法"把事情搞定"的人。雷太太早在前一年 10 月就找过他办这件事，但是他说他当时就告诉她，他不愿意干这事。

她回答说，她会找到一个愿意干的人，但请求使用一下他的电话，说她会付给他长途电话费的。牧师告诉特工，她给亚特兰大的一位老邻居打了电话。此人曾和贾德同时在越南参战，都是在陆军部队，熟悉枪支的使用。她对他说："我们一定要把这件事搞定！"

最后，牧师还声称："雷太太还不肯付我电话费呢。"

---

① 美国第 35 任总统肯尼迪在达拉斯市遇刺身亡，他的姓名缩略语为 J.F.K.，因此电视剧中有句台词是："是谁枪击了 J.F.K. ？"贾德·雷的姓名缩略语是 J.R.，他的同事套用电视剧的台词，戏谑地问："是谁枪击了 J.R. ？"——译者

特工们上了车，驶回亚特兰大，找到那位老邻居当面对证。在严厉盘问下，他承认雷太太曾跟他说起雇佣刺客的事，但他发誓，他根本不知道她要干掉的就是贾德。

无论如何，他说他当时告诉她，他不认识任何干那种事的人，所以让她跟他妹夫联系一下，或许他认识什么人。这位妹夫又把她介绍给另一个家伙。他同意接下这份活儿，然后雇了其他两个人做枪手。

雷太太、从前邻居的妹夫、接活儿那个人以及两名枪手都受到了起诉。从前那位邻居则被认定为免于起诉的合谋者。那5个人受到了指控，被判定犯有谋杀未遂罪、合谋罪和非法入室罪。他们每人都被判处了10年有期徒刑，这是法官能够给他们判处的最长徒刑。

因为亚童案的关系，我时常见到贾德。后来，他来找我了。虽然我不是他的外勤站同事，但深知从事这份工作所要承受的压力，也能够理解他曾经历过并且仍然在经受的内心的痛苦，因此我猜他是想跟我诉说心事。他告诉我，除了这件事给他带来的种种苦衷，公众对他家庭情况的议论尤其让他感到痛苦和难堪。

考虑到贾德受到的痛苦，局里想为他做出最有利的安排，将他调到一个远离亚特兰大的外勤站以抚平他心灵的创伤。但是，在与贾德交谈并了解到他的想法之后，我提出了不同的看法。我认为他应该在原地待上一段时间。

我去找了亚特兰大外勤站主管特工约翰·格洛弗，跟他谈了我的看法。我说："如果你们把他调走，就会使他失去在这个外勤站可以得到的支持。他需要待在这里。给他一年时间把孩子们安顿下来。而且在这儿孩子们可以得到带过她们的姨妈的照应。"我建议，如果要调他去其他地方，就应该把他放在哥伦布常设办事处，因为他曾在当地干过警察，仍然认识那里的大部分执法人员。

他们真的让他留在了亚特兰大-哥伦布地区，他开始使自己的生活逐步走上正轨。后来，他被调到纽约外勤站，主要负责国外反间谍行动。他同时还成为该外勤站的一名画像协调员，即当地警方与我们科之间的联络人。

等到我们科有了空缺位置时，我们就把贾德调了过来，一同调来的还有同属纽约外勤站的罗森妮·拉索和华盛顿外勤站的吉姆·赖特。赖特曾用了一年多时间办理约翰·欣克利一案的调查及审判工作。罗森妮最后离开了我们科，调到华盛顿外勤站负责国外反间谍行动。贾德和吉姆双双成为享有国际知名度的杰出探员，也成为我的挚友。我当上科长以后，吉姆·赖特接替我成为画像项目主管。

贾德声称，我们当初选中他时，他感到很吃惊。但是他在纽约外勤站一向就是优秀的协调员，而且由于具有丰富的执法经验，他的工作从一开始就很对路子。他学东西很快，极其有分析头脑。身为警官的他曾经"亲临一线"参与过案件的侦破，并把正确的见解带到了科里。

在教学场合，贾德并不惧怕提及那起针对他的未遂谋杀案及其影响。他甚至保留着一盘录有当时他拨打紧急电话的磁带，有时还会在课堂上播放。但是他无法待在教室里听。他会等在外面直到录音放完再进来。

我对他说："贾德，这个案子大有文章可做。"我解释道，现场有那么多因素，诸如脚印、电视屏幕上的血迹等，原本都可能起到误导作用或者看起来理不出头绪。但现在我们开始懂得，貌似不合理的因素可能会有合理的解释。"如果你好好研究整理这件案子，"我告诉他，"它会成为非常有价值的教学案例。"

他照我说的去做了，于是此案成为我们讲授的最生动且最具启发意义的案例之一。对他来说，这是一种心灵净化过程。"我发觉这对我个人有很大启发。在讲授这件案子的备课过程中，我会走进一条以前从未涉足的小巷。每当你跟可以信赖的人谈论它，你就在探索另一条小巷。雇人谋杀配偶的案件或者未遂案件在这个国家里的发案率要比我们愿意相信的还要高。出事的家庭常常感到十分难堪，因此没有人愿意谈论它。"听贾德讲授这个案例是我担任全国学院教官的过程中所经历过的最让我感动的事件之一。我知道有此感想的人不止我一个。到后来，在播放那盘录音带时，他总算可以留在教室里倾听了。

到贾德成为我们科的一员之时，我已经对作案后行为进行了深入的研究。我开始明白，不管作案者多么努力，他的许多作案后行为常常超出他的意识控制范围。由于这是亲身经历的案子，贾德开始对作案前行为这一课题产生了浓厚的兴趣。我们一度认为，突发的紧张性刺激是导致犯罪发生的重要因素。但是，贾德大大拓宽了我们的视野，以自身实例说明了集中分析案发前行为和人际关系有何等重要。伙伴在行为方面表现出的根本变化，哪怕是细微的但却非常重要的变化，都可能意味着他或她已经开始筹划要改变现状。如果丈夫或妻子变得出乎意料地镇定，或者变得一反常态地友善和宽容，这就可能意味着他或她已经开始认为那种改变不可避免或者即将来临。

雇人谋杀配偶案是很难调查的。活着的一方已经设好了心理防线。破案的惟一办法就是要撬开某人的嘴巴，而且你得搞清楚作案动机和案发事由，这样对方才会买你的账。就像重新布置犯罪现场可能会把警方引入歧途一样，配偶的作案前行为也是一种布置的形式。

最最重要的是，贾德的案例提供了犯罪现场可能会被错误解释的很好的例证。假如贾德被害身亡，我们很可能会得出一些错误结论。

警察最初被传授的要点之一就是不可破坏案发现场。但是作为老资格警察及特工的贾德的几乎无意识的行动却无形之中破坏了原来的案发现场。我们可能会把地上的所有脚印和他活动的证据都解释为发生了一起进行得不顺利的夜盗案件，闯入者挟持他在房内四处走动，逼迫他讲出某些物品藏在何处。电视屏幕上的血迹则提示出，贾德一直躺在床上收看电视，突然之间遭到了袭击，随即中弹。

有个情况需要郑重考虑。正如贾德所说的："假如我死了，我绝对相信，她能逃脱一切罪责。整个事件经过了周密策划，她的表现已经赢得了左邻右舍的好感。没有人会对她丧夫的哀痛表示怀疑。"

如我所说的，我和贾德成了挚友。他几乎可以说与我情同手足。我常常对他开玩笑说，他一定要在我评估科员表现之际，给我放一遍那盘录音带，那样准保会得到我的绝对同情。然而，从来就没有这个必要。贾德·雷的履历说明了一切。他现在是国际训练科科长。在这个单位，他的技术和经验会使新一代特工和警察受益匪浅。但是，不管他走到哪里，他永远是我们中的一员，而且是最棒的一员。他是完全凭借勇气和意志力才劫后余生、随后亲手将作案者绳之以法的少数几个仍然健在的执法官员之一。

十三

最危险的游戏

　　1924 年，作家理查德·康奈尔写了一篇题为《最危险的游戏》的短篇小说。故事说的是一个名叫杰纳勒尔·扎罗夫的专门捕杀大型猎物的猎人，他厌倦了捕猎动物，开始猎杀一种更具有挑战性、更聪明的猎物：人。时至今日，这个故事仍然广为流传。我女儿劳伦最近在学校就刚刚读过。

　　就我们所知，直到 1980 年前后，康奈尔的故事还只是存在于小说的虚构世界里。但是，阿拉斯加州安克雷奇市一个名叫罗伯特·汉森的性情温和的面包师却改变了它的虚构性质。

　　我们并没有按照通常程序对汉森进行画像，或者设计一套指认和捕捉他的策略。在 1983 年 9 月我们被请去时，阿拉斯加州警察已经指认汉森为谋杀嫌疑人。但是他们不能确定他的涉案范围，或者不能肯定，一个像他这样不可能犯罪的人、一个受人尊重的有家室的人、一个称得上社区支柱的人，是否真的会犯下被指控的那些可怕罪行。

事情的经过是这样的：

前一年的 6 月 13 日，一个年轻女子惊慌失措地跑到安克雷奇市的一位警察面前。她一只手腕上悬挂着一副手铐，讲述了一个离奇的故事。她是一个 17 岁的妓女，在街上遇到了一个身材矮小、长着一头红发、一脸麻子的男子。此人出价 200 美元，要她在他的车上和他进行口交。她说正在口交时，他不动声色地铐住了她的手腕，拔出枪对着她，然后开车把她带到他地处该市繁华的马尔敦地带的家中。当时没有别人在家。他对她说，要是她肯合作，照他说的去做，他就不会伤害她。他强迫她脱光了衣服，并且强奸了她。后来，他把她铐在地下室的一根柱子上，使她动弹不得，他自己则睡了几个小时。醒来之后，他说他非常喜欢她，要用自己的私人飞机带她去他的林中小木屋，在那里他们还会再次做爱，然后就用飞机把她送回安克雷奇，还她自由。

但是她心里很清楚，那种可能性是微乎其微的。他已经强暴和侵犯了她，且丝毫没有设法隐瞒自己的身份。要是他真的把她弄到那个小木屋，她的麻烦可就大了。在机场上，趁绑架者往飞机上装运供给品之际，她设法逃脱出来。她一面拼命跑着，一面寻求援助，就这样她找到了那位警察。

根据她的描述，绑架者似乎是罗伯特·汉森。他 45 岁左右，在艾奥瓦州长大，迁到安克雷奇已有 17 年，开着一家生意兴隆的面包房，被认为是社区的重要成员。他已结婚，有一子一女。警察开车将她带到了汉森在马尔敦的家，她说那正是她受到摧残的地方。他们又带她去了机场，她认出了属于罗伯特·汉森的超级猎犬型飞机。

警察随后找到了汉森，拿出这名年轻女子的指控与他当面对证。他的反应非常愤慨，声称从未见过她，一口咬定她显然是看上了他的显赫地位，想敲诈他一笔。他认为这个指控本身就十分荒谬。"你不可能强奸妓女，对不对？"他反问警察。

他还有出事当晚不在犯罪现场的证明。他妻子和两个孩子整个夏天都在欧洲。案发时，他正在家中与两位生意伙伴共进晚餐。他说了他们的姓名，他们也证实了他的说法。警方除了那个年轻女子的口头指控以外没有掌握任何证据，因此他既未被捕也未受到起诉。

尽管他们缺乏证据，安克雷奇警方和阿拉斯加州警察却闻到了烟味，感到有火情发生。早在1980年，建筑工人在伊克卢特纳路挖掘时，曾发现了一具女尸的残骸。尸体掩埋得很浅，已经被熊吃掉了一部分，上面的痕迹表明是被刺身亡。警方称她为"伊克卢特纳的安妮"，其真实身份无从知晓，凶手也一直未被抓获。

1980年的后半年，乔安妮·梅西纳的尸体在靠近苏厄德的一个砂砾坑被人发现。后来在1982年9月，克尼克河一带的猎人发现了一具浅埋的尸体，死者是23岁的谢里·莫罗。她是跳袒胸舞的舞女，前一年的11月失踪。她身中3弹。现场找到的弹壳证明，子弹出自0.223口径的鲁格迷你14型枪，一种大火力的猎枪。不幸的是，这种枪在阿拉斯加很常见，不可能找到并约见每个持有此枪的猎人。不过该案有一个特别之处：死者的衣服上没有枪眼，说明她被枪杀时一定是赤裸着身体。

几乎整整一年之后，有人发现了被浅埋在克尼克河畔的又一具尸体。这回的死者是葆拉·戈尔丁，一位失业秘书，因走投无路而在一家雇用袒胸女招待的酒吧找了一份工作，以勉强维持生计。她同样死于鲁格迷你14型枪的枪口下。她4月份就已失踪。接着便发生了这位17岁妓女从被绑架者的魔掌下逃脱的事件。鉴于前面多起案子未破，现在又多了一个戈尔丁的案子，阿拉斯加州警察局的刑事调查科决定对汉森跟踪调查。

虽然在我做画像之前，警方已经将汉森视为嫌疑人，我还是想让我的判断不受已经开展的调查工作影响。所以第一次通电话时，我没有让他们首先告诉我嫌疑人的详细情况，而是说："你们先跟我讲讲案情，让我来告诉你们那个家伙的情况。"

他们描述了那些悬而未决的谋杀案以及那个年轻女子的遭遇。听完后，我谈了我的基本看法，描绘了作案者的大致情况，他们说听起来很像他们的嫌疑人，甚至连口吃这一细节都吻合。然后，他们告诉了我有关汉森的情况，他的工作和家庭、他在社区的地位、他作为一流捕猎者的名气等等。这个人听起来有犯下这些罪行的可能吗？

他当然有可能，我告诉他们。问题是：虽然他们掌握了不少二手情况，可惜却缺少足以起诉他的物证。将他逮捕归案——他们急切期盼着这么做——的惟一办法就是设法让他招供。他们请求我到达现场帮助他们侦破此案。

从某种意义上说，这样做有悖于我们通常的办案程序，我们这是根据嫌疑人的情况，从他的背景、个性和行为来断定他是否与一系列罪行有牵连。

吉姆·霍恩与我同行，他新近从科罗拉多州博尔德常驻办事处调到我们科。我们过去曾一起接受过新特工培训。当我终于获得了授权，可以挑选 4 名特工与我一起工作时，便邀请了吉姆回到匡蒂科。吉姆·霍恩如今是局里两位拔尖的压力管理专家之一，另一位是吉姆·里斯。压力管理已成为干我们这一行的极其重要的工作内容。不过他用行为学的方法办案是从 1983 年处理汉森一案开始的。

安克雷奇之行是我经历过的较为刺激，却最不舒适的旅行之一。旅行的最后阶段是令人神经紧张的贴近水面飞行，我的双眼布满了血丝。抵达后，警方派车接送我们前往下榻的饭店。我们在途中驶过了受害者们曾经工作过的一些酒吧。当地的一年四季大多是天寒地冻，妓女无法在外面拉客，所以基本上都在酒吧里接洽生意。那些酒吧几乎是昼夜 24 小时营业，只会关门个把小时，用以打扫卫生和驱赶醉鬼。那年头，由于大批流动人口拥入阿拉斯加参加输油管道的铺设工程，该州的自杀率、酗酒率和性病发病率都高居全国榜首，几乎成为我们西部荒蛮边疆的现代翻版。

我发觉那里的气氛十分诡谲。当地居民与来自"下面 48 个州"的人们之间似乎存在着持续性的抵触情绪。到处都能看到肌肉发达的文身硬汉晃来晃去，看上去活脱脱是从万宝路香烟广告中直接走出来的。由于人们动不动要长途跋涉，似乎每个人都有一架飞机，因此汉森在这方面并无什么异常之处。

对我们来说，此案的重要意义在于，这是画像第一次被用来协助警方获得搜查令。我们开始分析所掌握的有关罪行和罗伯特·汉森的所有情况。

从被害人这方面来看，已知的受害者要么是妓女，要么是袒胸舞女。她们是南来北往于西海岸的一大批随处可觅的易受攻击的阶层人群。因为她们的行踪飘忽不定，也因为她们没有把来去行踪报告警方的习惯，所以如果她们中有人出了事，除非尸体被人发现，否则很难会有人知道。警方和联邦调查局在华盛顿州调查格林河杀手案时所面对的正是这同一难题。这种对受害者的选择值得关注。作案者只是把目标对准那些失踪后无人惦念的女子。

我们对汉森的背景并非一清二楚，但是从我们已知的情况来看，他还是符合某种模式的。他身材瘦小、满脸麻子、口吃严重。我猜测，他在青少年阶段有过严重的皮肤病，再加上讲话结巴，可能受到同龄人，特别是女孩子的嘲笑和躲避。因而他可能很自卑。这可能也是他迁到阿拉斯加来的原因——想在一个新的领域开辟新的生活。而且从心理学角度分析，摧残妓女是对全体女性进行报复的一种相当常见的形式。

我也非常重视汉森是出了名的打猎好手这一事实。他在卡斯科奎姆山区狩猎时，曾用石弓放倒过一只多尔野羊，因此在当地颇有名气。我并非有意在暗示大多数猎人都是有缺陷的人，但是就我的经验来看，如果一个人本身有缺陷，那么他可能设法加以弥补的一种方式就是狩猎或玩弄刀枪。严重的口吃使我联想起了戴维·卡彭特，即旧金山的"林径杀手"。就像卡彭特一案那样，我敢打赌，当汉森感觉自己处于绝对支配或主宰地位时，他的言语障碍就会消失。

把这一切汇总起来后，我开始对事情的前因后果有了认识，尽管这是我们从未见过的案情。妓女和色情舞女的尸体在偏僻的林地被人发现，身上的弹痕表明她们死于猎枪之下。在至少一个案子中，枪弹是对着裸露的身体发射的。那个自称得以逃脱的 17 岁姑娘说，罗伯特·汉森曾想用飞机将她载往他的林中小木屋。汉森把妻子儿女都打发到了欧洲去度夏，自己一人留在家里。

我的看法是，如同《最危险的游戏》中的杰纳勒尔·扎罗夫那样，罗伯特·汉森厌倦了捕猎美洲赤鹿、熊和多尔野羊，把注意力转向了一种更有趣的猎物。扎罗夫把水手抓来充当猎物，那些水手的船只在通往扎罗夫的小岛的航道上因撞上故意未标示的礁石而失事。他这样解释道：

"我猎杀的是地球上的渣滓，即浪迹四海的水手。一匹良种马或者一条纯种猎狗都要比他们 20 个人加起来更有价值。"

我设想，汉森也是以大致同样的方式看待妓女的。他认为她们比自己卑贱低下。他无需花言巧语就可以让一个人跟他走。他会开车带上她，使她沦为俘虏，用飞机将她带往偏僻的荒野，剥光她的衣服，将她释放，然后再用刀枪进行捕猎。

他的惯用手法起初不会是这样的。他开始时可能只是把她们一杀了之，然后用飞机把尸体送到遥远的地方。他那时作案只是出于愤怒。接下来，他可能让受害者向他乞求饶命，从中体验着快感。他身为猎人，大概在某个时候突发奇想，觉得可以将这些不同的活动结合起来：先是用飞机把她们活着带到荒野之中，满足自己的性欲，再猎杀她们取乐。这也许就是控制的终极形式。于是他猎杀成瘾，一而再、再而三地杀人。

这使我想出了获得搜查令的具体步骤。他们想让我和吉姆做的就是出具一份他们可呈递法庭的书面陈诉，说明画像是怎么一回事、我们预计在搜查中会发现什么证据以及我们做出这个推断的依据。

汉森有别于一个普通作案者或者一个用哪种枪都可以的人，他的猎枪对他来说意义重大。因此我估计，他的猎枪大概会放在房里的某个地方，不过不会放在明处。它可能会被藏匿在阁楼上的爬行空隙中、镶板或假墙背后，以及类似的地方。

我还估计我们的对手会是一个"收藏家"，尽管这不是一般意义上的收藏。许多强奸者要从受害者身上取下纪念物，再送给他们生活中的女人，以作为一种支配的象征并借此重温那段经历。可是汉森不可能像对待大猎物的头颅那样把女人的头颅挂在墙上，因此我认为他可能会拿走某种别的战利品。既然那些尸体没有遭到人为的肢解，我料想他拿走的是首饰一类的物品，然后可能会谎报其来历，将其送给妻子或女儿。他似乎没有保存受害者的内衣或任何其他我们可能想到的物品，但也许会保存小幅照片或皮夹里别的什么物件。根据我同具有这种个性的人打交道的经验，我认为也许会发现记载其战绩的一本日记或一份清单。

接下来的任务便是攻破他不在犯罪现场的证据。对于他的两位生意伙伴来说，只要不危及自身，提供案发当晚他们和他在一起的证词并不是什么大不了的事情。然而，如果我们能让他们认识到这件事的利害关系，局面就会有所改观。安克雷奇警方说服地方检察官授权成立了一个大陪审团，对那位年轻妓女指认汉森绑架和攻击她的事件展开调查。警方随后找到了那两位商人，要他们再次说明当时的情况。只是这一次他们被告知，如果发现他们对大陪审团说谎，他们俩就不会有好日子过。

正如我们所料，这种做法迫使他们说了实话。两人承认，那天晚上他们没有和汉森待在一起，是汉森请求他们帮助他摆脱据他说是有点尴尬的处境。

就这样，汉森被指控犯有绑架和强奸罪而遭逮捕。对其住房进行检查的搜查令随即被签发。警方在房子里找到了那支鲁格迷你 14 型猎枪。弹道分析表明，它与尸体附近发现的弹壳相吻合。像我们估计的那样，汉森有一间设施齐全的战利品陈列室，他常在里面收看电视。室内到处挂放着动物头颅、海象牙、羊角和鹿角、鸟类标本等，地板则铺上了动物毛皮。在阁楼的地板下面，他们又发现一些武器，以及属于受害者的各种廉价首饰和物品，其中有一块蒂梅克斯牌手表。另有一些物品他已送给了妻子和女儿。他们还发现了属于受害者的一本驾驶执照和部分受害者的其他身份证件。他们没有发现日记，但的确找到了起着同样作用的物证：一张标有不同弃尸地点的航空图。

这一切证据当然足以将他送上法庭。但是当初要是拿不到搜查令，我们就无法取证。在本案中，我们能够获得搜查令的惟一方式，就是向法官阐明并使他确信，我们有足够的行为证据表明进行搜查是正当合理的。从此，我们多次出具过书面陈述，成功地协助了警方取得搜查令并最终将凶手缉拿归案。其中最突出的一例是发生在特拉华州的史蒂文·彭内尔案，即"Ⅰ-40杀手案"，此人用经过专门改装的面包车拉载妇女，然后对其加以折磨和杀害。他于1992年被处决。

当1984年2月安克雷奇警方和阿拉斯加州警察正式审讯罗伯特·汉森的时候，我正在家里休养，以恢复在西雅图病倒后虚弱的身体。罗伊·黑兹尔伍德在这期间除了处理自己分内的工作之外，还勇敢地挑起了我的担子，负责在访谈技巧上辅导警方。

如同警方第一次拿绑架的指控跟他对质时一样，汉森矢口否认一切。他指出，他的家庭生活幸福、生意兴隆。起初他声称，之所以在不同地点发现了他的猎枪的弹壳，是因为他曾到那些地方练过射击。在那些地点发现了尸体显然纯属巧合。最后，面对大量的证据，并在一位恼火的检察官宣称他若不招供就请求判处他死刑的情况下，他终于承认了那些谋杀案。

为了替自己减轻罪责，他声称搭载妓女只是想进行一下口交，他觉得不应该向他那位体面可敬的妻子提出这种性要求。他辩称，要是妓女满足了他的性欲，事情也就到此为止了。那些不肯顺从的人，那些力图控制局面的人，才是他惩罚的对象。

这样，汉森的行为印证了我们在狱中访谈蒙特·里塞尔时所了解的情况。汉森和里塞尔都有自身缺陷和不良背景。最惹里塞尔愤怒的女人，是那些为了安抚他而假装友好或快活的女人。她们怎么会意识到，权力和支配局面对于这一类人来说意味着一切。

汉森还声称，有30到40个妓女曾自愿乘坐过他的飞机，且被活着送了回来。我觉得这种说法令人难以置信。汉森找的那一类妓女都想尽快做完生意，再去接下一个客人。如果她们干这一行已有时日，一般看人都相当准确。她们才不肯与一个刚刚认识的嫖客乘飞机到野外去呢。如果说她们在与他接触时犯了什么错误，那便是被他说服去了他家。一旦她们走入他的家中，一切都为时已晚。

如同虚构小说中的对应人物杰纳勒尔·扎罗夫那样，汉森也宣称他只猎杀某一种人。他永远不会产生伤害"正派"女人的念头，但觉得妓女以及袒胸或裸体舞女都是适于迫害的对象。"我不认为我仇视所有的女人，不是这样的……但我以为妓女在我眼里是低贱的女人……这就好像是一场比赛，她们得先投球，我才能击球。"

在捕猎的过程中，最后的射杀是高潮。"令人刺激的是追踪猎物。"他告诉审讯者。

他证实了我们对其背景的推测。他在艾奥瓦州波卡洪特斯长大，父亲是位面包师。罗伯特小时候常在商店行窃，在长大后很长一段时间里，即便买得起想要买的东西，仍然为了体验行窃的刺激而恶习不改。他说他与女孩子交往的麻烦开始于中学时代。他的口吃和满脸粉刺使别人不愿跟他交往，他对此心怀怨恨。"因为我的长相和说话方式很奇特，所以每当我打量某个女孩子时，她总会扭过头去。"他在陆军度过了一段平静的服役生活，然后在 22 岁结了婚。接着他因犯下纵火和盗窃罪被判刑，与妻子分居并离了婚，后来再次结婚。他的第二任妻子大学一毕业，他们就搬到了阿拉斯加。在那里，他可以开辟新的生活。但是在好几年时间里，他仍然频频触犯法律，包括屡次骚扰断然拒绝其挑逗的女子。有意思的是，像其他许多不法之徒一样，他那时也开着一辆大众甲壳虫车。

1984 年 2 月 27 日，汉森承认了 4 项谋杀罪、1 项强奸罪、1 项绑架罪，以及多项盗窃罪和滥用枪支罪的指控。他被判处 499 年囚禁徒刑。

在汉森一案中，要使警方获得清晰的破案思路，我们就必须首先回答一个问题：发生在安克雷奇的所有已知的妓女和袒胸舞女被杀案件，是否都是或者有可能都是同一个人所为。这一点在刑事调查分析中常常是一个关键问题。大约就在罗伯特·汉森的第一个受害者尸体在阿拉斯加被发现的前后，我还应纽约州布法罗市警察局的邀请，对显然是由种族仇恨而引发的一系列凶残谋杀案进行了评估。

1980 年 9 月 22 日，一个名叫格伦·邓恩的 14 岁男孩在一家超级市场的停车场被枪杀。目击者称枪手是一个白人男青年。次日， 32 岁的哈罗德·格林在奇克托瓦加市郊的一家快餐店被人开枪打死。同一天晚上， 30 岁的伊曼纽尔·托马斯在自家房前被杀，和前一天发生的谋杀案在同一个地段。第二天，又有一名男子，约瑟夫·麦科伊，在尼亚加拉瀑布镇遇刺身亡。

根据已掌握的情况，这些无谓的谋杀之间只有两点关联因素。所有受害者都是黑人。再者，他们都是被 0.22 口径步枪击毙的，于是媒体信手拈来地称作案者为"0.22 口径杀手"。

布法罗的种族关系变得十分紧张。黑人社区的许多人感到生命得不到保障，指责警方没有采取任何措施保护他们。从某些方面看，亚特兰大的恐怖事件似乎在布法罗市上演了。而且正如这种局面下常常发生的那样，事态没有马上好转，反而进一步恶化。

10 月 8 日，有人在阿默斯特市郊区发现一位名叫帕勒·爱德华兹的 71 岁黑人出租车司机死在车后部的行李厢里，心脏已被剜出。次日，又有一位黑人出租车司机， 40 岁的欧内斯特·琼斯，在尼亚加拉河岸被人发现，心脏也已被人从胸腔挖出。他那辆血迹斑斑的出租车是在几英里外的布法罗市的地界内找到的。第二天，一个星期五，一个基本符合"0.22 口径杀手"特征的白人走进了 37 岁的科林·科尔的病房，叫嚷着"我恨黑鬼"，扑上去掐病人的脖子。幸亏一位护士及时赶到，侵入者仓皇逃离，科尔保住了一命。

社区内一片哗然。政府官员担心黑人激进主义组织会马上做出强烈反应。应布法罗外勤站主管特工理查德·布雷青的请求，我在那个周末去了该市。布雷青是个非常正派可敬的伙计，一个真正具有家庭责任感的人，还是局里所谓的"摩门教黑手党"的重要成员。我永远也不会忘记他挂在办公室里的一幅字，大意是："如果一个人的家庭生活失败，他的人生也等于失败。"

按照一贯的做法，我从研究被害人入手。正如警方所言，6名受害者除了种族相同以外，确实再无任何重要的共同特征。我觉得，他们都是不幸地在错误的时间出现在了错误的地点。很显然，"0.22口径"枪杀案均系一人所为。作案者受了使命感驱动，具有行刺风格。其中惟一明显的精神病症就是对黑人的病态仇恨。他不管别的，只要是黑人便杀。

我推想此人加入了仇恨组织，甚至是教会这样的具有明确目标或价值观的组织，并且一心想说服自己相信，他正在为这个组织做出贡献。我可以看出他为此参了军，但是因为心理原因或不能适应军队生活而提前退了伍。这个人可能具有理智和条理性，而他那带着偏见的虚妄的观念体系自身也可能具有条理性和"逻辑性"。

另外两起罪行，即凶猛攻击出租车司机，也是作案者基于种族仇恨而犯下的，但在这两起案子中，我认为要对付的是另一个凶手。这两起罪行是一个缺乏条理性、心理变态的人所为，他有可能患有幻觉症，极有可能是一个业已确诊的类偏狂型精神分裂症患者。在我看来，犯罪现场反映出了凶手的狂怒情绪和他的过度控制欲和过分杀戮欲。如果假定4起枪杀案和两起挖心案是同一个人干的，那便意味着在约瑟夫·麦科伊被谋杀到帕勒·爱德华兹被谋杀后不满两星期的时间内，凶手的个性发生了严重分裂。闯入病房的行径也不像是"0.22 口径杀手"所为。再说,我的直觉和经验告诉我,挖心者的病态幻觉是长久以来逐渐发展起来的,至少应有几年时间。在这两组凶杀案中,抢劫都不是作案动机。尽管前 4 起案子的作案者在快速出击后逃之夭夭,后两起案子的犯罪现场却毫无疑问地表明,作案者在现场逗留了很长时间。如果将这 6 起案子联系起来,我认为可能性更大的是,那个挖心的精神变态者也许受到了那个率先对黑人大开杀戒的种族主义分子的启发。

接着,在 12 月 22 日,曼哈顿区中心地带有 4 名黑人和 1 名西班牙裔人在 13 小时之内先后被"市中心砍杀者"杀害。另有两名黑人受害者死里逃生。12 月 29 日和 30 日,砍杀者显然在该州北部地区再度出击,在布法罗刺死了 31 岁的罗杰·亚当斯,在罗切斯特市又刺死了 26 岁的温德尔·巴恩斯。在随后的 3 天里,有 3 名黑人男子在布法罗遭到类似的攻击,险些丧命。

我不能对警方保证"0.22 口径杀手"就是"市中心砍杀者",即这最后一组案子的凶手。但我可以有把握地说,他们是同一类型的人。他们都有种族主义观念,作案风格都是闪电式暗杀。

在接下来的几个月中,"0.22 口径"案两度取得了进展而水落石出。1 月间,22 岁的陆军二等兵约瑟夫·克里斯托弗在佐治亚州本宁要塞(3 年前,这里发生了"邪恶势力"谋杀案,威廉·汉斯打的就是种族主义的旗号)被拘捕,被指控砍杀了同部队的一名黑人士兵。在对其靠近布法罗的老房子进行搜查时,警方发现了大量 0.22 口径枪支所用的子弹和一支短枪管的步枪。克里斯托弗于前一年 11 月刚刚入伍,布法罗和曼哈顿发生谋杀案时,他恰好因休假而离开了本宁要塞。

在被押于本宁要塞的禁闭中心期间,他告诉主管军官奥尔德里奇·约翰逊上尉，"布法罗那件事"是他干的。他受到的指控有布法罗枪杀案和部分刺杀案。他被裁定有罪。法庭在听了对其心智状况的激烈辩论之后，判处他60年徒刑。精神病专家马修·莱文上尉曾在马丁陆军医院为克里斯托弗进行过检查，发现克里斯托弗与"0.22口径杀手"的画像极为吻合，他为此惊讶不已。如画像所预测的，案犯不太适应军旅生活。

克里斯托弗既不承认也不否认两名出租车司机的被杀案。他没有因这两起案子受到指控，无论从惯用手法还是识别标志的角度来分析，这两起案子都不具有其他案件的作案模式。这两个术语在刑事调查分析中都是极为重要的概念，我在全国各地法庭的证人席上花了大量时间进行过解释，力图使法官和陪审团明白两者之间的差异。

惯用手法是习得的行为。它指的是凶手犯罪时的所作所为。它是动态的，也就是说它是可以发生变化的。识别标志是我创造的一个术语，以区别于惯用手法。它指的是凶手为了满足自己的愿望而不得不做的事情。它是静态的，它不会发生变化。

例如，你不会认为一个未成年人会在其成长的过程中以同样的手法不断犯罪，除非他第一次作案时就达到了天衣无缝的水平。然而他每得手一次，都会从中汲取经验教训，不断完善作案技巧。这就是为什么我们说惯用手法是动态的原因。另一方面，如果这个家伙犯罪是为了——比如说——支配受害者、给他造成痛苦，或者使他乞怜求饶，那便是识别标志。它是体现作案者个性的某样东西，是他需要去做的某件事。

在许多州，检察官能够将诸多罪行联系起来的惟一方法就是通过找惯用手法，而我相信我们已经表明，这种方法已经过时了。在克里斯托弗一案中，被告的辩护律师大可争辩说，布法罗的"0.22口径"枪杀案和曼哈顿中心地带的砍杀案所表现出的是截然不同的惯用手法。他这样说也许是对的，可是识别标志是相似的：一种由种族仇恨激发的任意暗杀黑人男子的倾向。

但枪杀案和挖心案向我揭示了截然不同的识别标志。那个挖心的人虽然也抱有相关的基本动机，却具有一种仪式化的、强迫性神经官能症的识别标志。这两种类型的人都需要从犯罪中有所收获，不过各自需要的收获是不同的。

惯用手法与识别标志之间的差异可能很细微。就以得克萨斯州一名银行抢劫犯为例，他迫使所有被扣押的人脱光衣服，摆出各种性交姿势，然后他再进行拍照。这便是他的识别标志。如果他的目的只是抢劫银行，这样做并没有什么必要或者助益。事实上，这样做使他在那里耽搁的时间更久，致使他面临更大的被拘捕的危险。然而，显然这是他觉得必须做的事情。

在密歇根州急流城也有一个银行抢劫犯。我曾飞往那里提供破案咨询。这家伙也逼迫银行里的所有人脱光衣服，但是没有拍照。他这样做的目的就是使目击者们只顾得害羞，无心去注视他，从而事后也就无法说出他的特征。这是为了达到成功抢劫银行的目的而采取的一种手段。这是惯用手法。

识别标志分析在 1989 年对特拉华州史蒂文·彭内尔的审判中发挥了重要作用。在他的案子中，我们准备了一份书面陈述，帮助警方取得了搜查令。我们科的史蒂夫·马迪金与纽卡斯尔县及特拉华州警方的联合专案小组密切合作，提出了一份画像，使得警方缩小了调查范围，制定了捉拿凶手的前摄策略。

有人在沿 40 号和 13 号州际公路一线发现了被勒死的妓女，颅骨已经碎裂，尸体上有明显的遭受过性虐待和摧残的痕迹。史蒂夫的画像非常准确。他提出，作案者可能是白人男子，年龄在 30 岁左右，从事建筑方面的工作。他可能驾驶一辆跑了很多里程的面包车到处寻找目标。他总摆出一副硬汉子的样子；与妻子或女朋友保持着正常关系，但喜欢支配女人。他可能随身携带精心挑选的武器，事后再毁灭证据。他可能对该地区很熟悉，根据情况选择弃尸地点。他可能犯罪时很冷静，会屡屡杀人，直到被抓获为止。

史蒂文·彭内尔是个 31 岁的白人男子，从事电工工作，驾驶一辆跑了很多里程的面包车，到处寻找目标，摆出一副硬汉子的样子；他已经结婚，但喜欢支配女人，随车携带着一套精心准备的"强奸用具"，知道警方注意到他之后开始试图销毁证据；他对该地区了如指掌，并且根据情况选择弃尸地点；他作案时很冷静，而且一杀再杀，直到被捕。

马迪金建议让一位女警察装扮成妓女作为诱饵，此后警方果真追查到了他。在两个月的时间里，雷内·拉诺在公路边上漫步，一直等待着一个驾驶面包车且符合画像描述的男子在她身边停下车。警方尤其对车内的地毯感兴趣，因为在一名受害者身上找到了属于车用地毯的蓝色纤维。拉诺被告诫如果确有面包车停下来，不要上车——尽管她身上装了窃听器，她完全有可能断送性命——但要发现尽可能多的线索。当一名符合画像特征的家伙终于停下车时，她隔着打开的乘客座一侧的车门跟他攀谈起来，为她的服务费叽里呱啦地讨价还价。她注意到蓝色地毯之后，就开始夸奖他的面包车，一边交谈，一边漫不经心地用指甲刮起一些地毯纤维。联邦调查局化验室证实，它们与以前的采样是一致的。

在审判彭内尔的过程中，我被传唤去就本案的识别标志作证。被告方试图说明，这些案子不可能都是同一人所为，因为在惯用手法的诸多细节上存在差异。我则清楚地表明，不管惯用手法如何不同，这些谋杀案都有一个共同点，那就是在肉体和精神上折磨受害者。在一起案子中，作案者用钳子夹受害者的乳房，并割掉乳头。他把其他人的手脚捆绑起来，割伤她们的腿部，抽打她们的屁股，或者用锤子敲击她们。因此，尽管折磨的方法不尽相同——你愿意的话，不妨称之为惯用手法——但识别标志却都是从折磨受害者并从其痛苦的喊叫中获得快感。这并不是完成谋杀所必需的，却是他获得快感所必需的。

即使史蒂文·彭内尔仍然活着并且读了这些文字，他在将来犯罪时还是无法改变自己的行为。他也许能设计出不同的或者更巧妙的方法去摧残女人，但是他无法克制自己不去进行摧残。

如前所述，让我们大家感到幸运的是，特拉华州具有良好的审判制度和行为准则，在 1992 年 3 月 14 日，彭内尔被用注射毒药的方式处死。

我们成功地运用识别标志分析方法的一个里程碑事件是 1991 年将它用在对小乔治·拉塞尔的审判中。他因一年前在西雅图棒打并勒杀 3 名白人女子的罪名受到指控，她们是玛丽·安·波尔赖克、安德烈亚·莱文和卡罗尔·玛丽·比瑟。我们科的史蒂夫·埃特做了画像分析，然后我前去出庭作证。在这几起案子中，起诉方知道，他们无法根据一起谋杀案的证据就做出他在 3 起案子中有罪的判决。警方在波尔赖克被杀一案中掌握了极具说服力的证据，认为它可以证明他也是另外两起案子的元凶。于是成功的关键就在于把 3 起案子捆绑在一起。

拉塞尔不是你认为会犯下这些令人发指的罪行的那种人。尽管长期有小偷小摸的劣迹，他却是个 30 多岁的英俊黑人男子，既善辞令又迷人，交际圈子很广。即使默瑟艾兰当地警方过去曾以多项指控拘捕过他，也无法相信他会犯谋杀罪。

时至 1990 年，跨种族的强奸谋杀案仍不多见，但随着社会变得愈发开放和宽容，人们开始不把种族因素太当一回事。对拉塞尔这类比较沉着冷静、成熟老练的人来说尤其如此。他经常与黑人女子和白人女子约会，在两个种族中都有朋友。

基于3起谋杀案并非同一凶手所为这一假设，公设辩护律师米里亚姆·施瓦茨在公审前向金县高级法院法官帕特里夏·艾特肯提出了请求，要求将3起案件分开审理。法院批不批准他的请求直接关系到拉塞尔是否会被判为3个案子的凶手。检察官丽贝卡·罗和杰夫·贝尔德要求我解释这些案件之间有什么联系。

我提到了每起案子都采取了闪电式攻击这一惯用手法。由于3起凶杀案是在前后7个星期内发生的，我不认为作案者有必要改变惯用手法，除非他在某起案子中出了差错，觉得有必要加以改进。不过更具说服力的倒是识别标志。

3名女子都一丝不挂地摆放成挑逗淫荡的姿势，案发现场所表现的性成分一次比一次升级。

要杀害这些女子，采取闪电式攻击是必要的，把她们摆成淫荡的姿势却不然。

我解释了摆姿势与布置之间的区别。犯罪过程中出现布置时，那是作案者试图通过引导警方相信与实际案情不符的情况，将案件调查引入歧途。比如，当一个强奸犯试图使自己的侵入看起来像是一次普通盗窃时，那就是布置。它是惯用手法的一个表现，而摆姿势则属于识别标志。

"我们不会一连遇到那么多由不同作案者作案的摆姿势的案例，"我在听证会上作证说，"把受害者像道具一样摆弄从而留下特定的信息……这些是发泄愤怒的犯罪、是显示权力的犯罪。他要追求的是捕猎的刺激、是杀戮的刺激、是事后处置受害者以及从根本上击溃现存体制所带来的刺激。"

我很有把握地说："十有八九这是单一凶手在作案。"鲍勃·凯佩尔是该州检察长办公室首席刑事调查官,曾是格林河专案小组的老资格成员,他出庭作证支持了我的看法。他指出,在他调查过的 1 000 多起谋杀案中,只有大约 10 起出现了摆姿势,没有一起具有这 3 起案子的全部成分。

我们此时并没有说拉塞尔就是凶手。我们所要说的就是,其中一案的凶手即是全部三案的凶手。

被告方打算聘请一位专家对我的说法进行反驳,并作证说我对识别标志的看法是错误的,这 3 件案子不是同一人干的。具有讽刺意味的是,聘请的那个人竟然是我在局里的老同事以及研究系列杀人犯的搭档罗伯特·雷勒斯,他已从局里退休,但仍然在该领域从事咨询工作。

我认为对于任何像我和鲍勃这样在画像和犯罪现场分析方面富有经验的人来说,这些案子都相当棘手,但为一人所为的迹象是很明显的。因此我感到极其惊讶,他居然会愿意站出来替对方作证,要求把案子分开审理。直言不讳地说,我觉得他大错特错。但正如我们多次承认过的,我们所从事的工作远非一门精确的科学,因此他当然有权发表自己的观点。我和鲍勃在这以后在不少问题上意见相左,其中最显著的或许莫过于杰弗里·达默是否精神失常这一问题。鲍勃站在被告一方,认为他精神失常。我则赞同为起诉方作证的帕克·迪茨的看法,他没有精神失常。

而后我更为吃惊的是,鲍勃声称他有其他事务缠身,根本就未出席拉塞尔一案的审判前听证会,而是派了另一位已退休的特工拉斯·沃佩格尔替代他。拉斯是个聪明的家伙,曾是国际象棋冠军,可以与 10 名对手进行车轮大战。但画像不是他的主要专长,而且我认为事实对他也不利。所以,在他反驳我的观点之后,丽贝卡·罗对他进行了盘诘,让他好一阵子下不了台。听证会结束时，艾特肯做出了裁决：基于我和凯佩尔就三案凶手为同一个人的可能性提出了识别标志证据，准予一并审理 3 起案子。

我在庭审时再度利用识别标志的证据，对被告方提出的多重凶手作案这一观点予以反驳。在卡罗尔·比瑟被杀一案中，辩护律师施瓦茨认为，她的男友既有作案机会，也有作案动机。我们在查办强奸凶杀案时，总是把配偶或情人作为调查对象，但我坚信这是一起"陌生人"出于性动机作下的凶杀案。

由 6 男 6 女组成的陪审团经过 4 天审议最终做出了裁决，小乔治·沃特菲尔德·拉塞尔犯有一项一级谋杀罪和两项恶性一级谋杀罪。他被判处终身监禁，不得假释，被送往该州防备措施最严格的沃拉沃拉监狱服刑。

自从在西雅图虚脱昏迷以后，这是我第一次回到那里。在经历了格林河杀手案的重挫之后，能重返那里并协助侦破一起案子，我感到非常愉快。我回到了瑞典医院，很高兴地看到他们仍然挂着我送去的感谢铭牌。我也回到了希尔顿饭店，想看看我能否回想起什么，结果什么也不记得了。我想大概是因为大脑受到的创伤太重，对所发生的事难以留下清晰的记忆。不管怎么说，由于多年来经常在外颠簸，住过的旅馆房间在我的记忆中早已混作一团。

我们对识别标志的研究在如今已经有了长足的进展，我们在系列谋杀案审判过程中出庭作证已成为常规。不仅是我，还有其他对此感兴趣的画像人员都可出庭作证，其中以拉里·安克罗姆和格雷格·库珀最为出名。

1993 年，法庭裁定格雷戈里·莫斯利犯有两项一级谋杀罪，格雷格·库珀起到了主要作用。莫斯利在北卡罗来纳州两个不同司法管辖区内强奸、殴打并刺死了两名女子。如同审判拉塞尔时 3 起案件是相互关联的那样，两个管辖区各自都很难顺利地给他定罪，两方都需要利用对方的证据。经分析犯罪现场照片和案情档案之后，格雷格觉得他能将两案联系起来。

格雷格认定，对莫斯利所作案件进行识别标志分析的关键是找出过度杀戮行为这个共性。两名受害者皆是轻度残疾的独身女子，年纪约20出头，同去一家乡村音乐与西部音乐夜总会，在前后相隔几个月的时间内在那里被人绑架。两人都曾遭到毒打，你甚至可以说都是被殴打致死，同时她们也被人用手掐过和用带子勒过，其中一人还被捅了12刀，阴道和肛门也有被刺戳的痕迹。其中一案中提取到的法医证据，包括从精液中提取的DNA，可以将案件与莫斯利联系起来。两起强奸摧残谋杀案都发生在隐蔽的地方，尸体都抛弃在人迹罕至的偏远地点。

格雷格在审理第一件案子时作证说，作为识别标志的行为证据表明，凶手有人格缺陷，是个性虐待狂。他的缺陷可以从作案对象的选择上明显地看出。他的虐待欲则更明显地表现在他对她们的所作所为上。与许多有缺陷且缺乏条理性的罪犯不同的是，凶手并不是在杀人之后才分尸的。他要完全控制她们的肉体和情绪。他要让她们痛苦，要欣赏由他的残忍行为引起的反应。

通过在第一起案子中的证词，格雷格协助起诉方引出第二起谋杀案。莫斯利被定了罪，判处了死刑。在9个月后审理第二起案子时，格雷格再度使莫斯利被定罪并判处死刑。

第一次作证时，在格雷格向座无虚席的法庭描述莫斯利的个性之际，他与莫斯利锁定了彼此的目光。格雷格从莫斯利没有表情的脸上看出，他正在纳闷："见鬼，你怎么会知道这些事的？"格雷格承受的压力是巨大的。如果他的作证不成功，案子审理就会搁浅，第二起案子可能因此蒙受不可挽回的重创。

莫斯利因第二起案子出庭受审时，一看到格雷格就对押解他的警察咕哝道："那个狗娘养的又要来找我麻烦了！"

根据传统，要想成功地对一起谋杀案的凶手起诉并定罪，你必须拿出确凿的法医证据、目击者证词、作案者的供词，或者有力而过硬的间接证据。如今，通过我们根据犯罪现场得出的行为画像以及识别标志分析，警方和起诉方又增添了一件武器。就其本身而言，它通常尚不足以定罪。但是，只要同一个或多个其他因素结合起来使用，它常常可以将不同案件联系在一起，甚至成为最终了结案子所必需的关键因素。

系列杀手玩的是极其危险的游戏。我们越是了解他们的玩法，就越能使他们陷入不利的境地。

十四

谁杀害了美国靓女？

谁杀害了美国靓女？

这个问题萦绕在伊利诺伊州伍德里弗小镇居民的心头长达 4 年之久。该州警察局阿尔瓦·布希警督和负责麦迪逊县刑事案件的州检察官唐·韦伯更是备受困扰。

1978 年 6 月 20 日，一个星期二的晚上，卡拉·布朗和未婚夫马克·费尔举办了一次答谢晚会，他们在音乐声中与帮助他们乔迁新居的朋友们一起畅饮。新居位于伍德里弗镇阿克顿大街 979 号。那是一条林荫大街，他们的新居是街道旁的一所白色木壁平房，前门两侧有细高圆柱，是适合刚成家者居住的典型住房。两个星期来，他们一直在收拾整理，准备搬进去。对于 23 岁的卡拉和 27 岁的马克来说，这是一个令人兴奋的开端。他们相爱了 5 年，马克终于明确表示他已克服了对婚姻的顾虑，准备做出真正的承诺。卡拉即将从当地一所大学毕业并获得学位，马克则在做见习电工，他们的前途一片光明。

尽管拖了好几年才办婚姻大事，马克·费尔心里很清楚，能拥有卡拉这样的未婚妻是他的福分。卡拉·卢·布朗是个典型的美国靓女。她身高将近 5 英尺，拥有一头鬈曲的金发、迷人的身段和选美王后般的微笑。她就读于罗克萨纳中学时，一直是男生们追求的目标和女生们嫉妒的对象，大家都记得她是个生气勃勃、热情奔放的啦啦队队长。她的好友们知道，在那娇媚可人、热情奔放的外表下面，她还有感情细腻、性喜内省的一面。她们知道她对马克一往情深。马克有着强壮的体格，比她高出 1 英尺多。卡拉和马克简直就是天造地设的一对。

星期二晚会以后，他们回到了位于东奥尔顿的公寓，收拾了剩下的几箱东西。他们打算在次日晚上住进新居，在那里共度良宵。

星期三上午，马克去坎普热电公司上班之后，卡拉去了阿克顿大街，打算把那里收拾整理一下，等待马克 4 点半左右下班。他们对即将在那里过夜感到十分兴奋。

马克下班后，先去了他的朋友汤姆·菲根鲍姆家。他和马克父母同住在一个街区，答应过要帮马克把一座特大号 A 字形狗屋从他父母的后院搬往他的新居。

他们大约 5 点半到达阿克顿大街。汤姆把卡车沿房前私家车道往里倒时，马克下车去叫卡拉。他找不到她，还以为她外出采购去了，但他注意到后门没有锁上，这使他有点不高兴：她今后一定得注意这一类事才是。

马克领着汤姆参观了房子。看过主要房间后，马克领他来到了厨房，接着走下阶梯到了地下室。走到最后一级阶梯时，他看到了让他直皱眉头的场面：几张小桌子翻倒在地。尽管他和卡拉前一天晚上刚把这里拾掇过，一切却显得乱糟糟的，有什么东西还洒在沙发和地板上。

"难道这里出了什么事？"马克反问自己。他转过身要上去找卡拉，突然通过敞开的门看到了洗衣间里的情景。

卡拉弯曲着身体跪在那里，穿着一件套头羊毛衫，但腰部以下赤裸着，双手被用电线反绑在背后，头部浸在一个盛满水的十加仑容量的鼓形桶里。那是他和卡拉搬衣服用的几个桶中的一个。那件羊毛衫原本装在其中一个桶里，她只是在冬天才穿的。

"啊，天哪！ 卡拉！"马克惊叫着和汤姆冲了过去。马克把她的头从桶里拉出来，把她脸朝上平放在地板上。她的脸浮肿发紫，前额上有一道深长的伤口，下颌上也有一道伤口。她睁着双眼，但显然已经死去。

马克悲痛至极，瘫坐在地。他叫汤姆找件东西盖住她。等汤姆找来一条红毛毯将她盖好后，他们就报了警。

伍德里弗警察局的戴维·乔治警官几分钟后赶到时，马克和汤姆正站在前门口等他。他们带他来到地下室，让他看了现场。在整个过程中，马克悲痛欲绝，几乎不能自持，反复念叨着："啊，天哪，卡拉！"

伍德里弗是一座宁静的小镇，离圣路易斯约 15 分钟车程，没人料到竟会发生这种恶性事件。不久，当地所有的高级警官都来到现场查看，其中包括 39 岁的局长拉尔夫·斯金纳。

卡拉的头部有钝器重击的严重创伤，很可能是被人用电视机桌袭击所致。她脖子上系着两只袜子，验尸的结论是，她是被勒死的，头被浸入水桶时已经断了气。

尽管谋杀案现场的线索对破案至关重要，但警方的工作从一开始就很不顺利。伊利诺伊州警察局的阿尔瓦·布希警督是一位经验丰富的犯罪现场取证行家，却怎么也无法使照相机的闪光灯正常工作。在警察局接到汤姆·菲根鲍姆报案电话的比尔·雷德芬警官恰好随身带有照相机，于是对犯罪现场进行了拍照，但不巧的是，他的相机里只装有黑白胶卷。另一个棘手的问题是，曾有很多人因帮助小两口搬家来过这座房子，有可能合法地在现场留下了指纹。而要从中挑选出其他人的指纹即便不是不可能，也是很有难度的。

有些东西貌似是可能的线索，但找不出合理的解释。其中最值得注意的是塞在地下室橡木上的一只玻璃咖啡壶。就在发现它之前，警方注意到厨房里的咖啡炉上少了咖啡壶。包括马克在内，没有人能够对它出现在那里的原因做出任何合乎逻辑的解释。就算它与谋杀案有联系，它的作用也无法搞清楚。阿尔瓦·布希设法从玻璃表层上提取了几处潜指纹，结果因残缺不全而不具利用价值。

案发后数日内，警方遍访了那一带地区，与任何有可能见到可疑迹象的居民进行了交谈。隔壁邻居保罗·梅因说，案发当天下午的大部分时间里，他和朋友约翰·普兰蒂待在他家房前门廊处。普兰蒂回忆说，那天上午他去当地一家炼油厂找工作之后，在梅因家呆了一阵子，但没多久就离开那里上别处去找工作了。案发前一天的晚上，梅因、普兰蒂和另外一个朋友曾看到卡拉和马克在一伙人的帮助下忙着搬家。他们 3 人都说本来指望会受到邀请参加乔迁晚会的，因为梅因是隔壁邻居，而那位朋友在中学时和卡拉也算有过点头之交。但是他们没有受到邀请，只有那位朋友隔着私家车道跟卡拉打了个招呼。

街对面的邻居是一位名叫埃德娜·范西尔的上了年纪的妇女，她记得案发当天曾见过一辆白顶红色车停在 979 号门前。晚会参加者之一的鲍勃·刘易斯说，曾看见隔壁一个"相貌粗俗"的留着长发的家伙用手指着卡拉，喊叫她的名字，卡拉闻讯后便站在私家车道上跟他交谈。那人可能就是保罗·梅因的朋友。

刘易斯听到卡拉回话说："你的记忆真好，都过去那么久了。"他说他随后跟马克说起了这件事，还提醒他说，如果隔壁住的就是这种人，在了解他们根底之前还是小心为好。马克似乎并不在意，只是说卡拉上中学时就认识那个留长发的人，他只是来看看保罗·梅因的。

还有一位妇女当时带孙子去看牙医开车经过这条街。她和孩子都看见一男一女在私家车道上说话，可惜她的描述只是泛泛而谈，即便经过催眠后接受提问时也是如此。

警方跟卡拉的许多女友进行过交谈，试图了解是否有人对她怀恨在心，比如说被甩掉的男朋友之类。但是她们都说卡拉人缘很好，不知道她有什么仇人。

卡拉的前室友倒是提供了一条线索。卡拉小时候就死了父亲，她母亲乔·埃伦改嫁给老乔·谢泼德，此时已离婚。据这位室友所讲，卡拉与谢泼德的关系一直不好，他曾打过她，而且对她的朋友总是态度很恶劣。他应被视为有犯罪的嫌疑。案发当晚，他曾跑来向警方提了一大堆问题。如我所言，凶手试图接近警方或介入调查的事情并不少见，但没有证据可以证明谢泼德与案子有牵连。

另一个必须仔细调查的人是马克·费尔，是他跟汤姆·菲根鲍姆一起发现尸体的。他可以自由进出房子，而且是最贴近受害者的人。如我在描述乔治·拉塞尔的案子中所指出的，配偶或情人总是应当作为嫌疑对象加以考虑。但是在谋杀案发生期间，马克正在为一个电气业务承包商干活，不少人见过他、和他讲过话，而且包括警方、卡拉的朋友、卡拉的家人在内的所有人都相信，他的深切悲痛是发自内心的。

随着调查工作的展开，警方对面谈过的许多人进行了测谎，这些人在卡拉被害前不久有可能与她有过接触。马克、汤姆和乔·谢泼德都毫无疑义地通过了测谎。实际上没有人没通过。测试结果最差的是保罗·梅因。

此人智商不高，那天下午又在隔壁家中。尽管他声称约翰·普兰蒂与他一起待在他家门廊处，可以证明他没有离开过，但普兰蒂本人——他通过了测谎器测验——却声称，他上午因要找工作离开了梅因家，因此无法说明梅因那段时间待在哪里。虽然梅因的测谎结果值得怀疑，并且不排除他的犯罪嫌疑，但和警方怀疑其他人时的情况一样，也没有证据能够把他与案子直接联系起来。

卡拉·布朗谋杀案给伍德里弗的居民造成了巨大的精神创伤，这一直是个难以愈合的伤口。当地警方和州警方对所有能够找到的人都进行了面谈，对所有可能的线索都进行了排查。然而令人沮丧的是，破案的希望依旧很渺茫。一个月又一个月过去了。转眼就是一年。然后又是一年。这对卡拉的姐姐唐娜·贾德森来说尤其是一种煎熬。她和丈夫特里几乎每天都牵挂并询问着办案的进展。卡拉的母亲和另一个姐姐康尼·戴克斯特拉无法承受这种压力，与调查此案的官方联系要少一些。

唐·韦伯也备受煎熬，因为他是负责麦迪逊县的州检察官，而伍德里弗归属该县管辖。谋杀案发生时，他担任助理检察官。韦伯既是一位强硬的检察官，又是一个感情非常细腻的人。他迫不及待地要让公众看到，对卡拉犯下的暴行在他的管辖区内是绝不能容忍的。他要将杀害她的凶手绳之以法，对此几乎可以说到了着魔的地步。在 1980 年 11 月当选州检察官之后，他立即下令重新调查此案。

无论案件拖了多久、如何没有进展，誓不肯罢休的还有一个人，即该州的犯罪现场调查官阿尔瓦·布希。在一位警察的职业生涯中，总有那么几件案子是他难以撒手不管的。最后正是由于布希的不懈努力，这件案子才取得了关键性突破。

1980 年 6 月，卡拉被害整整两年后，布希来到新墨西哥州阿尔伯克基，在一起谋杀案的审判中作证——他在伊利诺伊州对牵涉该案的一辆被盗汽车做过调查。在开庭前，他出席了由霍默·坎贝尔博士在县治安官办公室主持的研讨会。坎贝尔博士是来自亚利桑那大学的运用计算机增强照片效果方面的研究专家。

"嘿，博士，"研讨会结束时布希跟他说，"我有一个案子想请你帮帮忙。"坎贝尔博士答应查看犯罪现场照片和验尸照片，看看能不能确定攻击卡拉的到底是什么器具或武器。布希把所有相关照片都翻印了一份寄给坎贝尔。

这些黑白照片增加了坎贝尔的工作难度，但是借助精密仪器，他还是得以进行了仔细的分析。通过计算机增强清晰度，他基本上可以将照片上的细枝末节辨认清楚，并发现了几点情况。造成那几道深深的伤口的凶器是一把拔钉锤，而下巴与前额上的裂口则是被人用电视桌的轮子击打所致。他接下来告诉布希的情况使案件的调查出现了新的转机。

"你们注意到那些咬痕了吗？你们有没有发现在她脖子上留下咬痕的嫌疑人？"

"什么咬痕？"布希惊讶地对着电话筒说。

坎贝尔告诉他，虽然借助技术手段获得的图像并非最理想，但这些图像确凿无疑地显示出卡拉的脖子上有咬痕，而且咬痕相当清晰。如果发现了嫌疑人，完全可以进行对比研究，特别是其中一处咬痕与皮肤上的任一处伤口或伤痕都没有重叠。

与他们迄今掌握的所有证据不同的是，咬痕属于确凿有效的证据，几乎与指纹同等有效。在调查佛罗里达州立大学女大学生联谊所发生的谋杀案中，坎贝尔曾经将特德·邦迪的牙齿与一名被害人臀部上的咬痕进行了对比研究，结果为给这个臭名昭著的系列杀手定罪提供了有力帮助。坎贝尔在邦迪受审过程中曾是起诉方证人。（1989 年 1 月 24 日上午，邦迪在佛罗里达州被送上电椅处死。此前，我们科的比尔·哈格梅尔对他做过详细的访谈。永远也不会有人确切地知道，到底有多少年轻的生命断送在他的手上。）

伊利诺伊州警方拿到坎贝尔博士的咬痕图像之后，立即把注意力重新集中在最初的几名嫌疑人身上，特别是隔壁邻居保罗·梅因。但是在警方获得梅因的牙模后，坎贝尔发现，它与犯罪现场及验尸照片上的咬痕不能吻合。警方随后便去寻找梅因的朋友约翰·普兰蒂，看看他知道这一新的情况后，会不会认为梅因有犯罪嫌疑，但是却无法找到他。

为了破案，警方还做了其他尝试，包括请来伊利诺伊州一位有名的巫师。他在对案情细节一无所知的情况下说："我听见滴水声。"在警方看来，这显然是指卡拉的尸体被发现时的情景。但除了说出凶手的住处离铁轨线不远这一点以外（在麦迪逊县，多数人都是这样），巫师提供不了多少帮助。

即使掌握了咬痕这一线索，案情还是进展甚微。 1981 年 7 月，唐·韦伯及其 4 名下属参加了在纽约举行的一次刑事调查法医学研讨会，作为他出任州检察官之际重整机构的准备工作的一部分。得知韦伯要去参加研讨会，坎贝尔博士建议他带上布朗一案的照片，届时请洛厄尔·莱文博士看一看。莱文是纽约大学司法牙科学家，将在研讨会上发表演讲。莱文研究了照片，虽然同意坎贝尔关于某些伤痕肯定是咬痕的看法，但是说他无法做出有把握的对比研究。他建议警方开棺验尸，认为"棺木是证据的冷藏室"。我本人并不认识莱文，但是久闻其大名。他曾为纽约的弗朗辛·埃尔夫森一案做过分析。（他的工作一定非常出色，因为比尔·哈格梅尔和罗莎娜·拉索去克林顿劳改所与卡迈因·卡拉布罗访谈时，看到他已经把所有牙齿拔了个精光，以免上诉时仍旧被判有罪。莱文博士后来成为纽约州法医部门的领导。）

1982 年 3 月，韦伯和州警察局的两名探员出席了圣路易斯大都会地区重案组的训练年会。我也参加了年会，向与会的众多人员简要介绍了个性画像和犯罪现场分析的理论。虽然我本人并不记得跟他们交谈过，但韦伯在他关于此案的研究成果《沉默的证人》（与小查尔斯·博斯沃思合著）之中说，他与他的同事在听完我的演讲后，走到了我的跟前，询问我是否能够将刚才所讲的内容运用于他们的案子中。我明确告诉他们，可以在我到匡蒂科后往我办公室打电话，我很愿意尽我所能地帮助他们。

韦伯回去之后得知，伍德里弗警察局的里克·怀特也参加了年会，并且独自得出结论，认为请我出马有可能是侦破布朗一案的可行办法。怀特与我取得了联系，我们安排他带上犯罪现场照片前来匡蒂科，由我当场做出分析，提供我的看法。韦伯当时正在为几起案子的开庭审理做准备，抽不出身来，他委派了州助理检察官基思·詹森与怀特、阿尔瓦·布希及兰迪·拉欣一道前来，拉欣是与他一起去圣路易斯出席年会的几位警官之一。他们一行四人驾驶一辆无警车标记的巡逻车，行驶 800 多英里赶到了匡蒂科。时任伍德里弗警察局局长的唐·格里尔也从佛罗里达的度假地飞到华盛顿与我们碰头。

我们在会议室见了面。4 位调查人员一路上都在整理思路，讨论要对我讲述的见解和看法。他们不可能知道，我喜欢在不受任何人的影响下得出结论。我们还是相处得很好。我和同事们在许多情况下参与办案是出于政治原因或者是替别人擦屁股，但这次的情况不同，他们来这里仅仅是因为他们不肯放弃。他们真心想来这里，也真诚期望我能为他们提供建议，使他们的调查工作步入坦途。

我跟阿尔瓦·布希尤其合得来。他跟我一样对上不会溜须拍马，因耿直坦率而得罪过不少人。事实上，为了让布希能来匡蒂科，韦伯对那些从中作梗的人威胁说要动用自己的政治影响。

　　我要了犯罪现场的照片，专心致志地看了几分钟。我提了几个想搞清楚的问题，然后说："准备好了吗？你们或许要录下我的看法。"

　　我告诉他们的第一点是：我的经验告诉我，如果尸体最终被放置在室内有水的地方，像浴缸、淋浴间或容器等，其目的并不像我们在亚童案中所见到的那样是为了消灭线索或证据，而是为了"布置"犯罪现场，使其面目全非。随后我说，他们毫无疑问已经与凶手面谈过。他就住在左邻右舍或者附近一带。这种案子几乎总是邻居或家人所为。不会有人大老远跑来做这种案。如果凶手身上沾上了血——几乎可以肯定这一点——他能够在附近找到地方清洗干净，并处理掉他的血衣。我们要找的凶手在作案时显得从容自在，知道不会有人打扰。要么他十分熟悉卡拉，要么他已观察了很久，掌握了卡拉和马克的习惯。由于你们找他谈过话，他一直很配合你们的调查工作，他觉得这样一来就可以控制住局势。

　　他那天下午去卡拉家并没有预谋杀害她。杀人是后来产生的念头。如果事先有预谋，他就会随身带上凶器或工具（他的"强奸用具"）。相反，我们看到的是用手勒杀以及钝器重击，这显示出凶手是在遭到她拒绝以后无计可施，一怒之下杀害了她。操纵、支配和控制是强奸犯的格言。他可能来到她家，声称要帮她搬家。卡拉的和善品质为人所共知，而且因为她多少认识这个家伙，大概就放他进了家门。实际上，他只是想和她上床，跟她发生某种关系。当遭到了她的反抗，或是意识到自己已经没法收场时，他就像南卡罗来纳州杀害玛丽·弗朗西斯·斯托纳的凶手那样，确定保护自己的惟一办法就是杀人灭口。即使到了这个节骨眼上，他也许仍有点惊慌失措，一时下不了手。地板上和沙发上有水迹，这很可能是他勒死她以后，想往她脸上泼水试图弄醒她。看到这样不起作用，他便不得不对付她那张湿漉漉的面孔，于是把她从地板上拖过去，把她的头按到水桶里，使其看起来好像是某种怪诞变态的仪式。换句话说，他是想转移视线和掩盖真相。把头部浸在水桶里还有一层次要的含义：她拒绝了他，那么好吧，他要让她蒙受耻辱。与其他许多案例一样，凶手在现场干的事情越多，他给你破案留下的线索和行为证据也就越多，尽管其本意是企图误导警方。

我指出，这个家伙的年龄在 25 到 30 岁之间，这是他初次杀人。他的布置手法很拙劣，说明以前从未杀过人。然而，他确有暴躁凶狠的个性，因此可能犯过某些轻罪。如果已经结婚，那么他最近或者已分居，或者已离婚，或者婚姻不和。跟许多这种类型的家伙一样，他是个彻底的失败者，自我感觉很不好。他也许貌似自信，但内心深处有极度的缺陷感。

他的智商平平，顶多上完中学。他用电线捆绑她的双手这一点说明，他接受过车间培训或从事过某种相关的职业。你会发现在案件调查工作开始以后他调换过住处和工作，或者两者中的一个。等到风头一过去，他发现并没有引起任何人的怀疑，就很可能离开城里。为了减轻精神压力，他也可能开始吸毒、酗酒或无节制地抽烟。事实上，在这起案件中，酒可能本身也起了一定的推波助澜作用。对这个家伙来说，这可是他迈出的很大胆的一步。他事先可能喝了不少酒以壮色胆，但是不至于喝醉，否则他作案后就不会大肆布置现场了。

案发以来，他可能常常失眠，性生活方面出现了问题，并且夜间活动也越来越多。如果他有一份正式工作，随着调查工作紧锣密鼓地展开，他可能频频旷工。他也可能会改变外貌。如果案发时他蓄着胡子和长发，那么案发后可能会剃掉。如果当时胡子刮得光光的，他可能会开始留胡子。不过，你们要找的不是那种看上去刻板规矩的人。他生性邋遢，不修边幅，任何试图使自己显得有条理性的努力都会是过度控制的明显体现。他会发现这种努力使他心力交瘁。

至于说到车辆，我认为本案凶手开的依旧是杀人犯喜爱的常备用车：大众甲壳虫车。车子可能很旧，保养得不怎么好，车身是红色或橙黄色。

此人可能密切关注媒体对警方的调查的报道，并且从中得到提示。如果警察局局长公开宣布没有发现新的线索，他就会感到释然。他可以轻易地通过测谎器的测试，不少凶手都能如此。下一个阶段调查工作的目标应该是打乱他的方寸。

他可能会经历不少次紧张性刺激。每逢 6 月份，他的紧张感都可能增强。每逢卡拉生日来临，情况也会一样。他可能会去卡尔弗里山公墓里卡拉的坟墓。他还会给她献花，或者直接请求她原谅。

因此我指出，你们下一步要做的事就是公开宣布发现了一条有望破案的新线索，让案子重新受到人们的广泛关注。要在媒体上持续不断地进行炒作，尽可能把凶手搞得如坐针毡。要提到你们已经邀请联邦调查局的一位画像人员参与办案，而且他的看法与你们从掌握的新证据中得出的结论相一致。

讲到这里时，他们告诉我，莱文博士曾建议开棺验尸，并询问我的意见。我对他们说，这是一个绝妙的主意，舆论造得越大，效果就会越好。韦伯应该事先在电视上亮相，宣布说，如果尸体保存得不错，重新验尸可提供他们要找的证据，他们的破案也就指日可待了。从某种意义上说，他们将传递给凶手的信息是：他们要使卡拉"复活"，让她走出坟墓，在自己被谋杀一案中作证。

开棺验尸对凶手来说将是一次巨大的紧张性刺激。我要韦伯公开宣称，哪怕还要用 20 年时间，他也非要破这个案子不可。凶手会忧虑不安，会四处探听。他会提出许多问题。他甚至有可能直接给警方打电话！　你们务必要对前往公墓的每个人进行录像或拍照。他或许会去那里。他会急于了解尸体的状况。当你们最后宣布对尸体的状况非常满意时，他会更加坐立不安。与此同时，他会变得越发孤独，停止与任何朋友的来往。到这时，你们就可以上酒吧一类的场所去收集情况，看看那里有没有什么常客的行为明显异常。他最近也许加入了某个教会或开始信仰宗教，以求得心理安慰。在你们给他施加这些压力的过程中，还要让一位警察——甚至可以是我——在报纸上发表一通听起来对他几近于同情的言论。我们可以说，我们知道他心里不大好受，其实他并不是蓄意要杀害她，这些年来他一直为此背着沉重的思想包袱。

我接着扼要地提出了审讯策略，类似于在斯托纳一案中曾奏效的策略。重要的一点是，一旦确定了嫌疑人，不要马上逮捕他，而要让他在煎熬之中度过个把星期，然后在拘捕他之前逼其招供。你们掌握的事实越多，诸如"我们知道你把她从这里搬到那里"或者"我们清楚那些水迹是怎么回事"的话说得越多，就越能稳操胜券。把在谋杀案中起到重要作用的某件物品（像斯托纳一案中的那块石头）摆放在审讯室里也会有用处。

听完我的讲述，5 位来访者似乎对我所说的已经心领神会。他们问我，只凭听取案情的一般细节介绍和看看照片，我怎么能够得出所有这些结论。我对于这个问题的答案也不十分了然，不过安·伯吉斯倒是说过，我是个视觉型的人，喜欢在脑海中勾画图像。她认为，我在提供咨询时倾向于说"我看出"而不是"我认为"。　事实可能确实如她所说。其中部分的原因大概是多数时候我无法到达现场，只能在脑海中重新勾勒案发的场景。当警方打来电话问及我几年前为其分析的一件案子时，只要他们跟我描述一下犯罪现场，我往往就能回忆起这件案子以及我就作案者发表过什么看法。

来自伊利诺伊州的调查人员说，根据我对他们所做的分析，在他们面谈过的众多人当中有两个人似乎有重大嫌疑，一个是保罗·梅因，另一个是他的朋友约翰·普兰蒂。他们两人那天都在隔壁，而且至少有一人喝了啤酒，那就是普兰蒂。他俩的说法一直有出入，那可能是他们智力低下和喝过酒的缘故，也可能意味着其中一人或者两个人未说实话。普兰蒂的测谎结果好于梅因，但两人都非常符合画像的描述。事实上，普兰蒂在某些方面更加符合。他与警方比较合作，而且正如我推测凶手会做的那样，在风头过去后离开了城里，只是后来又回来了。

我指出，我概述的策略可以同样适用于他们两个人。事实上，由于我认为不管凶手是谁，他都会时常感到内疚和悔恨，因此不妨另外搞点小花样。 找一个女子装成卡拉，夜半三更时给他们每个人打电话，啜泣着问："为什么？为什么？为什么？"在这同时，报纸上应刊登一些文章，大谈特谈卡拉是多么典型的一个美国姑娘，她年纪轻轻就遭到杀害是多么悲惨。我总是喜欢采用戏剧手法。

等到这一策略实施了 1 星期到 10 天左右时，警方就可以观察出梅因或者普兰蒂是否在做出我推测的凶手所会做出的反应。如果其中一人确实如此，那么下一步就是找个人——朋友、熟人、同事——去通报情况，诱使他吐露实情或是招供。

1982 年 6 月 1 日，警方按照我所希望的方式进行了开棺验尸，洛厄尔·莱文到了场，电视和报纸做了广泛报道，同时韦伯发表了恰到好处、郑重而乐观的声明。我发觉在小城市比在大城市容易从记者那里得到你所需要的合作。大城市的记者往往更敏感，觉得你是在操纵他们，是在告诉他们该报道什么。我把它看成是新闻界与执法界各自本着诚实公正的原则进行的一次合作。我从未要求报纸或电视台记者撒谎，或是做出虚假或片面的报道。但是在许多场合，我曾透露过一些信息，我觉得有必要让凶手读到它并对它有所反应。只要记者跟我合作，我也与他们合作。在有些案子中，当他们特别合作时，我会在内幕消息最终可以披露之时为他们提供一些独家新闻。

幸运的是，卡拉的尸体保存得出奇完好。这次重新验尸由玛丽·凯斯博士实施，她是圣路易斯市助理验尸官。不同于第一次验尸的是，凯斯博士认定死因是溺水。她还发现颅骨有一处裂痕。最重要的是，他们得到了所需要的咬痕证据。

大造声势的有组织运动在紧锣密鼓地进行着。州警察局的汤姆·奥康纳和金融诈骗伪造科的韦恩·沃森在梅因家中与他进行了面谈，名义上是调查他有没有资格领取政府救济金。他们把话题引到了卡拉·布朗谋杀案上面。尽管他不会招供，并且否认与此案有任何牵连，但看得出他肯定在密切注意媒体的报道，且了解一些内幕消息。比如，沃森提到梅因在曾住地址的单子上没有写阿克顿大街。他说那是因为警方老是拿邻居那个姑娘被害一案打扰他，因此他在试图忘却那段不愉快的记忆。

沃森说："她就是那个遭枪击、勒杀，又被按进 10 加仑水桶中溺死的姑娘吧？"

"不对，不对！ 没遭枪击，没遭枪击！"梅因断然回答。

就在开棺验尸前后，一个名叫马丁·希格登的男子来到伍德里弗警察局，说他和卡拉·布朗是中学同学，目前媒体的报道在他的同事中引起了议论。他认为警方应当知道，他的一位女同事声称，在案发后不久的一次聚会上，有名男子说他在卡拉被害的当天去过她家。

奥康纳和里克·怀特约见了这位名叫维基·怀特（与里克·怀特无亲属关系）的女子。她证实了希格登的说法。她说她和丈夫马克曾参加过在斯潘塞和罗克珊·邦德夫妇家中举行的一个聚会，跟她在刘易斯-克拉克社区学院认识的一个男子交谈过。那男子说卡拉遇害的那天他去过她家。他提到了发现尸体的地方以及她肩膀上有被咬的痕迹。他不得不打算离开伍德里弗，因为他认为他会被当成主要嫌疑人。她当时以为他是在瞎说八道，没有当回事。

那人的名字叫约翰·普兰蒂。

警方可是在谋杀案过了两年后才得知咬痕一事的，他怎么能够早已知晓，并在案发后不久对别人宣布呢？奥康纳和怀特不禁纳闷。他们随后约见了聚会的主人斯潘塞·邦德，他的回忆与维基和马克·怀特夫妇的回忆是相同的。邦德也提到，梅因曾经向他讲述了卡拉被发现时的详细情况。问题在于：梅因是从普兰蒂那里听说这些的呢，还是另有隐情？虽然普兰蒂的测谎结果比梅因好，韦伯和警方却认为梅因不具备这种犯罪的胆量，也不可能聪明到栽赃陷害普兰蒂的程度。

邦德最近看见过普兰蒂驾驶着他那辆红色大众旧面包车。尽管我说中了车辆的颜色和厂家，但车型没有搞对。而这一点本身却很重要。就在此时，我们发现案犯偏爱的车型正在转变为面包车。比塔克和诺里斯使用的是这种车。史蒂文·彭内尔使用的也是这种车。有别于小汽车的是，在面包车的后部你可以为所欲为，而不会被人看见。你实际上拥有了一个可以移动的谋杀场所。

我听说约翰·普兰蒂在案发以后开始蓄起胡子，对此我不感到奇怪。邦德同意在跟普兰蒂谈论这件案子时带上窃听器。虽然普兰蒂不承认是他杀的人，但他的情况表明他非常符合画像特征。他在刘易斯-克拉克县学过焊接。案发后他离开了城里。他离了婚，与女性相处困难。他对案件调查十分好奇。

6月3日，星期四，韦伯办公室取得了法庭指令，要求普兰蒂于次日提交一副齿模。唐·格里尔局长对他说，他们这样做是想缩小调查范围，假如他的齿模与咬痕不吻合，他们就可以排除他的犯罪嫌疑。

不出我之所料，普兰蒂离开牙医诊所后，给韦伯打了电话。他想知道调查的进展情况。韦伯很有头脑，让他的助手凯斯·詹森同时收听了电话，从而保证韦伯日后可以作为可能证人出庭作证。在与韦伯通话的过程中，关于他何时待在保罗·梅因家中这一点，普兰蒂的说法和以前有了出入。如我所料，他显得挺合作。

警方窃听了邦德与普兰蒂的第二次通话，从中又了解到一些情况，随后他们录下了邦德与梅因之间的一段对话，得到的收获更大。普兰蒂告诉邦德，他每天要抽好几盒香烟。梅因甚至表示，或许是因为卡拉拒绝普兰蒂的性要求才激怒了他。于是警方再一次约见了梅因，他说他认为普兰蒂要对谋杀案负责，但是在他与普兰蒂私下交谈之后，他又推翻了自己的说法。

下一周的星期二，韦伯、拉欣和格里尔飞赴长岛去请教莱文博士。他们给他看了重新验尸的照片和3副齿模：梅因的齿模、另一长期嫌疑人的齿模，以及普兰蒂的齿模。莱文当场排除了前两个人。虽然他没有绝对的科学把握认定全世界只有普兰蒂的齿痕与被害人身上的咬痕吻合，但他的齿痕确实与咬痕吻合——丝毫不差。保罗·梅因被拘捕，以妨碍司法罪受到了指控。

普兰蒂被指控犯有谋杀罪和私闯民宅强奸未遂罪。他于1983年6月出庭受审，7 月间被判定有罪，判处 75 年徒刑。

此案前后历经了 4 年，在许多富有献身精神的人们的共同努力之下，凶手终于被绳之以法。我感到特别高兴和欣慰的是，我收到了州助理检察官凯斯·詹森写给联邦调查局局长威廉·韦伯斯特的感谢信的复印件。他在信中写道："社区终于有了安全感，受害者的亲人觉得正义得到了伸张，这一切若是没有约翰·道格拉斯是不可能实现的。他始终是个大忙人，我觉得他的努力不应被忽视。在此我谨致以诚挚的谢意，并希望能有更多的道格拉斯，以其才干和才华来帮助我们。"

这些都是溢美之词。不过，可以称幸的是，我在前一年 1 月份说服了学院副院长吉姆·麦肯齐，使他相信我们的确需要"更多的约翰·道格拉斯"。他又设法说服了总部给我们增加人手，尽管这意味着要从其他部门挖人。就这样，我弄来了包括比尔·哈格梅尔、吉姆·霍恩、布莱恩·麦基尔韦恩和罗恩·沃克在内的第一批人马，随后又弄来了吉姆·赖特和贾德·雷。结果没过多久，他们都做出了可观的贡献。

虽然大家都在尽心尽力，但是有些案子，如卡拉·布朗一案，拖了好几年才结案。另外一些案子尽管也同样错综复杂，但只要一切进展顺利，只需几天或几个星期就能侦破。

西南部的一个调查局外勤站有一位名叫唐娜·林恩·维特尔的速记员，一天晚上她在位于一楼的公寓里被人强奸并杀害。罗伊·黑兹尔伍德和吉姆·赖特接到了局长办公室的明确指示：火速前往当地破案。当时，我们已把全国划分成若干区域，该案正好发生在吉姆负责的区域。

我们要毫不含糊地传达这个信息：任何杀害联邦调查局人员的凶手都不能够逍遥法外，我们会不惜一切代价将凶手缉拿归案。第二天下午 2 时，调查局人质营救队的一架直升机载着两位特工和他们匆忙收拾好的行李，从匡蒂科飞往马里兰州安德鲁斯空军基地。他们在那里转乘了局里的一架喷气式飞机。他们一下飞机就马不停蹄地赶往犯罪现场。当地警方正保护着现场，等待他们的到来。

维特尔是一位 22 岁的白人女性，从小在农场长大，虽然为调查局工作已有两年多时间，但直到 8 个月前才搬到城里居住。她不了解在城市生活面临的危险，在一个主要由黑人和西班牙裔人居住的工业区租了一套公寓。公寓楼管理员考虑到了安全因素，让人在每位单身女性租住的公寓门外上方都安装了一只乳白色的走廊灯泡，而不是通常的发黄光的灯泡，以便于让她手下的工作人员和保安人员给予特别关照。这一安排没有对外公开。然而虽然管理员用心良苦，但即便最不经意的人很快也就看出名堂了。

警方是晚上 11 点过后不久接到报案的，当时一位住户注意到受害者房间的窗纱被扯了下来，于是打电话告诉了大楼保安人员。受害者一丝不挂，浑身是血，脸部遭到殴打，身上有多处刀伤。验尸结果表明她遭到了强暴。

攻击者是从前窗强行闯入的，进去时撞倒了一件大型盆景。电话线已从墙上的插座中拔出。饭厅地毯和厨房地板上有让人触目惊心的大块大块的血迹，攻击似乎主要发生在这里。尸体所躺的地方留下了一片血迹，看上去好像是与真人一般大小的天使，张开着翅膀，仿佛在飞翔。地上的血迹表明，受害者被从厨房拖进了起居室。从尸体上因自卫而留下的伤口分析，她似乎是跑到厨房拿了把菜刀，但被凶手夺了过去并转而用来对付她。

维特尔那些血迹斑斑的衣物在厨房地板边缘靠近碗橱的地方被急救医疗队队员发现。她的内裤和连裤袜卷成一团，显示出那是她躺在地板上被凶手脱下的。警方到达现场时，屋里的灯全是关着的。他们推测，很可能是凶犯关掉了电灯，免得在他离开后很快有人发现情况不妙。

根据从同事、家人和邻居那里了解到的全部情况来看，这位年轻女子具有腼腆的性格、诚实的为人和坚定的信仰。她在一个严格而虔诚的宗教环境中长大，对待宗教问题非常严肃。她一点也算不上有魅力，似乎没有什么社交活动，不管是与男同事还是女同事都少有来往，他们都把她描述为认真、勤奋，但是"与众不同"。这大概跟她缺乏社会经验和受庇护的成长环境有关。没有人暗示她有任何违法行为，或是与"不正经的人"有任何瓜葛。在她的公寓里没有发现毒品、烟酒或避孕药。她父母对她的贞洁深信不疑，并且认为她为了维护自己的贞操会不要性命。

在仔细查看现场之后，罗伊和吉姆也得出了这样的结论。虽然屋子里到处有血，有一处血迹却引起了他们的格外注意。它紧靠着浴室的门口。在浴室里边，他们注意到尚未冲洗的抽水马桶里有小便，但无卫生纸。

这使他们马上觉察到侵入者与受害者之间发生了什么事。当听到有人闯进时，她一定是在浴室里。她站了起来，没顾得上放水冲马桶就走出去查看是怎么回事。她刚跨出浴室门，凶手就对着她的脸猛击一拳，主要是想把她打晕过去。吉姆和罗伊找到了藏在起居室一个坐垫底下的凶器，一把菜刀。

凶器本身也向他们传递了一点信息——作案者闯入公寓并非蓄意谋杀。他未拿走任何贵重物品这一事实说明，他是为了盗窃以外的目的而来的。有关证据显示，他闯入的目的是强奸。假若他是想谋杀她，而不是在她身上寻欢作乐，那么就没有必要拔下电话线。公寓很容易闯入，被害人缺乏姿色，他一言不发地突然袭击，这一切都说明他是个脾气暴躁的硬汉式人物，智力低下、缺乏社交技巧或自信心、不会用言语控制他人。他很明白，除非从一开始就完全控制住这位温和的受害者，不然他就无法达到目的。

　　他没料到，这个腼腆文静的女子会如此拼命地反抗。她的所有背景情况都向画像人员显示，这正是她为保住自己的名节而会做出的反应。但是作案者是不会知道这一点的。她越是反抗，他就越是处于失控的状态，他的怒火也就越旺盛。我从同是由企图强奸最终演变成杀人的卡拉·布朗一案中认识到，案犯的出于发怒而杀人与为了"收拾"自己造成的狼狈局面而杀人相比是位居次要地位的。在这起凶杀案中，这两者似乎具有同样的重要性。作案者的怒火是持续的而非短暂的。地上的拖痕表明，他在厨房攻击她之后，把她拖到另一个房间，在她血流不止、奄奄一息的情况下实施了强奸。

　　罗伊和吉姆在抵达的当晚就开始着手了画像。他们要找的是一个20到27岁的男子。一般情况下，在基于性欲而引发的谋杀案中，如果受害者是白人，你可以估测凶手也是白人。两位特工坚信作案者的本意是强奸，所以强奸案的"规则"是适用的。这是一个以黑人和西班牙裔人为主要住户的公寓区，白人女子遭黑人男子强奸的发案率相当高，因此本案凶手也很可能是黑人。

　　他们认为作案者没有结婚，但有可能与某个女人一起生活，经济上依靠或剥削她。任何与他有关的女人都可能比他年轻、比他幼稚，或者比较容易支配。他不会和任何他觉得不好对付或者对他构成威胁的人来往。尽管他可能不太聪明，在学校时成绩一般（可能在行为方面也构成问题），但也许经常在街头厮混，打起架来能不让自己吃亏。他会对周围人摆出一副不好惹的硬汉子架势。他穿衣服也会尽可能买最好的。他还可能热衷于运动，以保持身体强健。

他可能住在供低收入阶层租住的单元房里，离犯罪现场步行可及。他可能干的是一份粗活，跟同事或上司频繁发生冲突。因为脾气暴躁，他大概没参过军；即使参过军，也会提前退伍。两位特工并不认为他以前杀过人，但可能有盗窃和使用暴力的前科。罗伊·黑兹尔伍德是研究强奸及危害妇女犯罪活动的一流专家之一，他坚信作案者有强奸或性暴力的前科。

他们预测了他的案发后行为，包括旷工、酗酒、减轻体重和改变外貌，在许多方面与杀害卡拉·布朗的凶手相仿。尤为重要的是，他们觉得这种类型的人会跟家人或密友谈及或吐露所犯罪行。这一点是关键，可以利用它制定出将他缉拿归案的前摄策略。

因为知道作案者会密切注意新闻报道，罗伊和吉姆决定接受当地媒体的采访，将画像公之于众。他们惟一秘而不宣的重要细节是种族因素。万一推测有误，他们不想因此导致调查工作走入歧途，致使可能的线索得不到正确利用。

然而有一点他们是广而告之的，那就是他们相信：作案者不管跟谁谈起过谋杀案，此人的自身处境也十分危险，因为他或她现在掌握了凶手有罪的把柄。他们敦促说，如果你发现自己陷入了这种处境，请赶快与当局联系，不然一切就太迟了。不到两个半星期，案犯的武装抢劫同伙就给警方打来电话。嫌疑人遭到了逮捕。基于谋杀现场留下的掌纹与其吻合，他受到了起诉。

我们事后重温画像时，发现吉姆和罗伊的预测真是料事如神。案犯是一个 22 岁的黑人男子，住址与犯罪现场相隔 4 个街区。他单身，与姐姐住在一起，经济上依靠她。谋杀案发生时，他因强奸罪正在服缓刑。他受到了审判，被裁定有罪，判处了死刑。他的死刑判决最近才执行。

我经常跟我的人讲，我们应该像孤胆侠客那样策马进城，帮助伸张正义，然后悄然离去。

　　那些蒙面侠客是谁？他们留下了这颗"银制子弹"。
　　他们是谁？噢，他们来自匡蒂科。

　　在处理完这起案子后，吉姆和罗伊驱车悄然离去。他们当初是乘局里的专机奔赴现场的。任务完成后，他们搭乘民航班机返回，坐在飞机后部的经济舱里，与快活的度假者及尖叫的孩子们挤在一起。但是，我们清楚他们立下了大功，所有得到他们留下的"银制子弹"的人们也都清楚。

十五

伤害心爱的人

　　格雷格·麦克拉里有一天在匡蒂科那间无窗办公室里翻阅案件档案时，接到了他负责地区的一个警察局打来的电话，讲的是一起你似乎耳熟能详的令人痛心的案子。

　　一位年轻的单亲母亲带着她2岁的儿子走出租住的花园公寓，准备去购物。正要钻进汽车时，她突然感到肚子一阵绞痛，于是连忙转身，疾步穿过停车场，走进紧靠公寓大楼后门的洗手间。这是一个很安全的居民区，人们态度友好，互相都很熟悉，而且她还郑重叮嘱过她的儿子乖乖地呆在楼里玩耍，等着她出来。

　　我敢肯定，你已猜到后来发生了什么事。大约45分钟后，她从洗手间出来，发现孩子不在门厅里。这时她还没有感到惊慌，她猜想孩子也许跑到门外去玩了，虽说那是一个大冷天。她走出大楼，左右环顾着。

　　可是她发现情况不妙：儿子的一只针织连指手套被扔在停车场的地面上，四处不见他的踪影。这时她才感到了惊慌。

她冲回自己的公寓，立刻拨打了911报警电话。她惊慌失措地告诉应急中心的接线员，她的儿子被人绑架了。警方很快就赶到了现场，对那个地区进行了仔细搜索，以寻找线索。此时这位年轻女子已处于歇斯底里的状态。

媒体得知了这一情况。于是她走进了电台播音室，通过麦克风乞求绑架她儿子的人把他送回来。虽然警方很同情她，但仍然按照惯例不动声色地对她进行了测谎器测试。她通过了测谎。警方知道，在绑架儿童案中分分秒秒都至关重要，为此他们找到了格雷格。

格雷格听了案情介绍和911报警电话的录音。他觉得情况不大对劲。接着案情有了新的发展。这个痛苦的女子收到一个小邮包，上面没有写明回址，里面也没有附字条或信件，只有一只与她在停车场找到的连指手套配套的手套。这个女子精神崩溃了。

不过这时，格雷格已明白了事情的真相。他告诉警方，小男孩已死，凶手就是他的母亲。

你是怎么知道的？警方再三追问他。小孩子被性变态者抓走是司空见惯的事情。你怎么知道这回情况就不一样？

于是格雷格进行了解释。首先，案情本身就有问题。没有任何人要比一个母亲更担心孩子被性变态者抓走。她把孩子留在洗手间外面那么长时间无人照看，这样做合乎逻辑吗？如果她不得不待在洗手间里很长时间，为何不带孩子进去，或者做些临时安排？情况可能确如她所说的那样，但这不能不让你生疑。

根据911报警电话的录音，她明确地说，有人"绑架"了她的孩子。格雷格的经验告诉他，父母亲们说什么也不愿在心里接受这种可怕的假设。在处于歇斯底里的悲痛情绪下，你可能会听到她说，孩子失踪了、孩子跑丢了、她找不到孩子了，或者类似的话。在这个阶段就用"绑架"一词说明，她早已在出事之前就想好这一切。

通过在媒体上垂泪乞求本身当然不能说明某人有罪。南卡罗来纳州的苏珊·史密斯乞求她的两个儿子能平安归来的画面至今仍然经常浮现在我们眼前，令我们深感不安。一般来说，我们发现父母亲这样做完全是发自内心的。但问题是，这种公开露面也可能是少数心怀叵测的人所耍的伎俩。

然而，在格雷格看来，最能说明问题的是连指手套的寄回。

儿童遭劫持基本上出于3种原因：他们被绑架者掳走以勒索钱财；他们被猥亵儿童犯掳走以获得性满足；他们被可怜孤独、情绪无常的人掳走，因为他们迫不及待地想有一个自己的孩子。如果是出于第一种原因，绑架者必定会或者通过电话或者通过书信与孩子的家人联系，以提出他们的要求。其余两种类型的人则根本不想与孩子家人有任何联系。上述3种人都不会仅仅寄回孩子的一件物品，以告诉家人孩子已被人劫持——他的家人早已知道了。如果必须向他的家人证实这是一起绑票案，那么就会伴随有赎回条件，否则这么做就毫无意义了。

格雷格认定，这位母亲只是依据想象中的绑架案的模式布置了一起假绑架案。很不幸，她对这类犯罪的实际动因根本就不了解，结果给演砸了。

很显然，她这么做事出有因，并让自己相信这么做没有什么错。这就是为什么她通过测谎的原因。但格雷格对那次测谎并不满意。他请来了调查局的一位资深测谎专家对她进行了重新测试，而这次事先让她知道她已受到了怀疑。这次的结果完全不同。经过一番有针对性的审问，她终于承认是她杀了孩子，并带领警方找到了尸体。

她的动机很常见，正是格雷格从一开始就猜到的。她是一个年轻的单身母亲，由于孩子的拖累，错失了 20 岁左右的人本可享有的一切快乐。她遇到了一个心上人，而这个男人想进一步增进他俩之间的关系，建立起自己的新家庭。可是他明确表示，他俩的共同生活中容不下这个孩子。

此类案件的重要之处在于，即便警方是在孩子失踪后无人报案的情况下发现尸体，格雷格仍然会得出相同的结论。孩子被埋葬在树林里，身穿滑雪衣，裹在一条毛毯里，外面还严严实实地套着一个厚厚的塑料袋。要是换了绑匪或猥亵儿童犯，是不会如此费心地使他感到温暖和"舒适"，或者想到不能让尸体遭受风吹雨打的。许多谋杀案现场显示出的是作案者明显而持久的愤怒，弃尸则常常表现出作案者的鄙视和敌意，而这种埋葬却显示出了作案者的爱意和负疚感。

人类伤害心爱的人或者应该去爱的人的行为由来已久。事实上，阿伦·伯吉斯在就任行为科学科科长后首次接受电视采访时就曾说："我们见到的暴力行为是世代相传的，可以一直上溯到该隐杀害亚伯的《圣经》时代。"幸好，记者们似乎没有领会他在对世界上第一件凶器进行解释时的言下之意。

19 世纪的英国就发生过一起大案，涉及家庭内部暴力。1860 年，苏格兰场的乔纳森·惠彻警官来到萨默塞特郡弗罗姆镇，调查一个显赫家族的一个名叫弗朗西斯·肯特的婴儿被谋杀案。当地警方确信孩子是吉卜赛人所杀，但是经过调查，惠彻确信真正的凶手是弗朗西斯 16 岁的姐姐康斯坦斯。由于家族在当地的社会地位，以及一个 10 几岁的女孩不可能杀死亲弟弟的观念在作祟，惠彻的证据在法庭上遭到驳回，他控告康斯坦斯的罪名不成立，她被宣判无罪。

惠彻受到舆论的强烈抨击，被迫从苏格兰场辞职。在随后的数年中，他独自进行调查，以证明自己的判断没错，那个年轻姑娘确实是凶手。最终，因为身无分文和身体状况欠佳，他无奈地放弃了对事实真相的探求。此后过了一年，康斯坦斯·肯特就承认了自己的罪行。她再次受审，结果被判处终身监禁。3 年之后，威尔基·柯林斯根据肯特一案写出了他那部具有开拓意义的探案小说《月亮宝石》。

谋杀心爱的人或者家人的案子并不少见，侦破的关键就在于抓住布局这个要素。与受害者关系如此亲近的人会设法将嫌疑从他或她自己身上引开。在我最早办过的此类案子中，有一起是 1980 年圣诞节次日发生在佐治亚州卡特斯维尔的琳达·黑尼·多弗谋杀案。

虽然琳达和丈夫拉里已分居，他们仍然保持着比较友好的关系。 27 岁的琳达身高 5 英尺 2 英寸、体重 120 磅，她定期去他俩以前同住过的房子给他打扫卫生。事实上， 12 月 26 日星期五那天，她就是去干这件事的。与此同时，拉里带着他们年幼的儿子去公园游玩。

当父子两人下午游玩归来时，琳达已经不在那里了。拉里本以为会看到家里干干净净、井然有序，却不曾想到卧室里乱成一团。被单和枕头被扯到床下，梳妆台的抽屉半开着，衣服散落得到处都是，地毯上有像血一般的红色污迹。拉里立刻打电话报了警。警方迅速赶到，把房子里里外外搜了一遍。

他们在房子底部由外入内的爬行空隙中找到了琳达的尸体。她被包裹在取自卧室的盖被里，只有头露在外面。他们打开盖被后，看到她的衬衣和胸罩掀到了乳房以上，牛仔裤褪到了膝部，内裤拉到了阴部以下，头部和脸上有钝器造成的外伤，身上还有多处刺伤。据警方推测，刺伤发生在胸罩掀上去之后。厨房里有个碗橱，碗橱的一个抽屉开着，他们认为凶器正是从那里取出的一把刀，但他们找不到（而且从未找到）那把刀。从犯罪现场看，她最初是在卧室遭到攻击的，然后尸体被转移到了房子外面，塞入了房子底部的爬行空隙。她大腿上的血滴表明，凶手曾搬动摆弄过尸体。

琳达·多弗的背景中没有任何迹象表明她会成为特别高风险的受害者。虽然她和拉里分居了，但她没有和其他男人发展关系。惟一不寻常的紧张性刺激因素是一年中的假期，以及导致她婚姻破裂的原因。

根据犯罪现场照片和卡特斯维尔警察局寄给我的有关资料，我告诉他们作案者可能是两种类型中的一种。很有可能他是一个年轻、缺少经验、有某种缺陷的独来独往者，就住在附近一带，基本上是一时起了歹念而碰巧作案的。我讲完之后，警方提到他们对该地段的一个恶棍一直感到很头疼，许多居民都害怕他。

但是本案具有太多的布局因素，从而使我更倾向于认为作案者属于第二种类型：一个十分熟悉受害者的人，因此想转移视线。凶手觉得有必要将尸体藏匿在房屋的某处，惟一的原因就是我们归类为"泄私愤杀人"的原因。脸部和颈部的外伤似乎也具有高度个人化特征。

我告诉他们，我觉得这个作案者很聪明，但只受过高中教育，从事需要出卖体力的工作。他可能有过攻击他人的前科，对挫折的承受力也不强。他可能是个郁郁寡欢的人，不能忍受失败，而且在案发时出于这样或那样的原因可能正感到心情沮丧，极有可能是因为手头拮据。

本案的布局有其自身的内在逻辑和理由。不管对琳达下毒手的人是谁，他并不愿意把尸体暴露在外面，因为那样一来，另一家庭成员——尤其是她的儿子——就可能会看到。他为什么要花时间把尸体用盖被裹好并转移到爬行空隙之中，原因就在这里。他想让案子看起来像是一起性犯罪——因此把她的胸罩掀上去并暴露出她的阴部——尽管并没有任何强奸或性骚扰的证据。他认为他非得这么做不可，可是要让警方看到她裸露的阴部和乳房，他又感到不舒服，于是便用盖被把这些部位遮盖了起来。

我指出，凶手起初会非常合作，而且关心案子的侦破情况，但一旦你对他不在犯罪现场的证据提出质疑，他就会变得傲慢无礼和充满敌意。他的案发后行为可能包括酗酒或吸毒，没准还会转而信奉宗教。他可能会改变外貌，甚至可能会变换工作并搬出该地区。我告诉警方，要留意寻找一个在行为和个性上出现了180度大转弯的人。

"现在的他跟案发前可是判若两人了。"我说。

我有所不知的是，在卡特斯维尔警方请求我提供画像的时候，已经指控拉里·布鲁斯·多弗谋杀了他的妻子，只不过他们是想确认他们没有搞错。这种做法着实让我恼火，原因有几个。其一，当时迫切需要我处理的案子已让我应接不暇。但更为重要的是，闹不好这会使局里处境尴尬。使有关各方感到幸运的是，我的画像最后证明完全符合实际案情。诚如我对局长和亚特兰大主管特工解释的那样，假如我的画像不那么准确，一个老练的律师就可以把我作为被告方的证人传上法庭，迫使我作证说，我的那份"专家"画像在某些方面证明被告不是凶手。从那以后，我学会了总要先问一下警方，是不是掌握了嫌疑人，尽管我并不想预先知道他是谁。

不管怎么说，在此案中正义得到了伸张。1981年9月3日，拉里·布鲁斯·多弗因谋杀琳达·黑尼·多弗被判处终身监禁。

发生于1986年的伊丽莎白·杰恩·沃尔西弗——人称贝蒂——的谋杀案则给家中布局这一主题带来一个变奏。

8月30日，星期六，早晨7点刚过。宾夕法尼亚州威尔克斯-巴里市警方接到报警电话，报警人要他们赶往伯奇街75号，这是当地一位很有人缘的牙医的住所。大约5分钟后戴尔·明尼克和安东尼·乔治两位警官赶到时，看到 33 岁的爱德华·格伦·沃尔西弗医生躺在地板上。有人企图勒死他，并重击了他的头部。他哥哥尼尔在那儿陪着他。尼尔解释说，他住在街对面，是接到弟弟的电话后赶过来的。格伦当时被打得晕头转向，说他只记得尼尔的电话号码。尼尔到达后，立即打电话报了警。

据两个人说，格伦的 32 岁的妻子贝蒂和 5 岁的女儿丹尼尔就在楼上。每当尼尔想上去查看一下她们的情况时，格伦不是快要晕厥过去，就是又开始了呻吟，因此两人还没有上过楼。格伦跟尼尔说，他担心闯入者仍在房子里。

明尼克和乔治两位警官搜查了房子。他们没有发现闯入者，但却发现贝蒂死在卧室里。她侧身躺在床边的地板上，头朝着床脚。从颈部的淤伤、嘴角处快要干涸的唾沫以及青一块紫一块的面部来看，她好像是被人用手掐死的。床单上有血迹，但她脸上的血迹似乎已被擦去。她只穿着睡衣，下摆被掀到腰部。

隔壁卧室里的丹尼尔仍在熟睡，没有受到任何伤害。她醒来之后告诉警方，她没有听到任何动静——没有破门而入、打斗或任何骚动的声音。

明尼克和乔治从楼上下来后，没有描述楼上的情景，而是问沃尔西弗医生发生了什么事。他说，天快亮的时候，他被一种仿佛是有人破门而入的声音吵醒。他从床头柜里摸出手枪，没有喊醒贝蒂，独自下楼去查看。

他走近卧室门口时，看到楼梯口有一个大块头男子。那人似乎没有发觉他。于是他尾随他走下楼，但接着就找不见他了，他便开始在底楼四处寻找。

突然，有人从背后袭击了他，用绳索之类的东西套住了他的脖子，不过他扔掉了枪，在绳索收紧之前及时地把手插了进去。格伦随即朝后猛踢一脚，踢中了那人的腹股沟，使他松了手。然而格雷还没来得及转过身，后脑勺就遭到猛击，两眼一黑就昏了过去。他醒来后，给他哥哥打了电话。

在警方和被警方叫到现场的急救医护人员看来，沃尔西弗医生的外伤似乎并不严重——后脑勺有一处挫伤，颈后部有几处红斑，胸肋部左侧有几处小擦伤，仅此而已。但他们不想冒险，所以把他送到了急诊室。那里的医生也觉得他的情况不是很严重，但既然这位牙科医生自诉曾经昏迷过，便收下他住了院。

从一开始，警方就对沃尔西弗的说法持怀疑态度。闯入者天亮时分从二楼窗户进入住宅，这似乎说不通。在房子外面，他们发现一副旧梯子，通向卧室敞开着的窗户，据称闯入者就是用这副梯子进屋的。但是梯子已经摇摇晃晃，看上去连中等块头的人都承受不了。它斜靠在墙上，横档朝着错误的方向。地面很松软，可梯子并没有在上面留下凹痕，这说明梯子不曾承载过任何重量。在梯子靠放的铝制檐槽上也没留下任何痕迹。梯子横档上也没有露水或青草，而假如那天清晨有人用过梯子，是应该有的。

房子里面的情况也显示了他的叙述有诈。贵重物品似乎一样没少，就连卧室里放在明处的首饰也都在。如果说闯入者是为了谋杀而来，为什么会把一个带枪的昏迷男人丢在楼下，却返身上楼去杀害而不强奸他的妻子呢？

有两点情况尤其令人困惑。如果说格伦被人掐到几乎昏死的地步，他脖子正面为什么没有留下任何伤痕？最令人费解的是：格伦和他哥哥尼尔竟然都没有上楼去查看贝蒂和丹尼尔的情况。

更让人困惑的是，沃尔西弗医生的说法随着时间的推移在不断地变化。随着回忆起的细节越来越多，他对闯入者的描述也越来越细节化。沃尔西弗道，那人穿着黑色无领长袖运动衫，套着蒙面袜，蓄着小胡子。有几点细节他的叙述还前后矛盾。他对家人说，星期五晚上他在外面待到很晚，但入睡前还跟妻子说过话。而他对警方却说，他根本没有叫醒过妻子。起初，他说书桌抽屉里大约有 1 300 美元失窃，但等警察找到一张 1 300 美元的存单时，他又改了口。警方接到报警赶到现场后向他询问情况时，他似乎才刚刚恢复一点点意识，讲话也含混不清。然而在医院里被告知妻子死讯时，他却提到曾听见警方打电话叫验尸官过来。

随着调查工作的继续进行，格伦·沃尔西弗不断提出更新颖、更详细的情节来解释这次攻击事件。最终，闯入者的数目增加到两人。他承认曾与前任助理牙医有染，但跟警方说早在一年前就已了结关系。后来他又承认，就在案发前几天他刚会过那个女人，并且发生了性关系。他还说忘了告诉警方，他同时和一个有夫之妇也有暧昧关系。

贝蒂·沃尔西弗的朋友告诉警方，虽然她很爱丈夫，而且也曾试图改变局面，但她厌倦了他的不轨行为，尤其不满他每逢星期五必定晚归的行径。就在被害的前几天，她跟一位朋友讲过，如果格伦下个星期五仍然在外面待到很晚，她就要"表明态度"了。

在家中和医院里接受过最初的面谈之后，格伦按照律师的建议拒绝再跟警方谈任何事情。于是，警方就把破案重点放在他哥哥尼尔身上。他对那天清晨发生的事情的描述几乎和格伦的描述一样奇怪。他拒绝接受测谎测试，声称他听说过测谎常常是不准确的，担心不好的测谎结果会影响他的声誉。在警方和贝蒂家人的一再要求下，以及在媒体呼吁他配合调查的压力下，尼尔跟警方约定 10 月份在法院接受面谈。

那天上午 10 点 15 分左右，即预定面谈的时间过去 15 分钟之后，尼尔驾驶的本田小汽车与一辆麦克牌大卡车迎头相撞，尼尔当场毙命。发生车祸时，尼尔实际上是在驾车驶离法院大楼，验尸官判定他的死亡为自杀，不过后来看起来，他当时可能打弯动作过猛，又紧张地试图拐回来。我们永远无从知道事实真相。

案发一年多后，威尔克斯-巴里警方已经收集到大量间接证据，确认格伦·沃尔西弗是杀害妻子的凶手，但因为缺乏确凿的罪证而无法指控他。在犯罪现场发现了他的指纹和毛发，可那是他自己的卧室，所以说明不了什么问题。警方推测，他用过的绳索或穿过的血衣有可能在打电话给他哥哥之前就已扔进了附近的河里。他们能够逮捕他并定他罪的惟一办法就是找一位专家出具支持他们观点的权威意见，即谋杀案是由亲近受害者的人所为，他布置了犯罪现场。

1988 年 1 月，威尔克斯-巴里警方邀请我提供一份案情分析报告。我在仔细研读了卷帙浩繁的资料后，马上就得出结论：谋杀确系熟知受害者的人所为，作案者布置了犯罪现场以掩盖真相。既然警方早已有了嫌疑对象，我便不想照常规提供一份画像，或者直接指认那个丈夫为凶手，不过我尽力给警方提供了一些有说服力的材料，以作为对他实施拘捕的理由。

在周末的光天化日之下闯入那个地段的一户私宅（私家车道上还停放有两辆车），这是一种针对低风险受害者的高风险犯罪。所谓盗窃一说是很不可信的。

闯入者从二楼窗户进入室内，不查看一下二楼的房间就立即下楼，这种做法与我们从多年研究中以及在向世界各地提供案件咨询时所了解到的情况完全不一致。

没有证据显示，闯入者随身携带了凶器，这使得预谋杀人的说法不可信。沃尔西弗太太未受到性侵犯，这使得预谋强奸失败而导致杀人的说法同样不能令人信服。没有任何证据显示凶手哪怕有过拿走任何东西的企图，这又使预谋盗窃的说法难以成立。这样一来，作案的可能动机就大大缩小了。

杀人的手法——掐脖子——是一种亲近型的犯罪方式。陌生人是不会选择这种手法的，一个经过精心策划、费了一番周折才闯入的人尤其不会这样做。

警方继续有条不紊、严谨细致地充实其指控理由。尽管他们已确信凶手是何许人，他们手中的证据却仍然都是间接的，必须要有在法庭上站得住脚的证据才行。在此期间，格伦·沃尔西弗搬迁到了与华盛顿市相毗邻的弗吉尼亚州福尔斯彻奇市，在那里开设了一家牙科诊所。1989 年年末，警方准备好了逮捕状以及参考我的分析报告而拟的证据陈述书。1989 年 11 月 3 日，谋杀案发生了 38 个月后，一支由州、县和当地警方组成的小分队南下弗吉尼亚，在沃尔西弗的诊所将其逮捕。

他对前去逮捕他的一位警官交代说："事情发生得太快了。我们一下子就交上了手。一切都恍若梦中。"后来他声称，他这话说的是闯入者（们）对他的袭击，而不是说他谋害他的妻子。

虽然当时已有好几个州认可我以犯罪现场分析专家的身份出庭作证，本案的被告方却反对我提出的案情解释，称我为"伏都教巫师"，结果法官最终裁定我不能作证。不过，起诉方已经熟练掌握了我告诉他们的分析思路。经过警方的努力，沃尔西弗被判犯有三级谋杀。

沃尔西弗一案有许多明显的疑点：摇摇晃晃且反摆着的梯子，性犯罪的现场布置却没有任何性骚扰的证据，脖子上的掐痕名不副实，不去查看妻子女儿而显然表现得对她们缺乏关心，还有孩子从未被任何声音吵醒。其中最明显的疑点是：所谓的闯入者的所作所为完全不合逻辑。任何私闯民宅作案的人，不管他作的是什么案，都会首先对付构成最大威胁的人——本案中就是身高 6 英尺 2 英寸、体重 200 磅的持枪男主人，其次才会对付威胁较小的人，即本案中手无寸铁的女主人。

刑事调查人员对于这些矛盾之处必须时刻保持警觉。或许是因为这类案子见得多了，我们始终能头脑高度清醒地去分析人们的说法，通过研究他们的行为找出事情的真相。

在某些方面，我们就像是时刻准备进入角色的演员。演员看到的是写在剧本上的台词，而他想表演出来的却是"潜台词"，即这一场戏真正要表达的东西。

最明显的例子莫过于 1989 年发生在波士顿的一个案子了。卡罗尔·斯图尔特被谋杀，她丈夫查尔斯严重受伤。案子尚未结案就已成为轰动一时的事件，眼看整个社区就要四分五裂。

一天晚上，这对夫妻听完自然分娩课，驱车经由罗克斯伯里回家，在停车等待绿灯时，据查尔斯称受到一个大个头黑人男子的攻击。他开枪打中了 30 岁的卡罗尔，之后又向 29 岁的查尔斯开了枪。查尔斯腹部受重伤，动了 16 个小时的手术。卡罗尔虽经布里格姆妇科医院医生的奋力抢救，仍在几个小时后死去。他们的男婴克里斯托弗以剖腹的方式取出，但没过几个星期就夭折了。在人们为卡罗尔举行场面宏大、众所瞩目的葬礼之际，查尔斯还在医院里休养。

波士顿警方迅速出击，凡是符合查尔斯所描述的攻击者特征的黑人都统统抓了起来。最后，他在一排嫌疑人中点出了一人。

但未过多久，他的说法开始露出了破绽。他弟弟马修接到他的电话，他要马修帮忙处理一包据称是被盗的物品，于是马修怀疑根本就没发生过抢劫案。在地方检察官宣布将以谋杀罪起诉查尔斯·斯图尔特的次日，查尔斯从一座桥上跳下去自杀了。

可以理解，黑人公众被查尔斯的不实指控激怒了，正如 6 年后苏珊·

史密斯称一个黑人绑架了她的两个孩子的谎言被戳穿后那样。不过在史密斯一案中，南卡罗来纳州的当地县治安官一反常规，将案情广泛传播。在媒体和联邦政府机构（如我们科的特工吉姆·赖特）的通力合作下，他在几天时间之内就弄清了事实真相。

斯图尔特一案的侦破效率就没有这么高，不过我觉得要是警方对斯图尔特的说法认真加以分析，并与现场所显示的情况加以比较，本来是可以做到的。并不是每个人都会如此费心地布置一次犯罪，也就是说，对自己开枪且伤势那么严重。但就像在沃尔西弗一案中那样，如果凶手首先攻击的是对其威胁较小的人——十有八九为女性——那么肯定事出有因。在任何抢劫案中，抢劫者总是试图先制服最难对付的对手。如果不先除掉威胁较大的人，那么一定另有原因。就拿"萨姆之子"戴维·贝科威茨来说，他首先向女性开枪，而且在大多数情况下对女性下手时更狠毒，那是因为她们就是他的目标，男人只不过是在错误的时间出现在了错误的地方。

布局型犯罪给我们所有从事执法工作的人员带来的问题是，你会很容易对受害者及幸存者产生恻隐之心。如果一个人遭遇明显不幸，我们显然会愿意相信他。只要他的演技还算过得去，只要罪行表面上看还算合乎逻辑，我们往往就不会去深入追查。我们和医生一样，会对受害者产生同情心，但如果我们失去了客观性，却是对谁也没有好处的。

什么人竟能够做出这种事情？

虽然这个问题的答案可能有时令人痛苦，却正是我们必须要找出的。

十六

上帝要你跟莎丽·费伊做伴

莎丽·费伊·史密斯是个美丽活泼的高三学生，家住南卡罗来纳州哥伦比亚市附近。一天，她在附近一家购物中心见过男朋友理查德后便驱车回家了，在自家房前的信箱旁停车时遭到了绑架。时间是 1985 年 5 月 31 日下午 3 点 38 分，那是一个阳光明媚的日子。再过两天，她就要在列克星敦中学的毕业典礼上演唱国歌了。

仅仅几分钟后，她的父亲罗伯特就发现她的车停在那条长长的私家车道的入口处。车门敞开着，发动机还在转动，座位上放着莎丽的提包。他大惊失色，立刻打电话给列克星敦县治安局。

此类事件在哥伦比亚从未发生过。这是一个居民以安居乐业而自豪的安宁的社区，随处体现着"家庭价值"这一观念。这个金发碧眼、漂亮外向的女郎怎么会在自家房前失踪呢？什么人竟会干出这种事呢？县治安官吉姆·梅茨找不出任何答案。他的确意识到他正面临着一场危机。他采取的第一行动便是组织了南卡罗来纳州有史以来规模最大的一次搜捕行动。

来自州有关部门和邻县的执法官员加入了行动，还有 1 000 多名平民志愿者提供协助。梅茨做的第二件事就是，不动声色地排除了罗伯特·史密斯的涉嫌可能性，他曾公开恳求绑架者归还他的女儿。在任何失踪案或者针对如此低风险受害者的各种犯罪案件中，都必须排查其配偶、父母和亲密的家庭成员作案的可能。

极度痛苦的史密斯一家心急如焚地等待着消息，任何消息，哪怕是赎金要求也好。后来他们接到了一个电话。一个怪腔怪调的男人声称是他扣押了莎丽。

"我让你们知道我可不是在唬人。莎丽在衬衫和运动短裤里面穿的是黑黄相间的泳装。"

莎丽的母亲希尔达向他求情，让他明白莎丽患有糖尿病，需要定时补充营养、喝水和服药。打电话的人没有提出赎金要求，只是甩了一句话："今天晚些时候你们会收到一封信。"听了这话，家人和执法官员变得越发担忧。

梅茨随后采取的步骤反映出他的背景和所受的训练。他和县副治安官刘易斯·麦卡蒂都毕业于联邦调查局全国学院，和局里保持着非常密切的联系。梅茨毫不犹豫地打了电话给南卡罗来纳州哥伦比亚市外勤站主管特工罗伯特·艾维和匡蒂科的我们科。我当时不在，但他迅速从吉姆·赖特和罗恩·沃克两位特工那里得到了富于同情的答复。他们分析了绑架前后的情况、现场照片和电话记录之后，一致认为他们的对手是个非常老练而危险的人物，莎丽的生命危在旦夕。他们担心这个少女可能已经死亡，作案者可能很快会产生一种难以遏制的欲望，要去再犯一起同样的罪行。他们推测，事情的经过大概是：绑架者看见莎丽和她的男朋友理查德在当地的购物中心接吻，随后就跟踪她一路到家。她在信箱前停车时，厄运就临头了。假若她没有停车，或者假若当时街上有车子驶过，犯罪就根本不会发生。县治安局在史密斯家中安装了录音设备，期待绑架者再次打来电话。

接着就出现了一件至关重要却极其令人心碎的证据。虽然我在执法界工作了那么多年，亲眼见过那么多几乎令人难以置信的可怕事情，但我不得不承认，最让人心痛的大概要数这件事了。这是一封莎丽致家人的手写信件，共有两页，左侧页边自上而下用大写字母写着"**上帝是爱**"。

这封信即使现在读来仍让我心酸不已，它体现出这位少女非凡的人格力量和勇气，我想将其完整地转载下来：

1985 年 6 月 1 日　凌晨 3 点 10 分　我爱你们大家

遗　嘱

我爱你们，妈妈、爸爸、罗伯特、唐、理查德，以及其他所有的亲戚朋友。我就要和圣父同在，请你们千万不要为我担心！只要回忆回忆我那俏皮的个性和我们曾经共度的美好而特殊的时光就可以了。别让我的事毁了你们的生活，为了耶稣，一定要一天一天地好好生活下去。会有一些美好的事情由此而生。我的灵魂永远和你们同在！我爱你们大家，爱得**他妈的**如此深切。对不起，老爸，我非得诅咒一次！求主宽恕我。理查德，亲爱的，我过去真的好爱你，也将**永远**爱你并珍惜我俩共度的那些特别的时光。我只求你一件事，接受耶稣做你的救世主吧。我的家人对我的一生影响最大。我人生走一回花了不少钱，就说声抱歉了。

如果我曾经有什么地方让你们失望过，那我很抱歉。我只是想让你们以我为荣，因为我一向都以我的家庭为荣。妈妈、爸爸、罗伯特和唐，我有千言万语想对你们说，其实早就该说了。我爱你们！

我知道你们大家都爱我，也会非常想念我，但是如果你们大家相依相伴，就像我们一直所做的那样，就一定**能够**经受得住的！

请不要怀恨或是难过。爱主的人终会有善果。

我永远爱你们！

我衷心爱你们大家！

沙伦（莎丽）·史密斯

又及：娜娜，我好爱你。我总觉得自己是你最要好的朋友。你也是我最要好的朋友！

我好爱你！

治安官梅茨将这两页信送往南卡罗来纳州执法处的犯罪化验室做纸张和指纹分析。我们在匡蒂科看到信件的副本时，就认定绑架已经演变成了谋杀。然而，充满亲情的史密斯一家——他们虔诚的宗教信仰感人至深地反映在莎丽的信中——却仍然抱着一线希望。6月3号下午，希尔达·史密斯接到了一个简短的电话，问信是否收到了。

"你现在该相信我了吧？"

"嗯，我真不知道该不该相信你，因为我还没有听到莎丽的声音，我需要知道莎丽现在是否还安然无恙。"

"再过两三天你就知道了。"打电话的人阴森森地说。

但当天晚上他又打来电话，说莎丽还活着，并暗示他很快就会放了她。然而，他讲的其中几句话使我们认为情况并非如此：

"我还要告诉你们一件事。莎丽现在已成为我的一部分了。在肉体上、心灵上、感情上和精神上，我们的灵魂已融为一体。"

当史密斯太太要求他保证她女儿还安然无恙时，他说："莎丽受到了保护……她现在是我的一部分了。上帝会保佑我们大家的。"

最终经过追查，所有这些电话都是从莎丽家那一带的公用电话亭打进来的。但是在那个年头，要想当即追查到电话，对话时间必须长达 15 分钟，莎丽家人是无法把谈话拖延这么久的。不过录音系统已经装好，复制的录音带都由联邦调查局当地外勤站派人火速送到我们这里。我、赖特和沃克在倾听每一盘录音带时，无不为史密斯太太与这个怪物谈话时表现出的坚强和自制力所打动。莎丽的优秀品质从何而来是不言而喻的。

梅茨指望对方还会打电话来，所以问我们应该建议这家人怎样去应付。吉姆·赖特告诉他，他们应当尽量表现得像处理人质危机时的警方谈判人员一样。也就是说，要仔细聆听，复述对方所说的任何可能具有重要意义的话，以确保听懂了他的意图；尽量让对方有所反应，从而更多地暴露他自己及其打算。这样做可能有几点好处：第一，可以拖延对话时间，从而帮助警方当即追查出他的位置；第二，可以"安抚"对方，使其觉得有人怀着同情的心情在倾听他的述说，从而鼓励他多做接触。

毋庸赘言，要表现出如此程度的克制力，对于一个处于惊恐且悲伤之中的家庭来说，确实是要求过高了。然而，史密斯一家以惊人的意志力成功地做到了这一点，为我们赢得了重要信息。

绑架者第二天夜里又打来电话，这一次是跟莎丽 21 岁的姐姐唐通话。莎丽已经失踪了 4 天。他跟唐讲述了绑架的细节，说当时看见莎丽站在信箱前，他就停下了车，摆出一副友善的样子，为她拍了几张照片，随后就用枪逼迫她上了他的车。从这次以及其他几次通话中可以看出，他的态度游移不定，有时候显得友好，有时候近乎残酷，有时候还对整个事件的"失控"流露出一丝悔意。

他继续着他的讲述："嗯，凌晨 4 点 58 分，不对，很抱歉。稍等一下。哦，是6月1日星期六，凌晨3点10分，她亲手写下了你们收到的那封信。到了6月1日星期六，凌晨4点58分，我俩的灵魂就融为一体了。"

"灵魂就融为一体了。"唐重复道。

"这是什么意思？"希尔达在后面问。

"现在不能提问。"打电话的人说。

但是我们明白了他的意思，尽管他让他们放心，说什么"上帝就要赐福了"，第二天晚上莎丽就会被送回。他甚至还让唐到时准备一辆救护车待命。

"你会接到去哪儿找我们的指令。"

对我们来说，这段电话录音最重要的部分是他对时间的表述：先是凌晨4点58分，又回到凌晨3点10分。第二天中午希尔达接到的那个不祥电话证实了我们的看法。

"仔细听好。沿378号公路向西行至环形交通枢纽。取道通向普罗斯佩里蒂的出口，往前开一英里半，看到驼鹿小屋103号门牌后向右拐，再走1/4英里，看到一幢白色框架的建筑物后左拐，到后院去，我们在6英尺以外的地方等候。上帝选中了我们。"说罢他就挂断了电话。

治安官梅茨重放了一遍电话录音。按照上面说的路线，他在18英里外邻县萨卢达境内找到了莎丽·史密斯的尸体。她还穿着遭绑架时所穿的黄色上衣和白色运动短裤，但根据尸体腐烂的程度，治安官和验尸官推断她已经死亡好几天了——我们相当肯定确切的死亡时间是6月1日凌晨4点58分。事实上，尸体已腐烂得无法断定凶手采用了何种杀人方式，或者莎丽是否受到过性侵犯。

但是我、吉姆·赖特和罗恩·沃克都确信，凶手一直在用她会归来的谎言欺骗她的家人，以便赢得足够的时间，使警方无法取得至关重要的法医证据。莎丽的脸上和头发上还留着绝缘胶带的黏性残留物，但胶带本身已被撕去，这进一步体现了作案的预谋性和有条理性。初次作案的凶手一般不会策划得如此周密，这表明本案凶手是个年龄较大的聪明人，可能会重返弃尸地点体验某种性满足。只有当尸体完全腐烂，无法再保持这种"关系"时，他才不再重返那里。

于下午时分在乡间住宅区进行绑架，这本身就需要一定程度的策略和经验。我们认定他的年龄在 30 岁左右，而我则明确倾向于他已 30 出头。从他和受害者家人大玩心理游戏时的无动于衷和残忍来看，我们一致认为他可能早婚，婚姻短暂且不成功。目前，他不是独居，就是和父母同住。我们预计他可能有某种犯罪前科——骚扰妇女，或至少打过猥亵电话。如果他有杀人前科，对象应该是儿童或少女。跟其他许多系列杀手不同的是，这个家伙不会把妓女作为目标。面对她们时，他可能过分畏惧。

我们从准确无误的指引路线以及对时间的更正中得到了其他的重要启示。他在仔细斟酌后写下了那些路线。他曾数次回到现场，做了精确的测量。他给受害者家人打电话时，是在照着稿子读！他明白，必须尽快把意思表达清楚并挂断电话。有好几次，他因讲话被人打断，忘了读到哪儿，不得不从头念起。不管他是何许人，他处事刻板而有条理，一丝不苟且有洁癖。他可能有不由自主记笔记的习惯，事无巨细都列出清单。一旦忘了事情记在何处，他的思路就会乱成一团。我们知道，他一定在莎丽家门口的那个绑架地点附近多次驾车踩点。根据他的个性，我猜他的车一定很干净，保养得很好，只有 3 年车龄，甚至更新。总之，这是一个复杂而矛盾的人物，他表现出的傲慢自负及对整个愚蠢世界的鄙夷与其内心深处的不安全感及自卑感不断发生着冲突。

在此类案件中，埋尸的地点给我们提供了信息。埋尸的地理环境表明凶手是当地人，很可能大半生或一辈子都住在这一地区。为了完成他想对莎丽做的事情，然后再处理尸体，他需要在一个僻静的地点，一个他晓得不会受到打扰的地点独自待上一段时间。只有当地人才知道到哪里去找这种地方。

联邦调查局工程处的信号分析科告诉我们，打电话的人是通过一种他们称之为变速控制器的装置使声音失真的。于是我们向全国各地的外勤站发出了电传，请求帮助查找这种产品的制造商和零售店。根据信号分析科的报告，我们断定作案者懂得一定的电子学知识，可能从事住宅建设或制造业之类的工作。

第二天，就在鲍勃·史密斯与殡仪馆的人为小女儿的葬礼做最后安排时，凶手又打来了电话。这次打的是受话人付费电话，而且指名要和唐通话。他说第二天上午就要去自首，还说他在信箱前给莎丽拍的照片已寄往史密斯家。他惺惺作态地恳求唐代表全家宽恕他，并为他祈祷。他还暗示他不会去自首，而是打算自杀。他再次带着悔意说："这件事就这样失控了，我只不过是想和唐做爱。我已经观察她好几……""你想和谁？"唐打断了他的话。

"和……对不起，和莎丽，"他纠正道，"我已观察她好几个星期了，哎，事情仅仅是失控了。"

这是他几次把两姐妹混为一谈的第一次。由于两人长得都很漂亮，都是金发碧眼、性格外向的女郎，而且长相又酷似，因此是很容易把她俩弄混的。唐的照片上过报纸和电视，而且无论莎丽对他具有什么吸引力，唐可能也同样具有。在收听录音的过程中，你不可能不对这种性虐待狂的极度自我放纵的表现感到恶心。但就在此刻，我知道可以把唐当成诱饵来抓获凶手，尽管这听起来可能有些冷酷和工于心计。

在同一天打给当地电视台新闻节目主持人查利·凯斯的电话中，他重申了自首的打算，还说想让广受观众欢迎的凯斯担任"中间人"，许诺要让凯斯对他进行独家专访。凯斯听着他讲，但始终明智地保持了超然的态度，没有给打电话的人任何承诺。

我在电话里告诉刘易斯·麦卡蒂，他根本没有自首的意图，他也不会自杀。他跟唐说过，他是"他们家的朋友"，还神经兮兮地要史密斯一家理解并体谅他。我们不相信他认识这家人。这只不过是他认为自己和莎丽很亲密并为她所爱的幻想中的一部分而已。我提醒麦卡蒂，他是个十足的自恋癖，因而这事拖得越久，这家人对他做出的反应越多，他就越感到自在，也就越能充分地体验到满足。他还会再度杀人。如果他要找的话，目标就是酷似莎丽的某个人；如果找不到的话，就会随机挑选另一个受害者。他的一切行动都有一个基本主题，那便是权力、操纵、支配和控制。

莎丽葬礼的当晚，他又打来电话跟唐交谈。尤其变态的是，他竟让接线员告诉唐，这是莎丽打来的受话人付费电话。他再次声称要去自首，接着就用一种极其平淡而漫不经心的语气描述起莎丽的死亡过程：

"就这样，从凌晨大约两点她真正知道要死开始，一直到她 4 点 58 分死去，我们谈了很多，几乎无所不谈。然后是她选择了时间。她说她已准备好离去了，上帝已准备接纳她为天使。"

他描述了和她做爱的情形，还说他给了她选择死亡方式的权力：枪杀、过量服毒，抑或窒息而死。他说她选择了最后一种方式，于是他就用绝缘胶带贴住她的嘴巴和鼻子，将她闷死。

"你为什么非得杀她？"唐流着泪质问道。

"情况已无法控制了。我很害怕，因为……啊，只有上帝知道，唐。

我不知道为什么，上帝宽恕我吧。我希望能解释清楚，也必须这样，否则上帝会把我送进地狱，我就得在那儿度过余生，可我不想进监狱或是坐电椅。"

唐和她母亲都恳求他不要自杀，而是把自己交给上帝。我们科里的人都非常清楚，这两件事情他都不打算去做。

莎丽·史密斯绑架案发生恰好两个星期后，黛布拉·梅·赫尔米克在里奇兰县的自家拖车式活动房屋前院里遭人绑架，这儿离史密斯家有 24 英里。她父亲当时就在屋里，离现场只有 20 英尺。有位邻居看见一个人停下车，走出来和黛布拉说话，接着忽然抓住她，猛地拽进了车，然后急速驶离。这位邻居和赫尔米克先生立即驾车追赶，但没有追上。和莎丽一样，黛布拉也是个金发碧眼的美丽女孩。和莎丽不一样的是，她才 9 岁。

为了寻找黛布拉，治安官梅茨又发起了一次强有力的搜索行动。与此同时，这一事态开始使我心情沉重。如果你从事的是我和我的科员干的这一行，并以此谋生，就不得不跟案件卷宗和主要案情保持着一定的距离，采取客观的态度，不然你准会发疯的。在史密斯一案中做到这一点已相当不易，而事态的可怕的最新发展已使人几乎无法做到保持距离和采取客观的态度。小黛布拉·赫尔米克只有 9 岁，和我女儿埃里卡同龄，也是金发碧眼。我的二女儿劳伦才刚刚 5 岁。除了产生"遭绑架的也许会是我的孩子"之类的恐惧和揪心的感觉外，你还会很自然地想把你的孩子拴在身边，让他们一刻也不离开你的视线。如果你目睹过我所见过的事情，就难以真正给予你的孩子们所需要的生活空间和自由，你会感到左右为难。

尽管史密斯和赫尔米克两家的小姑娘在年龄上有所不同，但作案时机、现场环境和惯用手法都表明，我们要对付的很可能是同一个人。我知道县治安局和我们科在这一点上看法一致。尽管心情沉重，刘易斯·麦卡蒂不得不接受这种可能性，即他们手头正式有了一名系列杀手，于是他带着所有的案情卷宗飞到了匡蒂科。

沃克和赖特复审了画像所依据的每一个判断和他们所提出的每一条建议。结合新出现的情况，他们认为没有理由改变先前的评估。

尽管声音经过了处理，作案者几乎可以确定是个白人。这两起案子都是出于性原因的犯罪，案犯是个缺乏安全感且有某种缺陷的成年男性。两位受害者都是白人，而凭我们的经验，那种跨越种族界线的犯罪是很少见的。凶手可能在外表上显得腼腆和彬彬有礼，但自我感觉不佳，可能体格粗壮或身体超重，对女性没有什么吸引力。我们告诉麦卡蒂，我们推测这个家伙现在会表现得行为异常。与他关系密切的同事会注意到他体重有所减轻，可能开始酗酒，不再定期刮胡子，而且热衷于谈论谋杀案。像他这样细心的人会狂热地跟踪电视报道和收集剪报。他可能还有收集色情书刊的癖好，尤其是含有性奴役和施虐受虐狂内容的书刊。此时他或许正陶醉于他的知名度、对受害者和社区的控制，以及玩弄心情悲伤的史密斯一家人于股掌之间的能力。正如我所担心的，当他找不到一个符合其幻想和欲念的犯罪对象时，就会随机性地对最脆弱的人下手。从莎丽的年龄来看，她至少还算比较符合他的要求。但是如果他事后真正思考一番，我们认为这家伙不会对黛布拉·赫尔米克感到特别满意，所以我们预料他不会给其家人打任何电话。

麦卡蒂返回时，带去了一份列有 22 点结论和凶手特征的清单。他回去以后告诉梅茨："我已经了解到了凶手的情况。我们现在只要查出他的姓名就可以了。"

虽然他对我们的信任让我们感到愉快，事情却很少会如此简单。该州各执法部门和哥伦比亚外勤站联合搜查了这一地区，寻找黛布拉的踪迹。然而，作案者没有与她家人联系，没有提出要求，我们也没有发现新的证据。我们在匡蒂科静候消息，对有可能发生的事情尽量做好心理准备。设身处地想想失踪孩子的家庭的痛苦，那滋味简直让人难以忍受。应主管特工艾维和县治安官梅茨的一致要求，我打点行装飞往哥伦比亚，为这起有望不久侦破的案子提供现场帮助。罗恩·沃克随我同行。自从他和布莱恩·麦基尔韦恩在西雅图救我一命之后，这还是我俩头一次一起出差。

卢·麦卡蒂在机场迎接我们。我们马不停蹄地奔赴案发现场。麦卡蒂开车带我们去了每个绑架地点。天气炎热潮湿，即便按我们弗吉尼亚州的标准来衡量亦如此。两家房子前都无明显的搏斗痕迹。史密斯的弃尸地点也一样——谋杀案显然是发生在他处。但在察看完那些地点之后，我比先前任何时候都更加确信，作案者对这一地区了如指掌，尽管打给史密斯家人的电话有几次是长途，但他一定是本地人。

办案主要人员在县治安局开了个会。治安官梅茨有一间给我深刻印象的宽敞的办公室，大约30英尺长、20英尺高，四壁挂满或贴满了奖章、证书和纪念品：从侦破谋杀案的奖状到女童子军的感谢信，应有尽有。他的工作经历都写在了墙上。他坐在那张硕大的写字台后面，包括我和罗恩、鲍勃·艾维及卢·麦卡蒂在内的其他人围着他呈半圆形坐开。"他不再给史密斯家打电话了。"梅茨叹息着说。

"我会让他再打电话的。"我说。

我告诉他们，画像应当可以为警方的调查提供重要帮助，但我认为我们还需要设法迫使凶手尽快暴露自己。我讲解了我想到的一些前摄手法。我问了问能否找到一位肯与我们合作的当地报社记者。我们可不是搞新闻审查或直接命令他或她写什么东西，但要找的人必须同情我们正在做的工作，且不能像许多记者那样过于急切，以致弄巧成拙，坏了我们的大事。

梅茨推荐了《哥伦比亚州报》的玛格丽特·奥谢。她应邀来到了他的办公室，我和罗恩耐心地向她讲解了有关罪犯个性的知识，以及我们认为此人会对媒体报道做出的反应。

我们告诉她，他会密切关注媒体的报道，特别是有关唐的任何报道。我们根据研究得知，这种类型的罪犯通常会回到犯罪现场或者受害者的墓地。我告诉她，如果报道对路子，我认为我们就能够引蛇出洞、抓个正着。至少我们希望能让他再开始打电话。我告诉她，我们在泰莱诺尔投毒案中就曾得到过记者的密切合作，那已成为我们以此类方式办案的典范。

奥谢答应写出我们所需要的那种报道。接着麦卡蒂领我去见了史密斯一家，我向他们解释了我的想法。我的设想从根本上说就是把唐作为诱饵，设下我们的圈套。罗伯特·史密斯对此极度紧张，他不想再让仅存的女儿置身于危险之中。虽然我对这个计策也有所顾虑，但觉得它是我们的一手绝招，所以一再向史密斯先生保证，杀害莎丽的凶手是个胆小鬼，不会在公众关注和警方严密监视的情况下对唐图谋不轨。而且经过分析电话录音，我深信唐既聪明又勇敢，完全可以胜任这项任务。

唐带我看了莎丽的房间，那里还原封不动地保留着莎丽生前的布置。正如你会料到的，这种做法在突然之间痛失孩子的家庭当中是相当普遍的。首先吸引我的是莎丽收集的树袋熊填充玩具，有各种式样和各种颜色。唐说莎丽很珍视这些收藏品，她的朋友们都知道这一点。

我在房间里待了很长时间，试图找到莎丽生前会有的那种感觉。杀害她的凶手一定能抓到，只要我们采取正确的措施。过了许久，我拿起一只小树袋熊，就是那种你一捏它肩膀，它的胳膊就会一张一合的玩具。我跟她家人解释，再过几天，等到报纸做过充分报道后，我们要在莎丽位于列克星敦纪念公墓的墓前举行一次追悼仪式，到时唐要把这只填充动物玩具拴在花束上。我认为凶手很有可能会参加这一仪式，更有可能会在仪式结束后重返公墓，取走那只树袋熊，以作为对莎丽的有形纪念。

玛格丽特·奥谢完全明白我们需要什么样的报道，让报社派了一位摄影记者到达仪式现场。由于还没有立墓碑，我们就让人制作了一个木制的白色念经台，正面镶嵌着莎丽的照片。她的家人轮流站到墓前为莎丽和黛布拉祈祷。然后，唐拿起莎丽的小树袋熊，把它的胳膊拴在已摆在墓上的玫瑰花花茎上。总体来看，祈祷者情真意切，整个仪式催人泪下。在史密斯一家人轮流祈祷、一组摄影记者为当地报刊拍摄照片的时候，梅茨的手下正悄悄记下所有过往车辆的车牌号。使我伤脑筋的是，莎丽的墓离道路太近。这样一个缺乏隐蔽性的地点可能会让凶手望而生畏，不敢走近，而他却能从路上看到他想看的一切。对此我们无能为力。

第二天，报纸上登出了照片。杀害莎丽的凶手并没有像我们希望的那样于当晚去拿树袋熊。我想他果然因为离路太近而感到害怕了。不过他倒是又打来了电话。午夜过后不久，唐再次接到"莎丽·费伊·史密斯打来的"受话人付费电话。在认定听电话的人真的是唐，并且说了"你知道我可不是在唬人，对吧"之后，他发出了到那时为止最令人毛骨悚然的声明：

"好的，你知道吧，上帝要你跟莎丽·费伊做伴。这只不过是个时间问题。这个月，下个月，今年，明年。你不可能时时刻刻受到保护的。"说罢，他问她是否听说过黛布拉·梅·赫尔米克。

"嗯，没有。"

"没听说那个 9 岁小女孩吗？赫——尔——米——克。"

"哦，是里奇兰县的吧？"

"对。"

"怎么?"

"好,仔细听着。沿1号公路往北……噢,往西走,到皮奇费斯特弗尔路或比尔烤肉馆向左拐,往前走3英里半,穿过吉尔伯特再向右拐,走完最后一段土路就会来到图诺奇路上的一块停车标志前。穿过链索桥,经过'禁止入内'的告示牌,往前走50码,再往左走10码。黛布拉·梅就在那里等着。上帝宽恕我们大家。"

他变得越来越胆大狂妄,不再使用变音装置。虽然生命受到他的公然威胁,唐还是尽了最大努力延长通话时间。她表现得极其理智冷静,向他索要妹妹的照片,就是那些他说过已寄出但一直未收到的照片。

"显然被联邦调查局截获了。"他为自己辩解道,意在表明他了解我们在这件案子中所起的作用。

"不是的,先生,"唐反驳道,"因为你知道吧,如果他们得到什么,我们也会得到。你会把照片寄来吗?"

"噢,好吧。"他含糊其辞地回答说。

"我觉得你在耍我,因为你说过已经寄出,可到现在还没收到。"

我们在越来越接近目标,可是让唐处于更大的危险之中也让我不安。我和罗恩在协助当地执法部门破案的同时,设在哥伦比亚市的南卡罗来纳州执法处化验室的技术人员正在对该案的惟一确凿物证——莎丽的遗嘱——想方设法地进行各种检验。遗嘱写在从标准拍纸簿里撕下的划线纸上,这使一位分析人员灵机一动。

他想起有一种称为"埃斯塔机"的装置,可以查出在拍纸簿前几页纸上书写而留在纸张上的肉眼几乎看不见的轻微凹痕。借助这种装置,他发现了一份食品杂货的部分清单,以及一串数字。他最终在一组10位数字中辨认出了 9 位：205－837－13 □8。

　　亚拉巴马州的区号是 205，837 则是亨茨维尔市的地区号码。在南方贝尔公司安全处的配合下，南卡罗来纳州执法处调查了亨茨维尔所有有可能性的电话号码，然后加以反复查证，看看其中是否有哪个电话的主人与哥伦比亚市-列克星敦县这一地区的人有过联系。其中一个号码曾在莎丽遭绑架的数星期前接到过距史密斯家只有 15 英里的一处住宅打出的多个电话。这是目前最重大的线索。据市政档案记载，那处住宅属于一对中年夫妇，埃利斯和沙伦·谢泼德。

　　掌握这一情况后，麦卡蒂立即带上几名手下人员直奔谢泼德家。这家人热情友好，但年过半百的男主人埃利斯除了是个电工之外，没有一点符合我们的画像。谢泼德夫妇已经结婚多年，婚姻幸福美满，没有任何背景与我们推测的凶手相吻合。他们承认曾往亨茨维尔打过电话，因为他们的儿子在那里的陆军部队服役，而且还说两起可怕谋杀案发生时，他们都不在城里。一条大有希望的线索似乎就此中断了，这个结果让人大失所望。

　　但是，麦卡蒂和我们并肩工作已有时日，坚信我们画像的正确性。他向谢泼德夫妇描述了一番，问他们是否认识什么人符合这些特征。

　　夫妇俩对视了一眼，顿时一致认定那可能是拉里·吉恩·贝尔。

　　在麦卡蒂的仔细询问下，他们向这位治安官介绍了贝尔的全部情况。他 30 出头，离了婚，一个儿子随前妻生活，性格腼腆，体格粗壮，替埃利斯干活，从事住宅用电的布线工作，也干些杂活。他做事很细致，有条不紊。在他们外出的 6 个星期里，他代为照看房屋，随后回去同父母住在一起。离婚以后他一直与父母同住。沙伦·谢泼德还记得，曾经在一本拍纸簿上把儿子的电话号码留给了吉恩——他们就这样称呼他——以备吉恩在看家期间发生什么事时好联系。现在回想起来，他在机场接到他们之后，一心想谈论的就是史密斯家的姑娘遭绑架并被谋杀的事。他们初看到他时，很吃惊地发现他瘦了不少，胡子拉碴，显得情绪很激动。

麦卡蒂问谢泼德先生是否拥有枪支。埃利斯回答说，他在家里放有一把子弹始终上膛的 0.38 口径手枪以备自卫。麦卡蒂提出想看一看，埃利斯爽快地带他去存放手枪的地方。但枪已不在原处。两人找遍了整个房子，最后才在吉恩睡过的床铺的床垫下找到了它。枪已发射过，当时处于卡壳状态。床垫底下还发现一本《风尘女》杂志，封面是一个金发碧眼的美丽女郎被钉在十字架上受奴役的画面。麦卡蒂随即放了一段打给唐的电话录音，埃利斯肯定地说那就是拉里·吉恩·贝尔的声音："毫无疑问。"

大约深夜两点，罗恩·沃克敲门把我叫了起来。他刚接到麦卡蒂打来的电话，说要告诉我们有关拉里·吉恩·贝尔的情况，叫我们马上赶到治安官办公室。我们都认为嫌疑人与画像是吻合的。两者如此之吻合，令人不可思议，简直就像是正中靶心。治安官的手下拍摄的照片显示，有一辆登记在贝尔名下的车出现在墓地附近的道路上，但开车人没有下来。

梅茨打算在贝尔早晨离家上班时逮捕他，问我该如何进行审讯。在梅茨办公室后面停放着一辆拖车，那是县治安局在一次缉毒行动中缴获的，他们一向把它作为备用办公室。在我的建议下，他们迅速将其改变为"专案小组"的指挥部。他们在墙上挂起案件照片和犯罪现场示意图，在办公桌上堆起一摞摞文件夹和案件卷宗。我告诉他们，要在拖车里安排一些看上去忙忙碌碌的警察，从而造成一种印象——已经收集到大量不利于嫌疑人的证据。

我们提醒他们，要让他招供不会是件易事。南卡罗来纳是个有死刑判决的州，而这个家伙若被证明犯有猥亵儿童罪和杀人罪最轻也会被判处长期徒刑，要在狱中艰难度日——对于一个珍惜自己生命和身体的人来说，这种命运可不大妙。我觉得最大的希望就是提供某种保留面子的方案：要么想办法把部分责任推卸到受害者身上，尽管这样做会使审讯人员极为反感；要么让他用精神失常的理由为自己辩解。无法逃脱罪责的被告经常把这一招作为救命稻草，尽管从统计数字来看，陪审团鲜有相信的时候。

治安人员在拉里·吉恩·贝尔早晨离开父母家去上班时逮捕了他。在他被带进"专案小组"拖车指挥部时，吉姆·梅茨仔细观察了他的表情。"他的脸煞白，就像突然刷了一层石灰水似的，"治安官告诉我们，"他在掩盖内心的慌乱。"他被告知有权保持沉默，但他放弃了这一权利，同意回答调查人员的问题。

警官们审问了他几乎一整天，我和罗恩在此期间则呆在梅茨办公室里，一边看送来的审讯进展的报告，一边指导他们采取下一步对策。同时，梅茨的手下带上搜查证搜查了贝尔的家。果然不出我们所料，他的鞋子在床底下排放得整整齐齐，书桌收拾得干净利落，就连那辆已有 3 年车龄的精心保养的汽车行李厢里的工具也摆放得井然有序。在他的书桌上，他们发现一张到他父母家的路线说明，其写法与前往史密斯和赫尔米克两人的弃尸地点的路线说明毫无二致。他们找到了大量反映奴役和性施虐受虐狂内容的色情书刊，其数量比我们预料的还要多。技术人员在他床上找到的一些毛发与莎丽的毛发相符，而且用来寄发她的遗嘱的纪念邮票与他书桌抽屉里的邮票一样。当他的照片随后出现在电视新闻中时，赫尔米克绑架案的目击证人立刻就认出了他。

他的背景很快就查清了。如我们所料，他自幼就涉足过各种性事件，发展到后来越发不可收拾，终于在 26 岁时试图持刀胁迫一名 19 岁的已婚女性上他的车。为了避免坐牢，他同意接受精神病咨询，但只去了两次便不去了。5 个月后，他又试图持枪胁迫一名女大学生上他的车。他为此被判处 5 年徒刑，但 21 个月后获假释。假释期间，他打了 80 多个猥亵电话骚扰一个 10 岁女孩。他表示服罪，再度被判刑。

然而在拖车里，贝尔却不肯招供。他否认与两起案子有任何牵连，只承认对其感兴趣。就是在给他放了录音带之后，他仍然拒不招供。大约过了 6 个小时，他说想跟治安官梅茨个别谈谈。梅茨进去后，又告诉他有权保持沉默，但他还是不肯承认任何罪行。

将至傍晚时，我和罗恩还待在治安官办公室，突然梅茨和地方检察官（在南卡罗来纳州称为"县法务官"）唐·迈耶斯带着贝尔走了进来。他体肥肉嫩，不禁使我想起了皮尔斯伯里的油炸面团。我和罗恩都感到意外，只听迈耶斯用他那南卡罗来纳州口音对贝尔说："你知道这些伙计是什么人吗？这些伙计是联——邦——调——查——局——的。你要知道，他们搞了一个画像，与你的情况丝毫不差！ 现在这些伙计想跟你谈一谈。"他们要他坐在靠墙的白沙发上，然后一起走了出去，留下我们和贝尔单独在一起。

我就坐在贝尔面前的咖啡茶几的边沿上，罗恩站在我身后。我仍然穿着凌晨离开汽车旅馆时穿的衣服，一件白衬衣和一条格调差不多的白色长裤。我把这身衣服称为"我的哈里·贝拉方特装束"。但是在这种背景下，在摆有白色沙发的白色房间里，我看起来有点像诊所的大夫，仿佛是天外来客。

我开始向贝尔介绍我们在系列杀人犯研究方面的一些背景情况，并且跟他说明： 根据我们的研究，我完全了解对这些凶杀案负有责任的个人是出于什么动机。我告诉他，因为他在尽力压抑他感觉不舒服的想法，所以可能一整天都拒不承认那些罪行。

我说："我们深入过很多监狱，访谈过很多类似的案犯，从中得出的一大发现是：他们个人背景的真相几乎是从来不为公众所了解的。一般而言，这类犯罪的发生对于犯案的人来说恍如一场噩梦。他们经历过许许多多突如其来的紧张性刺激，什么经济拮据呀、婚姻危机呀、恋爱受挫呀，等等。"我说到这里时，他点了点头，好像这些问题他都有过。

我接着说道："我们的问题是，拉里，你出庭受审时，你的律师可能会不想让你上证人席作证，那样的话你就永远没有机会解释自己的行为。人们了解你的尽是些黑暗面，觉得你一无是处，仅仅是一个冷酷的杀人犯。而如我所说，我们发现的通常情况是，人们做这种事的时候，恍若置身于一场噩梦，第二天早晨清醒过来时，无法相信自己真的犯下了这些罪行。"

我说话的过程中，贝尔仍然频频点头，表示赞同。

此刻，我并没有直截了当地问他那两起谋杀案是不是他干的，因为我知道如果那样提问，只会得到否定的回答。所以我往前倾了倾身，问道："你是什么时候开始对那起罪行感到不自在的，拉里？"

他说："当我在报纸上看到那家人在墓地祈祷的照片和文章时。"

接着我说："拉里，既然现在你坐在这里，我不妨问一下，是你干的那件事吗？你可能会干吗？"在这种场景下，我们尽量避免使用诸如杀害、罪行、谋杀一类的谴责性或刺激性字眼。

他眼含泪水，抬头望着我，说："我只知道坐在这里的拉里·吉恩·贝尔不会干那样的事，但那个坏拉里·吉恩·贝尔可能会。"

我知道这是我们能够得到的最接近于招供的交代。但唐·迈耶斯还想让我们试一件事，而我也同意了他的意见。他认为，如果让贝尔与莎丽的母亲和姐姐面对面相见，我们或许可以看出他的瞬间反应。

希尔达和唐答应接受这种安排，于是我告诉她们该说些什么和该如何去做，好让她们有所准备。我们来到了梅茨的办公室。梅茨坐在那张巨大的写字台后面，我和罗恩·沃克位于房间的两侧，形成一个三角形。他们把贝尔押了进来，让他坐在中间，面对着门。随后他们把希尔达和唐领了进来，要贝尔跟她们说几句话。他耷拉着脑袋，好像不敢正视她们。

不过唐按照我的说法直盯着他的眼睛，说："正是你！我知道那是你。我听得出你的声音。"

他没有否认，但也没有承认。他只是把我诱使他招供时对他说的那一套又倒给了她们。他说，坐在这里的拉里·吉恩·贝尔不会干这样的事，以及其他一些屁话。这时我仍然抱着希望，他可能会抓住精神失常的这一辩解理由，把一切都向她们和盘托出。

这种状况持续了一会儿。史密斯太太不断地问他问题，想要他说出真相。我相信，在场每个人在内心里都对不得不听他那些屁话而厌恶至极。

突然间，我脑中闪现一个念头。我不知道唐或希尔达有没有携带武器。有没有人检查过她们是否带有枪支？因为我不记得有人检查过。从这一刻起，我便一直是几乎踮着脚坐在椅子边缘，随时准备在她俩中的哪一位伸手掏包时一跃而起，夺下枪支，解除她的武装。我知道，如果是我的孩子遇害，在这种情况下我会想到干什么，其他许多做父母的也会有同感。这是杀掉这个家伙的绝佳机会，而且世界上没有哪个陪审团会裁定她们有罪。

所幸的是，唐和希尔达没有试图偷偷带进武器。她们比我有克制力，也比我对现存制度有信心。罗恩事后查问过，她们并没有受过检查。

第二年1月底，拉里·吉恩·贝尔因谋杀莎丽·费伊·史密斯而受到审判。由于该案在当地做过甚为大量的报道，审判地点改在靠近查尔斯顿市的伯克利县。唐·迈耶斯请我以专家证人的身份，就画像和画像的产生方法，以及我对被告所做的审问在法庭上进行陈述。

贝尔没有上证人席作证，也没有承认过任何罪责。他在治安官梅茨的办公室里对我所说的即是他最接近于认罪的供述。庭审的大部分时间里，他都不由自主地在莎丽·史密斯写遗嘱所用的那种标准拍纸簿上做着详尽的笔记。然而，起诉方的论据颇有说服力。经过差不多一个月的作证之后，陪审团只审议了47分钟，就做出了他犯有绑架罪和一级谋杀罪的裁定。4天后，经陪审团进一步审议和建议，他被判电刑处死。他又因绑架和谋杀黛布拉·梅·赫尔米克而另案受审。陪审团没有比上一案多花多少时间就做出了同样的裁定和刑罚。

在我看来，拉里·吉恩·贝尔一案是执法功能发挥到极致的一个范例。在此案中，诸多联邦、州和县的各级机构进行了通力合作；当地领导人机敏而精力充沛；两个家庭英勇无畏；还有画像与犯罪分析跟传统刑侦与法医技术完美地结合。所有这些因素结合在一起，才使一个危险性与日俱增的系列杀手在犯罪的早期阶段被捉拿归案。我希望它成为未来案件调查工作的一个典范。

唐·史密斯继续表现出色。审判结束后的第二年，她当选为南卡罗来纳州小姐，并且在美国小姐选美赛上夺得亚军。她已结婚，并按照自己的志向在音乐方面有所发展，成为一名乡村和福音音乐歌手。我时不时会在电视上看到她。

直到写作此书时，拉里·吉恩·贝尔依然关押在南卡罗来纳州中心监狱的死囚区。他把单人囚室收拾得异常整洁有序。警方相信，他还应对南北卡罗来纳两州发生的几起女孩和年轻妇女被杀案负有罪责。就我而言，根据我的研究和经验，这种人没有改过自新的可能。只要把他放出去，他还会杀人。有些人认为，把他关在死囚区这么长时间实属残酷而不正常的惩罚，对这种看法我只能表示部分的赞同。对史密斯和赫尔米克两家人来说，对众多认识并喜欢这两个姑娘的人来说，以及对盼望正义得到伸张的我们所有其他人来说，推迟极刑的执行同样是残酷而不正常的。

十七

任何人都可能成为受害者

1989 年 6 月 1 日，一个渔民发现佛罗里州达坦帕湾里有 3 名"漂浮者"。他与海岸警卫队及圣彼得斯堡警方取得联系，由他们把这几具业已腐烂的尸体从水中打捞了起来。这几个人都是女性，被用黄色塑料绳和普通白色绳索绑在一起。3 个人脖子上都吊着 50 磅重的煤渣砖。这些煤渣砖不是常见的三孔型，而是二孔型的。她们的嘴上都贴着西弗尔牌胶带，从尸体的状况看，像是被蒙上眼睛后扔下水的。3 个人都穿着 T 恤衫和游泳衣的上半截，下半截不见了。这说明是性犯罪，不过从水中尸体的状态看，已无法通过验尸来确定。

警方根据离岸不远处发现的一辆车确认，她们是 38 岁的琼·罗杰斯和她的两个女儿，17 岁的米歇和 15 岁的克里斯蒂。她们来自俄亥俄州的一个农场，是首次外出度假。她们从迪士尼乐园返回，暂时在圣彼得斯堡的戴斯客栈落脚。罗杰斯先生忙得脱不开身，所以没有陪伴妻子和女儿外出。

警方根据对 3 名死者的胃解剖以及对戴斯客栈有关工作人员的询问推定，死亡时间在 48 小时之前。惟一确凿的法律证据是在那辆车上发现的一张草草写就的纸条，纸条的正面画着从戴斯客栈到发现汽车地点的路线，纸条反面是具体走法的说明和从圣彼得斯堡繁华商业街戴尔马布雷大街到客栈的路线。

这一案件立即成为重要新闻，圣彼得斯堡和坦帕警方以及希尔斯伯勒县治安局忙得不可开交。公众产生了强烈的恐惧心理。人们认为，如果 3 名来自俄亥俄州的无辜旅游者都会遭此杀身之祸，任何人都可能成为受害者。

警方从纸条入手跟踪调查，核对客栈工作人员以及在戴尔马布雷附近商店和办公机关里工作人员的笔迹，因为那儿是问路的起点。可是他们一无所获。然而，这令人发指的具有性犯罪特征的凶杀本身就说明了一些问题。希尔斯伯勒县治安官办公室与联邦调查局坦帕外勤站联系说："我们也许碰上了一桩系列犯罪案。"可是警方、司法部门和调查局的联手调查进展甚微。

让娜·门罗是坦帕外勤站的特工，到调查局工作前当过警察，后来又在加利福尼亚当过调查凶杀案的侦探。1990 年 9 月，工作站要补一个空缺，我和吉姆·赖特约她见了面，然后就要求把她调到了匡蒂科。让娜在站里一直从事罪犯画像的协调工作。自到站里工作以来，罗杰斯一案是她经办的首批案子之一。

圣彼得斯堡警方的代表飞到匡蒂科，向让娜、拉里·安克罗姆、史蒂夫·埃特、比尔·哈格梅尔和史蒂夫·马迪金介绍案情。接着他们拿出一份罪犯画像，说此人系 35 到 45 岁的中年男子，蓝领工人，从事家用设备维修的工作，受教育的程度很低，有性犯罪和暴力犯罪的前科；凶杀前会有突如其来的紧张性刺激，调查的风声一过就会离开这个地区，可是就像卡拉·布朗一案中的约翰·普兰蒂一样，过一段时间可能还会回来。

特工们对这个画像深信不疑，却没有找出嫌疑人，工作几乎没有进展。他们需要更为前摄的办法，于是让娜上了"悬疑案"电视节目。这是个全国性联合节目，对寻找和识别作案者起过不小的作用。让娜在电视上介绍案情之后，他们收到了成百上千条线索，可是仍然没有结果。

我经常对我们的人说，如果一种办法不灵，还可以试试其他办法，甚至是从未使用过的办法。让娜就是这么干的。看来那张草草写就的纸条是受害者与凶手之间的联系物，可它一直未能发挥很大作用。既然此案在坦帕-圣彼得斯堡社区已家喻户晓，她就提出把纸条放大后张贴到广告栏里，看是否有人能认出上面的笔迹。执法部门的人都知道，大多数人只能识别他们的家庭成员和好朋友的笔迹。可是让娜认为很可能会有人找上门来，尤其当凶手是个胡作非为的家伙，或者他的配偶或伙伴想找理由告发他的时候。

当地几位企业界人士提供了广告栏上的空间，纸条被复制到大家都能看清的程度。几天内，有 3 个互不相识的人给警方打电话，指认那是奥巴·钱德勒的笔迹。钱德勒系白人男子，45 岁上下，是个没有执照的铝板安装工。这 3 个人都对他进行过控告，因为他替他们安装的隔板在一场大雨之后就松动了。他们都能确认这个笔迹，因为他们手上都有此人为反驳他们的指控所写的抗辩材料副本。

除年龄和职业外，钱德勒在其他几个重要方面也符合我们科对作案者的画像。他有过掠夺财产、袭击斗殴和暴力性犯罪的前科。他在风声过后离开了案发地区，不过还没有感到有搬离该地区的必要。他所受的紧张性刺激是，妻子刚生下一个孩子，而他却并不想要。

往往会有这样的事情：每当你采取行动破了一个谋杀案，另一位受害者在听到案情细节之后也会找上门来。一名妇女和她的女友也遇到过像钱德勒那样的人，那人曾邀请她们乘他在坦帕海湾的船出海。她的女友谢绝了，因为她对这种事全然没有好感，于是这个女人就一个人去了。

等他们到了海上，那人就要强暴她。她企图反抗，他就警告她说："不要喊，不然我就用胶带封住你的嘴，在你身上拴上煤渣砖，淹死你。"

奥巴·钱德勒被逮捕，经过审讯，证明他犯有杀害琼、米歇和克里斯蒂的罪行。他被判处了死刑。

他的受害者是普普通通的、没有防人之心的人——他对她们的选择几乎是随意的。有时凶手的选择是完全随意的，这就证明了"任何人都可能成为受害者"这一令人毛骨悚然的论断。所以，在侦破类似罗杰斯案的案子时，前摄技术就非常重要了。

1982 年下半年，芝加哥地区的一些市民莫名其妙地暴亡。不久，芝加哥警方从这些死亡事件中找到了某种联系，并查出了死因。这些受害者都服用了掺有氰化物的羟苯基乙酰胺胶囊。一旦胶囊在胃里溶解，人便立刻死亡。

芝加哥的主管特工埃德·哈格蒂请我参加专案组。我从未接手过在商品上做手脚达到杀人目的的案件，不过我认为，我可以把通过监狱访谈从其他类型的犯罪分子那里学到的东西应用于这些案件。此案成了联邦调查局代号"胶囊谋杀"的案件。

调查人员面临的主要问题是这种投毒犯罪的随机性。投毒者既没有特定的目标，也不出现在案发现场，我们通常所进行的分析无法直接揭示出任何东西。

这种杀人显然是没有动机的——也就是说，没有传统意义上那种可识别的动机，如出于爱情、妒忌、贪婪或报复。投毒者的目标可能是羟苯基乙酰胺胶囊制造商强生公司，或者任何出售这种药物的商店，也可能是一个或多个受害者，或者是整个社会。

我认为这些投毒与随意安放炸弹或者从立交桥上向下面的车辆扔石块的人属于同一类型。在这类案件中，作案者从来看不见受害者的模样，我认为这个作案者——与戴维·贝科维茨向车内没有亮灯的汽车打枪一样——与其说是对准某一特定的受害者，不如说是在宣泄他自己的愤怒。如果让这种人看一看他的受害者的面孔，他也许会反躬自问或者表现出某种恻隐之心。

跟其他随意的、胆小的犯罪行为进行比较，我想我能理解作案者的心态。尽管我们所对付的是一种截然不同的犯罪，可是对作案者特征的许多方面我们都有似曾相识之感。有一项调查表明，那些藏形匿迹、滥杀无辜的狂徒作案往往是想发泄愤怒。我相信，这个人曾患过严重的忧郁症，是个有心理缺陷的、一事无成的人，在学校和工作单位、在人际关系等方面都是个失败者。

从统计上看，作案者也可能符合杀手的模式——30 岁上下的白人男子、夜间单独活动。他可能会光顾受害者的家或者墓地，在那儿留下一些重要证据。我认为他可能有一份跟权力和权威相关联的工作：救护车司机、保安、商店反窃人员或者辅助警察。他可能当过兵，是陆军士兵，也可能是海军陆战队士兵。

我想他过去可能接受过心理治疗，吃过医生为控制他病情所开的药。他的车至少已经有 5 年车龄，而且没有很好地保养，但它却象征着力量和权力，可能是警方所青睐的福特车。在即将进行首次投毒时——9 月 28

或 29 日——他也许会感到某种突如其来的紧张性刺激。一般说来，他可能很怨恨这个社会，因而怒火中烧。等案发之后，他就会与在酒吧或者杂货店里的人，甚至与警察谈论这件事。作案者通过展示力量来拔高自我的形象，表明他可能记了日记或者保存着对案件报道的报纸剪贴。

我对警方说，他还可能给有权威的人——总统、联邦调查局局长、州长或市长——写过信，抱怨自己受到的不公正对待。在早期的信件中，他还可能签上了自己的名字。随着时间的推移，谁也没有对他的信件做出他意想中的适当反应，他便因自己未受到重视而恼羞成怒。他的随机杀人可能是为了引起那些对他不重视的人的注意。

最后，我告诫他们不要把过多的精力放在研究作案者为何选用羟苯基乙酰胺胶囊上。这是一种原始的、愚昧的作案手段。羟苯基乙酰胺胶囊是普通药物，打开胶囊也不困难。至少可能是因为他喜欢那种包装，抑或是他对强生公司有特别的宿怨。

在芝加哥这样的大城市，符合爆炸、纵火类型系列作案者画像的人很多。因此，就像调查罗杰斯案件一样，采用前摄技术尤为重要。警方要对作案者施加压力，但不能让他产生对抗情绪。警方需要采纳的一个策略就是只谈正面的东西。我告诫他们不要说他是疯子。遗憾的是，他们已经那样说了。

然而，比这个更重要的是鼓励报纸发表文章，把受害者写成有血有肉的人，因为作案者往往把他的受害者非个性化。我尤其认为，如果迫使他看看一个被害死的 12 岁小姑娘的脸，他可能会开始产生负罪感，我们也许就能让他彻底交代。

我认为要采取不同于我们在亚童案和莎丽·史密斯一案中的做法，提出在有些受害者的墓地布置夜间暗哨，因为我认为那个作案者可能会去墓地。我认为作案者大概心情也不好受，所以建议报纸多刊登一些报道这些犯罪行为的文章。

我想我们能鼓励他们到某些商店去，就像我们在密尔沃基和底特律能"指引"银行抢劫者去抢劫我们事先设伏的某个银行分理处那样。例如，警方可以透露某个商店采取保护顾客的措施等信息。我想那家伙也许会觉得有必要到那家商店去目睹他的行动所产生的影响。还有个做法就是发表一篇文章，说一位傲慢的大商店经理公开宣称，他对自己商店的保安措施充满信心，胶囊投毒者不可能在他的货架上做手脚。再一种做法是，让警方和联邦调查局特工对某个商店的"热线线索"做出反应，并加以公开报道。这个"线索"当然是假的。而警方则公开宣称他们获得的情报极其迅速和准确，以至于作案者临时放弃了在这家商店投毒的计划。这对作案者将是一个间接的，而且也是他难以置之不理的挑战。

我们可以请出一位心情沉重的心理医生。他在接受我们访谈时要承认他很同情作案者，把作案者说成是这个社会的受害者，从而给他一个保全面子的台阶。估计案犯会给医生办公室打电话或者开着车子从医生办公室旁驶过，而我们则在那儿打下埋伏，从而跟踪他。

我认为，如果官方建立一个由平民百姓中的志愿者组成的特别调查小组，帮助警方处理所有举报电话，那么作案者很有可能自告奋勇要求参加。我想，如果当初在亚特兰大就成立这样一个小组，我们可能会在志愿者中看到韦恩·威廉斯。特德·邦迪当年就曾自告奋勇去了西雅图一个强奸危机解救中心。

在与媒体密切合作——或利用媒体——的问题上，执法部门历来持谨慎态度。这种情况我就碰到过多次。80 年代初，罪犯画像还是个比较新的概念，我曾被叫到总部，向刑侦处和局法律委员会的人解释我的前摄技术是怎么一回事。

"约翰，你不对报界撒谎，是吧？"

我给他们举了个当时在媒体的协助下成功使用前摄技术的例子。有人在圣迭戈地区的小山上发现了一具女尸，死者脖子上套着狗项圈和牵狗绳，看来是被勒死的，而且遭到过强奸。在一条公路上发现了她的汽车。显然她在汽油用完后上了凶手的车——凶手或许是以助人为乐的面目出现或许是以施暴者的面目出现——被凶手带到了案发地点。

我建议警方按照一定的步骤向报界公布一定的信息。首先，他们应当对案情进行描述，介绍我们对案情的分析。其次，他们应当强调联邦调查局在州和地方当局的支持下正全力展开工作，并说："即使花 20 年，也要把真凶缉拿归案！"第三，在那样一条繁忙的公路上，一个年轻女子的车抛了锚，一定会有人看见。我想通过这第三点暗示，我们收到了一些举报，是有关她在遭诱拐前后一些可疑的人和可疑的事的，警方希望公众提供信息。

我的理由是，如果作案者认为有人在某个地方可能见到过他（这是有可能的），那他就会认为有必要跟警方说清楚，解释他怎么会在场的。他会对警方说："我驱车从旁边经过，看见她的车抛了锚，我就把车停下，问她要不要帮助，她说没事，我就走开了。"

现在警方确实也一直在通过媒体吁请公众提供帮助，可是他们常常想不到前摄技术。我想不知有多少送上门来的人从他们的指缝中溜掉了，因为他们不知道如何识别。顺便说一句，希望真正的目击证人在前来提供情况时不要因为我的这些话而有所顾虑。你不会成为嫌疑人，却完全可能帮助缉拿真正的凶手。

在圣迭戈一案中，这一技术取得了我所说的预期效果。作案者主动钻进调查网，被警方抓获。

"好吧，道格拉斯，我们明白你的意思了，"联邦调查局总部的工作人员勉强做出反应说，"无论你什么时候想运用这一技术，请事先通知我们一下。"对官僚机构的官员来说，任何独创的新东西都是可怕的。

我希望报界能以某种方式帮助我们抓获羟苯基乙酰胺胶囊投毒案的凶手。鲍勃·格林是《芝加哥论坛报》的著名专栏作家，他采访了警方和联邦调查局，然后写了一篇报道 21 岁受害者玛丽·凯勒曼的打动人心的文章，说她是凶手杀害的最年轻的受害者，是一对已经无法再生育的夫妇的独生女儿。文章登出时，警方和调查局特工已对玛丽的住宅和墓地进行了监视。我想大多数参与侦破此案的人都会认为这一做法荒诞不经，他们认为心中有鬼而且沾沾自喜（或者只怀有其中一种情绪）的凶手是不会到墓地去的。我请他们等上一个星期。

警方对墓地监视期间，我还在芝加哥。我知道，如果他们一无所获，就会对我大发脾气。即使在最舒适的环境里，监视也是个很无聊、很讨厌的工作。夜间在墓地进行监视就更不消说了。

第一个晚上毫无动静。平安无事，悄然无声。可是监视小组的人第二天就觉察到了动静。他们朝墓地方向移动，并小心不让人发现。他们听见了跟画像所描述的年龄相仿的男子的声音。

那人眼泪汪汪的，似乎就要抽泣了。"我对不起你，"他哀求道，"我不是有意的。那是个事故！"他恳求那死去的女孩原谅他。

他们心想，真他妈的给道格拉斯说对了。他们向他扑上去。

可是且慢！ 他说的名字并不是玛丽。

那家伙吓得魂不附体。等警察最终看清他的面孔时，才发现原来他站在玛丽墓旁边的那个墓碑前面！

埋在玛丽·凯勒曼旁边的是一起未侦破车祸案的受害者，开车的肇事者案发后逃之夭夭。此人就是那个肇事者，是前来悔罪的。

过了四五年，芝加哥警方在调查一桩谋杀疑案时运用了这个办法。他们在联邦调查局训练协调员鲍勃·萨戈夫斯基率领下，抓住谋杀案发生一周年前后的时机，向报界透露了一些信息。当警察在墓地把凶手抓获的时候，他只说了一句："我真不明白你们怎么用了这么长时间。"

我们没能用这个方法抓住在胶囊中投毒的人。我们没抓着凶手，只逮捕了一名嫌疑人，但没有足够证据来定他谋杀罪，给他定的罪名是与谋杀案有关的讹诈罪。他符合罪犯画像，可是警方进行墓地监视的时候，他不在芝加哥地区。不过自从他入狱后，就再也没有发生过投毒事件。

当然，因为没有审判，我们就无法从法律角度肯定他就是我们要抓的人。可是，显然，未侦破系列谋杀案中有不少作案者已被抓获，不过调查这些案件的警官和警探们还不知道罢了。如果一个活跃的凶手突然停止了活动，除了他自己决定不干这个简单的理由外，还有 3 种合理的解释。第一种是他自杀了，具有某些个性特征的人是会这样做的。第二种是他离开了这一地区，到其他地方去干了。有了联邦调查局暴力罪犯拘捕记录的数据库，我们可以使全国成千上万个警察机关比较容易地实现数据共享，以防止这类事件的发生。第三种解释是，作案者已因其他过失——一般是因盗窃、抢劫或暴力袭击——而被捕，以较轻的罪名被判入狱，当局并没有把他与那些更加严重的罪行相联系。

胶囊投毒案之后，在商品上做手脚的恶性事件层出不穷，但作案者大多数是出于传统的动机，因为家庭纠纷而谋杀配偶就有可能采用这种方式。在评估这类案件时，警方应考虑所接到的报案数量，搞清楚这些事件是集中在某一地区，还是分散在不同地区；那些明显做过手脚的商品是否已被使用过；报案者与受害者系何种关系。他们应当像处理其他因个人动机而发生的谋杀案一样，调查冲突的历史，尽可能收集有关嫌疑人作案前后种种表现的资料。

从表面上看，某项罪行似乎没有特定的受害对象，但实际上却有其具体目标。某项罪行似乎是作案者由于愤怒或遭受挫败而犯下的，可实际上却具有传统的动机，如想彻底摆脱婚姻关系、想得到某项保险金或者继承一笔财产。胶囊投毒案公布之后，一名妇女就用掺了氰化物的羟苯基乙酰胺胶囊毒死了自己的丈夫，她以为可以把罪责加到原先作案者的头上。作案现场被布置过，案发前后的细节与原先的案子截然不同，骗不了任何人。在这类案件中，法庭证据往往都跟作案人有联系，例如，化验室可以分析出氰化物或其他毒药的来源。

如果有人在产品上做手脚是为了得到受害损失费，比如在一罐通心粉酱里放一只死老鼠、在汽水罐里放一只耗子，或者在快餐食品袋中放一根针，调查人员用同样的分析方法就比较容易进行识别。公司方面往往希望尽快把事情了结，以免张扬出去损害声誉，也可以避免对簿公堂。现在法庭取证科学已经大大发展。如果公司方面怀疑有人对产品做了手脚，拒绝采用大事化小、小事化了的办法，把案子提交联邦调查局，做手脚的人就很可能被查出来，从而受到指控。同样，一名优秀调查人员还能识别出故意上演的英雄行为——由某个人制造的假象，目的是在同伴或公众面前做戏。

胶囊投毒虽令人惶恐不安，但它却是一种反常的行为，它主要目的似乎不是为了讹诈。一个进行讹诈的人如果想得逞，首先必须证明自己有能力完成他威胁要做的事。因此，威胁要对商品做手脚的讹诈者，会专门在一个瓶子或者一包东西上做些手脚，在上面做上某种记号，然后打电话或者留纸条提出警告。可是，那个胶囊投毒者没有进行威胁，他直接就开了杀戒。

用讹诈者的标准来衡量，他并不老练。在商品上做手脚是一种原始的方法（发生这类谋杀案后，强生公司花了很大一笔资金研制了有效的防拆封包装）。我知道这家伙的思维并不清晰。我们对这类讹诈案进行分析的指导原则也可以用于分析政治性讹诈，用以判定讹诈者是否危险分子，是否有能力完成他威胁要干的事。

投放炸弹者也是如此。如果有人威胁说要放炸弹，这种威胁总会很快受到认真对待，以免出现天下大乱的局面。当局必须判定这种威胁是否属实。投放炸弹者和讹诈者都喜欢使用"我们"这个词，以表明有许多双眼睛在暗中注视着。事实上，这类人大多属于疑心很重的孤独者，对别人并不信任。

爆炸犯往往有 3 种类型。一种是被破坏的威力所吸引、以显示力量为动机的炫耀型，一种是被设计、制造和安放爆炸装置的乐趣所吸引的使命型，还有一种是技术型——他们为自己在设计和制造方面所表现出的聪明才智所陶醉。从动机方面来看，有的为了讹诈、有的为劳资纠纷、有的为寻报复，甚至还有为了自杀的。

我们从对爆炸犯的研究中发现了这类罪犯越来越多的特征。他们通常是白人男性，其年龄随受害者或目标而异。他们尽管成就平平，但智力上至少达到而且往往高出常人水平。他们办事干练、有条不紊、爱做细致周到的计划。他们不搞对抗，体魄也不健壮，为人谨小慎微，个性上有很大缺陷。对他们画像的根据来自对他们的目标和受害者的评估或对他们所使用的爆炸装置的评估（比方说，它比较易爆或易燃），这就像我们根据犯罪现场的蛛丝马迹对系列杀手进行评估一样。我们要考虑与受害者和作案者相关联的风险系数：受害者的选择是随意的还是有意的、接近他或者她的难易程度、攻击发生在一天之中的什么时间、炸弹投放方式（比如通过信件），以及炸弹的组件和制造工艺方面的不寻常的特征与风格。

在从事画像工作的初期，我搞出了那个"大学炸弹手"的第一份画像。这个诨名现已尽人皆知，它源自联邦调查局的一个行动代号，因为此人的目标是大学和大学教授。

对投放炸弹者，我们主要通过他们的通讯联络来了解。"大学炸弹手"给报纸写信，向公众公布他那长篇大论的宣言，他透露说自己在 17 年中通过制造爆炸事件造成了 3 人死亡、23 人受伤。他所宣称的业绩包括一次成功地延缓整个商业航班的运行，当时他诈称在洛杉矶国际机场放置了炸弹。

跟所有投放炸弹者一样，他说他的恐怖活动由一个叫"自由俱乐部"的组织负责。尽管如此，他毋庸置疑就是我所说的那种孤独型人。

当时这份画像已广为散发，我认为没有理由来改变我的判断。遗憾的是，尽管布鲁塞尔博士在梅特斯基"疯狂爆炸专家"一案中有开创性的突破，在"大学炸弹手"进行首次作案时，执法部门还没有像现在这样运用我们的分析方法。在犯罪活动的初期，这些人中的大多数都有被抓住的可能。第一次和第二次犯罪活动对我们了解犯罪行为、地点、目标都是最重要的，因为他们还没对作案技巧做出改进，也没有转移作案地点。过了若干年，他们的思想也发展了，作案动机已经不是当初那原始、简单的对社会的不满了。我认为，如果我们在 1979 年就有了现在这种画像方法，"大学炸弹手"也许几年前就落了网。

有不少时候，有的人会谎称投放了炸弹，以此讹诈某个个体或某个特定群体。70 年代中期，就有人把恐吓电话打到得克萨斯州一家银行行长那里。

打电话的人煞有介事地发表了一通长篇大论，说几天前西南贝尔公司派到银行去的技术人员实际上就是他的人。他们安放了一枚炸弹，他可以用微波遥控装置将它引爆；不过如果行长答应他的要求，他就不引爆。

接着他说了最吓人的话，说他控制了行长夫人路易丝，说她驾驶的是凯迪拉克车，早上从某处经过，然后又到了某处，等等。行长大惊失色，让秘书用另一部电话跟他家里联系，因为他知道他妻子此刻应当在家里。没有人接电话，这下他相信了。

接着打电话的人提出了钱的要求：要旧钞票，面值从 10 到 100 美元。不要报警，他们轻而易举就能识别出不带标记的警车。告诉秘书，说自己要离开银行 45 分钟。不要跟任何人联系。离开办公室前，把里面的灯连续开关 3 次，他的手下人会注意看这个信号。把钱放在自己的汽车里，把车停在交通繁忙地段的一条马路边上，不要熄火，尾灯不要关。

在这个特定案件中，讹诈者是个高明的骗子。他既没有放置炸弹，也没有绑架什么人，只是把矛头指向了最可能成为受害者的人。这出戏的每一幕都是策划好的。这个骗子所选择的时机正好是电话公司派人去过银行的时候，所以他把那些人说成是替他安放炸弹的人。众所周知，电话公司的技术工作是人们不懂也不大关注的，所以电话公司的人很可能会被当成骗子。

这个讹诈者知道行长会给在家中的妻子打电话，所以上午就先给她打了电话，自称是西南贝尔电话公司的，说他们近来收到她住处附近一些人的投诉，说有人打骚扰电话。他们正设法跟踪这个打电话的人——所以从当天中午 12 点到 12 点 45 分，即使电话铃响，她也不要去接——他们要设个陷阱抓住那个人。

让行长把钱放在车上，打开车灯，发动机不熄火，这也许是这项计划中最狡猾的一招。行长以为车灯是信号的一部分，而实际上这是打电话者的脱身之计。尽管他警告行长不要与警方联系，但他知道受害者也许会报警。作案者所面临的最大危险总是在取钱的时候，因为他认为警方会进行监视。在这一幕中，如果他时乖运蹇被警察抓住，他可以说他沿着这条繁忙的道路走过来的时候，看见一辆车的灯亮着、没有熄火，认为这是个做好事的机会，于是把车灯给关了。如果警察当场将其擒获，他们也抓不到什么证据。即使警察抓住他时他正拿着装钱的包，他先前所说的那句话已经使他有了合法的理由。他可以说他发现座位上的这只包，正打算去把它交给警方。

对这个骗子来说，这是个成败参半的游戏。他先打出草稿，然后根据情况加上细节性的内容。如果今天他预想中的目标没有上当，第二天他又会去寻找新的目标。终究有一天会有人上当的，那样他就能在不绑架或者不炸死任何人的情况下，轻而易举地捞上一笔钱。在这些案例中，他所写的东西一般来说都是很好的证据，而且犯罪分子往往都保留着，因为他知道这在将来依然很有用。有一点他很明确，只要事先简单地做些安排，任何人都可能成为他的受害者。

当局最终识破了他的诡计，把他逮捕归案，审判定了罪。原来他曾是一家夜总会里负责放唱片的人，想凭他那如簧巧舌在短时期内捞些外快。

这种人跟真正搞绑票的人区别在哪里呢？他们都想敲诈钱财，不到万不得已，是不会把身份暴露给受害者的，因为他们的目的不在杀人。他们又有很大的区别。真正搞绑票的人一般都要有人帮助他完成计划，而搞欺骗的人从根本上来说就是个唱独角戏的骗子。搞绑票的人是反社会的，虽然杀死受害者不是他的本意，但是为达到目的，他随时准备撕票。

史蒂夫·马迪金参加了埃克森公司副总裁绑架案的侦破工作。这位副总裁在新泽西州的自己家门口遭绑架，被扣为索要赎金的人质。不料他的手臂在搏斗中被子弹击中。绑架者是曾受雇于公司的一名保安和他的老婆。他们没有因此住手，而是把受伤的副总裁（他的伤势不轻）关进一只箱子，结果造成他死亡。绑架者使用箱子——或者类似的东西——是为了尽量不与被绑架者接触，不把他当成某个具体的人。在此案中，绑架者对所造成的后果表示懊悔，供认出最初促使他们作案的那种绝望感。可是他们还是作了案，毫不犹豫地一步步实行自己的计划。他们为了他们的目的，不惜害人性命，这就是反社会行为的一种表现。

　　绑架行为虽然很可怕，但却有别于其他一些严重犯罪行为，因为绑架者难以脱身。调查人员应该真正以严谨的态度对它仔细审度，进行对受害者的研究和犯罪前行为的研究。此外，尽管调查人员承认任何人都可能成为受害者，也应当能回答这个问题：为什么会是这个特定的受害者？

　　两年前的一天晚上，我在家里接到一个紧急电话。俄勒冈州一名警探跟我谈到他那里一名年轻女子在上学途中被跟踪的事。这位女子没有识别出跟踪者，其他人也没有。她看见跟踪者在树林子里，可是等她父亲或者她男朋友出去找时，那人已没了踪影。那人会给她家打电话，可是她家有其他人在的时候却从来不打。这个女子处于完全无助的境地。像这样心惊肉跳地过了几个星期之后，她和男友在一家餐馆就餐。她离开餐桌去上厕所，就在从厕所出来的时候，她被人抓住并很快被拖到外面的停车场。袭击者粗暴地把枪管伸进她的阴道，威胁说，如果她报警，就要她的命；接着又把她放了。她的心灵受到极大的伤害，无法提供一个比较确切的描述。

　　后来，从表面上看，她在一天晚上离开图书馆后遭到了绑架。人们在停车场发现了她的车。没有任何有关她的消息，看来情况不妙。

我让警探把受害者的情况说给我听听。她是个很漂亮的姑娘，在学校成绩一向很好。可是去年她生下了一个孩子，和家里人，尤其是和她父亲在孩子抚养问题上产生了矛盾。她的成绩近来一落千丈，尤其是在跟踪案发生之后。

我说暂时什么也不要告诉她父亲，以防我的判断有误，要了这个年轻女子的命。不过我看她没说实话。谁会跟踪她？她有个关系比较牢靠的男友，最近关系并没有破裂。一般说来，一个非知名人士被人跟踪，跟踪者一定认识这个人。跟踪者的行为并非那么天衣无缝或者小心谨慎。如果她看见了跟踪者，她父亲和男友就不会一次也没见过。其他人都没有接到过电话。警方设置陷阱对电话进行跟踪时，电话突然中断了。再者，绑架恰好发生在期末考试之前——这不是偶然的。

我提出，采取前摄的做法让媒体对她父亲进行采访，强调他们关系的积极方面，说他如何如何爱他女儿，希望她回到自己身边并恳求绑架者把她放了。如果我说得不错，那么过一两天她就会出现，而且会显得形容憔悴、邋里邋遢，会说起她如何被绑架、如何受凌辱、如何被人从车上扔到街边等等。

后来的事实是，她的确显得形容憔悴，身上脏兮兮的，还诉说了被绑架的故事。我指出，审讯——此案中的审讯是以询问的方式进行的——应当侧重于我们推测会发生的事情上。不要采用指责的口吻，但要指出她跟父母亲之间有很多麻烦事，承受着很大的压力，心灵上受到了创伤，对考试产生恐惧，需要有个能保全面子的解脱。应当告诉她，她不必受到惩罚，她所需要的是别人的忠告和理解，这样她就会明白的。把这样的话挑明之后，她承认那是一个骗局。

不过，这也是一桩让你担惊受怕的案子。如果你的判断错误，后果会不堪设想。因为如果跟踪是别有用心的，那就可能非常可怕，而且往往是严重的犯罪。

谈起跟踪，无论是对名人还是对普通人，其原因大多出于爱恋或者仰慕。约翰·欣克利"爱恋"着朱迪·福斯特，希望她能够回报他的爱。可她是个上过耶鲁大学的漂亮影星，而他则是个想吃天鹅肉的癞蛤蟆。他认为自己要做出某些举动来平衡一下，从而给她留下印象。还有什么能比刺杀美国总统这种历史性行动更能"给人留下深刻印象"呢？在头脑比较清醒的时候，他肯定意识到，今后和她一起幸福生活的梦想不可能成真。可是通过他的行动，他的确达到了一个目的：他出了名，而且在公众的心目中，他以精神病的形象永远和福斯特联系在了一起。

与这类案件中大多数情况类似的是，欣克利也有个直接的紧张性刺激。在他向里根总统开枪前不久，他父亲向他下了最后通牒，让他赶紧找一份工作来养活自己。

秘密特工肯·贝克到监狱里对杀害约翰·列侬的凶手马克·戴维·查普曼进行了一次访谈。查普曼认为自己非常崇拜原披头士乐队的列侬，于是从肤浅的层次上去模仿他。他把列侬的歌曲尽数收集起来，甚至模仿列侬与小野洋子的婚姻，与许多亚洲姑娘厮混。可是他也和其他许多人一样，终究不能与他的偶像同日而语。他意识到自己永远无法填补和偶像之间的差距，于是只好动手杀了他。令人震惊的是，查普曼竟在某种程度上促成了欣克利的犯罪并名扬天下（用"臭名远扬"这个词也许更加合适）。

我对阿瑟·布雷默做过访谈。他先是跟踪亚拉巴马州州长乔治·华莱士，继而在他竞选总统期间在马里兰州行刺他，致使州长终身瘫痪、苦不堪言。布雷默与华莱士往日无冤、近日无仇，在向华莱士开枪之前，他曾经跟踪过尼克松总统几个星期，可是根本无法靠近。他开始铤而走险，想做出一些举动向世人表明他的价值。华莱士比较容易接近，但从根本上来说，他是在错误时间出现在错误地点的另一个受害者。

由跟踪转变为暗杀的案件数量大得惊人。在那些涉及政界人物的案件中，总有一个带有政治性的杀人动机，尽管实际上作案者常常是一个原本无能却想出人头地的无名鼠辈。而在涉及像约翰·列侬这样的名人或者影星时，那样的杀人动机就说不通了。这类受害者中最惨的莫过于1989年在洛杉矶自己公寓里遇害的21岁的丽贝卡·谢夫勒。这位光彩照人、才华出众的女演员是因在电视连续剧《我妹妹萨姆》中扮演帕姆·道波尔的小妹妹而一举成名的。她听见有人敲前门，刚把门打开就被人打了一枪。开枪的人是个来自图森的19岁失业青年罗伯特·约翰·巴尔多，此人失业前在玩偶匣俱乐部当门卫。巴尔多也像查普曼一样，起初是她的崇拜者，对她爱慕得如醉如痴，既然不能与她建立"正常"关系，他就决定以另一种方式"占有"她。

我们现在都已知道，跟踪对象并不仅仅局限于名人。经常有人遭到以前的配偶或者旧情人的跟踪。一旦跟踪者最后有了"如果我得不到她（或者他），其他人也别想得到"的想法，那么情况就严重了。不过，吉姆·赖特——我们科里在处理跟踪案方面经验最丰富的专家，也是执法部门在这方面的一流专家——指出，那种与公众打交道的人，尤其是女性，很容易受到跟踪。换句话说，跟踪者心目中的对象未必就是电视或者电影上的人。她可能就是一个街区开外的餐馆女招待，或者是当地银行的一名柜员。她甚至可能是与他同在一个商店或者企业中的人。

在蒙大拿州米苏拉的康兰斯家具公司工作的年轻女子克里斯·韦尔斯

就遇到过这样的事。克里斯工作成绩显著，深受别人尊重，逐步被提升为销售部经理，1985 年升任主管经理。

克里斯在任期间，在大型零售商店里有一名叫韦恩·南斯的工作人员。此人不大与人交往，但对克里斯似乎情有独钟，而她对他也总是很客气、很友善。可是，韦恩是个反复无常的人。她发觉了他性格的另一面，觉得很可怕。不过，对韦恩的工作态度，谁也没有提出过非议。日复一日，他一直在努力地工作，干得比店里任何人都起劲。

韦恩·南斯迷恋着克里斯，可是克里斯和她丈夫道格·韦尔斯（他在当地经营一家枪支商店）却一无所知。南斯一直在观察她。他有一纸箱的纪念品，有她的快照、有她在办公室里写的纸条以及所有曾经属于她的东西。

还有一点也是韦尔斯夫妇和米苏拉警方所不知的，那就是，韦恩·南斯是个系列杀手。1974 年，他猥亵了一个 5 岁小女孩并把她刺死。后来发现他还捆绑、猥亵、射杀过几个成年妇女，其中包括他好友的母亲。令人震惊的是，这些都发生在他所在县附近的几个县里。遗憾的是，即使在人口稀少的蒙大拿州，一个县的警察局也并不知晓别的县的犯罪情况。

有一天夜里，南斯闯入克里斯和道格在市郊的家中。克里斯·韦尔斯根本不了解南斯的历史。他们家养了一条金毛猎犬，可是那狗没有阻拦他。南斯带了一支手枪，朝道格开了一枪，把他捆到地下室里；然后强迫克里斯上楼进入卧室，把她绑在床上准备强奸。显然她是认识他的，而他也没有试图掩盖自己的身份。

与此同时，在地下室的道格从捆绑他的绳索中挣脱。他十分虚弱，疼痛与失血使他几乎昏厥。他跌跌撞撞地走到一张桌子旁边。那桌子上架着店里的一台装弹器。他勉强装上一发子弹，然后慢慢地、艰难地顺着地下室楼梯向上爬。等他悄悄地爬到二楼，到了走廊上的时候，他的眼睛看东西开始模糊了。他用只装了一发子弹的枪瞄准了南斯。

他得在南斯发现他之前把他干掉，不能等他拿起枪来，因为南斯没有受伤，而且枪里有好几发子弹，道格不是他的对手。

道格扣动扳机，击中了南斯，把他打了个仰面朝天。可是南斯又爬起来，朝他扑过来。那一枪没有打中要害部位，南斯朝他所在的楼梯方向扑来。没有退路了。道格不能丢下克里斯不管，他只有殊死一拼了。他朝南斯冲过去，把没有子弹的步枪当成棍子，不断朝身强力壮的南斯身上砸，直到克里斯得以挣脱绳索前来助他一臂之力。

时至今日，韦尔斯一案仍然是很难得的案例。这件事真像个奇迹，因为受害者是一个系列杀手意向中的攻击目标，却能以自卫的方式回击并杀死袭击者。我们几次把他们请到匡蒂科给警官们讲课。这一对了不起的夫妇能从受害者变成英雄，这给予了我们宝贵的启迪。经过了这次从地狱里逃出来的经历，他们显得异乎寻常地热情、心思敏锐、镇定自若。

有一次他们在匡蒂科讲完课之后，班上一名警官问他们："如果韦恩·南斯仍然与你们一起生活在这个地球上，你们会不会还像现在这样毫无心理负担呢？"他们转身相互对视，无声地达成一致意见。"肯定不会。"道格·韦尔斯答道。

十八

心理医生的努力

什么样的人竟能干出这样的事?

鲍勃·雷勒斯和我为了研究系列杀人犯,来到了伊利诺伊州的乔利埃特。一天,我们对理查德·斯佩克进行了访谈。当晚回到下榻旅馆的房间之后,我就收看了哥伦比亚广播公司的新闻。我看见丹·拉瑟与一个叫托马斯·范达的杀人犯谈话,该犯当时正好羁押在乔利埃特监狱。范达是因对一名妇女连捅数刀致其死亡而被关进去的。他一生中已经多次进出精神病院了。每次他被"治愈"放出去之后,就会犯下新的罪行。在那次因杀人罪被关进去之前,他又杀了一个人。

我打电话给雷勒斯,提议找范达谈一次。从电视上的访谈节目来看,我可以说他实在是个无可救药的人。他既可能沦为杀人犯,也可能轻易沦为纵火犯。如果他有工具和技能,他就可能成为爆炸犯。

第二天,我们又到监狱,范达同意跟我们谈。他对我们的来意感到好奇,而且也没有什么人去看他。在访谈之前,我们看了他的档案。

范达是个白人，身高大约 5 英尺 9 英寸，25 岁上下。他的情绪不稳定，经常露出虚假的微笑。即使在微笑的时候，他依然是那副"模样"——眼睛贼溜溜地转个不停，脸上的肌肉不时地抽搐，两只手不住地搓着。对这样一个人，你是不会不理不睬的。他首先想知道我在电视上看到他之后的想法。我说他的形象不错，他笑了起来，随之也放松了。他跟我们谈了不少，说他参加了监狱里的一个《圣经》学习小组，说这对他大有帮助。这是完全可能的。我见过许多即将获假释的在押犯人参加宗教性学习小组的学习，他们做出了诚心改悔的姿态。

对于是应当把这个家伙关进严密看管的监狱，还是关进比较安全的精神病院，你可能有你的看法。在跟他谈话之后，我去见了负责他的监狱心理医生。我问他范达表现如何。

这位 50 岁上下的心理医生给我的回答是肯定的，说范达"对服药和治疗非常配合"。这位医生还举出他参加《圣经》学习小组的例子，说如果照这样下去，范达就可以被假释了。

我问他是否知道范达具体犯了什么法，他回答说："我不想知道。我没有那么多时间，我这儿有很多病人要治疗。"他还说他不想不适当地影响和病人的关系。

"这样吧，医生，我把托马斯·范达的所作所为跟你谈谈。"我毫不相让。没等他表示不同意见，我就叙述起了这个反社会、性情孤僻的人的作案经过。他参加了一个宗教小组，在一次会议结束、众人散去之后，他向主持会议的一位年轻女子求欢。她拒绝了，可是范达不喜欢这样受到拒绝。像他这类人都是如此。他把她打倒在地，从她的厨房里拿来一把刀，在她身上扎了无数刀。

我不能不说我对此非常震惊。当时她就像一只玩具布娃娃，但身体是温暖的，还在流着血。他准会把血弄到自己身上。但他连把她非个性化都做不到，居然能勃起，还射精。所以你可以理解，我为什么说这是因恼羞成怒而犯罪，而不是性犯罪。他这么做不是因为欲火烧心，而是因为气急败坏。顺便说一句，这也是为什么强奸惯犯不宜释放的原因，尽管这样做让有些人产生又有一个人经改造重返社会的满足感和成就感。问题在于，他们还会再度犯罪。强奸毫无疑问是因愤怒而犯的罪。如果你把某个人的阴囊割掉，他一定会成为一个非常愤怒的人。

我把有关范达的事说完后，那个心理医生说："道格拉斯，你这个叫人恶心的家伙！你滚出我的办公室！"

"我恶心？"我反驳道，"你口口声声说托马斯·范达对治疗非常配合、可以释放他，可是在你对这些犯人进行治疗的时候，根本就不知道你究竟是在跟谁交谈。如果你不花时间看看犯罪现场的照片或者犯罪事实的报告，不去看尸体解剖报告，你怎么了解他们？你看过他们犯罪手段的报告吗？你知道是不是有预谋的犯罪？你了解导致犯罪的行为吗？你知道他是如何离开犯罪现场的吗？你知道他是不是想逃之夭夭？他是不是想制造什么口实？你怎么知道他究竟是不是个危险的犯罪分子呢？"

他无言以对。我想我那天并没有把他说服，不过那件事让我感触很深。我们科对这个问题做了研究。正如我在前文中多次谈到的，问题难就难在心理治疗的大量工作都是通过听取病人的自述来诊断病情。在正常情况下来找心理医生的病人都特别想把自己的真实想法对医生一吐为快，而一个想争取提前获释的罪犯则专门拣心理医生想听的说。结果心理医生往往听取罪犯的一面之词，并不把它与罪犯的其他情况相联系。这可能是这种体制失败的真正原因。埃德·肯珀和蒙特·里塞尔（仅举这两个人为例）的犯罪都发生在接受心理治疗期间，而且两人的犯罪都没有被发现。

实际上他们在这期间的表现都有"进步"。

我认为问题在于，有些年轻的心理医生、心理学家和社会福利工作者都是理想主义者，他们在大学里受到的教育是：他们真的能改变这些人。他们遇到监狱里的这些人之后，想获得自己改造这些人的工作成绩。他们往往不知道，他们在评估这些罪犯时，实际上评估的是一些善于揣摩别人心理的行家！在不太长的时间里，罪犯就会知道医生是否事先了解了自己的罪行，假如还没有，他就能把自己的罪行和对受害者的影响说得小一些。很少有罪犯愿意对还没有了解他们底细的人主动谈及细节问题，这也就是为什么在去监狱访谈之前做好充分的准备是至关重要的。

帮助改造罪犯的人大多像托马斯·范达的医生一样，为了不产生偏见，不愿意了解他们的犯罪细节。不过我总是对班上的学员说，如果想了解毕加索，你们就得研究他的艺术。如果你们想了解罪犯的个性，就得研究他的罪行。

所不同的是，从事心理治疗的人是从研究个性入手的，并从那个角度推测他们的行为。我和我手下的人则是先研究行为，而后从这个角度推导到个性。

当然，对犯罪责任问题，各界人士也是莫衷一是。斯坦登·萨姆诺博士是个心理学家，他与已故心理医生塞缪尔·约切尔森博士在华盛顿的圣伊丽莎白医院对犯罪行为进行了开创性的探索。经过多年的研究，他掌握了大量第一手资料，逐步摒弃了自己当初构想的大部分思想。萨姆诺在他那部内容深刻、见解不凡的著作《罪犯心理探密》里总结说："犯罪分子与常人的思想是截然不同的。"他认为罪犯不是心理上有毛病，而是个性上有缺陷。

经常与我们合作的帕克·迪茨说过："在我研究过的系列杀人犯中，

没有一个是法律意义上的精神病，但也没有一个是精神正常的，他们都是一些精神扭曲的人。他们精神的不正常与他们对性的变态的兴趣和他们的个性有关。他们知道自己将干什么，知道自己要干的是错事，但他们还是干了。"

有一点很重要，那就是要记住精神失常是个法律概念，不是医学或者心理学术语。它不是指某人有或者没有"毛病"，而是说一个人是否能对自己的行为负责。

如果你认为像托马斯·范达这样的人精神失常，那也没什么。不能说那不是一种观点。不过，一旦仔细研究卷宗之后，我想我们就应当正视这个问题：不论托马斯·范达患了什么样的精神病，都存在不可救药的可能。如果我们承认这一点，那就不会把他们放出去，让他们一而再、再而三地胡作非为。要记住，这并不是他第一次杀人。

最近各界人士就罪犯心理失常这个概念进行了广泛的讨论。这种讨论并不新鲜，它至少可以追溯到几百年前的英-美法律体系建立时，追溯到16世纪威廉·兰巴德的《治安法官》公布时。

在 1843 年麦克那登一案的审理过程中，精神失常被首次用做被告无罪的辩词。麦克那登企图刺杀英国首相罗伯特·皮尔勋爵，打死了首相的私人秘书。顺便说一句，皮尔在任时组建了伦敦警察部队，时至今日，伦敦警察仍然被称为"罗伯"。

麦克那登被宣告无罪后，公众反应强烈，以致大法官被召到上议院去解释其中的原因。大法官大致是这样解释的：如果被告因精神失常而不知道自己的行为是错误的，或者不理解其行为的本质，那他就是无罪的。换句话说就是，他不能判断是非。

这种精神失常的理论随后逐步变成人们常说的"不可抗拒的冲动准

则"，这种理论认为，被告如系精神失常而不能控制自身行为，或者不能根据法律规范自身行为，那他就是无罪的。

1954年这个准则又得以援引。当时戴维·巴兹伦法官在上诉法庭上就美国政府对德拉姆公诉一案做出裁决。裁决指出，如果被告的罪行是"精神失常或者精神有毛病所致"，那他对犯罪行为就不承担责任，因为如果不是出于这个原因，他就不会犯下这样的罪行。

执法部门人员、许多法官和公诉人对德拉姆一案的裁定都不敢恭维，因为它给被告的自由度很大，而且更重要的是不分是非曲直。1972年，另外一个上诉法庭在审理布劳纳的公诉案时，摒弃了前一个案例的做法，转而接受美国法学院的标准测试，重新考虑麦克那登和"不可抗拒冲动"的说法。精神有毛病不能证明被告无罪，除非他病得无法分辨是非，犯法而不自知。随着时间的推移，这一测试越来越受到法庭的欢迎。

讨论这个问题往往是在钻牛角尖，就像讨论一个针尖上能有几个安琪儿跳舞。我认为我们更需要讨论的是危险性问题。

正在进行的心理医生之战中有个很典型的案例，即1990年在纽约州罗切斯特发生的对阿瑟·肖克罗斯系列谋杀案的审判。肖克罗斯被控杀害了当地许多妓女以及街头卖淫女。她们的尸体在詹尼斯河谷及其附近地区被发现。这种谋杀持续了将近一年，后来的一些受害者在死后还被分了尸。

在拿出具体画像——结果证明是料事如神——之前，格雷格·麦克拉里研究了作案者犯罪行为的发展过程。在警方发现一具被肢解的尸体之后，麦克拉里意识到凶手要回到弃尸地点去处理他的猎物了，于是敦促警方对树林进行仔细搜索，以找到另一名失踪女子的尸体。如果有可能，那就暗中监视那个地方，因为他相信他们最终会在那儿发现凶手。

经过几天的空中侦察，纽约州警方在 31 号州际公路附近的萨蒙河中发现一具尸体。与此同时，格雷格·麦克拉里发现有一辆汽车停在河上的一座小桥上，车里有个人。州和市的警察被调来对他进行跟踪。他们后来逮捕了这个名叫阿瑟·肖克罗斯的男子。

以纽约州警察局的丹尼斯·布赖斯和罗切斯特警察局的列昂纳德·波里埃洛为首的一组审讯人员对肖克罗斯进行了审讯。肖克罗斯供认了几桩罪行。在审判这起肖克罗斯被控谋杀 10 数人的案子中，一个关键问题提了出来： 他在杀人时是否精神失常？

被告方从纽约贝尔维尤医院请来了著名心理医生多萝西·刘易斯博士。刘易斯博士在暴力对儿童影响问题的研究方面颇有建树。她深信大多数暴力犯罪行为（如果不是全部）都与暴徒儿时受到虐待或者猥亵以及身体的某种状况有关，如癫痫、外伤、病变、囊肿或肿瘤。查尔斯·惠特曼就是一个例子。 1968 年，这个学工程学的 25 岁年轻人爬到奥斯丁得克萨斯大学的钟楼顶部，向下面的人开枪射击。等 90 分钟后警察包围钟楼将其击毙时，已有 16 人死于非命，还有 30 人受伤。在这一事件发生前，惠特曼曾抱怨说他有时很恼火、想杀人。医生对他进行了尸体解剖，在大脑颞叶发现一个肿瘤。

惠特曼的疯狂行为是否因这一肿瘤引起？这我们没法知道。刘易斯想告诉陪审团，肖克罗斯的核磁共振扫描片表明，他的颞叶部有个恶性囊肿。她把这种形式的癫痫描述为"部分情结抽搐"，其病因是越战造成了心理创伤以及他自称的儿时受到了母亲的虐待，所以阿瑟·肖克罗斯对他的极端暴力行为不负有责任。她作证说，实际上他在杀死每一个女人之际，都处于某种神游状态；他对每次犯罪过程记忆残缺不全或者根本没有记忆。

这种推理方式有个问题：在谋杀案发生数周或数月之后，肖克罗斯仍可以把具体细节说给波里埃洛和布赖斯听。有几次，他还把他们领到警方根本没有发现的几个弃尸地点去。他做到这一点是可能的，因为他对每个地点都有过多次遐想，记得很清楚。

他采取了销毁某些证据的做法，这样警方就抓不住他的把柄。被抓获后，他给他的女友（他还有自己的妻室）写了封很有逻辑的信，说他希望能进行精神失常方面的辩护，因为被关押在精神病院要比蹲监狱舒服得多。

在这一点上，肖克罗斯很清楚自己的处境。他首次触犯刑律是在1969年，当时他因在锡拉丘兹以北的沃特敦地区入室行窃及纵火被判刑。过了不到一年，他再次被逮捕，并承认自己掐死了一个男孩和一个女孩，而且还猥亵了那女孩。他因为两起罪行被判刑25年。15年后，他被交保假释。如果你还记得前面章节的内容，你就知道为什么格雷格·麦克拉里在画像时把年龄弄错了。肖克罗斯的15年监禁是一个特殊情况。

现在，还是让我们一步一步来。首先，如果你问我或者多年来和我共过事的成千上万的警察、公诉人、联邦调查局特工中的任何一位，你都会得到一个响亮的回答：对杀害两名儿童的罪犯只监禁25年的判决本身就不得人心。其次，我认为，要把这个家伙提前放出去，就应当考虑两个前提条件。

第一个前提是，尽管肖克罗斯的背景很糟糕，成长于不完整的家庭、自称受到过虐待、缺乏良好教育、有暴力犯罪前科，还有其他问题，但是监狱生活使他获益不少、精神得到升华、眼界大为开阔、身体得到休养。他的良知被唤醒，意识到自己的错误，而且在监狱中得到了很好的改造，他决定从此洗心革面，做一个正直、守法的公民。

好吧，如果你认为这个前提不能满足，那第二个怎么样？监狱生活太糟糕了，他当初在监狱里度日如年、苦不堪言、受够了惩罚。他过去的历史很不干净，并且仍然有强奸或杀害儿童的欲望，但他不想再进监狱，所以他就不遗余力地力争避免二进宫。

我认为这也是不大可能的。既然你两个前提都不能满足，那究竟为什么不考虑到他很可能再度杀人，为什么把这样的人放出去呢？

很显然，有些杀人犯重复犯罪的可能性更大。除了对那些纯粹的暴力罪犯和强奸犯外，我觉得我同意帕克·迪茨博士的观点："很难想象能在什么情况下把他们从监狱里放出去。"埃德·肯珀比我访谈过的其他杀人犯要聪明得多，在个人观察能力上也强得多。此人就直言不讳地说不能把他放出去。

令人心惊胆战的事太多了。我访谈过理查德·马吉特，他 20 来岁时就曾因一系列越轨行为——强奸未遂、打架斗殴——在俄勒冈受到过指控，后来在波特兰一家酒吧搭上一名女子，想与她发生性关系遭到拒绝，就奸杀了她并分了尸。他逃离了该地区，联邦调查局将他列入特级通缉犯名单，最后在加利福尼亚将其抓获。他被判犯有一级谋杀罪，被判处无期徒刑。12 年后，他获假释出狱，后来又因杀害并肢解两名女子再度被逮捕。假释委员会究竟为什么会鬼迷心窍，认为这种人已经不再有危险了？

我说的话不能代表联邦调查局、司法部或者任何其他人，但我可以说这样的话：我的良知告诉我，无论杀人犯是否会在特定的诱因下再度杀人，我都宁愿把他们关在监狱里，而绝不愿意因为把他放出去而使无辜的男人、女人或孩子被他杀害。

美国人有个特点，以为事情总是向着好的方面转化；而且总能使它们向好的方面转化；认为只要我们下决心干一件事情，就一定能干成功。可是我看得越多，对"有些罪犯是可以改造的"观点就越持悲观态度。他们在孩提时期的经历非常糟糕。他们那时受到的伤害未必在以后就能被消除。与法官、辩护律师、心理医生的愿望相反的是，犯人在监狱里表现好未必能说明他们出狱后会有说得过去的表现。

实际上，无论从哪个方面来说，肖克罗斯在狱中的表现都堪称楷模。他不吵不闹，不跟别人交往，非常听话，而且不惹是生非。可是在帮助这些人改邪归正并进行心理分析的过程中，我和我的同事们力图向别人说明一个观点：危险性会因环境而异。如果你能使一个人处于有序的环境中，而他又别无其他选择的时候，那他可能就表现较好。可是如果把他放回到以前表现不好时的环境之中，他很可能会故态复萌。

以杰克·亨利·阿伯特一案为例。这个杀人犯写了一本记述监狱生活的生动感人的回忆录：《在野兽腹中》。由于赞赏他的非凡的写作才能，并且相信任何一个如此感觉敏锐、富有洞察力的人一定会重新做人，包括诺曼·梅勒在内的一些文学大师出面发起了保释阿伯特的活动。他成了纽约人关注的人物。可是被保释出狱没几个月，他就在格林威治村与侍者发生争执，并把侍者杀了。

正如艾尔·布兰特利（以前是讲授行为科学的教官，现在是调查支援科的成员）在全国学院讲课时所说的："对未来表现或者未来暴力行为的最佳预测是看过去的暴力表现。"

谁也不会因阿瑟·肖克罗斯和杰克·亨利·阿伯特一样聪明有才而指责他，可是他能使保释委员会的人相信可以把他假释出狱。被假释后，肖克罗斯住到了宾厄姆，当地愤怒的居民掀起一场反对他的运动，所以两个月之后他就搬了家。随后他在罗切斯特的另一地区住下，在一家食品运送公司当色拉备料员。一年之后，他又开始杀人了——这一次目标有所不同，但同样是易受伤害的对象。多萝西·刘易斯对肖克罗斯进行检查的时候，有几次曾对他施行了催眠，让他"回到"他以前受虐待的生活中，让他回忆他母亲如何把扫帚柄插进他的直肠。在一个使人想起电影《心理》的气氛神秘的场景里，她发现他表现了几个不同的个性，其中包括他母亲的。（不过，他母亲不承认虐待过儿子，并谴责他那是在撒谎。）

刘易斯在贝尔维尤医院工作时记录了几个受虐待儿童强制性多重个性的病例。这些孩子年龄都很小，他们不可能欺骗他人。刘易斯举了几个难得的例子，说明多重个性形成于幼儿时期，往往在学会说话之前。对成年人来说，看来只有在面对谋杀审判时他们才成了具有多重个性的人。不知为什么，只有到了那种时候它才表现出来。70年代旧金山的山坡勒杀案的凶手是一对堂兄弟。凶手肯尼斯·比安奇在被逮捕后声称自己具有多重个性。约翰·韦恩·加西也使用过这种方法。

（我常开玩笑说，如果你手上有个多重个性的罪犯，只要我能锁住他的犯罪个性，我就会让那些无罪的个性去发展。）

在对肖克罗斯的审判中，公诉人查尔斯·西拉古萨干得非常出色。他让帕克·迪茨代表被告方。迪茨询问了肖克罗斯，而且问题问得像刘易斯一样广泛。肖克罗斯谈了大量谋杀细节。虽然迪茨没有对受虐说法的真实性做任何绝对的判断，但他认为至少那种说法很有道理。然而，他认为肖克罗斯没有暂时性记忆丧失的症状，发现他的行为和任何神经组织方面的毛病没有关系。他得出的结论是，不管阿瑟·肖克罗斯精神或感情方面有什么问题，他都知道什么是正确的、什么是错误的，也能在该不该杀人的问题上做出选择。至少在10个或者更多的场合，他选择了杀人。

列昂纳德·波里埃洛问他为什么要杀那些女人，他只是淡淡地说："那是我的买卖。"

真正的精神病——那些与现实生活完全脱节的人——不会经常犯严重的罪行。他们犯这种罪的时候，头脑往往处于混乱状态，不考虑如何避免被发现，往往很快就被抓获。理查德·特伦顿·蔡斯之所以杀害妇女，是因为他认为自己需要她们的血才能活下去。他就是个精神病患者。如果他得不到人血，他就用能抓到的动物的血作替代。把蔡斯关进疯人院后，他仍然抓兔子，给它们放血，然后注射到自己的手臂。他抓到小鸟就把它的头咬掉，喝它的血。这个人是真的精神病。而作案 10 次都能逍遥法外的人一定是个老手。不要把精神病患者和疯子混为一谈。

　　在审判过程中，肖克罗斯一直在控制自己的感情，一动也不动。在陪审团面前，他几乎到了神经紧张、神志错乱的地步，仿佛处于精神恍惚的状态，不知道身边在发生着什么事情。可是看管和解押他的警察和警官报告说，他一走到陪审团看不见、听不见的地方就松弛下来，话也多了，有时还开开玩笑。他知道装成精神失常可以救他一命。

　　在我研究并访谈过的罪犯中，最聪明、最有心计——我得说也是最有魅力——的人要算加里·特拉普内尔了。他成年之后，被关进监狱已经成了家常便饭。有一次，他居然说动一名年轻女子开着一架直升机降落到监狱区的空地上尝试营救他。 70 年代初期的这次越狱是他引人注目的罪行之一。他就在停在地面上的飞机里，盘算着脱身之计。在谈判中他把拳头举起来让人拍照，并提出要求说："释放安吉拉·戴维斯！"

　　"释放安吉拉·戴维斯？'释放安吉拉·戴维斯'是什么意思？"执法部门负责这一案件的大多数人都为之一惊。从特拉普内尔的背景里，没有发现他跟加州那个激进的年轻黑人教授有什么感情联络，也看不出他带有什么政治企图，可是他现在却提出了这样的要求，要求把安吉拉·戴维斯释放出狱。这家伙一定是疯子。这是惟一合理的解释。

后来，在他被捕并被判刑之后，我到伊利诺伊州马里奥的联邦监狱对他进行访谈时，我问到了他的这一要求。

他说的话大致如下："我看到自己已无法解脱，知道自己要在大牢里蹲好几年。我想如果黑人老大哥们认为我是个政治犯，我在监狱的淋浴室内就不会遭到非礼。"

当时特拉普内尔不仅很理智，而且是事先有准备的，根本没有精神失常。实际上，他还写了回忆录，题为《狐狸也疯狂》。这是一份很有价值的材料，它告诉了我们在谈判时应采取何种策略。如果有人突然提出一些完全无法接受的条件，那可能就意味着他头脑里早就有了下一步的计划，谈判者也可以随机应变，做出相应的反应。

特拉普内尔还告诉我一些非常有趣的事情。他说如果我给他一本最近发行的《精神病诊断与统计手册》，随便说出其中一种病的症状，他第二天就可以让心理医生相信他的确患了那种精神病。这里，特拉普内尔也要比肖克罗斯大胆。不用花多少脑子就能知道，如果你告诉心理医生你感觉好多了，对猥亵小男孩的事已经不感兴趣，那就很可能被假释。如果陪审团看到你神情恍惚，那么他们就更会相信神游状态的解释。

长期以来，执法部门一直想依据《精神病诊断与统计手册》来判定某人是否患有严重精神失常。可是我们大多数人都发现这本手册对我们的工作没有什么价值。这就是为什么我们要在 1992 年出版《犯罪分类手册》的原因。这本书是在我的博士论文的基础上写成的。与我合作写书的是雷勒斯、安·伯杰斯和她丈夫以及波士顿大学管理学教授艾伦。行为科学调查支援科的其他成员格雷格·库珀、罗伊·黑兹尔伍德、肯·兰宁、格雷格·麦克拉里、贾德·雷、彼得·斯默里克和吉姆·赖特也是我们的供稿人。

有了《犯罪分类手册》，我们就根据行为特征对严重犯罪进行分类，并从心理学角度进行科学的分析，这是《精神病诊断与统计手册》没能做到的。例如，你在《精神病诊断与统计手册》上就找不到对 O·J·辛普森一案的描述，但你在我们的手册上就可以找到。我们是想通过行为证据把小麦和麸皮分开，以帮助办案人员和审判人员集中注意力考虑哪些是有关的、哪些是不相干的。

被告及其律师会尽量陈述种种理由为被告的行为开脱，这毫不奇怪。在肖克罗斯专案组所陈述的他精神失常的诸多因素中，有一条是越战造成的创伤。经调查肖克罗斯根本就没有参加过战斗。但这种做法并不是什么发明，以前就有人采用过。1975 年 12 月 9 日，杜安·桑佩尔斯在俄勒冈州锡弗尔顿把两名妇女开肠剖肚，受审期间就以越战创伤为自己辩护，还说只有一名妇女死亡。但是我看了犯罪现场的照片，那两个女人的尸体都像是被解剖过的。罗伯特·雷勒斯发现，桑佩尔斯也不像他自称的那样参加过战斗。在袭击两名妇女的前一天，他写了一封信，说自己一直有切开一位裸体美女腹部的幻想。

1981 年，雷勒斯到俄勒冈州，帮助公诉人解释为什么州长不应当支持释放桑佩尔斯。他的话当时起了作用，然而 10 年后，桑佩尔斯还是被释放了。

桑佩尔斯是不是精神失常？他在对两名妇女开肠剖肚的时候是不是精神暂时失常？人们往往会说，任何能做出这种可怕的反常举动的人一定是真的"有毛病"。我也不会对此表示异议。可是，他知不知道他的举动是错误的呢？他是不是故意这样做的呢？我认为这两个问题非常重要。

罗切斯特市法庭对阿瑟·肖克罗斯的审判历时 5 个多星期。在此期间，公诉人西拉古萨在法律意义上的心理分析实际上比我所了解的任何医生的分析都深刻和透彻。庭审的全过程都被电视台进行了转播，西拉古萨也因此成了当地的名人。法庭辩论结束，案件交给陪审团之后不到一天时间，陪审团就根据那些指控判定肖克罗斯犯有二级谋杀罪。法官认定不能再给肖克罗斯重复犯罪的机会，判处他在州监狱服刑 250 年。

以精神失常为理由进行辩护往往不会奏效，其原因是许多人所没有意识到的：陪审团不喜欢这种辩护，所以往往持反对态度。

我认为他们持这种态度有两个原因。其一，大多数人认为多次杀人的凶徒不会是因为被逼得走投无路才不断犯罪的。要记住，我们遇到的系列杀人犯中没有哪个人是觉得自己非杀人不可，就是说当着穿制服的警官的面也敢这么干。

陪审团不同意以精神失常为理由来辩护的第二个原因更为重要。在所有法律、心理分析和学术性观点被驳回后，当最终归结到剥夺被告终身自由的问题时，陪审团本能地意识到这些人是危险分子。密尔沃基那些正直的男男女女，不管是认为杰弗里·达默精神正常也好、失常也罢，我想他们都不愿意把维护他们的安全（以及他们社区的安全）的重任交付给一家疯人院，因为他们对它是否能有效地约束作恶多端的精神病人放心不下。如果他们把他投入监狱，他再度危害社会的可能性会小得多。

我并不是说大多数心理医生或者心理治疗专家有意使那些具有危险性的犯罪分子逍遥于监狱之外，致使他们干出更多的坏事。我的意思是，根据我的经验，在大多数情况下这些人对我们的工作不大了解，所以无法做出恰如其分的判断。即使他们具有法律方面的经验，那也只是局限于个别领域，而他们就是在这种情况下给罪犯诊断的。

我在刚做画像工作时，碰到过一桩杀害老年妇女的案子。死者安娜·伯林纳是在俄勒冈州自己家中遇害的。当地警方向一位心理治疗医生咨询，问他作案者是属于什么类型的人。死者的伤口有 4 处是胸部被铅笔深深地戳伤的。那位心理医生曾访谈过 50 来个杀人犯。大部分访谈是在狱中进行的。他根据自己的经验预测，案犯曾在监狱蹲过不少时间，也许是个毒品贩子，因为只有在狱中，削尖了的铅笔才通常被认为是一种致命武器。他的理由是，在监狱之外的人是想不到用一支普通铅笔去杀人的。

警方来找我的时候，我提出了截然相反的见解。我认为由于受害者的年龄和易受攻击性、多次致命的伤口、犯罪时间是在大白天，而且没有丢失值钱的东西，这就说明作案者是一个没有经验的少年。我认为他没有仔细研究过怎样用铅笔做杀人武器，因为当时有一支铅笔他就用上了。最后他们抓到了作案者——一个没有经验的 16 岁少年。他到她家去是想得到一份步行马拉松①的募捐，而他自己并没有参加这项活动。

犯罪现场的主要特点是，所有行为方面的证据都证明作案者是一个对自己没有把握的人。有前科的人如果在一个老年妇女家里加害于她，对自己的行为是比较有把握的。只从简单的事实（如弗朗辛·埃尔夫森一案中的黑人毛发）是无法得出全面的结论的。在安娜·伯林纳谋杀案中，简单的思维方式可能会导致我们做出与事实全然相反的结论。

在我们的工作中，最难回答的问题是：这个人是不是或者会不会成为危险人物。心理医生往往使用"对别人来说他是他自身的威胁"这类术语。

1986 年前后，联邦调查局接到一卷从科罗拉多寄出的胶卷，于是让实验室洗了出来。照片上是个 30 岁上下的男子，身穿迷彩服，站在他的 4 X 4 车的尾部，一手拿着步枪，一手拿着一个被他折腾得不像样子的芭比

---

① walkathon，步行马拉松，常常是为特定事业筹款而举行的。——译者

娃娃。他这么做并不犯法。我说这人不会有前科，但我也告诫说，在这个年龄段上，他很快就不会满足于在芭比娃娃身上这么干了。他会做出进一步的举动。仅仅从照片上，我还看不出这种消遣在他生活中占多大分量，但事情发展到这一步已不能等闲视之。我说要密切注意这个人，要找他谈谈，因为这是个危险信号，说不定什么时候悲剧就会发生。我不知道心理医生是否会与我所见略同。

虽然这件事看来很怪，可是它令我想起多年来所接触到的几桩"芭比娃娃案"。所有案件的作案者都是成年男子。在中西部，有个案犯把布娃娃身上扎满针之后扔到当地精神病院里。你或许会以为这是魔鬼崇拜者、相信巫毒教的人或者认为自己会巫术的人留下的东西，事实全然不是这样。他没有在布娃娃身上留下针对某个人的名字。这反映的是一种施虐倾向，是一个人对女人有仇恨的典型特征。

对这个人我们还能说出些什么？他也许折磨过小动物，也许经常这样做。让他这样对待同年龄人（不管是男是女），他还难以做到。当他长大之后，在比他小、比他弱的人面前，他就会以强凌弱，或者表现为施虐狂。他已经或者终将迈出这一步，因为这时候他开始不满足于在布娃娃身上实现他的幻想了。你可以就他是否"有毛病"的问题进行争论，但不管他有没有毛病，我可以告诉你，我真正担心的是他的危险性。

那么这样的危险行为可能在什么时候发生呢？这个人是个一事无成的失败者。在他看来，每个人都在跟他过不去，没有人承认他的才能。当他生活中的紧张性刺激变得让他无法承受的时候，就是他为实现幻想向前迈出一步的时候。对一个伤害布娃娃的人来说，采取进一步行动并不是说在他这个年龄层的人当中寻找目标，而是寻找比他年轻、比他弱小或者比他更不中用的人。他是个胆小鬼，他不会以同伴为目标的。

这并不意味着他一定会以儿童为目标。芭比是发育成熟的女子形象，不是未成年的少女。无论这个家伙的心理如何反常，他想跟成熟的女子接触。如果他是在伤害或者虐待布娃娃，那么我们就有另外一些问题要解决。

可是，这是个把扎满针的布娃娃扔到疯人院的家伙，他的行为是很反常的。他不会有驾驶执照，他在人群中会显得很古怪。那个穿迷彩服的人危险性更大。他有工作，因为他有钱买枪、有车、有照相机。他能在社会上四处"正常"活动。一旦他活跃起来，就有人要倒霉。大多数心理医生或者医疗人员会看出这种区别吗？我认为不会。他们不知道这些人是危险的，也没有朝这方面去想。他们的论断没有得到证实。

我们研究系列杀人犯依靠的是真凭实据，而你们依靠的是犯人的自述，那至少也是不完整的——说得难听些，是不科学的、没有意义的。

对危险性的判断有很多用处。1982年4月16日，纽约的美国秘密特工就如何处理一些恐吓信向我咨询。这些信是1979年2月以来由同一个人写的，威胁要刺杀总统（第一封信把目标指向吉米·卡特，后来的信全部针对罗纳德·里根）和其他政要。

第一封信是一个"孤独忧郁的人"寄给纽约秘密特工部门的。信是手写的，写在便笺纸上，共两页，威胁说要"打死卡特总统或者其他有权的人"。

从1981年7月到1982年2月，又先后出现8封信，其中3封是寄给纽约秘密特工部门的，一封寄给了纽约的联邦调查局部门，一封寄给了华盛顿的联邦调查局部门，一封寄给了《费城每日消息报》，还有两封直接寄到了白宫。它们都是那个"孤独忧郁的人"的手笔，可是落款都是C.A.T.，寄信地点是纽约、费城和华盛顿。信中表示要杀死里根总统，并把里根称为"上帝的坏蛋"和"魔鬼"。支持里根总统的其他政要也受到威胁。信上提到了约翰·欣克利,并发誓要继承他的未竟事业。

还有许多信,分别寄给了众议员杰克·肯普和参议院阿方斯·德马托。秘密特工部门特别关注的是,信中还有参议员德马托和纽约市众议员雷蒙·麦格拉思的照片,而且都是在近距离拍摄的,表明这个 C.A.T. 的威胁不是闹着玩的。

第 14 封信是 1982 年 6 月 14 日寄给《纽约邮报》编辑的。信中声称等他把总统(他用"魔鬼"指代总统)除掉之后,大家都会知道他是什么人了。他说没有人相信他的话,大家都笑话他,这些我都不感到奇怪。

可是在信上,他也对这家报纸做出"承诺",说当他完成自己的历史使命后,他们可以跟他谈话。这正是我们要寻找的机会。C.A.T. 愿意,也许还急于和这家报纸的编辑谈谈。我们将提供这样一位编辑。

从写信人使用的语言、遣词造句的方式、信的投寄地点和收件对象来看,我断定此人是纽约市人。我做出了画像,此人是个单身白人男子,年龄在二十五六到三十二三岁之间,纽约本地人,住在市郊,也许是独居,智力水平中等,受过中学教育,也许后来还学过政治和文学,是家中的老小,也许是独生子。我还怀疑他一度是个瘾君子和酒鬼(或者两者中的一个),现在偶尔还解解馋。他会把自己看成失败者,辜负了父母或其他人对他的期望,他有很多目标没有实现,很多"未竟"事业有待完成。我估计当他在 20 到 25 岁的时候,心理上受到过让他难以承受的压力,也许跟服兵役、婚变、生病或者失去亲人等有关。

对 C.A.T. 代表什么或者象征什么有很多猜测。我告诉特工们不要在这个问题上花费太多时间,因为它也许没有任何意义。在细节问题钻牛角尖是一种倾向。其实，这也许是因为写信人喜欢这个缩写念出来的声音，或者喜欢它写出来的形状。

秘密特工得回答这样的问题：这个家伙有没有危险性？因为有许多发出威胁或者写恐吓信的人从来就没有采取过什么行动。但是我告诉他们，这些人这么做是有目的的。他们寻找政治组织或者偶像，可是没找到。还有些人认为他们是怪人，不把他们当回事，所以随着时间的推移，问题变得越来越严重。他们会找到一个使命，以使自己的生活有一定的意义。他因此而感到自己在进行操纵。他喜欢这种感觉，这将导致他冒更多更大的险。冒险的人是危险的人。

我认为他对武器比较熟悉，喜欢近距离攻击，尽管这可能意味着无法逃脱。由于他的做法带有自杀性，他会留下一部日记，以使世人知道他这个人。C.A.T. 跟胶囊投毒犯不同，他不想藏形匿迹。当他对生活的恐惧超过对死亡的恐惧时，他就可能进行暴力犯罪。在行动之前，他可能表现得非常沉着。他会把自己伪装起来，会使自己与周围环境融合为一体。他会跟警察或者特工交谈，会让人觉得他是普通百姓，给人一个没有危险的假象。

在某种程度上他和约翰·欣克利是一类人。欣克利的案件及其审判在新闻中已有许多报道。他似乎非常崇拜欣克利。我们很了解欣克利。我当时对特工说，他们最好到亚伯拉罕·林肯总统遇刺的华盛顿福特大剧院去看看。欣克利在向里根总统开枪之前就去过那儿。我还建议他们到附近那家欣克利曾经待过的饭店去看看。如果有人打听欣克利住过的房间，那个人很可能就是他。

那家饭店的确报告说，有人要那个特殊的房间。特工当即出动，到那里之后发现是一对老年夫妇。他们新婚时住过那个房间，以后也住过多次。

8月份，秘密特工部门收到两封署名 C.A.T. 的信，都是写给华盛顿总统办公室的。两封信上都有发自加州贝克斯菲尔德的邮戳。许多刺客为了跟踪自己的目标，一直在全国各地游荡。所以这个人很可能行踪不定，这很令人担忧。信上说："由于心理健全、身体健康（此处用了醒目的大写体），我要求自己尽可能多组织一些美国人，让他们拿起武器，从内部消灭这个国家的敌人。"

这封冗长、满纸胡言的信中，他谈到了"折磨和地狱"，承认自己在一举清除"上层"那些渣滓时很有可能被杀害。

我仔细看了这两封信，得出的结论是，我们所对付的是一个抄袭他人做法的人。这些信用的都是手写体而不是早先那种大写印刷体。信上称里根总统"罗恩"，而没有用"魔鬼"或者"老头"。我认为写信的人很可能是个女人，尽管信上的威胁和谩骂令人不快，但我觉得这个人还没有什么危险性。

真正的 C.A.T. 完全是另外一种人。我认为最好采用"技术手法"将他拿下：在电话上拖住他，直到我们查出他的位置。我们派一名特工装成编辑，向他就如何装得像一些以及该说些什么做了简单的指导。我特别交代他要设法让 C.A.T. 多说一些，把他的事加以全面报道。一旦建立了某种信任，这位"编辑"就应当建议他们见见面，但要安排在深夜，要在比较僻静的地方，因为这位编辑要显得比 C.A.T. 更注意保密。

我们在《纽约邮报》刊登了一则措辞经过推敲的启事，C.A.T. 做出了回应。他开始定期与我们的人通话。我想他打电话的地点会是一些大型公共建筑，如中央火车站或者宾夕法尼亚车站，也可能是图书馆或者博物馆。

大概与此同时，联邦调查局从默里·迈伦博士那里得到了另一种评估。这位锡拉丘丝大学的著名心理语言学家和我一起做过研究，我们联名发表过文章。我认为他是这一领域中最出类拔萃的。电话对话开始后，默里给联邦调查局写了一份分析报告，说他认为 C.A.T. 不是什么危险分子，而是一个想出名的骗子，他想操纵那些政界要人。默里认为肯定应当把这个人抓起来，但是没有像我一样认为他是个危险分子。

　　渐渐地，我们能在电话上拖他一段时间了。 1982 年 10 月 21 日，由秘密特工和联邦调查局特工组成的联合小组在宾州车站一个公用电话亭抓住了他。当时他正在跟那个"编辑"交谈。此人叫小阿方斯·阿莫迪奥，是个 27 岁的白人男子，纽约市人，中学文化程度。

　　联邦调查局和秘密特工到弗洛勒尔帕克，去了他那破破烂烂、蟑螂肆虐的公寓。这个家庭似乎并不和谐。阿莫迪奥太太在接受我们访谈时，对她儿子的描述倒与我们的画像相符。她对特工说："他恨它（指这个世界），而且觉得它也不喜欢他。"她谈到他情绪的波动。多年来他一直在收集报上发表的文章，已经集了两三个文件柜的剪报，文件夹上是各个政要的姓名。他在儿时口吃很厉害，所以上学比较晚。他去当过兵，可是基础训练刚结束，他就开了小差。特工们发现，他在几篇日记中都称自己是"胡同里的猫"，此外没有发现其他与 C.A.T. [①]有关的东西。

　　阿莫迪奥被关进贝尔维尤心理治疗所。在对他进行审判之前，地方法院的律师戴维·埃德尔斯坦请一位进行心理治疗的社会工作者对他进行评估。这个人发现被告的精神紊乱，对总统和其他政府官员构成很大的

――――――――――

　　①　英语中 cat 的意思是"猫"。——译者

威胁。

阿莫迪奥承认自己就是 C.A.T.。审问他的特工没有发现他有什么政治阴谋。他这样做只是为了显示力量，为了引起别人的注意。

他现在已经不在疯人院了。这类人有没有危险性呢？我认为他不会成为直接威胁，但是如果紧张性刺激继续增加，而他又没有办法对付，那我就要担心了。

我会注意什么呢？信中的语气是个关键。如果写信人在给政要、影星、体育明星或名人的信上语气越来越强硬（"你对我的信竟然不理不睬"），那我就要认真对待了。一个人如果一直处于高度紧张的状态，无论从心理上还是从体力上他都会很快承受不住。久而久之，这个人就要开始崩溃。这下子你又可以把这个人的行为解释为他有心理毛病了，但我所关心的是他到底有多大危险性。

虽然我们访谈过一些女人，像图谋行刺的女子以及曼森家族的同情者莱内特·弗罗姆和萨拉·琼·莫尔，我们所公开的监狱研究材料却只涉及男子。尽管你发现偶尔会有女杀人犯，但你会注意我提到的所有系列谋杀案或者强奸杀人案的作案者都是男性。有一项研究表明，几乎所有的系列杀人犯都有受过性虐待或身心虐待的经历、吸毒或者酗酒等机能障碍以及与之有关的毛病。在处于同样糟糕背景的情况下，女孩比男孩更容易受到虐待或者猥亵。为什么没有多少女孩像男孩长大后那样去犯罪呢？像艾莉恩·武奥诺斯那样被指控在佛罗里达的州际公路上杀害男子的女系列杀手少到了可以忽略不计的地步。

对这个问题我们的把握性还不大，因为人们还没有对此做过深入的研究。正如有些人所猜测的，它可能与睾丸素水平以及其他荷尔蒙和化学物直接有关。我们只能根据我们的经验肯定一点，女子似乎使她们经受的紧张性刺激内在化了。她们不向他人发泄，而往往以酗酒、吸毒、卖淫和自杀的方式来自惩。有些女人可能在自己家里对家人不断施行心理或身体上的虐待，就像埃德·肯珀的母亲显然做过的那样。从心理健康的角度来看，这是非常有害的。事实是，女人不像男人那样去杀人或者做出任何类似的举动，她们另有发泄的方式。

对付危险能采取什么办法呢？我们怎样才能及时阻止有精神或心理缺陷的人犯罪呢？遗憾的是，没有简单快捷的办法。在许多情况下，处于维护纪律与秩序前沿的不是家庭，而是执法部门。这对社会来说是危险的，因为等我们介入的时候，已经太晚，难以补救了。我们最好能防患于未然。

如果你想让学校来解决这个问题，你的要求也太高了。你不能指望一个负荷已经很大的教师每天用 7 个小时来开导一个处于不良环境中的孩子，这种事不大可能发生。再说，另外 17 个小时又怎么办呢？

人们常问我们，通过研究与试验，我们现在是否能预测什么样的儿童长大后可能变成犯罪分子。罗伊·黑兹尔伍德的回答是："当然可能。不过一个优秀小学教师也有可能。"如果我们能较早进行强化治疗，情况可能会有所不同。一个好的老师可能会影响孩子的一生。

特工比尔·塔福亚是我们匡蒂科的"未来学专家"。他提出大规模推行"启智方案"①，至少在未来 10 年中集中足够的资金和资源，其投入相当于我们海湾派兵的投入。这是最行之有效的长期防范犯罪的计划。他认为加强警察力量并不是好办法。他提出组织一支社会福利工作者大军，向

---

① 即对 3 至 5 岁贫困家庭的孩子进行幼儿早期教育的计划。——译者

受虐待的、无家可归的孩子提供帮助，帮助他们找到一个较好的、愿意领养孩子的家庭。他提出以税收激励方案来支持它。

　　我不知道这是否就是全部的答案，但它会是个重要的开端，因为一个可悲的事实是，心理医生可以按自己想法去努力，我和我们的人则运用心理学和行为科学来帮助抓获犯罪分子，而等我们用上我们的一套时，严重的破坏已经造成了。

十九

有时龙会取胜

1982 年 6 月，一名 16 岁女孩子的尸体在西雅图郊外的格林河上被人发现，当时没有人对此事过分在意。这条连接芒特雷尼尔和皮吉特湾的河流是一处臭名远扬的弃尸地点，况且受害者是一个年轻妓女。直到当年夏季晚些时候，即 8 月 12 日，在河面上出现了另一具女尸以及 3 天之后又出现了 3 具女尸时，警方才意识到事关重大。受害者在年龄和种族方面不尽相同，但统统都是窒息致死。其中有的尸体是吊上重物沉入河中的，凶手很显然不想让人发现尸体。受害者均是赤身裸体。

由此看来，这些罪行无疑是同一个人所为，这唤起了人们对西雅图上一次系列犯罪的恐怖记忆。 1974 年时，至少有 8 名女性在这一地区遭到了一名被叫做"特德"的杀手的绑架和杀害。那些案子在 4 年间一直悬而未决，直到一个相貌堂堂、油嘴滑舌的年轻人西奥多·罗伯特·邦迪因在佛罗里达州连续残杀女大学生而被逮捕时才总算水落石出。此时他的足迹已经穿过了整个国家，沿途犯下了累累罪行，至少断送了 23 名年轻女性的性命。他在大众心灵上留下了永久的阴影。

金县刑事调查科的理查德·克拉斯克少校负责此案的调查。他请求联邦调查局给予援助，为他们提供一份对格林河杀手的心理画像。新组建的专案小组由多名司法部门人士组成，尽管其成员对那些案件是否真有关联存在意见分歧，但是这些案子都有一个共同点：所有的被害女性都是妓女，都在西雅图塔科玛国际机场附近的沿太平洋海岸公路一带进行肉体交易。

到了9月份，西雅图外勤站主管特工艾伦·惠特克前来匡蒂科参加在职培训时，给我们带来了5起早期案件的全套详细资料。如同往常那样，为了摆脱办公室人员以及电话的不断打扰以便全神贯注地研究案子，我把自己关进图书馆的顶楼，独自眺望窗外（对于我们这些在地下室工作的人来说，这总能给我们一种新奇感），让自己潜入作案者和受害者的心里。我用了将近一天时间翻阅案情卷宗，包括发案现场调查报告和照片、验尸报告、对受害者的描述等。尽管这些案子在受害者的年龄、种族和作案者的惯用手法方面存在着差异，相同之处却是巨大的，足以表明所有谋杀案均系同一作案者所为。

我提出了一份详尽的画像：作案者系白人男子，体格健壮，有欠缺感，对所犯暴行毫无悔过之心。他是一个有使命感的人，以往有过备受女性屈辱的经历，如今一门心思要尽可能多地惩罚那些他认为是她们当中最卑贱的成员。同时我又告诫警方，仅从罪行和受害者的特征来看，不少人会符合画像特征。与埃德·肯珀不同的是，此人压根算不上精神巨人。这是不成熟的高风险犯罪。破案的关键在采用前摄手法，引诱作案者与警方进行某种形式的接触。惠特克离开匡蒂科时带回了这份画像。

当月晚些时候，另一名年轻女性遭严重分解的尸体在机场附近一片不宜居住的住宅区被人发现。她身上一丝不挂，颈部系着一双黑色男袜。验尸官估计她遇害的时间与格林河受害者遇害的时间大致相仿。也许作案者听说警方已在监视之后改变了惯用手法。

卡尔顿·史密斯和托马斯·吉伦对此案进行了深入研究，如同其研究报告《搜寻格林河杀手》所详细描述的那样，头号嫌疑人是一个 45 岁的出租车司机，几乎在任何方面都符合画像特征。他很早就介入了调查工作，在电话上提示过警方如何去寻找作案者，建议他们去搜寻其他出租车司机。他经常与西雅图塔科玛狭长地带的妓女和街头卖淫女厮混在一起，习惯夜晚外出，驱车到处转悠，如画像所提示的作案者那样，又吸烟又喝酒，并且假装对妓女的安危很关心。他在沿河一带长大成人，曾有过 5 次失败的婚姻，现与鳏夫父亲住在一起，驾驶一辆款式落伍、保养不善的旧车，密切关注着报纸的有关报道。

警方预定在 9 月份与他面谈，因此打来电话请我出出点子。我当时正在以疯狂的速度四处奔波，几乎每周都要在国内做短途飞行，处理手头的案件。警方打来电话时，很不凑巧我不在城里。他们与罗杰·迪普科长通了话。他告诉他们，我过几天就会回来，极力建议他们与我商讨之后再进行面谈。到这时为止，该案犯表现得挺合作，并未打算离开当地。

可是警方按期与他进行了面谈，时间长达一整天，结果形成了对抗局面。事后看来，如果他们换一种谈话方式，结果也许会大不相同。测谎结果显得模棱两可。尽管警方对他进行了严密监视，并且继续在搜集情况证据，但他们根本不可能提出不利于他的理由。

由于没有亲身参加那一阶段调查，我无法确认此人是不是重大嫌疑人。不过，调查开始阶段没有做好协调工作和没有确定工作重点带来了副作用，而这时作者往往是最容易被抓获的。他焦虑不安，不晓得会发生什么事情，"如坐针毡因素"也最能发挥作用。随着时间推移，作案者逐渐认识到他逃脱法网有望，为此他的感觉会越来越好。他放心下来，进一步完善他的惯用手法。

在此案调查的开始阶段，当地警方连一台电脑也没有配备。随着办案的深入，按照他们当时处理案情线索的速度，可能要花上50年时间才能适当地评估完他们手头掌握的有关情况。格林河杀手案一类的调查工作要是放到今天展开，我相信早期的组织工作会更加有效，办案的策略会更加明确。尽管如此，破案的难度还是很大。那些妓女过的是游牧般的生活。经常会有谁的男朋友或者拉皮条的人报告说某某人失踪了，其实她是故意消失了，或者索性转移到了海岸线的另一处地方。她们中的许多人使用的是别名，致使辨认尸体和寻找线索困难重重。警方很难发现可以用于辨明死者身份的病历及牙科资料。再说，警方与妓女之间的关系从来就是很微妙的。

1983年5月，一具衣着完整的年轻妓女的尸体在一处精心布置的现场被人发现：喉咙处横放着一条鱼，左胸前摆放着另一条鱼，两腿夹缝中搁着一只酒瓶。她是被人用细绳索勒死的。警方将她的死亡归在了格林河杀手的名下。我认为最后这名在陆地上发现的受害者与格林河杀手并无关联，我感觉这起杀人案的杀人动机更多的是出自个人恩怨。受害者的选择不是随机性的，其中宣泄的是过度愤怒，作案者非常熟悉受害者。

临近1983年年底时，死尸数字已经上升到12具，另有7人据报案已经失踪。遇害女性中有一人已怀有8个月身孕。专案小组想请我出马，为他们提供现场办案的指导。如上文所提，我正在竭尽全力应付以下案情各异的案件：亚特兰大的韦恩·威廉斯残杀儿童案、布法罗的"0.22口径"枪杀案、旧金山的林径杀人案、安克雷奇的罗伯特·汉森案、哈特福德的反犹太系列纵火案，以及其他 100 多件未侦破的案件。我能够应付所有案件的惟一办法就是迫使自己夜晚去梦想破案方法。我晓得自己已被折腾得精疲力竭。我只是不知道精疲力竭到了何等程度和何等速度。当格林河专案小组的人提出他们需要我帮助时，我知道还得把这个案子硬塞进来。

我相信我的画像符合作案者特征，但同时清楚它也符合许多人的特征，而且眼下已经有不止一人卷入了此案。案子拖得越久，作案人数增加的可能性就越大，后继者们或是盲目效仿者，或是偏向于选择在这一地区作案。不法之徒很容易在西雅图塔科玛狭长地带找到猎物。如果存心想杀人，那便是你的好去处。妓女们随处可觅，由于她们中多数人往返于整个西海岸走廊，从温哥华一路南下至圣迭戈，因此当一个姑娘消失时，常常不会有人惦念她。

我认为前摄技术比任何时候都更为重要，其中包括：在乡村学校召开集会讨论谋杀案，随后散发经签名的有关印刷品，并记录下参加集会人士的车辆牌照；利用媒体宣传某位调查人员是"超级警察"以诱使作案者与其接触；刊登有关那位孕妇的有血有肉的报道以使作案者萌发悔罪心并重返犯罪现场；监视未加广泛报道的弃尸地点；派警官诱使凶手招供，以及任何其他可能的手法。

我在 12 月前往西雅图时，带上了两名新任画像人员，布莱恩·麦基尔韦恩和罗恩·沃克，心想正好利用这次案例让他们获得一些现场经验。幸亏我做了这件事，好像有上帝或者某种天外的万物主宰有意这么安排一般。他们拯救了我的性命。

当他们撞开锁和拴上安全链的房门，闯进我的旅馆房间时，发现我神志不清地躺在地板上抽搐。我因发高烧而昏迷，奄奄一息。

到了 1984 年 5 月我最终身体恢复并重返工作岗位时，格林河杀手仍然逍遥法外，正如 10 几年后的今天我在写作此书时的情况一样。我当时继续为专案小组提供咨询，小组组织了美国有史以来规模最大的有组织搜捕行动。随着死尸数目不断增加，调查工作越是持久，我就越是深信有几个杀人犯在作案。他们具有某些相同的特征，却在各行其道。斯波坎和波特兰的警方向我通报了一连串妓女被害和失踪案，但我发现它们与西雅图一带的谋杀案不存在明显的关联。圣迭戈警方认为，该市发生的另外一连串案件也许与此有关。总而言之，格林河专案小组正在调查 50 多起亡命案。嫌疑对象从 1 200 人缩小到了大约 80 人。这里面什么人都有，有死者生前的男朋友以及拉客者，有波特兰的一名嫖客（曾有个妓女在他扬言要蹂躏她之后逃了出来），还有一个长期住在西雅图的捕兽者。连警察队伍中的某些成员一度也被认为是嫌疑人。但是，没有确切证据证明其中的哪个就是凶手。眼下我确信至少有 3 名作案者涉案，很可能不止 3 人。

最后一次采用大规模前摄技术是在 1988 年，当时向全国观众播放了一个持续两小时的现场直播电视节目，题为《搜捕凶手……现场直播》，由《达拉斯》一片的男主角帕特里克·达菲主持。节目介绍了搜捕行动的大致情况，同时提供了一组免费电话号码以便观众直接提供破案线索。我飞往西雅图出席了这档节目，还训练警官们如何迅速从打来的电话中获取有用的信息。

节目播出后一星期之内，电话公司估计有 10 万以上人次试图拨进电话，只有不到一万人打通了电话。3 个星期过后，已经根本没有足够的财力或志愿人员去继续开通那几条提供线索的热线电话了。最终，这成了我们为侦破此案所做的又一次徒劳无功的努力。许许多多的热心人士尽力帮忙，但收效太小，为时也太晚。

多年以前，格雷格·麦克拉里将一幅卡通画钉在办公室的布告板上。画面上有一条龙，口吐火舌，很霸道地屹立在一个拜倒在地的骑士面前。标题很简单："有时龙会取胜。"

这是一个无法逃避的现实。我们无法将罪犯一网打尽，况且由于我们已抓获的罪犯早已或杀人、或强奸、或蹂躏、或爆炸、或放火、或残杀，可以说没有一人是被及时捉拿归案的。这便使今天的公众惶惶不可终日，诚如100多年前第一个系列杀手杰克开始杀人碎尸时那样。

颇具讽刺意味的是，虽然《搜捕凶手》这档节目未能帮助侦破格林河谋杀案，我在当年出席的另一档全国性电视节目中，的确通过画像手法确认了那个臭名昭著的系列杀手的可能身份。节目播放的时间恰巧是碎尸者杰克制造怀特查佩尔谋杀案100周年的时间，它意味着我的画像实在是迟到了整整一个世纪，无法对缉拿真凶有何帮助了。

那些野蛮的谋杀妓女行径发生在1888年8月31日至11月9日期间，地点位于维多利亚时代伦敦城的简陋而拥挤的东区那些靠煤气照明的街道里弄。在那一期间，残忍的杀人分尸行为愈演愈烈。9月30日凌晨，作案者在一两个小时之内杀害了两名女子，这在当时是闻所未闻的。警方收到了几封对他们肆意嘲弄的信件，遂将其披露于报端，这些恐怖事件顿时成为媒体争相报道的热点。尽管苏格兰场警方付出了极大努力，碎尸的恶徒却从未被抓获，对他的身份一直众说纷纭、莫衷一是。如同人们推测莎士比亚的"真实"身份那样，对嫌疑人的勾画多属臆测，没有揭示多少实情。

多年以来，人们最偏向接受的、最令人着迷的嫌疑人是艾伯特·维克托亲王，即克拉伦斯公爵，他是维多利亚女王的长孙爱德华，即威尔士亲王（维多利亚女王逝世后，他于1901年即位，称为爱德华七世）之子。克拉伦斯公爵在 1892 年死于流感，不过许多研究碎尸案的人士认为，他实际上死于梅毒，或者被王室御医下毒害死，以防王室的名誉被丑闻玷污。这种说法很有意思。

其他重大嫌疑人选包括蒙塔古·约翰·德鲁伊特，一所男子学校的教师，符合目击者的描述；威廉·古尔博士，首席王室御医；艾伦·科斯明斯基，一个贫穷的波兰移民，曾经进出过该地区的精神病院；罗斯林·唐斯坦博士，一位新闻记者，以喜欢玩弄巫术而著称。

人们一直在拿碎尸者骤然停止作案这一事实大做文章，做出了种种猜测，有人说他可能已经自杀身亡，有人说克拉伦斯公爵被王室派出旅行了，有人说他可能去世了。以我们现有的知识来重新研究此案，我倒觉得他完全有可能像许多作案者那样因犯某项轻罪而遭拘捕，这才是凶杀停止的原因所在。另一让人们感兴趣的问题涉及"碎尸"本身。人们把注意力集中于某个受过医学训练的嫌疑人，因为作案者似乎很善于对尸体开膛剖肚。

《碎尸者杰克的神秘身份》这一电视节目在 1988 年 10 月面向全国播出，本案所有现存的证据被摆了出来，让各学科专家就杰克的实际身份提出他们的看法，从而"一劳永逸地"解开这个世纪之谜。我和罗伊·黑兹尔伍德被邀请参与了该档节目，联邦调查局认为这是一次好机会，可以充分展示我们工作的成就，同时不暴露内部秘密，避免对进行之中的案件调查或审讯工作带来负面影响。这档长达两小时的直播节目由英国演员、作家兼导演彼得·乌斯蒂诺夫主持，随着节目的不断深入，他真的置身到了这一神秘案件之中。

如今，任何此类演练同现行调查受着相同规则约束，即我们的推断只可能与我们必须运用的证据和数据具有同等的可信度。百年以前法医采用的方法按现代标准衡量是原始的。但我认为，基于我对那些碎尸案的了解程度，倘若这样一起案子放到今天提交给我们，它是非常有可能侦破的，所以我认为我们不妨尝试一下。当你从事的是我们所从事的工作，那么如果你出现差错，惟一的危害就是在全国电视观众面前丢丑，但不至于使另一个人无辜丧命，其实这样倒能从节目中得到些许乐趣和放松。

节目播放之前，如同对待一起现代案件那样，我拟出一份画像，写上标题：

作案者：亦称"碎尸者杰克"
系列杀人案
英国伦敦
1888 年
全国暴力犯罪分析中心——杀人案
（刑事调查分析）

全国暴力犯罪分析中心系指 1985 年在匡蒂科建立的一个综合机构，包括行为科学调查支援科、暴力罪犯拘捕电脑数据库中心，以及其他快速反应小组和单位。

如同提供实际破案咨询时那样，我做出画像后，他们就把嫌疑人的资料交给了我们。尽管克拉伦斯公爵是作案者的说法具有戏剧性，但分析所有收集到的证据后，我和罗伊不约而同地认为艾伦·科斯明斯基是最有作案可能性的人选。

我们深信，那些寄给警方的嘲弄性信件如同在 90 年之后的约克郡碎尸案侦破过程中发生的一样出自一个冒牌货笔下，此人并非是"真正的"

杰克。这类罪犯不会具备公开向警方发出挑战的胆量。分尸行径显示作案者是个心智错乱、性功能低下的人，内心充满着对女性整体的愤怒。每起案子中的突然袭击风格还告诉我们，他在与人交往方面有障碍，他不善言辞。案发的具体环境告诉我们，这个人能够轻易融入周围的人群，不会引起妓女的怀疑或害怕。他是个不声不响的独居者，而非男子气十足的杀手。 他会在夜间潜行于街头，还会重返案发现场。毫无疑问，警方已经在调查过程中与他面谈过。在提供给我们的所有嫌疑人中，科斯明斯基比其余任何人更符合我的画像。至于说分尸应具备医学知识，那倒不一定，有初级屠宰术就足矣。我们长久以来就知道，系列杀手会想尽种种残忍的手法来处置尸体。埃德·吉恩、埃德·肯珀、杰弗里·达默、理查德·马吉特都没有因缺乏医学知识而受到任何妨碍，这里只是略举几个例子。

做出这番分析后，我又不得不对自己的判断有所保留，因为从 100 年之后的观点来看，我不能说艾伦·科斯明斯基肯定是碎尸者。他仅仅是提供给我们的几个嫌疑人之一。但是我能够相当有把握地说，碎尸者杰克就是类似科斯明斯基的某个人。假如这次刑事调查分析发生在今天，我们输入的信息就会帮助苏格兰场警方缩小重点嫌疑人的范围，查明作案者的真实身份。这便是我为什么说这起案子根据现代标准是大有侦破可能的原因所在。

在有些案件中，我们通过分析找到一个嫌疑人，但我们无法取得足够的证据对他实施逮捕和起诉。类似的案子便是 70 年代发生在堪萨斯州威奇托的勒杀案。

案子是从 1974 年 1 月 15 日奥特罗一家人被谋害开始的。 38 岁的约瑟夫·奥特罗和妻子朱莉被人用软百叶帘拉绳捆绑住并勒死。他们 9 岁的儿子约瑟夫二世被发现捆绑于自己的卧室里，头上套着一只塑料袋； 11

岁的约瑟芬则悬吊在从地下室天花板的管道垂下的绳索上，只穿了一件宽松式无领运动衫和裤子。所有证据均显示，这不是一时冲动的行为。电话线已被切断，绳索是被带到现场的。

10个月后，当地一家报纸的编辑接到一个匿名电话，指示他上公共图书馆去寻找一本书。书中夹有作案者留下的一张便条，留条的人声称对奥特罗一家遇害负责，预言还会有更多的人遇害，并且解释说："我的行动代号是：捆绑、蹂躏和杀害他们。"

在其后的3年间，又有几名年轻女性被杀害。作案者随后写给当地电视台的一封信揭示了他的不少心理状况。他郑重地给自己取了一个诨名："我还要杀害多少人才能让自己的大名赫然上报或者引起举国上下的关注呢？"

在已公布的一封信中，他把自己的杰作与碎尸者杰克、"萨姆之子"以及山坡勒杀犯等人的杰作相提并论，这些不法之徒因所犯罪行而成了媒体名人。他把他的所作所为归咎于一个"恶魔"和"X遗传因子"，从而导致了报界广泛开展对其个性的推测。

他随信附上了裸体女子在被捆绑、强奸和蹂躏时的不同姿势的生动素描。这些下流的素描未被公开，却促使我在脑海里勾勒出我们要缉拿的作案者的一幅清晰的图像。从这里入手，剩下的问题就只是缩小嫌疑人的范围了。

如同他所崇拜的英雄碎尸者杰克那样，勒杀者也突然终止了谋杀。然而在本案中，我相信警方与他进行过面谈。他很清楚警方在步步紧逼他，于是他显得十分聪明老练，在警方搜集到足够罪证之前便洗手不干了。我希望我们至少已经阻止了他继续搞破坏，可是有时"龙会取胜"的。

在我们自己的生活中，有时龙也会取胜。当暴徒杀害一个人时，受害的不仅是那个死者。在我们科里，我不是因为压力太大而吃尽苦头的惟一的人，远远不是。家庭纠纷和婚姻冲突时有发生，你无法不为此操心。

历经 22 年风风雨雨之后，我与帕姆的婚姻在 1993 年破裂了。我们也许会对这件事提出各自不同的看法，但有些事情是不容否认的。在我的女儿埃里卡和劳伦的成长过程中，我离家的时间太久。就是回到了城里，我依然要为手头的案子耗费时间、精力，以致帕姆常常感觉就像一个单亲家长，不得不料理家务、支付账单、送孩子们上学、会见老师、保证孩子们完成家庭作业，与此同时还要教书。到了 1987 年 1 月我们的儿子杰德出生时，已经有其他画像人员与我一道工作，因此外出巡回讲学的时间不如以往那么多了。我得承认我有 3 个聪慧、可爱、迷人的孩子，而我直到快要从局里退休前不久才真正熟悉了他们。多年来我把那么多时光倾注在研究死去儿童的被害情况上，以至于都不能充分了解我自己那几个聪明伶俐、活泼可爱的孩子。

曾有过不少回，帕姆跑来告诉我某个孩子受了伤，比如说刀伤或是自行车摔伤。我们都还记得，由于承受着巨大压力和紧张，我经常会说她一通，再谈起我见过的同龄儿童被分尸的情形。难道她不能认识到从自行车上摔下来是正常的事情，不值得大惊小怪吗？

你力图不对那些残暴行为显示出完全无动于衷，然而却不知不觉发现自己对一般的受伤无动于衷起来。有一回，我和孩子们一道吃饭，帕姆在厨房里开启食品的包装。她一不小心，被刀子划伤，伤得不轻。她尖叫起来，我们都冲了进去。我还记得，当看到伤势未危及性命或者造成肢残时，我饶有兴致地研究起溅血模式来，同时在心里将它与我在谋杀现场见过的溅血模式联系在一起。我开了个玩笑，尽力想化解紧张气氛。我开始对她和孩子们指出，每当她移动手时，我们如何见到一种不同的溅血模式，而那正是我们断定攻击者与受害者之间发生了什么事情的方法之一。然而我认为，其他人不会像我那样轻描淡写地看待这次刀伤。

你力图要与工作中所目睹的一切在感情上保持一段距离，但是很容易到头来成为一个超然冷漠的混蛋小子。如果你的家庭完整无缺、婚姻牢固，就能够承受工作中的诸多压力。可是如果你的家庭存在薄弱环节，各种紧张性刺激便可能导致问题恶化，恰如罪犯被我们搜捕时所面临的情形一样。

结果，帕姆和我有不同的朋友圈子。我在她的圈子里无法谈论我的工作，因此我需要身边有同类人。当我们进入调查局或执法界以外的社交圈时，我常常对人们谈论的日常琐事感到乏味。尽管这听起来不近人情，但是当你整天要琢磨凶手的心理时，邻居的垃圾桶放在何处或者他的围墙漆成何种颜色是根本激发不起你的兴致的。

不过，我可以欣慰地说，我俩在感情上历尽了磨难，如今又成了好朋友。孩子们与我一道生活（埃里卡在外地念大学），帕姆和我很多时间是在一起度过的，我们现在共同承担着抚养孩子的任务。劳伦和杰德还年幼，我还可以享受一段看着他们长大成人的美妙岁月，我为此不胜感激。

80 年代初期，联邦调查局专职从事画像的就是我一人。罗伊·黑兹尔伍德、比尔·哈格梅尔等人在他们抽得出时间的时候会助我一臂之力。我们科已经壮大到了 10 多人。我们仍然不足以应付提交给我们的大量案件，不过我们也只能发展到这个规模。我们保持着彼此之间的个人交情以及与各地警察局的交情。建立交情已成为我们自己的惯用手法。给科里打来电话的很多警察局局长和警探是在全国学院的课堂上与我们相识的。治安官吉姆·梅茨和副巡官林德·约翰斯顿皆是全国学院毕业生，前者曾打电话请我协助寻找谋杀莎丽·史密斯和黛布拉·赫尔米克的凶手，后者曾打电话给格雷格·麦克拉里，请他协助查明在罗切斯特市滥杀妓女的凶手。

到了80年代中期，行为科学科已经分拆成行为科学教研科和由我担任罪犯个性画像项目主管的那个科，即行为科学调查支援科。除了我负责的项目以外，调查支援科还负责两个重要分支项目：一个是暴力罪犯拘捕项目，吉姆·赖特已经接替鲍勃·雷勒斯出任负责人；一个是工程服务项目。罗杰·迪普担任教研科科长，阿伦·斯莫基·伯吉斯担任调查支援科科长。（他与安·伯吉斯并无什么关系，不过她丈夫艾伦·伯吉斯与我们合写了《犯罪分类手册》。弄清楚了吧？）

工作富有挑战性且耗费了我很大精力，我从中获得了一种满足。幸运的是，我一直能够避免迈出几乎每一位欲在局里不断晋升的人不得不迈出的那一步：行政管理。到了1990年春天，情况有了变化。我们正在召开科室会议时，斯莫基·伯吉斯突然宣布说，他不久就要从科长职位上卸任退休。后来，新任副局长助理戴夫·科尔把我叫进他的办公室，询问我的意向如何。他曾是我在密尔沃基外勤站时的小队长，同时也是特种武器攻击小队的同事。

我告诉他，我感到极度疲倦，对一切都感到厌烦，正在考虑申请去一个远离闹市的处理暴力犯罪的办公室工作，并在那儿结束我的职业生涯。

"你不该这样做，"科尔告诉我，"你去那里会一事无成的。你作为科长能够做出更大的贡献。"

"我不知道该不该担任科长一职。"我告诉他。我早已在履行科长的许多职能，同时起着机构存储器的作用，因为我在这里供职已经很久了。但是处在职业生涯的这一阶段，我是不愿意陷入繁杂的行政事务之中的。

伯吉斯是一位出色的行政人才，擅长排除各种干扰，以便让我们这些替他工作的人能够有效地发挥自己的作用。

"我要你出任科长。"科尔宣布说。他是个精力充沛、说一不二、咄咄逼人的人。

我说希望能继续从事提供审讯策略、法庭作证以及公开演讲等工作。我认为这些才是我的长处。科尔保证说我能够继续这些工作，于是提名我担任科长一职。

我上任伊始做的头一件事，如我多次提过的，就是省去我们科名称中的"行为科学"二字，简称为调查支援科。我的想法就是，要给我们在各地的警察客户以及局里的其他部门发出一个有关我们干些什么的明确无误的信息。

在人事部门负责人罗伯特·比德尔的大力帮助和不懈努力下，我将暴力罪犯拘捕项目的人员编制由 4 人扩大到 16 人。科里的其他分支也得以扩充，不久我们就达到了近 40 人的总编制。为了减轻扩大规模带来的行政负担，我实施了一项地区管理计划，根据该计划，各个特工要对国内特定地区负责。

我认为这些人统统都有资格晋升到 GS14 级，可是总部只同意给我们四五个名额。于是我让他们同意，完成两年专业培训计划的人将被"选定"为专家和认可为主管级特工，并有资格得到相应职务和薪俸。专业培训计划要求学员旁听全国学院行为科学科讲授的全部课程、修完武装部队病理学学院开设的两门课程、攻读弗吉尼亚大学（帕克·迪茨当时在那里任教）的精神病学和法学课程、完成约翰·里德主持的审讯学校的学业、与巴尔的摩验尸官办公室一道进行死亡调查、随纽约警察局凶杀案调查组一同执勤，以及在一位地区级主管的指导下从事画像工作。

另外，我们比以往任何时候更多地介入了国际性办案工作。比如在退休前的最后一年中，格雷格·麦克拉里就办理过加拿大和奥地利两国的重大系列谋杀案。

我的科在履行职能方面运转良好。在行政管理方面，我则比较松散，这不过是我的个性使然。当我发现有人疲劳过度时，就会绕过有关规章制度，签名同意他们不来上班，或者告诉他们休整一段时间。最终，他们的工作效率较之假如我照章办事让他们继续上班要高出许多。当你手下人才济济，又不能给予奖金鼓励时，你就得用别的方式来帮助他们渡过难关。

我一直跟支援人员相处得很好，在我退休之际，他们似乎对我的离去感到很难过。这也许是因为我曾在空军服役过，局里领导层中有很多人都是军官出身（还有很多人，比如我的最后一任主管特工罗宾·蒙哥马利，曾经作为英雄被授予勋章），他们总是从军官的角度去考虑问题。这本身无可非议，庞大机构的大多数管理者要是像我这样，就会使这些机构运转失灵。可我曾是一名士兵，故而始终在感情上与二线支援人员有一种认同感。为此我比其他一些当头头的人更容易得到必要的帮助。

不少人按照以往看待 IBM 公司的眼光来看待联邦调查局：一个庞大的官僚机构，到处是身穿白色衬衣和黑色外套的男男女女，他们聪明、有成就，不过缺乏幽默感、千人一面。我所在的小群体是由真正不同凡响的个人组成的，他们每个人在专业领域里各有千秋，我为能成为其中一员而一直深感庆幸。随着时光推移以及行为科学在执法界的作用不断增强，我们自然而然都发展了自己的兴趣，攻克了不同的领域。

从我们开展研究起，鲍勃·雷勒斯从事的是研究，我则投入到实际办案之中。罗伊·黑兹尔伍德是侦破强奸谋杀案的专家。肯·兰宁是处理迫害儿童案的一流权威。吉姆·里斯从画像起步，后来在警官及执法人员的压力管理上做出了重大贡献。他在这一领域拥有哲学博士头衔，论著颇丰，在整个执法界因其咨询才华而广受欢迎。吉姆·赖特初来科里时，不但接手了培训新任画像人员的重任，而且成为侦破跟踪案的一流权威——跟踪是严重人际犯罪，目前这类案件的增长速度最快。我们每个人都与全国各地的外勤工作站、警察局、治安官办公室以及执法机构建立了许多私人联系，因此每当有人打来电话时，他或她都认识并信任与之通话的人。

对于加盟我们科的新人来说，试图与所有这些"大腕人物"并驾齐驱是困难的，在随着《沉默的羔羊》上映、全国上下对我们的工作表现出极大兴趣后，情况尤其如此。但是我们尽力让他们相信，他们之所以被选中，就是因为我们认为他们完全具备胜任科里工作所必需的素质。他们都拥有丰富的办案经验，一旦与我们共事以后，我们还要让他们接受整整两年的在岗培训。除此之外，他们还拥有聪慧、直觉、勤奋、正直和自信，再加上倾听和评估他人观点的能力。以我之见，导致联邦调查局全国学院成为世界上同类院校中佼佼者的原因之一是，它是由那些拥有共同目标和各自兴趣的、有才华的个人组成的。反过来，这些人中的每一人又在激励别人具备同等的素质。我希望并相信，我们在科里建立起的学院式的、相互支持的体制，在我们这些第一代人员退休之后将得以保持。

1995 年 6 月，在匡蒂科为我举办的退休晚宴上，不少人对我大加赞誉，令我既惭愧又感动。坦率地说，我原先准备举行一个烧烤晚会，指望大伙会利用这个最后的正式机会，把他们积累已久的种种不满对我发泄出来。我后来在洗手间碰上了贾德·雷，他一见到我便为没有发言表示歉意。在他们说完之后，轮到我说话了。我觉得没有必要对他们隐瞒自己的想法，于是把原先预料他们都会说些什么以及事先准备好的一套反驳论点悉数道了出来。那天晚上，我没有什么特别的至理名言或慎重的建议可以传授。我只是希望我的言传身教能起到一点作用。

自从退休以来，我曾返回匡蒂科从事教学和咨询工作，而我的同事们清楚我对他们是有求必应的。我一如既往地进行讲课和演讲，将我25年来研究谋杀犯心理的心得体会传授出来。我已经从联邦调查局退休，可是我认为我永远不可能停止与那些犯罪行为作斗争。不幸的是，犯罪问题越来越严重，我们永远不会缺少"客户"。

人们时常问我，面对可怕的暴力犯罪统计数据，我们能拿出什么对策。尽管肯定有切实可行的对策能够采取而且应当采取，我倒是相信解决犯罪问题的最好办法是让更多的人关注犯罪问题。配备更多的警察、设立更多的法庭、建立更多的监狱、改进办案技巧，这些固然不错，可是要想使犯罪率降下来，惟一的办法就是我们所有人不能接受和容忍我们的家庭成员、朋友和同事犯罪。这是我们从犯罪率低得多的其他国家那里得到的启示。在我看来，这才是从根本上解决问题。犯罪是一种道德问题，它只能从道德层次上加以解决。

在我这么多年从事研究和对付暴力犯罪的过程中，我从来没有碰上一个罪犯是在良好的环境里长大的或者拥有功能齐全的、体面的家庭。我相信，绝大多数暴力凶犯要对其罪行负责，他们自己做出了选择，因此应当正视他们的行动所带来的后果。那种认为一个年仅14岁或15岁的人不能正确估计他行动的严重性的想法是荒谬的。我8岁的儿子杰德已能分辨是非好几年了。

不过，25年的观察还告诉我，罪犯是"后天造就的"而非"先天形成的"，这意味着在他长大成人的某个阶段，有个人给他造成了深远的负面影响。这也说明如果有人对他产生深远的正面影响，他也许不会犯罪。所以我笃信，在需要更多的财力、警察和监狱的同时，我们最需要的是更多的爱。这并非将问题简单化，而是问题的核心所在。

不久前，我应邀在全美神秘小说作家协会纽约分会进行了演讲。出席演讲会的人很多，会上洋溢着热情友好的气氛。那些以创作谋杀案和重伤犯罪案小说维持生计的男士女士们怀着浓厚的兴致聆听一位实际经手过数以千计案件的人"现身说法"。事实上，自从托马斯·哈里斯的《沉默的羔羊》问世以来，作家、新闻记者以及电影制片人就一直在设法让我们提供"真实的故事"。

当我追述几起较为有趣和生动的案子的具体情节时，我很快就意识到，在场的许多听众变得兴味索然、思想开小差。我和我的人每天都要目睹的场面使他们感到十分恶心。我意识到，他们对那些案情细节毫无兴趣，同时他们必定意识到，他们并不想按照实际案情去写作。非常公允，我们各自拥有自己的"客户群"。

龙并非总会取胜，我们正在竭尽全力，务必要使龙的取胜率越来越低。不过它所代表的邪恶势力，即我在整个职业生涯中一直与之斗争的势力，是不会自行消亡的，因此必须有人站出来讲述真实的故事。这便是我在这里尽力要做的事情，因为我有过亲身经历。

John Douglas，Mark Olshaker

Mindhunter：Inside the FBI's Elite Serial Crime Unit

Simplified Chinese Copyright © 2017 Shanghai Translation Publishing House

MINDHUNTER：Inside the FBI's Elite Serial Crime Unit

Original English Language edition Copyright © 1995 by Mindhunters，Inc.

All Rights Reserved.

Published by arrangement with the original publisher，SCRIBNER，a Division of Simon & Schuster，Inc.

图字：09 - 2013 - 217 号

图书在版编目(CIP)数据

心理神探：我与 FBI 心理画像术 / （美）道格拉斯
(John Douglas)，（美）奥尔谢克(Mark Olshaker)著；
阎卫平，王春生译. —上海：上海译文出版社，2017.10(2023.6重印)
书名原文：Mindhunter：Inside the FBI's Elite Serial Crime Unit
ISBN 978 - 7 - 5327 - 7564 - 4

Ⅰ.①心… Ⅱ.①道… ②奥… ③阎… ④王… Ⅲ.
①短篇小说-小说集-美国-现代 Ⅳ.①I712.45

中国版本图书馆 CIP 数据核字(2017)第 153384 号

心理神探：我与 FBI 心理画像术

〔美〕约翰·道格拉斯 马克·奥尔谢克 著 阎卫平 王春生 译
策划编辑/张吉人 责任编辑/范炜炜 装帧设计/邵旻 观止堂_未氓

上海译文出版社有限公司出版、发行
网址：www.yiwen.com.cn
201101 上海市闵行区号景路 159 弄 B 座
昆山市亭林印刷有限责任公司印刷

开本 890×1240 1/32 印张 12.75 插页 6 字数 259,000
2017 年 10 月第 1 版 2023 年 6 月第 6 次印刷
印数：17,001—20,000 册

ISBN 978 - 7 - 5327 - 7564 - 4/I·4628
定价：58.00 元